講談社文庫

時代

本城雅人

講談社

目次

時代

第一話

1

午前零時四十分、インクの匂いの残る刷りたての新聞の束を胸に抱え、笠間哲治は編集局に入った。テーブルに束を置き、尻ポケットから出したハサミを当てる。ぴんと張ったビニール紐が切れた。

「B版、刷りあがったぞ。持ってってくれ」

そう言うと、待ち構えていた学生バイトたちが数部取っては、各部署の部長、デスクへと手渡していく。

笠間の立つ位置から、沢木野球部長が受け取ったのが見えた。この日の当番デスクである伊場克之にも渡されるが、伊場はB版を横に置いたまま、握った受話器に向かって大声を発している。こんな原稿じゃ駄目だ。C版行くから差し替えろ——おそらく記者にそう命じているのだろう。

そうした野球部の熱気が、懐かしさとともに笠間の胸をちくりと刺した。

笠間も半分ほどに減った新聞の束から一部取った。まだ輪転機の熱が残る紙は、インクの滓で指がざらつく。指を離すと、自分の指紋がべったりとついていた。

本紙スクープ

逸見、外野コンバート

大槻監督が決断

新聞休刊日であるきょう十二月十三日、東都スポーツの一面は、《本紙スクープ》と見出しが打たれていた。ジェッツの大槻監督が、大物ルーキーの逸見憲司の内野から外野へのコンバートを決めたのだ。

昭和から平成に年号が変わって四年目、バブル景気はすっかり弾けたが、今年はプロ野球界がバブルに沸いている。

十月にミスター・プロ野球、大槻泰男が十年振りにジェッツの監督に復帰した。さらに大槻は、甲子園を沸かせたスラッガー、逸見憲司をクジ引きで引き当てた。ここ数年、来年から念願のプロリーグが発足するサッカーや他の競技に読者を奪われつつあったスポーツ新聞の主役に、再び国内のプロ野球が戻ってきたのだ。同時に日本でもっとも伝統あるスポーツ紙、東都スポーツにとっても、他紙から盟主の座を奪い返す年になりつつある。

帰り支度をした一般スポーツ担当の新人記者が「お先です」と近づき、テーブル上のB版を一部取ろうとした。

「これは持禁(もちきん)だぞ」

笠間が注意すると、彼は「あっ、すみません」と手を引っ込めた。

束の横に置かれた白い紙には赤い朱肉で判子が押してある。

持出禁止——一階の工場で、この日の即売部の責任者である笠間が判を突いたのだ。

2

新聞休刊日に、人が忙(せわ)しなく働いているのはこの五階建ての社屋の中でも一階の工場と三階の編集局くらいだ。

笠間の席がある二階の営業局のフロアで出勤しているのは、自分を含めて五人だけ。正面玄関はシャッターが降り、出入りは裏の通用門を使うことになっている。

それでも休刊日は、スポーツ紙が大きく利益を出す日である。スポーツ六紙の話し合いで、一年に十二回ある休刊日のうち、元日を除く十一回は、抽選で三紙ずつ発行することになっている。休刊日は一般紙が家に宅配されないとあって、普段は買わない読者までが駅の売店でスポーツ紙を買ってくれる。親会社である全国紙や新聞販売所に売り上げの大半を吸い取られることもないから、どこのスポーツ紙も、読者の目を惹きつけて買わせようと、この日は特別の紙面を作って勝負する。

笠間が野球部の記者だった頃はあらかじめ休刊日用のスクープを用意したし、次長職であるデスクになってからは「なにかニュースを探しといてくれよ」と休刊日が近づくたびに記者に発破をかけた。だがそうした編集の一員としての役目を、笠間は今年、突然終えた。

三ヵ月前の九月一日に辞令が出た。

営業局即売部次長を命じる。

即売部は、広告部、事業部、販売部とともに営業局の四つある部の一つで、定期購読者でない読者に駅やコンビニで新聞を売る部署だということくらいは分かっていた。だが即売部員が日々誰と会い、どのように社の利益を伸ばしているのか、東都スポーツに入社して十三年も経つというのに、笠間はよく知らなかった。

同じ人事異動で、同期入社の伊場が野球部の筆頭デスクを任されたことも笠間には屈辱だった。おそらくいずれ沢木野球部長が編集局長となり、伊場が野球部長に昇進するのだろう。

伊場はポーカーフェイスだが、筆頭デスクになってからは、これまで以上に張り切って仕事をしている。この日の逸見の外野コンバートも、この休刊日のために温めていたネタなのだろう。

前回十一月の休刊日も、伊場はジェッツの先発投手の婚約というスクープを用意した。だがそのスクープは、ライバル紙である日日スポーツが最終版で突っ込んできて同着になった。

日日の紙面は、東都と同じ《婚約》の見出しを取ってはいたが内容は酷かった。婚約者の写真も載ってなければ、投手のコメントもない。まるで東都スポーツが書いた内容をどこからか聞きつけ、慌てて書いたような不可解な紙面だった。

——前回のようなことがないように注意してください。逸見のコンバートはうちしか知らない独占ネタですから。

夕方の紙面会議で、伊場は口を尖らせてそう念を押した。

今回の休刊日に発行するのは東都スポーツ、スポーツジャパン、東西スポーツの三紙で、日日スポーツは発行しない。だが社内にネタを漏らしている人間がいるとしたら、他紙にも逸見コンバートの記事が載る可能性がある——。

伊場が警戒するのは当然だが、笠間はその注意を素直に受け取ることはできなかった。伊場は、記者ではなく編集局以外の部署を疑っていたからだ。

即売部員や広告部員が刷りあがった新聞を見て他紙に電話した？　あるいは印刷所の工員が紙面を抜き取った？　はたまた輸送トラックの運転手が途中で公衆電話から連絡し

た？　スクープが漏れると、編集は決まって記者以外の社員の仕業だと疑う。今は営業局の一員である笠間もまた、自分が書いたスクープが他紙と同着になった時は、真っ先に営業や工場を怪しんだ。

伊場の提案で今回、スクープが載るB版以降は《持出禁止》になった。

普段の新聞は、仕事を終えた記者が持ち帰ったり、翌朝の番組で使う系列テレビ局のディレクターが自由に持ちだしたりしてもいいことになっているが、この判が押されると、紙面が外部の目に触れることはなくなる。

ところが、《持禁》にまでしたというのに、大槻監督が逸見の外野コンバートを決断したネタは、翌日のスポーツジャパンの最終版にも載っていた……。

3

「二回も連続して他紙に漏れるなんて、うちの会社はいったいどうなってんだ！」

午前中の幹部会議で沢木野球部長が怒りをぶちまけた。

隣に座る伊場も腸が煮えくり返っているのが表情から分かる。この男ときたら、またしても営業局側から漏れたと疑っている。その証拠に、笠間が席についた瞬間、横目で睨みつけてきた。

記者と営業の対立は、どこの新聞社でもある。新聞社の花形部署は編集局に所属する記者だ。紙面を作り、スクープを取れば脚光を浴びる。取材費、接待費など経費面でも圧倒的に優遇されている。ナイター取材などでは帰りは当然電車が動いていない深夜になるが、記者だけが特権で、複数の社員の家を一軒ずつ送っていく乗り合いタクシーを使うことなく、タクシーチケットで真っすぐ家まで帰ることができる。

一方の営業局の社員ときたら、タクシーどころか、記者には当然だった夕食の食券さえ支給されない。残業するなら自分で払えというのが局の方針だ。

——笠間くん、うちではこういう経費は通りにくいから、無理に金を出さなくていいんだからね。

即売次長になって最初に出席した会合の翌日、笠間は即売部長の丸山に苦い顔で注意された。

会合の相手は、笠間が記者の頃、選手のCM出演などの情報を教えてくれた広告代理店のマーケティング部長だった。一軒目の懐石料理店は代理店持ちだったが、二軒目の飲み屋は笠間が無理やり伝票を奪って支払った。世話になりすぎると今後の仕事に支障をきたしてしまう。記者なら当然のことだが、営業の常識は違っていた。

経費で使える額も違えば、残業や休日出勤の手当も編集と営業では異なる。それでいて、営業局長、事業部長など営業局の主要ポストのいくつかは、編集局出身の「元記者」が収まっている。笠間のことも営業局員は、三階の編集局から二階の営業局にきた天下りのようなものだと迷惑な目で見ているのではないか。

ただ今回の笠間を見る目には、憐れみも混じっているはずだ。

沢木が野球部長の後継に伊場を選ぶのは薄々分かっていた。伊場が野球部長になった折には、自分は野球部以外の部長に移されるのだろう、そう覚悟はしていた。同期がライバル関係にある場合、不満が生じないようなポストを与えてバランスを取るのは、どこの会社でも使う手である。

しかし笠間に与えられたのは部長ではなく、次長だった。編集局野球部次長から営業局即売部次長への横滑り。新しい部署に行って、偉くなりたきゃ自力で部長になれ――そう突き放されたのだ。

幹部会議ではまだスポーツジャパンにネタが漏れた原因について議論していた。

「他紙に出てしまったものは仕方がありません。まさか社内から漏れたとは私は信じたくありませんが、皆さんも今後はもう少し、慎重に情報を扱うよう、各部で徹底してください」

編集局のトップである宮原編集局長が穏やかな口調で話を収めようとした。

元は親会社である東都新聞の政治記者で、いずれ東都新聞に戻ることになっている宮原にとって、スポーツ新聞のスクープが他紙と同着になったことくらい、どうということもない。逸見コンバートも、たかだか新人選手が守るポジションが決まった程度の認識なのだろう。

だが鳴り物入りで入団した逸見が、ジェッツのどこのポジションにつくかはジェッツフアン、いやプロ野球ファンにとって大きな関心事だ。高校で守っていたサードなのか、それともファーストで打撃に専念させるのか……まさか未経験の外野とは、笠間も予想していなかった。担当記者が大槻監督にしつこく食らいついて聞きだしたのだろう。まして休刊日のこの日は、朝の「やじうまワイド」もスポーツ新聞一色になるだけに、単独スクープにならなかったことに気落ちしている記者の気持ちは痛いほど分かる。

「こんな失態が二回も続くなら、次回の休刊日からはスクープ記事はC版一発のみに掲載した方がいいんじゃないですかね」

黙っていた伊場が突然、口出しした。

東都スポーツは午後十時降版の早版《A版》、午前零時降版の遅版《B版》、さらに遅版後にニュースが入ったり、誤植が出た時に追加で作る深夜一時締め切りの追い版《C版》の三版態勢である。

スクープ記事の場合、B版から掲載する。それがうちのC版に相当する他紙の最終版に同じネタが載った……。

「伊場くん、うちの場合、C版が置けるのは山手線より内側の駅にあるキヨスクとコンビニだけです。B版から載せてもらわないと読者からのクレームの電話がすごいんですよ」

笠間の隣に座る丸山即売部長が眉根を寄せた。

新聞全体の売り上げからいえば、B版は全体の五割、休刊日の即売に限っていうなら七割を占める。一方のC版読者は一割にも満たない。

「ですけどこう同着になるんじゃ、スクープ紙面を作る意味がなくなりますし」

「毎回そうとは限らないじゃないですか」

言い合う伊場と丸山の声を聞きながら、笠間は手帳を開いて、来年のカレンダー欄に記入した新聞休刊日を確認した。平成五年の休刊日発行の一発目は二月十一日だが、その日は東都スポーツは発行しないため、我が社にとっての最初の勝負は三月二十一日になる。

「ところでどの段階でスクープが漏れたのか、昨日出勤した人間をちゃんと調査したんだろうな」

伊場の声に違和感を覚えた。伊場より目上の役職が揃う幹部会議で、この男はずいぶん偉そうな口を利くものだと顔を上げると、伊場は笠間を見ていた。

「伊場、俺に言ってんのか」

笠間は手帳を閉じ、聞き返した。

「昨日の営業局の責任者は笠間だろ。なにか不審な動きはなかったのか」

「おかしな動きがあればとっくに報告してる」

「トラックはどうだ。どこかで積み替えが起きてないか」

地方への輸送の一部は、自社トラックで運んでいき、途中のサービスエリアから他社と輸送を分担する共同輸送となる。積み替えた運転手が他社にスクープを流すこともできる。

「共同輸送はA版地域、山静北信の話だ。昨日のスクープはB版からだから、トラックはありえん」

「なら工場はどうだ」

「おまえ工場を疑ってんのか。うちの社員だぞ」

「怪しい者は全員調べろ」

調べろだと……こめかみが熱くなった。

「それなら野球部の記者はどうなんだ」笠間も我慢できずに言い返した。「記者同士がネタを貸し借りしているのは今に始まったことじゃないだろ」

「おまえはうちのジェッツ番を疑ってるのか」

「伊場が工場の人間を調べろと言うからだ。そう言うからにはジェッツ番に確認したんだろうな」

「記者が自分で取ってきたネタを他紙に流すはずがない」

「はずとかではなく、確かめたかと聞いてるんだ。営業を疑う前に自分とこの部下の身体検査をしてから言ってこい」

「おまえら、もういい加減にしろ」

沢木野球部長が机を叩いた。さらに笠間の隣に座っていた丸山即売部長からも「ここでお互いに罪を擦りつけあってもしようがないでしょう」と窘められた。

言われて反省した。工場を怪しむ伊場にも問題があるが、自分の下で働いていた記者を疑う自分もどうかしていた。

「……ったく、なにが貸し借りだ。ふざけたことを言ってんじゃないよ」

ぽつりとそう言った沢木と目が合った。かつての上司が元部下である二人を平等に叱ったのかと思ったが、そうではなかった。

「すみません……」

笠間だけが頭を下げた。

4

会議が終わると、笠間は二階の営業局のフロアに戻った。

ちょうど正午を回った時間、上司は昼食、部員は外回りに出ていて、七人いる即売部で会社にいるのは笠間だけだった。

この二階の営業局全体でも今いる社員は二人しかいない。隣の広告部で、若手社員が資料作りをしていた。その奥の事業部では女子社員がコピーを取っている。

着慣れないスーツのせいで、暑苦しい。笠間は背広を脱いで椅子にかけた。

記者として現場に出ていた時は、カジュアルな服で通し、デスクになってからも他の管理職のようにスーツは着なかった。役職が付いて服装を変えるのは、面白いと思うネタを自由に書いてきた記者が、急に会社に魂を売ったようで恰好悪い。伊場のような「スクープ屋」ではなかったが、他紙にも、そして自社の記者にも負けないだけの仕事はしてきた。少なくとも上司に媚びを売ったり、汚いことをして仲間やライバル紙を陥れたりしたことは一度もない。

それが今はスーツを着て、朝九時には満員電車で押されながら出勤している。つまらない用事でよく鳴らされたポケベルこそ、即売に来て持たなくてよくなったが、慣れないデスクワークでストレスは増える一方だ。それでも即売に異動していいこともあった。それは家族と過ごす時間が増えたことだ。

野球部にいた頃は毎晩、深夜や朝方に帰宅し、みんなが家を出た十時頃に起きていたが、今は家族四人で朝食をとっている。

昔は顔を見るたびに野球のことを質問してきた長男の翔馬だが、中学三年になってから話しかけてくる数は減った。男親と息子の関係なんてそんなものだろう。笠間も母に反抗した記憶はないが、父に対してはなにを言われても鬱陶しいと思う時期はあった。

それでも子供の時に見学にいった鉄工所でヘルメットを被って仕事をする父の姿は頭の中に残っていたし、東京の大学に現役合格した時、父から「さすが俺のせがれだ。肝が据わってる」と言われたのは嬉しかった。

翔馬は成績がクラスのトップで、所属するシニアでもエースを任されている自慢の息子である。東京と埼玉の甲子園常連校から特待生で勧誘されたが、地元の名門、浦和高校に進学して慶應に入り六大学のマウンドに立ちたいという翔馬の意思で、すべて断った。担任からも「笠間くんの成績なら浦高も大丈夫でしょう」と太鼓判を押されている。

一方、小三の次男の翼はまだ幼く、父親が早く帰ってくるようになったことを素直に喜んでいる。「お父さんは剣道をしてたお陰で、仕事で苦しい時にも耐えられたんだ」幼い頃に湯船に浸かって話し、「僕もやりたい」と始めた剣道を今も習い続けている。長男とは違って勉強は苦手のようだが、剣道の稽古だけは休まず通っている。今度の試合は女房と一緒に見にいくつもりだ。

大学生の時に結婚した年上女房の静恵には、これまで迷惑をかけっぱなしだった。長期出張で家を空け、家事や育児をすべて任せたが、愚痴一つこぼされたことはない。それでも即売に移ってしばらくして、「朝ご飯をみんなで食べるのって、なんか家族って気がするわね」と言われ、はっとさせられた。静恵は思ったことを正直に言っただけなのだろうが、笠間は急に自責の念に駆られ、「ごめん」と謝った。

家族全体からみれば野球部から外れたのも悪くない道だった。休刊日以外は土日休みだし、これからは少しは親らしいこともできるだろう。

あのまま残っていても伊場が部長になった折には外に出されていたのだ。なにも実情を知らないお飾りの部長にされるより、次長として即売の仕事を覚え、営業局の一員として評価されるようになった方が、自分にとってもいいはずだ。

——俺はバイトから野球一筋だ。スポーツ紙の主役はプロ野球なんだから、野球担当から外されないようにしろよ。

酔った勢いで後輩に講釈を垂れたこともあるが、一筋といってもたった十三年。笠間は三十八歳で、定年まであと二十二年もあるのだから、これからの人生の方がはるかに長いのだ。今は一日も早く仕事を覚え、即売部の一員として認められたいという気持ちの方が強くなった。

ぼんやりと考えごとをしていると、背後に人が近寄ってくる気配がし、「笠間次長」と呼ばれた。

千藤彩音(せんどうあやね)、コピーを取っていた事業部の女子社員だ。紺色のパンツスーツに髪を後ろでまとめている彼女は、今年入社したばかりと聞いている。

「どうしたんだ、千藤さん」

記者なら女性でも「さん付け」せず全員呼び捨てだ。言ってから悔やんだ。

「今朝の一面のことでお伝えしたいことがありまして……」

彼女が小声で切りだした。

5

夕方、即売部員である荒牧(あらまき)が帰社すると、笠間は彼の机まで出向き、「荒牧、昨夜十一時半頃、スポーツジャパンに電話をしたろ?」と質(ただ)した。

「どうして僕がスポジャパに電話するんですか」

平然と聞き返してきた荒牧だが、顔色は普段とは違っていた。

昨日の休刊日も荒牧は出勤していた。だがA版後、しばらく姿を見なかった。

「電話に出たスポーツジャパンの山口という記者が『おお、久しぶり、アラマキ』と大声で言ったそうだ。山口という記者は『まじかよ』と血相を変えて、デスクに報告した。それからスポジャパの紙面は《逸見コンバート》に差し替わった。山口って荒牧が野球部でセネターズ担当の時、一緒だったろ？　今はジェッツ番で、ルーキーの逸見を任されてんだって？」

そう言った時には荒牧の目は虚ろで、笠間の顔さえ見ていなかった。

――大学の友達がスポジャパで芸能担当をしているんです。彼女が今朝教えてくれました。昨夜、スポジャパの記者にアラマキって人から電話があり、それで急に紙面が差し替わったって。

昼間に千藤彩音からそう伝えられた。

その友人がどうして社内の秘密を暴露してきたのか疑問だった。千藤は「彼女、いつも会社で威張ってる野球記者が、他紙からネタをもらって一面を作ってることが残念でたまらなかったそうです」と話した。

友人から連絡を受けた千藤もまた失望したという。もっとも彼女が失望した相手は「営業局員」の荒牧ではない。去年まで編集局にいた「元記者」の荒牧だ。「記者って、スクープが漏れると営業のせいにしますけど、記者の方が馴れ合いで仕事をしてますよね」千藤が最後に放ったこの言葉は明らかに「記者」そのものへの憤りだった——。

「もしかして、そのアラマキが自分とは限らないとか言いだすんじゃないだろうな」

詰問するが、口を固く結んだ荒牧は少し震えていて、返事すらしない。

「同じ苗字の知り合いはいたとしても『おお、久しぶり』と馴れ馴れしく電話に出る『荒牧』となるとそうはいないぞ？　俺はこれからスポジャパの山口って記者のところに出向くから、おまえも来い」

笠間は椅子にかけた上着を着て、記者の頃から使っているショルダーバッグを肩にかけ、出かける振りをした。

「どうした、荒牧、早く来いよ」

荒牧はいつしか涙目になっていた。これなら認めるのも時間の問題だ。

やったことは仕方がない。今後二度としないように誓約させる。その後の処分は上に任せればいい。そう考えたところで背後から「もういいでしょう、笠間くん」と丸山即売部長の声がした。

「もういいって、部長、これでは」

彼が認めたことにはなりませんよ、そう言おうと振り返ったが、丸山は笠間ではなく荒牧を見て「荒牧くん、きみはきょうは帰っていいよ」と促した。

「はい」

返事をした荒牧はカバンを掴み、逃げるように去っていく。

「待ってください。もう少しではっきりするところだったんですよ」丸山にそう言ってから「待て、荒牧」と止めようとしたが、丸山から「笠間くん、あなた、何様のつもりですか」と注意された。

「別に何様でもなんでもないですよ。記者が必死に取ってきたネタなんです。それをあいつは他紙に教えたんですよ」

「そこなんですよ、あなたが勘違いしてるのは」話している途中で遮られた。「あなたは記者を庇いたいのかもしれませんが、荒牧だって即売部の大事な社員なんです。大所帯の編集とは違って、うちは数少ない部員で売店や取次を分担してるんです。それをあなたは端から疑って……」

「端からって、ちゃんと根拠があったから注意したんですよ」

教えてくれたのもここにいる女性社員だ。彼女だって自社が損をしていることに納得できないから笠間に伝えてくれたのだ。

「それでは僕が彼を疑った根拠を順を追って説明しますと……」

説明しかけたが「もう結構です」と断られた。「いずれにせよ、なにも他の社員がいる前でする話ではありません」

強い口調で言うと丸山は局内を見渡した。笠間も我に返って丸山の視線を追いかけていく。営業局員はみんな白けた顔で笠間を見ていた。野球部でこんな事件が発覚すれば大騒ぎになり、局長や局次長まで入ってきて吊し上げられるだろう。泣いたところで許されない。謹慎させられ、編集から外され、地方や他部署に島流しに遭う。それなのにこのフロアは驚くほど静かだった。

千藤彩音もいたが、笠間の方を見ることなく電卓を打って数字合わせをしていた。彼女にしても、荒牧を晒し者にすることは望んでいなかったのかもしれない。

そもそも単独スクープが他紙にも載ったからといって、それがどれくらいの不利益になっているのか、笠間は答えることもできない。確かにスクープが出た方がその日の新聞は売れる。だが他紙がスクープを連発した時でも、自分たちの給料が下がるわけではない。抜いた抜かれたと大騒ぎしているのは、記者の独りよがりなのではないか。

「私は帰りますので、あとはよろしく」

丸山が帰り支度を始めたので、笠間は席に戻った。

荒牧への怒りが、いつしか恥ずかしさに変わった。営業局での疎外感はいっそう強くなった。丸山の言う通りだ。俺は記者のことだけを考え、自分が今、どこの部署の人間なのかを忘れていた。

背もたれに体を預けて壁時計を見た。午後六時、編集は取材先から記者が戻って騒がしくなるが、営業局は帰り始める。だがまだやらなければならない仕事が残っているため、気分を変えようと社食に向かった。

小銭を入れてフライ定食の食券を買うと、昔からよく知るおばちゃんから「久しぶりね、笠間さん」と話しかけられた。

ようだ。

「顔見ないから、転勤にでもなったかと思ってたんよ」

野球デスクの頃は毎日来ていたのが急に顔を出さなくなったから、心配してくれていたようだ。おばちゃんは以前と同じように白飯を大盛りにしてくれた。

アジフライとチキンカツが載ったトレーを持って、空いている席を探す。奥のテーブルで東都ジェッツ番キャップの常石と東京セネターズ番の岡本が話していた。常石はくせ毛でアフロヘアのような髪型、岡本は長身なのでよく目立つ。

「おまえら、こんな時間にサボりやがって、早版の出稿は終わったのかよ」

背後から軽口をぶつけた。二人ともけっしてサボっているわけではなく、これから書く原稿がデスクを通る自信があるから、先に食事ができるのだ。締め切り時間まで二時間あるが、できない記者はこの時間からすでにテンパっている。

二人とも笠間が目をかけ、鍛えてきた有能な後輩だ。厳しいだけでなく、飲みに誘い、仲のいいジェッツ選手とのゴルフに連れていったこともある。普段なら「笠間さん」と向こうから声をかけてくるのに、この日の二人は顔を見合って黙っていた。

「ツネ、今朝の逸見の外野コンバート、お見事だった。スポジャパも書いてきたけど、大槻監督の談話が載ってるのはうちだけだったものな。ツネは監督からよっぽど信頼されてんだな。それから岡本もきょうの三面の手術のネタは完璧な抜きだった」

この日の三面にはセネターズのエースが右肘の手術を受けるという独自ニュースも出ていた。

褒めたというのに二人は嬉しそうな顔一つしない。しばらく間を置いてから、常石が口を尖らせた。

「笠間さん、きょうのネタがスポジャパに漏れたこと、僕らが漏らしたと疑ってるそうじゃないですか」

自分とこの部下の身体検査をしてから言ってこい——会議で発した言葉が自分に返ってきた。

「ひどい言いがかりですよ。こっちは苦労して取ったネタが同着になって、すげえ落ち込んでんのに……」

常石は目を吊り上げ、怒りを露わにしていた。岡本の顔にも不信感が満ちていた。次長以上が出席する会議でのことを誰が話した？　伊場の顔が浮かぶ……。

「いや、違うんだよ。あれは……」

弁解しようとしたが、岡本が「行きましょうよ、ツネさん」と言い、二人は食べ終えたトレーを持って、去っていった。

6

年が明け、仕事に慣れないまま三ヵ月が過ぎた。

三月十五日、編集、営業の次長以上が出席する幹部会議に笠間は出席した。

まず文化社会部のデスクが今後の出稿予定を説明した。今年は、六月に皇太子殿下のご成婚があり、その日は休日になることが決まっている。スポーツ紙も当然一面だ。文化社会部では今の天皇陛下が皇太子の時にご成婚した、昭和三十四年の縮刷版を資料室から出してきてどのような紙面を作ればいいのか調べている。あれから三十四年が経ち、昭和から平成に元号も変わったのだから、昔の紙面など参考にせずに新しいアイデアで作ればいいと思うのだが、皇室関係となるとそうはいかないらしい。以前、他紙が天皇陛下の写真を裏焼きで載せてしまい、一面で謝罪文を掲載するほどの大問題になった。

終わると、一般スポーツの部長が企画を話し始めた。一般スポーツの中心といえばラグビーだったのが、ほとんど扱われなかったサッカーに変わりつつある。五月にプロサッカーリーグ、その名もJリーグが開幕するのだが、これまでサッカーにはまったく関心がなかった笠間は、「サポーター」「アウェイ」「サブ」といった用語を一般スポーツ部長が口にするたびに「ファンだろ」「ビジターでいいよ」「控えでいいじゃねえか」と、なんだかカッコつけられているようで、いちいち心の中で突っ込みを入れてしまう。そんな言葉が国民に浸透するのにどれくらいの時間がかかるのだろうか。疑問を抱きながら聞いていた。

サッカーの説明が終わると、ようやくトリの野球部の番となった。この春の野球面の方針について沢木野球部長の説明が始まる。ジェッツに大槻監督が復帰した最初のシーズンだ。プロ野球の方がサッカーよりメーンになる。

沢木の後ろの窓からは、春らしい日が差し込んでいた。光のせいか部屋全体が明るく、普段は気難しい上司たちの顔まで穏やかに見える。

野球記者一筋だった笠間には、三月という時期にあまりいい記憶はなかった。キャンプから帰ってきて、オープン戦というドサ回りに入るのがこの三月である。きょうのように暖かい日はいいが、寒さがぶり返す日もある。二月の一ヵ月間を南国宮崎のキャンプ地で過ごしてきただけに、寒の戻りはいっそう身に沁みた。

とくにこの時期は、どの球団も本拠地以外の地方球場を回る。特急列車に乗り、タクシーでずいぶん走ってやっと着いたというのに、地方球場はグラウンドの水はけが悪くて雨が少しでも降ればすぐに中止になる。試合があっても首脳陣は主力を一、二打席立たせてすぐ引っ込めるため、毎日原稿を作るのも大変だった。

沢木が話し終えると、伊場が引き継ぎ、細かい企画について説明を始めた。四月から試合のない月曜に大槻監督のインタビュー企画をスタートさせるらしい。さらに大物ルーキー、逸見の手記も始めるという。伊場率いるプロ野球部隊は、今年のキーパーソンをすべて押さえている。

会議のせいなのか伊場は珍しくスーツを着ていた。笠間同様、この男も記者をしていた時は夏はゴルフ用のポロシャツ、冬は肘が擦り切れたセーターでも気にしないほど着る物に無頓着だった。デスクになってからもラフな恰好だったが、この日は明るいグレーのスーツに、水色のネクタイを結んでいる。しかも会議中だというのに、第一ボタンが開いている。留め忘れたのではなく、わざとそうしているのだろう。

伊場の顔を初めて見たのは入社式の日だ。同期は四人で、大学中退は笠間だけだった。顔合わせの瞬間から伊場だけが目立っていた。伊場は早稲田の硬式テニス部で、インカレに出場していたらしく、一般スポーツの女性記者から「伊場くん、うちの会社に入ったんだ」と声をかけられていた。

同期では笠間と伊場が、野球部に配属され、六人いるジェッツ番の一番下になった。笠間は内勤のバイトとはいえ、三年間東都スポーツで仕事をし、しかも二歳も年上だ。スコアブックのつけかたから教えたが、伊場は「笠間」と呼び捨てにしてきた。同期なのだからと笠間は気にしなかった。通常、五、六人で編成されるジェッツ番はキャップやサブキャップらが大事な原稿を書き、下っ端は談話を集めさせられることが多いが、笠間と伊場は一年目から一面の原稿を書いた。

伊場との勝負は、最初は五分五分、いや走り回ってネタを探した分、笠間の方がいい仕事をしたと思う。だが二年目、第一次大槻政権の最終年辺りから、伊場との差を感じ始めた。

試合のある日もない日も、伊場と交互に大槻邸に通わされた。笠間がようやく玄関先で大槻と一対一で話せるようになった頃には、伊場は大槻の車の隣に乗っていた。笠間が自宅に電話をかければ、大槻は出てくれた。だが大槻から会社にかかってくる電話はだいたい伊場宛てだった——。

伊場と自分との違いがなにかと言えば、それは相手に負けたくないという執念の差ではないか。笠間も負けず嫌いだったが、伊場には比ぶべくもなく、毎回、先手必勝で攻める。特ダネを抜いたからといって満足せずにすぐ次のネタを探す。

一方、笠間は相手が仕掛けてくるのを待って、そこですぐさま反応して先に書く、剣道で言う「後の先」だ。剣道ではそれが勝利の戦術だったが、伊場のように常に全力で突っ走る相手には、その戦法だけでは敵わない。

けっして仲が悪いわけではなかったが、かといって良くもなく、伊場からなにかを頼まれた記憶はない。いや頼まれてはいないが、手助けしたことは一度だけあるか。

あれは二人ともまだジェッツ番の一番下だった時だ。時期はちょうど今頃、寒さがぶり返した北関東でのオープン戦だった。

水戸、宇都宮、前橋の三連戦……地図で見ればたいして遠くもないのだが、電車の接続が悪く、ゲームが終わると各社とも八人乗りのジャンボタクシーを取り合って、一、二時間かけて移動する。

ホテルやタクシーは下っ端記者が手配する決まりになっていた。ホテルの予約は笠間、交通機関は伊場の役目だった。それなのに伊場に手配した様子がない。そこで笠間が事前にジャンボタクシーを予約しておいた。

試合後、伊場は顔色を変え、地方球場の記者席に置いてある古い電話から一〇四のダイヤルを回し、タクシー会社の番号を聞いては電話をかけまくっていた。車は他のマスコミが押さえていて、どこも満車だった。そこに「東都スポーツさ～ん、タクシーが来ましたよ」と球場関係者が記者席に呼びに来た。額と高い鼻に粒状の汗をかいていた伊場は、すぐさま笠間の顔を見た。安堵したくせにヤツは礼も言わなければ、助かったとも口にせず、当たり前のようにその車に乗り込んでいった。

タクシーの中ではあらかじめ買っておいた弁当を食べ、ビールを飲むなどしてちょっとした宴会になる。ホテルに到着する伊場はタクシー代に弁当代などを合計した金額を人数分で割り、先輩たちから徴収した。笠間も金を渡そうとしたが、伊場は笠間からは受け取らずに、しれっとホテルに入っていった。

伊場の企画説明が終わり、幹部会議は終了した。局長や部長たちは引き揚げていく。広げた資料を集めていた伊場の元に近づいた。

「疑って悪かったな」

笠間から切りだした。「十二月の休刊日のことだよ。常石たちが取ったコンバートのネタをスポジャパに流したのは、昔、俺たちの下にいた即売の荒牧だった」

記者を疑ったことは素直に謝った。だが謝罪したのは半分だけだ。俺が編集にいた頃、荒牧は俺の部下であったが、おまえの部下でもあった——その思いは暗に含ませた。

「聞いてる」伊場が言った。「丸山部長から説明を受けて謝罪された」

丸山が謝ったことは意外だった。笠間が営業局中に知れ渡るほど騒ぎを大きくしたため、編集の耳に入る前に謝罪しておこうと先手を打ったのかもしれない。

「だけど荒牧が関わっているのは前回だけだ。婚約スクープを他紙に漏らしたのはあいつじゃない」

笠間は調べたことを言った。その記事が出た十一月の休刊日、荒牧は休暇を取り、父親の法事で岡山の実家に帰っていた。夕方の紙面会議で、ようやく野球デスクからその日の出し物を知らされる営業局員が、休みの日に知れるわけがない。

荒牧ではないと言った根拠を聞いてくるだろうと説明を用意していたが、伊場は「そんなの分かってる」と言った。「あいつは結婚のスクープを他紙に伝えるほどの度胸はないだろ」

それは笠間も思った。笠間に追及されて涙目になるような男では、コンバート案を教えるだけでも相当な勇気が要ったはずだ。

「来週、休刊日だよな」

笠間は壁にかけられたカレンダーを見ながら言った。

三月二十一日、土日連休の日曜日が、東都スポーツが今年最初に発行する休刊日の新聞になる。出すのは東都スポーツ、日日スポーツ、スポーツジャパンの三紙。

「ネタはあるのか」

笠間がそう言うと、伊場が上目で睨んできたが、それは一瞬だった。無視するように資料を抱えて立ち上がろうとする。

「なにか、出せよ、伊場」端正な横顔に向かって言う。

「おまえに言われなくても出す」

喧嘩口調で返された。言い争いは記者時代からよくあった。ほとんどは笠間が引いたが、この日はそうしなかった。

「スクープが持ちだされないか、俺は流出元になりそうなところは全部チェックするつもりだ。その代わり伊場は、犯人が持ちだしたくなるようなでかいニュースを用意してくれ」

7

三月二十一日、夕方五時。休刊日紙面の会議が、編集局の会議室で行われている。

四角いテーブルの上座に宮原編集局長、沢木野球部長、整理部長の三人が座る。

さらに各部の当番デスクが右側に陣取り、その他の席には、レイアウトを任される整理記者や写真デスクが座る。営業局からも即売の笠間と、広告部員が出席しており、笠間は伊場の反対側の席に座っていた。

レース、芸能、社会、一般スポーツの順で発表した。最後に伊場の番になった。笠間の正面の席で、伊場がメモ用紙に目をやり説明を始めた。

「きょうは西日本が雨で中止になったためオープン戦は宇都宮で行われたジェッツ対セネターズの一試合のみです。ジェッツが六対三で勝ちましたが、若手中心だったのでとくに取り上げる内容はありません。ルーキーの逸見も二打数無安打で途中交代になりました。ただ試合後、大槻監督が来週火曜日のゲームから、二軍で調整中の鷹彦(たかひこ)を一軍に帯同させると言ったので、それを頭で行こうと思ってます」

大槻監督復帰後にジェッツにトレードされてきた監督の長男である。大槻監督、逸見とともに一面を張れるスター候補であり、一軍昇格となれば一面扱いは当然だ。

「伊場くん、それって報道陣に発表したことなの？」

整理部長が質問した。独自ネタのスクープと発表ものとでは見出しも違ってくる。

「そうです。全紙の記者を前にしての発表ですから、当然、今回休刊日に発行してくる日日とスポジャパも書いてきます。ですので、うちは早版だけ一面は鷹彦で行き、遅版から差し替えます」

差し替えと言ったことに、場がどよめいた。

「なにに差し替えるんですか」

笠間の隣に座る広告部員が質問をした。一面にも広告がつくので広告部員が確認するのは当然のことだ。しかし笠間は「聞くな」と制した。「ですけど……」彼は不服そうだったが、笠間が頷(うなず)くと従った。

――きょうの休刊日、みんなにやってほしいことがある。

この会議に来る前、笠間は二階の営業局でこの日出勤した四人を呼び集めた。

出勤している営業局員は即売部が笠間以外に二人、広告部が一人、それと事業部が千藤だ。

彩音だ。笠間は四人に「印刷工場で他紙に漏れることがないか見ていてほしい」と頼ん

——それって私たちに工場の人を見張れってことですか。

千藤彩音が即座に言い返してきた。

——調べるのは工場だけでない。編集以外のすべての人間だ。

——やっぱり笠間次長は編集の人間なんですね。私たちだけが疑われるなんてすごく残念です。

千藤が冷めた顔で言った。

——違うよ。

笠間は声を張って言い返した。

——俺は編集の仕業だと思ってる。

——じゃあ、なぜそこまでするんですか。

——これは営業の意地を見せるためだ。今後、俺たちが編集から濡れ衣を着せられないようにするには、まず俺たちが潔白だと証明する必要がある。

一人ずつ顔を見て訴えた。返事はなかったが、笠間は勝手に配置を伝えた。広告部員は本社一階の印刷工場、千藤はもう一つの印刷所である大宮工場に向かわせる。残り二人は近くの高速の入り口で、トラックが通過するのを確認する。「そこまでするんですか」四人は呆れたが、「もし運転手が犯人なら、彼らは高速に乗る前に他紙に電話を入れるはず

だ。高速が渋滞している可能性があるし、他紙も締め切りまで時間がない」と理由を説明した。

インターチェンジで待機する即売部員にはハイヤーを使わせた。ハイヤーなら自動車電話がついているので即座に連絡ができる。

笠間くん、きみは即売部員にハイヤーを使わせたのか——明日、丸山部長の憤怒(ふんぬ)する顔が浮かんだが、これは必要な経費だとすぐに丸山の顔を消した。

B版からどんなネタに差し替える気なのか、伊場はこの会議では明かさないと思っていた。だが伊場自らが「大槻監督が開幕直前に外国人を獲得することがうちの独自取材で判明しました」と口にした。

「誰なんだ?」

整理部長が尋ねる。

「ドジャースで四番を打ったこともある現役のメジャーリーガーです」

名前までは挙げなかったが、何人かが反応した。笠間にも一人の黒人選手が浮かんだ。ジム・ブラッドショー、二百本以上ホームランを打っているスラッガーで、一週間前にドジャースを解雇された。

三十八歳という年齢が解雇理由だったが、怪我(けが)ではないので日本なら活躍できるだろう。現役メジャーリーガーは話題性が十分あるし、ジェッツの四番を任されたら、近い将来四番を打つであろう逸見の良き手本にもなる。

宮原編集局長が隣の沢木野球部長に名前を尋ねていた。沢木は伊場から事前に聞いていたのか編集局長に耳打ちした。「それって大物なんですか」と宮原が聞き、また説明した。最後は「よくそんなすごい選手が獲(と)れましたね」と宮原は目を丸くする。

「その件って、もう身分照会しているの？」

整理部長が伊場に質問した。外国人を獲得するには球団がコミッショナー事務局に身分照会しなくてはならないとあって、各社とも事務局は常にチェックしている。スクープだと思って書いた外国人が、身分照会した途端に他紙に載ったとしたら、だいたいその線から漏れている。

「ジェッツの球団代表にお願いして、身分照会は明日まで待つように頼んであります」

伊場に抜かりはなかった。

「伊場くんがそこまで完璧に準備しているのなら、これはC版のみでいった方がいいな」

宮原編集局長が言った。呑気(のんき)に見えていた宮原も、三回連続、休刊日スクープが他紙に漏れでもしたらと心配になったのだろう。午前一時降版のC版なら、そこで誰かが他紙に伝えたところで、紙面を差し替える時間はない。

だがその案には、笠間が反対した。

「B版から行ってください」

「そんなことして、また漏れたら……」

宮原が珍しく眉間に皺(しわ)を寄せたが、笠間は続けた。

「A版地域は致し方がないにしても、B版地域の読者をないがしろにはできません」

正論だが、けっして本音ではない。金を出して買ってくれるB版読者に申し訳ないと、胸が痛む。

「分かった。即売の次長がそこまで言うのならB版からいこうじゃないか。いいですか局長」

沢木野球部長が隣の宮原編集局長に確認する。

「そうしましょう」宮原が頷いた。「持禁にしますか?」

「当然です」

今度は伊場が真っ先に声を出した。

言ってから伊場は正面に座る笠間に目をやった。

「もちろん持禁です。私が判を突きます」

笠間はそう答えた。

8

午後十時、鷹彦一軍昇格のA版は時間通りに降版した。笠間は工場からA版の新聞束を編集局に運んだ。いつも通り、バイトが寄ってくる。社員になる前に笠間もやった仕事だ。「連絡さん」と呼ばれ、もたついていると「連絡さん、遅えよ」と叱られた。彼らは各部に新聞を配っていく。この一面が捨てネタだと分かっている各部長、デスクは、受け取った紙面に見向きもしなかった。

野球部席を見た。伊場が受話器に耳を当てて喋(しゃべ)っていた。口はほとんど開いていないので周りにも聞こえていないだろう。相手はジェッツ番キャップの常石か、それとも他の記者か。

――笠間、相談がある。

昨日、即売次長席で月別売り上げデータを確認していると、背後から伊場に呼ばれた。伊場が営業のフロアがある二階に来るなど初めてのことだったので、他の社員も驚いていた。

――外行くか。

笠間が廊下に目配せして歩きだすと、伊場が後ろをついてきた。話し声が中に漏れない廊下の隅まで行った。

――ネタの用意ができた。

振り向くと同時に伊場が言った。

――そうか。

そう言っただけで、中身は聞かなかった。

――だけど笠間は本当に調べられるのか。

――やってやるさ。このままではネタが漏れるたびに、営業のせいにされる。もしうちの潔白が証明されたら、犯人はそっちだぞ。

言い張ったが不安も掠めた。犯人は、今回はどこにも漏らさないという可能性だってある。伊場からもそう指摘されると思ったが、違った。

――そっちの潔白が完全に証明されたら合図してこい。その時は俺が編集内部を調べる。

――どうする気だ。

自信満々に言われたことに面食らって聞き返したが、ポーカーフェイスは変わらなかった。

――一人だけ怪しいヤツがいる……。

意外な言葉に笠間が黙り込むと、伊場の口が微かに動いた。

9

B版が降版した午前零時。笠間は一階の工場にいた。これから印刷が始まる。

インクと紙の匂いで鼻が麻痺しそうになる。バイトしていた頃はまだ活版印刷の頃で、締め切り直前に入った原稿や、赤字が出ると猛ダッシュしてここへ届けに来たものだ。

新入社員の工場研修でここに来た時、工場長から「皆さん、子供の時に新学期にもらった教科書と同じ匂いがしませんか」と説明を受けた。伊場の記憶はないが、他の二人は興味深そうに鼻をひくひくさせ「本当ですね」と愛想よく答えていた。その時は「いざ、仕事が始まったらそんな呑気な気持ちにはならないぞ。毎回締め切り直前は、ちびりそうになるんだから」と心の中で呟いたものだ。

　工場の隅に設置されたパイプ管の中で弾ける音がした。整理部から表や図などが送られてくるエアシューターだ。組版担当が取りだし、データ入力して面に取り込んでいく。

　まもなくしてアルミ版が焼きあがり、工場の社員が巨大な輪転機にセットしていった。

零時三十分、ヘルメットの線から責任者だと分かるベテラン工員が「二号機始動します」とマイクでアナウンスし、輪転機が動き始めた。

　機械の音の煩さに作業員の声も消えた。一分間に千部ずつ刷られた新聞は即座に折り畳まれ、一部ごと裁断されていく。

　笠間が見た限り、これまでに持ち場を離れた工員は一人もいなかった。

刷りたての新聞を責任者が検紙する。笠間も隣に行き、断裁ミスがないかチェックした。

「大丈夫そうですね」そう言うと責任者から「ではこれでいきますね」と言われた。

　零時三十五分、トラックへの積み込みが始まった。

トラックの側には広告部員が立っていた。笠間の視線に気付き、首を横に振った。怪しい人はいません――その合図だ。工場の黒電話が鳴った。「こちらは異常ありません」大宮工場の千藤彩音が報告してきた。

零時三十七分、新聞の束が笠間の元に届いた。テーブルに出していた白い用紙に、笠間は朱肉をつけた判子を突いた。

持出禁止――。

掠れることなくしっかりと押せた。

その紙と新聞の束を脇に抱え、三階の編集フロアまで階段を駆け上がった。

息を切らして三階まで到達すると、エレベーターが開き、沢木野球部長が出てきた。

「刷りあがったか」

「読まれますか」

「おお、見せてくれ」

十字にかけられたビニール紐をずらして、強引に一部抜き取って渡す。

沢木と並んで編集局に入る。伊場が見ていた。笠間は気にせず、テーブルに束を置き、ビニール紐を切って、さらに「持禁」の判をついたコピー用紙を上に載せた。

「B版だ。この版から持禁だぞ」

連絡さんが新聞を数十部単位で抜き、各部のデスクに配っていく。今度はデスクたちも、インクの掠れや写真の裏焼きがないか、ページをめくって念入りに確認する。

テーブルの黒電話が鳴った。零時四十分。〈笠間次長ですか?〉本社近くの高速入り口に張らせていた即売部員だった。

〈トラック全台、高速に乗りました〉

「お疲れ」電話を切る。さらにまた黒電話が鳴った。四十一分。今度は大宮工場近くのインターで張らせていた即売部員からだ。

〈全台通過していきました〉

東北、および北関東の駅売店に向かうトラックにもおかしな動きはなかった。これで確認作業は全部終わった。よし。小さな声が漏れた。これで犯人は俺たちではない。

野球部席に近づき、伊場に声をかけた。

「伊場、B版、完了したぞ」

笠間は約束の合図をした。

「そうか」

紙面を眺めたまま伊場は答えた。

営業局員に笠間が命じたことは、明日には上司たちの知るところとなり、大問題となるだろう。営業局員に身内を見張らせるなど前代未聞のことだ。いくら濡れ衣を晴らすためだと主張したところでハイヤーまで勝手に使ったのだから丸山は納得しないだろう。始末書くらいは書かされるかもしれない。

だが問題は編集の方だ。さすがの伊場も実行を躊躇(ためら)っているのではないか。

おそらく伊場はB版の出稿作業を続けながら、部屋を出て、なかなか戻ってこない不審者がいないか調べていたはずだ。

伊場は、怪しんでいる人間の名前まで笠間に告げた。

だが尻尾を摑むまでには至っていなかった。

もし犯人扱いして間違っていれば、始末書では済まされない。相手が相手だけに左遷される危険性だってある。

それでも同期に向かい、やってくれ、と声に出すことなく訴え続けた。疑っているのならしっかり突き止めてくれ。「俺も汚いことをする人間は大嫌いだ」伊場もそう言っていたではないか。他紙に特ダネを漏らす人間がトップにいる会社では、ネタを摑んできた記者どころか、新聞を売る俺たち即売まで報われない。間違った時は俺も一緒に責任を取るから——そう心で叫び続けた。

零時四十三分、野球部長の沢木がB版の紙面を開いて、野球部席に近づいていく。

「伊場、今さらだけどこのジム・ブラッドショーの記事、《入団の意思があると思われる》や《開幕までに来日の可能性がある》とかあやふや表現が多すぎないか」

内容に推量の表現が多いのは笠間も刷りあがった新聞を目にした瞬間に感じた。《大槻ジェッツに現役メジャーリーガーが入団》と大見出しが立っている割には、本人に日本のプロ野球でプレーする気があるのかさえ、読み取れない。

「まだ身分照会していないから記者はそう書いてきたんだろうけど、大槻監督が獲ると言ったのなら入団が決まったも同然だろ。C版ではもう少し断定的に書き直してくれよ」

沢木は赤字を入れた紙面を伊場の前に置いて離れようとした。

「この原稿、ボツにします」

伊場が言った。

「どういうことだよ」沢木が足を止めた。

「夕方の会議の段階では間違いないと報告があったのですが、その後、監督に確認したら、『来てほしいけど本人が日本に来る気がない』と言ったんですよ」

「言ったって、そんなこと、おまえひと言も」上ずった声で言い、「どうすんだ、次の版、A版に戻すのか」と聞き直した。報告がなかったことを叱りたいのだろうが、今の沢木の頭の中はそれどころではない。

「それがジェッツ番が、違うネタを持ってきました。シーホークスの右の大砲、大八木をトレードで獲得するそうです。代わりに中継ぎ投手を放出します」

「C版の降版まで十五分ちょっとしかないぞ」

おどおどしながら壁の時計を見て言う。

「大丈夫です。ジェッツ番には、すでに書かせてますから」

10

——俺は沢木が怪しいと思っている。

廊下の隅で話した時に伊場が呟いた。

——野球部長が他紙に流しているというのか。

――沢木が流しているとしたら日日スポーツだけだ。俺たちが遊軍の頃、うちが日日の休刊日スクープに追いついたことがあったろ？　翌日、おまえが俺に聞いてきた件だ。

記憶が甦（よみがえ）った。笠間が先にジェッツ番キャップを二年やった後に、伊場が二年キャップを終えた時だから、三年前になる。当時のジェッツの監督が進退伺を出したという大スクープだった。笠間は評論家担当、伊場はコミッショナー担当で、その年からジェッツ番キャップになった後輩記者は、監督が辞めようとしていることに気付いていなかった。

だが深夜になってデスク席の電話が鳴ったそうだ。

当番デスクは当時、次長だった沢木だった。沢木は『日日の取材を受けたジェッツ幹部が慌てて連絡をくれた』と説明し紙面を差し替えた。そしてC版で日日スポーツのスクープに追いついた。

笠間も翌日伊場に、「このネタ、本当にジェッツが連絡をくれたのかな」と疑心暗鬼で尋ねた。伊場からは「最近のジェッツはずいぶん親切になったな」と言われた。

――あの休刊日の日日スポーツのデスクは、今は日日の野球部長だ。現場に出ていた若い時分から沢木と仲が良く、二人で結託して記事を書いていたらしい。

――だけど借りを作ったのは一回だけだろ。それなら前々回に婚約を教えたことでチャラじゃないのか。

それ以外、持禁ネタが日日スポーツに漏れたことはない。だが言ってから「違うな、婚約と監督の辞任じゃ釣り合わない」と言葉を継いだ。

——沢木はこのままいけば編集局長に昇格するが、向こうの部長は安穏とはしていられない。自分の失態になる特オチだけは勘弁してくれと沢木に泣きついているはずだ。

——伊場は最初から沢木を疑っていたのか。

——本当に怪しいと思ったのは前回、おまえがジェッツ番を疑ったことを、沢木がジェッツ番の常石とセネターズ番の岡本に話してからだ。疑惑が広がって喜ぶのは、本当の犯人だけだからな。

二人に話したのは沢木だったか。編集と即売が罪を擦りつけ合い、売り言葉に買い言葉で笠間が失言した。沢木はしめたとほくそ笑んだ……。

締め切り間際に新たなスクープ記事が入ったことに、編集局内は騒然としていた。

写真デスクが内線電話を取り、写真部に叫ぶ。

「おい、大至急、シーホークスの大八木の写真を焼いて、編集局に持ってきてくれ。全員総出だ。時間は十五分しかないぞ」

整理部員が伊場に近づきラフ絵を見せている。

「見出しは《トレード決定》ですか。それとも《トレードへ》と逃げ道を作っといた方がいいですか」

「トレード決定で構わない。百パーセント決まりだという紙面を作ってくれ」

「分かりました」

すぐそばに沢木が立っているというのに、伊場は見出しの確認すらしなかった。

編集局内を人が激しく行き来する中、沢木だけが部屋の真ん中で取り残されている。

「沢木部長、大八木の写真、打席で構えている写真がいいですよね。大八木と聞いてもパ・リーグに興味のない読者は、右打ちなのか左打ちなのかも分からないでしょうから」

写真デスクに言われ、沢木は「そ、そうだな。そうしてくれ」と生返事する。

沢木は出口に足を踏みだした。

「どこ行くんですか、沢木部長」

笠間が真横から言うと、沢木は立ち止まり顔を向ける。すでに血の気は引いていた。

さっき伝えた外国人選手のことは間違いだから差し替えてくれ……ビルの外の電話ボックスから日日スポーツに連絡するつもりなのだろう。早く伝えないことには、このままでは日日スポーツが誤報を載せる。

笠間はさらに前に出て、沢木の行く手を阻んだ。

これ以上、前へは行かせません。胸の中で叫んだ声は届いたはずだ。沢木は目を泳がせたままその場から動けなかった。

零時五十五分。ファックスの前で待ち構えていた連絡さんが叫んだ。

「伊場デスク、原稿来ました！」

ファックスが動きだす。じりじりと出てくる紙の端を連絡さんは引っ張るように強く摑んでいる。

「時間がないから、来た分から回してくれ」

「はい、これが一枚目です」

感熱紙を受け取ると伊場はペンのキャップを外し、赤入れを始めた。

赤ペンの先が感熱紙にこすれながら書き進んでいく音が、笠間の耳にも届いた。

第二話

1

「そう言われてもね」

「お願いします。北関（きたかん）鉄道に置いてもらえないと死活問題なんです」

東都スポーツ新聞の即売部長、笠間哲治は頭を下げ続ける。

「うちだって東都スポーツさんを置かないと相当な売り上げが減るんですよ。だけどこれが絶対に駄目だと言うもんだから」

北関鉄道・売店統括課長は親指を立てた。

「それなら上司の方に会わせていただけませんか」

昨夜、取次会社から笠間の元に〈大変です。北関が明日からすべての駅で東都スポーツの販売をやめると通告してきました〉と連絡が入った。北関鉄道は都内から埼玉一帯を結ぶ私鉄大手だ。全駅となれば、一日の売り上げは五百万近くなる。

「私からもお願いします」

隣からこの沿線の担当である千藤彩音が嘆願した。笠間が即売部長になった去年、事業部から引っ張ってきた有能な部下だが、よもやの事態に動揺している。笠間自身、東都スポーツに十五年勤務しているが、駅の売店から販売を拒否されるなんて、聞いたこともなかった。

「上に言っても無理だと思うよ。夏木田さんが、東都スポーツだけは絶対許さないでくださいと、社長に言ったらしいから」

夏木田慈――。北関鉄道が所有するプロ野球球団、北関ソニックスのGMだ。球界きっての切れ者で、チームの全権を任されている。

「だいたい、大事なシリーズ前に、どうして園部の離婚を載せたんですか。あの記事のせいでうちは日本一を逃したんですよ。笠間さんだって元記者なんだから、載せれば夏木田さんが激怒することくらい分かってたでしょ」

エース園部が離婚――平成六年の日本シリーズ開幕の前日、東都スポーツはそのスクープ記事を一面で報じた。記事に動揺したのか、ペナントレースでは十六勝六敗で最多勝と最優秀防御率のタイトルを獲得したエースが、一戦目と五戦目でKOされた。園部の不調が響き、平成六年の日本シリーズで北関ソニックスは東都ジェッツに二勝四敗で敗れた。

笠間はソニックスを担当したことはないが、球界のフィクサーの異名をとる夏木田の凄みは知っていて、一度だけ取材したことがある。三十五歳の時だったから四年前のことだ。遊軍記者として大型トレードネタを摑み、その裏取りをしようと会社にハイヤーを出してもらって、埼玉県大宮市に向かった。家の前で待っていると、夏木田は深夜にタクシーで戻ってきた。

――東都スポーツの笠間です。

挨拶したが、無視された。ソニックス担当記者からは、夏木田は書いてもいい時は「俺は知らん」と言うと聞かされていたが、情報が間違っていた時になんと答えるかは聞かされていなかった。

――福岡シーホークスと三対三の大型トレードをやるそうですね。

ストレートにぶつけた。他の取材対象なら、なにかしらの反応が出るものだが、その時の夏木田は亡霊のようで、表情になにも変化がなかった。

――書いてもいいが、怪我するぞ。

黙っていた夏木田が、急に低く尖った声を発した。街灯が少ない住宅街の暗闇で、細い目が光ったように見えた。

その言葉だけを残して、夏木田は門の中へと消えていった。

――夏木田と話しました。「俺は知らん」ではなかったですが、「書いてもいい」とは言われました。ただしその後に「怪我するぞ」と不気味なことも言われましたが。僕はこの情報で当たりだと感じました。

夏木田宅から離れた場所に停めてもらっていたハイヤーに戻り、自動車電話でデスクに伝えた。当時のデスクは「夏木田が怪我すると言ったからには、書いたらトレードも潰すって意味だ。書かない方がいい」と腰が引け、記事の掲載は見送られた。

その後、取材通りにトレードは発表になった。笠間は悔しさを滲(にじ)ませたが、デスクもソニックス番も「良かったよ、笠間。書いたら誤報にされるところだった。夏木田は新聞に漏れたらトレードはなかったことにすると相手球団に通達してたらしいからな」とむしろ安堵していた。

2

北関鉄道の売店統括課長は上司に会わせてくれることも、販売再開の目途を教えてくれることもなかった。これで明日も売店に東都スポーツが置いてもらえないことが確定した。

「すみません、部長に来てもらったのに無駄足になってしまって」

駅に向かう途中、千藤から謝られた。

「しょうがない。あの課長に権限がないのは事実だろうから」

「私、明日球団事務所に行って、夏木田GMに会ってきましょうか」

「千藤は引き続き、北関の課長の元に詰めてくれ」そう指示した。夏木田は記者でも話すのが大変なのだ。記者経験のない千藤が手に負える相手ではない。

「なにか飲むか、俺、お茶を買ってくるけど」

路線図を眺めて運賃を調べ、券売機で切符を買ってから言った。

「私が買ってきます、部長はホットですよね」

気温が十度を下回る寒い日だったのでそう言ったのだろうが、「冷たいのを買ってきてくれ」と頼んだ。

二人分の小銭を渡すと、千藤は肩まである髪を靡かせて売店へ走った。スタンドにはまだ今朝のスポーツ各紙が残っていた。普段東都スポーツが置いてある右端は、日日スポーツに占拠されていた。日日は東都が販売拒否された情報を摑み、急遽搬入数を増やしたのだろう。

通勤サラリーマンは見出しを見てスポーツ紙を選ぶが、とくにスクープがない時は、普段から読んでいるものを購入する。このまま販売拒否が続くと、再び置けるようになったとしても、他紙に乗り替えた読者が戻ってくるかどうか分からない。

千藤が冷たい緑茶を買ってきた。休刊日出勤や取次会社とのゴルフなどが重なってまともに休めていないせいもあり、ここ数日、笠間はひどい頭痛に悩まされている。でもここで頭痛薬を見せたら千藤が余計に責任を感じてしまうと、バッグから出すのをやめた。

お茶を手にして二人で自動改札をくぐる。春から続いた長い野球シーズンが終わった十一月の前半、北関鉄道の終着駅であるプラットホームには、厳しい冬を予感させる冷たい風が吹いていた。

会社に戻ってからも頭の鈍痛は治まらなかった。首から肩にかけて触ってみると岩のように硬い。きっと風邪の前兆だろう。しばらく首筋をマッサージしていると、千藤から「大丈夫ですか」と心配された。

「熱があるんじゃないですか、顔色も良くないですよ」

「ちょっと体が凝ってるだけだよ。帰りにマッサージに寄れば治る」

「駄目ですよ。風邪だったら逆効果です」

「そうだな。真っすぐ家に帰って寝るよ」

千藤の言う通りだ。昔から仕事で無理がたたると、体の凝りになって表れた。そういう時に酒を飲んだり、マッサージに行ったり、サウナに寄ったりすると、血の巡りが良くなるせいか三十九度くらいまで熱が上がった。今、自分が倒れたら即売部は大変なことになる。きょうは早く帰って、おとなしく寝るのが賢明だ。

「体調が悪いのに部長の頭痛の原因を増やしてしまいましたね。私がふがいないせいで、すみません」

千藤から改めて謝られた。

「俺が頭を痛めてるのは北関のことじゃないんだよ。ちょっと子供のことでいろいろあってさ」

「息子さん、お二人とも野球やられてるんですよね」

部員たちとの飲み会で、次男の翼に習っていた剣道をやめさせて長男がいた少年野球チームに入れたと話した。

「いや、今も続けているのは長男だけだよ」

訳ありな言い方に聞こえたのか、千藤はこれ以上家族の話に突っ込んでくることなく、話題を変えた。

「どうして北関本社は今頃怒りだしたんですかね。日本シリーズが終わって、もう一週間経ってるのに」

「それだけ夏木田が怒ってるってことだよ。日本シリーズに負けたのをうちに責任転嫁したいんだ」

「一番ひどいのはうちの野球部ですよ。選手の離婚なんて野球と全然関係ないのに、これじゃうちがソニックスを負けさせようとしたと思われても仕方ないですよ」

千藤の怒りが野球部に飛び火した。

東都スポーツの親会社である東都新聞が所有するジェッツは、ここ数年、日本シリーズの対決でも選手補強でも、夏木田率いるソニックスに負け続きだった。常勝軍団の呼び名も、最近はソニックスに使われる。

大槻監督が就任して二年目の今季、ジェッツは久々に日本シリーズに出たのだ。やられつぱなしだった夏木田に一矢を報いるため、ジェッツのグループ会社である東都スポーツがしゃしゃり出て、野球ファンから純粋な日本シリーズの楽しみを奪った……そう皮肉ってきた週刊誌もあった。

日本シリーズ開幕の日にそんな記事を載せたのだから、穿って見られても致し方がない。だが十三年間野球部で記者をしていた笠間は、担当記者が自社のグループである球団を勝たせたいなどという意図で、スクープ記事を書くはずがないと思っている。離婚など私生活に関わるネタは裏を取るだけでも大変なのだ。事実を摑み、そして園部本人にぶつけたのがたまたまシリーズ前日だった。シリーズ終了まで待てば他紙に追いつかれるから載せた。単純な理屈である。

離婚記事はそれほど野球に関心のない読者の目を惹きつけ、その日の東都スポーツは即売の数字が前年比の五割アップだった。球界を代表するエースがどんな女性と結婚していて、なにが原因で別れたのか。スポーツ記者は結果を書くだけが仕事ではない。読者が新聞を買いたくなる情報を見つけるのも大事な仕事だ。笠間だって嫌な思いをしながらも、そういう仕事を重ねてきた。

野球部が書いたことに関しては理解しているつもりだが、今回の件にまったく不満を持っていないわけではなかった。

それは事の発端を作った野球部長からひと言もなかったからだ。

即売部に迷惑かけて申し訳なかったな——そう言ってくるだろうと朝から待っているの

だが、伊場からは電話一本なかった。

3

夜十時に自宅に着いた笠間は、ショルダーバッグからキーを出し、鍵穴に差し込んだ。野球デスクから即売に異動して二年、今は接待でもない限り深夜に帰ることはないが、昔からの習性で呼び鈴は押さない。

「お帰りなさい」

奥から女房の静恵の声がした。台所に行くと静恵は食事の準備をしている最中だった。

「今、ちょうどできたところよ」

電車に乗る前、ホームの公衆電話から「これから地下鉄に乗るよ。飯は食ってない」と伝えたので、時間を見計らって作ってくれたようだ。だが油が跳ねる音にげんなりした。今晩のメニューはトンカツだった。

それでも中学校の教諭をし、朝は笠間より早く出る静恵が、夫にできたてのものを出そうと待っていてくれたのだ。先に体の不調を伝えなかった自分の方が悪い。

出てきた厚いロースカツに、カラシを多めに搾りだした。

いつもならあっという間に食べ終わるのだが、この日は喉の通りが悪く、食の進みが遅かった。頭痛だけでなく、胃もたれも起こしそうだったが、なんとか全部食べ終えた。流し台まで片付けにいくと、台所のカウンターに、冷めたトンカツが透明な蓋をして置かれていた。

「翔馬は食べなかったのか?」

「友達と食べてきたからいいって。帰ってきて部屋にこもりっきり」

食卓で生徒の宿題のチェックをしていた静恵が言った。

「練習は?」

静恵は顔を上げ、眉をひそめて首を左右に振った。これで長男は一週間、部活を休んでいる。いくら関東大会の一回戦で敗れた心の傷が癒えないとはいえ、一週間も休めば、せっかく鍛えた肩も衰えてしまう。オフシーズンに怠けていたら来年の夏に影響が出るぞ、そう説教したい気持ちは山々だが、今の笠間は、息子に強く言えない負い目があった。

「翼はちゃんと学校行ってるか」

もう一つの悩みである次男について尋ねた。

「それは大丈夫、この前の算数のテストの点数はあまり良くなかったみたいだけど」

「何点だった?」

「二十点。机に隠してたのを私が見つけただけだから翼には言わないでね」

指を口に当てた。二十点にも落胆したが、点数の悪いテストを机に隠すのも、ずいぶん器が小さいとがっかりしてしまう。

さりとて笠間自身も大学を中退するまで、学校に行っていなかったことを親に隠して、伝えていなかったのだから似たようなものか。

「小学校は落第がないんだから、学校に行ってくれさえすれば十分だよ」

自分に言い聞かせるように言った。

「そんなこと言ってたら、また受験で苦い思いをするわよ」

「だから翼には受験は無理だって」

「私も厳しいとは思ってるよ。だけどここで行かせとかないと、高校、大学ってそのたびに苦労するのよ。翼のように最初から競争には向いてない子供だっているんだから」

その言葉でまた気が重くなった。静恵は塾に通わせて、偏差値は高くなくても大学までエスカレーター式でいける私立を受験させたいようだが、笠間は反対している。

静恵が急に中学受験を言いだしたのは、二年前、長男の翔馬が合格間違いないと言われていた県立高校に落ちたことが大いに影響している。あの時は笠間も静恵も、採点ミスがあったのではないかと、しばらく現実を受け入れられなかった。

誰よりも翔馬が一番落ち込んでいた。それでも滑り止めで入った私立が、野球でもそこそこの強豪校だったことで、翔馬は気持ちを切り替えた。

二年生になって、翔馬はエースナンバーをつけ、この秋は学校創立以来初めて、関東大会に出場した。来年夏に甲子園に行くことになれば、家族みんなが県立に落ちて正解だったと思うかもしれない。

子供なんてものは放っておけば自力で立ち直れるものだ。それでも親は心配の方が先に立ち、頼りない次男が同じ失敗をしたらきっと見ていられなくなると、余計なことをしてしまった。

中学受験させても、知名度の低い学校なら大学を出てから就職に苦労する。そう思った笠間は、今年の六月、次男の翼に剣道をやめさせて、翔馬も所属したリトルリーグに入れた。小柄の翔馬とは対照的に、背が高くて体に恵まれている翼なら、翔馬以上のいい選手になるかもしれないと思ったからだ。

その考えが甘かった。チームは子供に暴言暴力を振るうひどい監督に替わっていて、翼は一週間でやめた。チームに残った同級生からなにか言われたようで、一学期の最後は学校を休み、部屋に引きこもった。

「無理やり行かせようとしたら余計に学校が嫌いになってしまうわよ」

静恵がそう言って、しばらくそっとしておいたおかげで、翼は二学期からは学校に通い始めた。それでもまた行かないと言いだすんじゃないかと笠間は気が気でない。静恵から「この前、悪そうな恰好をした中学生くらいの子供とゲームセンターに入っていくところを呼び止めたの」と聞かされ、そのことも心配の種になっている。

翼が公立中学に行ったとしても、その年には翔馬の大学受験がある。その後は三年置きに翼の高校と大学受験……子供が六歳違いの笠間家ではオリンピックより早い三年周期で、受験がやってくるのだ。

五輪は、今年のリレハンメル冬季大会から夏冬二年置きに行われるように変わったのだが、スポーツで一喜一憂するのはよくても、自分の子供の受験となると、胃が縮む思いをするだけで、体にいいことは一つもない。

静恵が入れてくれたお茶で、飲みそびれていた頭痛薬を飲み、ソファーでくつろごうと移動すると、寝室から静恵が首を傾げて戻ってきた。

「どうしたんだよ、暗い顔して」

「また足りないのよ」静恵は左手に生活費の入った財布を持っている。

「今度はいくら」

「五千円」

「数え間違いじゃないの」

「そんなことないわ。昨日銀行で下ろして、ほとんど買い物もしてないんだから」

翼の仕業だと思った。財布から金がなくなったのは以前にもあり、静恵は翼が財布を覗いているところを注意した。

「私が話してみるから」

静恵はそう言ったが、笠間は我慢できず、「翼!」と叫んで階段を上がった。部屋を開けると翼はベッドに横たわって漫画を読んでいた。

「母さんの財布を触ってないか。もしそうなら今すぐ返せ」

そう言って手を出した。いくら背が高いといってもまだ小学五年だ。ベッドから上半身を起こし、父親の迫力に怯えている。

翼はなにか言いかけたところで視線を落とした。やっぱりそうだ。口を出さずに翼が認めるまで待つ。そこで壁越しから長男の翔馬の声がした。

「俺が借りたんだよ」

まさか翔馬とは思っていなかっただけに頭が混乱した。一度廊下に出て隣の部屋を開ける。

父親が血相を変えて入ってきたというのに、翔馬は床に尻をつけた姿勢で、ゲーム機を弄（いじ）っていた。このゲーム機は去年、翼に買ったものだ。

「翔馬、父さん、よく聞こえなかった。もう一度言ってくれ」

「だから俺が借りたんだよ。小遣いがなかったから、母さんの財布からちょっとだけ借りた。あとで言おうと思ってたけど忘れてたんだ」

翼のように怯えることもなく、開き直った顔でゲームを続けている。

床にはゲームソフトがパッケージに包まれたまま置いてあった。

「このゲームを買うために金を盗んだのか」

「そうだよ。だけど盗んだんじゃなくて、借りただけって言ってんだろ。あとでちゃんと返すから」

「翔馬、ゲームをやめろ」

前に出て息子の手からゲーム機を奪い取った。

「なにすんだよ」

「おまえ、六大学でプレーするんじゃなかったのか。そのためにまず高校野球で甲子園を目指すんじゃないのか。せっかく関東大会まで行ったのに、一回戦で負けたくらいで腐ってどうすんだよ」

将来を慮って説教したつもりだが、息子の心には届かなかった。

「なにが後悔だよ。どうせ俺のことなんか応援してないくせに」

その言葉が脳天まで響いた。そんなことはない、俺は応援している……だが今はそんなことを言う時ではない。

「金が必要なら先に言え。あとから借りたなんて卑怯なことは言うな」

怒ったところで翔馬は笠間からゲーム機を取り返し、不貞腐れた顔で続けるだけだった。

4

翌日、各売店の売れ行きを報告する会議が終わると、笠間は丸山営業局長に呼ばれた。

「笠間くん、北関沿線がゼロじゃ、今月の前年比は大変なことになるぞ」

「そんなこと、言われなくとも分かってますよ」

思わず言い返してしまった。丸山が顔をしかめたので「すみません」と謝る。余計なことを口にしないよう気をつけておかないことには、ただでさえ不満を募らせている丸山やその上の役員から、即売部員はなおさら責められる。

なにせ北関全体で一日五万部あるのが、二日間ゼロなのだ。売店や取次会社が被る分を差し引いても、損害額は一千万円を軽く超える。

千藤は朝から北関の課長の元に行っている。笠間も即売の取次会社に電話をかけては、なんとか北関本社を説得してくれないかと頼んでいるが、色よい返事はもらえていない。

「笠間くんは夏木田GMを説得できないのか。こういう時のために、きみを編集から引っ張ったんだぞ」

実際は引っ張られたわけではなく、伊場との争いに敗れて野球部から即売部に異動させられたのだが、丸山は恩着せがましくそう言った。

「僕が夏木田に謝罪しても効果がないと思いますよ。夏木田は野球部の責任者を寄越せと言うに決まっています」

大昔、ソニックス番が誤報を書いた時もそうだった。記者の謝罪では許さず、上司でなければ謝られても意味がないと夏木田は一切話し合いに応じなかった。

「違うよ。きみが伊場くんに、夏木田GMに詫(わ)びるように言うんだよ」

「伊場が謝るはずがありません。園部が離婚してたのは事実なんですから」

「事実だろうが、大事な日本シリーズを前に書くことはないだろ。たかだか離婚だ。野球とは関係ないんだし」

千藤と同じことを言われた。

「一応やってみますけど」

　自席でひと息つく。三階の編集局に向かおうか。だが伊場の傍若無人な顔を想像したら、また頭痛がしてきた。

　すると庶務の女性から「笠間部長、奥さまからお電話です」と呼ばれた。静恵が会社に電話をかけてきたことはこれまでなかった。「どうした」受話器をあげるとともにそう言った。

〈あなた、大変なの。翔馬の高校、対外試合禁止処分になるかもしれないんだって〉

「なにをしたんだよ」

〈野球部の二年生三人が、集団万引きで捕まったのよ。そのことで一週間前から部活動を謹慎させられてたみたいなの〉

　だから翔馬はここ数日自宅にいたのか。

「生徒は逮捕されたのか？」

「ううん、お店の人が学校に連絡してきて、教頭と野球部長が謝ったことでなんとか済んだみたい。でも学校内では結構な問題になってるって」

「その三人に翔馬は入ってないんだろうな」

〈当たり前じゃないの〉

　呆れた声で言われた。もし関わっていたら、親が一週間前に呼びだしを受けている。

「どれくらい禁止になるのかな」

〈六ヵ月は禁止になるだろうって。夏の大会は出られるけど、それまで練習試合もできないし。翔馬は相当ショックを受けてるだろうから、あなたからも慰めてあげて〉

関東大会に出場したといっても、埼玉県大会は三位だったのだ。上位二校はいずれも関東大会でベスト4入りし、センバツ出場を確定的にしている。これで来夏の甲子園出場はいっそう厳しくなった。

それでも最後の夏の大会に出られるだけでも良かったじゃないか。まだ可能性が消えたわけじゃないんだぞ。そう元気づけてやりたかったが、今の笠間がそんなことを言えば、翔馬の心を余計にささくれ立たせてしまいそうだ。

そう思うと会社に対して、いや、あいつに対して恨み事をぶつけたくなった。

受験の失敗からも自力で這い上がった優等生の息子が、急に反抗的になったのは、東都スポーツの野球部に原因があった。

5

階段で三階に上がり、久々に編集局のフロアに入った。かつて十三年もここで過ごしたというのに、一歩足を踏み入れた途端、敵の牙城に入ったような憂鬱な気分になった。

一年前、笠間が即売部長になったのと同じ人事で、野球部の部長に昇格した伊場は、椅子に背中を預け、朝刊をめくっていた。

「伊場、ちょっといいか」

足音で気付いているはずなのに、笠間が話しかけるまで、顔を上げなかった。

「なんだ」

「用件は分かっているはずだ」

「あのことか」

そう言っただけで、また新聞に目を戻す。あのこととはなんだ。居直ったような態度にさらに怒りが湧き上がってくる。

それでも心を鎮めて、「なぁ、伊場。一席を設けて、担当記者と夏木田で話し合うことはできないのか」と聞いた。

「そんなこと、夏木田が応じるわけがない」

「じゃあ伊場が行ってくれ。部長が出るなら夏木田も納得するだろう」

「どうして俺が行くんだ。うちは詫びるようなことはなにも書いてない」

想像していた通りのことを言った。

「俺だって、うちの野球部は記者として当然のことをしたと思ってるよ。日本シリーズ前日というのはソニックスには不運だったが、うちの記者がその日にようやく書けるまでの取材を終えたわけだから、タイミングは仕方がない。でも売り上げのことも考えてくれ。北関の全売店でこの後も販売拒否が続くとなると、うちの会社の損害は計り知れない」

「記者だって無傷なわけではない。ソニックス番は出禁を食らっている」

「それじゃ日本シリーズも取材できなかったのか」

それならもっと騒ぎになっていてもおかしくないが「シリーズは取材できた。出禁は昨日からだ」と言うから販売拒否と同じタイミングだ。

記事が出てから二週間経過して出禁とは釈然としないが、夏木田ならやりかねないと思った。

日本シリーズは北関鉄道を宣伝する大きな機会だから取材させた。だがストーブリーグともなれば、本社にとって良いイメージになることばかりではない。取材できなくて困るのは、書くネタがなくなる新聞社の方だ。

「担当記者も途方に暮れているんじゃないのか」

「出禁されようが他を取材すればいいだけだ」

笠間の同情を感じ取ることなく、伊場は強気に言い放った。その言い草は即売が困っていることなど、自分たちには関係ないと言い放っているようにも聞こえた。

「用はそれだけか」

「ああ、そうだ」

「俺は飯を食いにいく」

伊場は席を立って出ていった。

待てよ——そう呼び止めようと思ったが、声にならなかった。

なぜあんな見出しをつけさせた。おまえは翔馬が俺の息子だと知ってたんだろ。

伊場の後ろ姿を見ながら、販売拒否とは別の、腹の中でずっと堪(こら)えていた怒りが喉元まで湧き上がってきた。

日本シリーズ最終戦の翌々日、東都スポーツは珍しく高校野球を最終面で掲載した。プロ野球シーズンが終わり、ネタがなかったこともあるが、神奈川大会で優勝した県立の進学校が、関東大会の初戦を勝ち、センバツ出場に一歩近づいたのだ。笠間がデスクでも終面で扱っただろう。

紙面には、進学校の快進撃を称(たた)える数々の見出しが躍っていた。その中に、笠間が引っかかる言葉があった。

埼玉江陵　エース笠間の不調が誤算

神奈川の進学校は、県大会から複数の投手が継投して勝ち抜いた。一方、埼玉江陵は県予選から翔馬が一人で投げ抜いた。埼玉大会の三位決定戦で延長十二回、一八〇球を投げ、彼の肩は消耗しきっていた。

不調といっても、立ち上がりに四点を奪われただけで、二回以降は無失点に抑えた。むしろ、非難されるべきは公立校相手に一点しか取れなかった打線の方だ。

その日、笠間は午後七時に会社を出たため、紙面に翔馬の試合が取り上げられ、まさかそのような見出しがついているとは思いもしなかった。

「なによ、この記事。これじゃあ、翔馬のせいで負けたみたいじゃない」

翌朝、静恵に言われて初めて知った。その場では「翔馬が期待の投手だという表れだよ。いい投手は負けたら非難も受ける」と女房を宥めたが、胸の中は会社への怒りで震えていた。

社内の人間に息子がエースピッチャーとして関東大会に出ていることを話していなかった。だから高校野球担当や見出しをつけた整理記者は、笠間翔馬が即売部長の息子だと知らなかった可能性はある。

それでも伊場は知っている。

翔馬が生まれたのは笠間がまだアルバイトをしていた時で、伊場とは出会っていない。だがその後、伊場が「翔馬」と名を口にするのを聞いたから、息子の名前は知っている。息子の話をした時、その少し前に伊場の妻は流産していたので、余計に申し訳なく感じた。同時に一緒にジェッツ番をした仲間だからこそ、親として半人前で、苦労していた笠間を元気づけてくれたのだと、感動した。

あれから十年もの月日が経っているし、その後、息子がどうしているかを伊場に話したことはない。それでも他の社員には息子がシニアで活躍したことは話しているし、勘のいい伊場なら「笠間翔馬」と聞いてピンとこないはずはない。本来必要のない負けチームのエースの名を見出しに入れさせたのは伊場だろう。ヤツの悪意を感じた。

新聞が出た日の夜、遅くに練習から帰ってきた翔馬は、飯を食わずにシャワーを浴びて自分の部屋にこもった。紙面を見たんだなと察した。

笠間が歯磨きを終えた時、トイレから出てきた翔馬とぶつかった。

落ち込むなよ、まだ夏があるんだからと元気づけようとしたが、息子は目も合わすことなく二階に上がってしまった。あの時も心の中ではこう言っていたのだろう。

――どうせ俺のことなんか応援してないくせに。

ゲーム機を弄る息子に言われた言葉は、今も笠間の心に突き刺さっている。

6

夕方、北関ソニックスの練習場に向かった。

チームは今週末まで宮崎で秋季キャンプ中だ。それなら夏木田はベテラン組が残る埼玉の練習場で契約更改の下交渉でもしているかもしれないと思ってきたが、当てが外れた。ベテランとリハビリ組がランニングで汗を流している程度で、フロント幹部は誰もいなかった。

「あれ、笠間さんじゃないですか」

背後からスポーツジャパンの記者に呼ばれた。笠間がジェッツ番の時、スポーツジャパンで一番下の番記者をしていた。

東都は出入り禁止のはずだと指摘されるかと思ったが、いつ夏木田から同じ目に遭わされるかもしれない立場だけに、野暮なことは言ってこなかった。

「GMに会いにきたんだけど、こんなところに夏木田さんが来るわけないよな」

「昨日はいたんですけど、きょうは顔見てないですね」彼はグラウンドを見回した。「夏木田さんとの話し合いが目的ですか」

「そうなんだよ。まさか売店に置かないなんていう反撃に遭うとは予想もしなかったから」

「僕もあれにはぞっとしました。こんなことされたら、金輪際スポーツ新聞はソニックス関連で飛ばしを書けなくなりますものね」

飛ばし記事でなく、うちが書いたのは事実だと反論したかったが、余計なことを言うこともないと出てきた言葉を喉に押し返した。

「だけどどうして今頃処分するんですかね」

「それが納得できないんだよ。書いた直後なら分かるけど、もう二週間も経ってんだぞ」

そこで彼が「もしかして」と興味深いことを口走った。

「ジェッツへのトレードに失敗したからじゃないですかね」

「トレードって、誰だよ？」

「日比野ですよ」

「ソニックスって、日比野をトレードしようとしたのか」

日比野は三年前、社会人からソニックスを逆指名して入団した右の本格派投手だ。直前までジェッツが囲い込んでいたが、夏木田が高校や大学の恩師を説得し、さらに裏金を積んで翻意させたと言われている。

入団当初は、エース園部と二枚看板になると期待されたが、プロ入りしてからの三年間は、毎年五勝程度しか挙げていない。

「日比野ならジェッツは喜んでもらうだろ。どうして実現しなかったんだよ」

「たぶんジェッツが日比野のパンクに気付いたからです」そう言って、記者は右肘を押さえた。

「肘痛か?」

「はっきりとは分かりませんが、病院通いしているって噂もあります。うちのジェッツ担当がこっそりフロントに聞いたら『夏木田に不良品を押しつけられるところだった』と激怒してたようですから」

言われてみれば日比野は今年の日本シリーズでも登録メンバーから外れていた。

「ジェッツのフロントが怒ってんならそうなんだろうな」

「トレードがうまくいかなかったから、夏木田さんは同じ東都グループの笠間さんたちに八つ当たりしてんですよ」

夏木田が故障持ちの選手を売り込むのは珍しいことではない。それをジェッツが寸前で気付いたというのも理解できる。だがそんなことで東都スポーツに対して、ここまでの嫌がらせをしてくるだろうか。

もしや——日比野の故障に気付いたのはジェッツではなく東都スポーツの記者ではないか。そして東都の記者がジェッツに伝えたのではないか。

そこまで考えたが、他紙の前で話すことではないと思って黙った。するとスポーツジャパンの記者は話題を変えた。

「笠間さんは即売部長だから正直に言いますけど、僕らも伊場さんには痛い目に遭ってきましたから、東都が出禁と聞いた時はちょっとスカッとしたんですよね。担当の金田くんには申し訳ないけど、伊場さんって、他紙に情け容赦がないというか、知ったネタは全部書く人でしたからね」

彼は多くのスクープを獲られた伊場のことを恨んでいた。

「あっ、笠間さんは違いますよ。笠間さんにはすごく優しくしてもらいましたし」

笠間が無反応なことにまずいと思ったのか、言い足した。

他紙から優しいと言われる記者なんて屈辱でしかなかった。俺も他紙より早くネタを書こうとしたし、知ったネタはもちろん独り占めしたぞ。心の中で叫ぶ自分の抗議の声までが空しく聞こえた。

記者と別れて、公衆電話を探した。なかなか見つからずショルダーバッグから携帯電話を出した。部長になった一年前、音響メーカーのケンウッドが発売したものを十七万円も払って買ったが、あまり使っていない。

携帯電話は社内でも持っている者をちらほらいるが、最近は妻帯者は要注意とも言われている。それは東京にいる時は〈〇三〇……〉から始まる電話番号なのに、関西など遠くに出張に行くと〈〇四〇に変えておかけ直しください〉とアナウンスされ、同僚の一人がゴルフだと嘘をついて京都に不倫旅行したのが女房にバレ、大変なことになったからだ。

笠間は後ろめたいことは一度もしたことがなければ、静恵にどこに出張するのか、すべて伝えている。せっかく買った携帯を使わないのは、十円でたった六秒しかかけられないほど、通話料がバカ高いからである。

それでもこれだけ歩いて見つからないのなら、携帯を使うしかないかと諦めかけたところ、ようやく電話ボックスを見つけた。通話音が鳴り、テレホンカードの度数が一つ減る。即売部の男性社員が出た。

「笠間だけど、千藤から連絡はあったか」

〈きょうも統括課長としか会えなくて、なにもできなかったと謝ってましたよ〉

意気消沈している彼女の姿が浮かぶ。これが記者なら対抗策がある。伊場が「出禁されようが他を取材すればいいだけだ」と強がったように、相手が困るネタを探してきて、東都スポーツを敵に回したら怖いと思わせればいい。

自分たち即売はそうはいかない。記事に怒った球団が広告出稿を止める、系列テレビ局に放映権を与えないと脅すなど、ターゲットを営業部門に変えたことはこれまでもあった。それでも売店の販売を拒否するという、一日数百万単位の損失が出る報復を受けたことは、長いスポーツ新聞の歴史を振り返っても記憶になかった。

会社との電話を終えると、胸ポケットから手帳を出して、静恵が勤務する中学の番号を押した。テレホンカードの残り度数が「5」になったため、受話器を顎に挟んで、小銭入れからあるだけの十円玉を出して積んでおく。

〈はい、変わりました、笠間です〉

普段とは異なる畏まった口調で静恵が出た。

「学校の件、どうだった」

静恵はこの日の午前中、高校野球部の保護者説明会に出席していた。

〈高野連には届けたみたいね。もうすぐ処分が出るって〉

「正解だよ。隠したってどうせバレるだろうし」

こういう不祥事は必ず露見する。ライバル校の関係者や同じ高校のレギュラーになれなかった選手の親が密告するからだ。隠蔽があると、高野連は処分を重くせざるをえなくなるから正直に認めた方がいい。

〈万引きした生徒は停学になって、しばらく病院でカウンセリングを受けさせるんだって。でも野球部には戻れないみたいね。三人とも野球の特待生で、一人はセカンドで一番を打ってた子、もう一人は控えだけど代打とかで出てた子だから、翔馬もショックだと思うわ〉

「翔馬は本当に大丈夫なんだろうな」

〈大丈夫ってなにが？〉

「万引きグループに入っていなかったかってことだよ」

〈あなた、自分の子を疑ってるの？〉

尖った声が返ってきた。

「いや、疑ってなんかないよ。翔馬がそんなことするわけないもんな」

慌てて言い繕ったが、静恵のため息が聞こえてきた。ちょうど残り度数がゼロになったブザー音がしたので、「カードがなくなった。またかける」と電話を切った。

反省してグラウンドの脇を歩き、駅へと向かう。西日が正面から当たり、すでに暮色が迫っていた。練習する選手も引き上げたようだ。気温が下がってきたのでバッグからマフラーを出して首に巻き、両手を上着のポケットに突っ込んだ。静恵に余計なことを口走ったせいで、また頭痛がしてきた。寒気までする。これは早く帰らないと発熱する。室内練習場の横を通るが、扉は閉められていた。

中からキャッチャーミットが鳴る音がしたが、気にしなかった。この時期、若手の有望株は秋季キャンプに行っている。ベテランも十一月は肩を休めているはずで、投げているのは秋季キャンプメンバーにも入れなかった三軍選手だろう。そこで木枯らしが吹き、寒気に身が包まれた。

「よっしゃ、ナイスボールです」

風が去ったのと同時に、扉の奥から威勢のいい声がした。

「今ので五〇球です。あと一〇球行きましょう」

ブルペンキャッチャーは普通、現役を引退した元選手がやる。その人間が「ですます調」で話しているからには、投げているのは年上の選手なのだろう。

室内ブルペンの扉を少しだけ開けて中を覗いた。正面に捕手が見える。ちょうどボールがミットに収まる瞬間だった。

「ベリーグッド、きょうイチです」

ミットに吸い込まれたボールは、一軍でも通用しそうな伸びのあるストレートだった。もう少し扉を開き、投げた投手を探った。そこで目が釘付け(くぎづ)けとなった。

投手は次の投球に入った。長身からゆっくり振りかぶって足を踏みだすと、腕を振った。その力強いピッチングをする男は、肘痛で病院に通っていると聞いた日比野だった。

7

ソニックスの練習場から帰社した笠間は、その足で三階の編集部に行った。伊場もジェッツ番キャップの常石の姿も見えず、ソニックス担当の金田を呼んだ。

「キンタ」

普段は呼びかけると人懐っこい顔で近づいてくる後輩の金田が、この日は笑み一つ見せなかった。

空いている会議室に呼んで、園部の離婚記事を書いた経緯について質した。

「本人が認めたから書いたんですよ」

「それは分かってるよ」人生に関わる大事な決断を、本人が認めないのに書くのは、伊場が許さない。「俺が聞きたいのは、どうして今頃になって夏木田が激怒したのかということだよ」

「それは笠間さんでも言えません」金田は返答を拒否した。

「どうして俺に言えないんだ」

「笠間さんだって記者時代、デスクに話せなかったことがあったでしょう」

「これがニュースだったらおまえに聞かない。でも俺が聞いてるのは、夏木田が怒ってる原因だ。うちに怒ってるのは園部の離婚とは関係ないんじゃないのか」

「北関本社が園部のことを持ちだしてるなら、そうなんじゃないですか」

硬い顔つきのままそう答えた。性格が素直すぎて記者としては少し頼りないと思ったこともあったが、今は違う。強張（こわば）った金田の顔からは、同じ会社の人間だろうが絶対に話さないという強い意思を感じる。おそらく伊場からそう命じられたのだろう。

「それじゃあ率直に聞く。キンタが出禁を食らってるのは、日比野のことだろ」

金田の瞳が微（わず）かに揺れた。

「日比野が病院通いしているという噂をジェッツに伝えた。それでトレードが潰れ、夏木田は激怒したんじゃないのか」

目を合わせかけた金田だが、「もういいでしょ」と部屋を出ていこうとする。手を伸ばして金田の腕を摑んだ。

「いい加減にしてくれ。記者がスクープを出しても、俺らが売らなきゃ新聞は読者に届かないんだぞ」

俺たちが売っている――即売部に異動した時、それだけは絶対に言うまいと決めた台詞だったが、吐かずにはいられなかった。千藤彩音は毎日、担当課長の元に通って頭を下げている。このままだと損失額は増え続け、自分どころか、上司から部下まで責任を取らされる。

「もう一度聞く。日比野は肘を痛めて病院通いをしていることになっているが、本当は違うはずだ。野球部はなにを企んでるんだ。なぜ俺たちに教えてくれないんだ」

また金田の視線が反応した。

「俺は日比野がブルペンでピッチングをしているのを見たんだ。なにも喋らないなら、日比野のトレードが潰れたのは肘のせいではないとあっちこっちで喋るぞ」

「ちょっと、笠間さん、脅しは勘弁してくださいよ」

今度は金田が会議室から出ていこうとする笠間の腕を取って止めた。

「なにが脅しだよ。俺たちに隠し事をするからじゃないか」

反論しかけた金田だが、口を噤んだ。しばらく考えてから「それなら伊場部長に言ってくださいよ。伊場部長から、夏木田と本気で戦うつもりなら漏らすなと言われたんですから」と少しだけ事情を吐露した。

「ソニックス番はキンタだろ。俺たち即売部はソニックスのことで困ってるんだ、おまえに聞くのが筋だ」

　言いながらも、自分に都合のいい理屈だとは分かっていた。本来は部長同士、伊場に直接言うべきだ。だが伊場は一度決めたら簡単には変えない。かといってこれ以上、金田を責めるのもかわいそうだ。

「分かった。日比野のことは誰にも喋らない」

「本当ですか」

「その代わり、俺が夏木田と交渉する。販売を止めているのは夏木田だ。それをやめさせるのは俺たちの仕事だ。それくらいいいだろ」

「それは、そうですけど」

「よし、じゃあ明日の夏木田の居場所を教えてくれ」

　眉間に力を入れて尋ねた。

8

〈日比野選手、やはり病院に向かいました。球団の人らしきスーツを着た人が運転する車で来て、今一人で中に入っていきました。部長の考え通り、心療内科です〉

千藤彩音が電話を寄越した。

投げられるのに通院しているとしたら、精神的な問題だ。プロ野球選手だって鬱病にかかることはある。そう推察して午前中、朝から千藤に独身寮を張り込ませた。それでも謎は残った。そのような精神状態の選手が、あれほど縫い目に指のかかったボールを投げられるものだろうか。

「院内に入るわけにはいかないだろうから、出てくるまで外で待っててくれるか」

〈はい、そうします〉

十五分後、再び電話がある。

〈今、迎えの車が来て、日比野選手は寮方向に帰っていきました〉

千藤には、行きはタクシーで尾行させていたが、すでに帰してしまったため、これ以上追いかけられない。

「顔は見えたか?」

〈帽子を被っているのではっきり見えたわけではないですけど、とくに変化なしです。イヤホンをつけて、車に乗ってからは運転席の人と普通に会話してました〉

病院に聞いても患者のことを教えてくれるはずがない。お疲れさん、会社に戻ってきてくれと言おうとしたところ、千藤が言った。

〈カウンセリングを受けたんでしょうけど、本当に鬱病なんですかね〉

「どうしてそう思うんだ」

〈だって目の前に薬局があるのに、寄らずに帰ったんですよ。鬱病だったら薬をもらうんじゃないですか〉

9

幕張(まくはり)のホテルのエレベーターから、学ラン姿の生徒と両親、そして若い男と初老の男が出て来た。

若い男はきちんとスーツを着ていたが、初老の男、夏木田は髪を短く刈り、ジャケットにノーネクタイだった。

肩幅があり、その肩で風を切るように歩く。皺だらけの顔で、目つきが鋭いため知らない人間が見ればその筋の者だと勘違いする。有望選手がソニックスを逆指名するのは金ではなく、うちでプレーしろとこの顔で凄まれるからだという伝説もある。

一緒に出てきたのは今年のドラフトで千葉県の高校から三巡目指名された高校生投手と両親だ。担当の若手スカウトが「次回は入団発表で、記者会見もあります。晴れの舞台なのでご両親もご出席ください」と親に伝え、続いて高校生に「年明けの自主トレで遅れないようにちゃんと練習するんだぞ」と声をかけた。高校生は頷き、母親が「遊ぶのは活躍してからにしてね」と笑顔で注意する。和気藹々(わきあいあい)とした雰囲気だが、夏木田はその輪の中に入らず、離れたところで、気難しい顔をして立っていた。

エントランスの方向にロビーを歩く夏木田が、千藤と並んで立っている笠間を見つけた。一瞥(いちべつ)しただけで、笠間たちの横を通り過ぎていく。

「タクシーで帰られますよね。乗り場まで送ります」

スカウトが選手家族を外に案内しようとした。

夏木田の足はホテルの中で止まったままだった。

笠間は千藤に「行くぞ」と告げ、厳(いか)つい背中へと歩を進める。あと一メートルほどまで接近したところで、夏木田が振り返った。細い目が鋭く切れ上がった。

タクシー乗り場まで送った担当スカウトが駆け足で戻ってきた。

「なんだ、あんたたち、取材はもう終わったはずだぞ」

取材を終えた他紙の記者たちは、数分前に帰っていた。

「東都スポーツ即売部長の笠間です」

「千藤です。北関鉄道沿線の即売を担当しています」

彼女も堂々と名乗った。

「東都スポーツは取材禁止だ。即売だろうがなんだろうが同じだ」スカウトが言うが、笠間は彼には顔を向けなかった。

「夏木田GMに弊社の新聞の販売拒否の撤回を求めにきました」

へりくだった言い方はしなかった。夏木田の表情に変化はなく、隣のスカウトが「しつこいな」と前に出て笠間を押しのけようとする。

「販売拒否は日比野選手のことが原因ですね」

体を押されながら笠間が言った。夏木田は無反応だった。

「うちの新聞の拒否は、日比野選手の不祥事が元になっていますよね」

もう一度夏木田の窪んだ目を見て言い連ねる。

「おまえは先に戻ってろ」

何年も前に自宅前で聞いた低い声で、夏木田は部下のスカウトに命じた。

10

ホテル内にあるレストランの個室に入ってしばらく沈黙が続いた後、夏木田から切りだした。

「どうして二人で来た」

千藤を連れてきたのが不満だったようだ。夏木田のような昔気質の野球人は、仲間内であろうが軽々しく喋る人間を嫌う。

「彼女が日比野の病院を調べたんです。秘密を知った人間が僕以外にいるならば、GMも直接顔を見られた方が安心するんじゃないかと思って連れてきました」

強気に言い返すと、夏木田が千藤に瞠目した。北関沿線は私が担当なんです。私も連れていってください――そう志願して付いてきた千藤は、このような修羅場は初めてだというのに、ひるむことなく夏木田の目を見返している。

「で、なにを知った」

眼光が再び笠間に向いた。

「日比野が病院通いをしているのは、事件を起こしたからですね。警察沙汰になっていないということは、寮の中か、球場内でのことです。それが仲間にバレたから、逆指名で獲得した選手をトレードに出さざるをえなくなった。それをうちの記者が自力で調べてジェッツに伝えた。その結果トレードは潰れた」

事件というあやふやな言い方をしたが、解雇ではなくトレードで、しかも心療内科に通わせているのだ。傷害や婦女暴行といったものではなく、仲間や関係者の金や持ち物を盗んだ窃盗ではないか。

夏木田に知らんとごまかされたら、ソニックスの関係者に聞いて回れば確認できることですと言うつもりだった。夏木田は肯定もしなかったが、否定もしなかった。

千藤からの電話でカウンセリングと聞き、真っ先に浮かんだのが翔馬の同級生のことだった。彼らは万引きで捕まった。そう思いついて千藤に伝えたのだが、彼女からは〈それって高校生だからですよね。プロに入ったピッチャーが盗みなんてしますか?〉と返された。日比野は契約金だけでも一億円以上もらっている。だからといって犯罪を起こさないとは限らない。

千藤からの電話を切ると、笠間は翔馬の高校を番号案内で調べてから電話をかけた。

〈なんだよ、学校に電話なんかしてきて〉

教員に繋いでもらうと、息子のだるそうな声に替わった。

職員室では話しづらいだろうと「翔馬、悪いけど、公衆電話からお父さんの会社にかけ直してくれないか。どうしても聞きたいことがあるんだ」と番号を言った。かかってくるかどうか半信半疑だったが、しばらくすると電話が鳴った。

〈聞きたいことってなんだよ〉

少し間を置いて翔馬が言った。

「翔馬、教えてくれ。今回捕まったチームメイト、一人はレギュラーだったんだろ。翔馬と一緒に甲子園目指して頑張ってたのに、なぜ万引きしたんだ」

〈父さんは、俺もやったと思ってんだろ〉

その声の調子から鋭い目で睨んでいるのが想像できた。そんな目つきでマウンドに立ち、打者と戦う息子をスタンドから観戦したことがある。笠間と話して不安になった静恵が、お父さんが心配しているからと質したそうだ。お陰で父親に対する不信はますます強くなった。

「俺は翔馬が他人のものに手を出すとは思ってない」

俺の息子はそんな人間じゃないのは分かってる——心の中で叫んでから言った。

〈俺はやってねえよ〉

「翔馬が関わっていないことは分かってるって言ってるだろ。お父さんが聞いているのはチームメイトのことだ」

特待生で入ってきて試合にも出ているのにそんなことをするのか。そのことを確かめたかった。

〈あいつら癖になってて、やめろって注意したんだけど全然聞かなかったんだ。こうなる前に監督に相談すれば良かった……〉

翔馬は無念を滲ませてそう言った。そこで十円玉がなくなるブザー音が翔馬の送話口を通して聞こえてきた。もう小銭がないのだろう。〈ちょっと待って〉と言われたが、「もう大丈夫だ、翔馬。お父さんがどうしてこんなことを聞いたか、帰ってから説明するよ。それよりあまり落ち込むなよ。ありがとう」そう言って電話を切った。

日比野も同じように癖になっているのだろう。大金をもらおうが、目の前に金目の物が置いてあると手が出てしまう。その場を仲間に目撃された……。

野球界で起きる不可解なトレードには、こうした裏事情が隠されていることがある。女性問題、暴力団、賭博、借金……万引き癖も同様だ。ソニックスではこれ以上プレーさせられないと思った夏木田は、理由を隠してジェッツに売ろうとしたが、金田の情報から、ジェッツがトレードを中止した。

だがどうしても日比野をトレードしたい夏木田は、日比野のことをこれ以上公言しないよう、次の手を打った。それが園部の離婚を口実にした東都スポーツの販売拒否だった。そうすることで、東都スポーツから「日比野の件は喋りませんから」と泣きついてくると読んだのだ。

その目算は外れた。金田はどう思ったにせよ、伊場は徹底抗戦を望んだ。金銭的には東都スポーツが大打撃を被ったが、今も不安を持っているのは夏木田の方だ。他球団とトレード交渉すれば、また東都スポーツが情報を流してトレードは潰される。「夏木田と本気で戦うつもりなら誰にも漏らすな」金田が伊場から命じられた言葉にも繋がる。

「GM、僕は東都スポーツの出禁まで解いてくれと頼んでいるわけではありません。お願いしているのは売店での販売拒否のことだけです。明日から解除するよう本社に伝えてください。それなら我々はGMの仕事を邪魔しません」

解除しなければ、日比野のトレードはさせませんよ――笠間は、伊場からカードを奪い取ったつもりで言った。

しばらく睨み合いが続いたが、夏木田が沈黙を破った。

「明日から元に戻すように言っておく」

不躾な言い方だったが、夏木田は要求を呑んだ。

「ありがとうございます」

笠間は少し間を置いてから、「それで日比野のトレード先は決まったんですか」と尋ねる。

また夏木田が渋い顔になった。さすがにそれは答えないかと思ったが、「中部ドルフィンズだ」と言った。

「そのネタもうちのスクープとして書かせてもらいます」

返事はなかった。

「では出禁はどうされますか。我々の方は別に続けられても構いませんが」

「俺は知らん」

取材しても構わないという意味だと受け取った。これで販売拒否と記者の出入り禁止の両方が解けた。

レストランの個室から肩を揺らして出ていく。その時になって笠間は初めて、肌が粟だっているのに気付いた。

11

その夜は海浜幕張駅近くの居酒屋で千藤彩音と祝杯をあげた。

「私たちってすごいですよね。あの夏木田GMに勝ったんですから」

普段は澄ました顔と言動で、営業局の男どもから「話しかけづらい」と言われる千藤が別人のように明るく、饒舌になっていた。すでに三杯目の酎ハイも飲み終え、「お兄さん、同じの」と店員を呼んで、おかわりを頼んだ。

「千藤、ペースが速すぎだ。もっとゆっくり飲もう」

諭している自分も興奮していた。なにせ夏木田に直談判し、販売拒否を撤回させたのだ。お陰で悩まされていた頭痛もどこかに吹っ飛んだ。

「部長だって嬉しそうじゃないですか。そりゃ、そうですよね」

「俺が喜んでいるのはそのことだけじゃないよ。息子と打ち解けたからだ。実は昼間こんなことがあったんだ」

女房の財布から金がなくなったことから、翔馬の高校の不祥事の件まですべて話した。彼女は「日比野選手もそうですけど、そういうことする人をただ非難するだけではいけないのかもしれませんね。それも病気なのかもしれないし」と万引きした選手に同情的だった。

今は翔馬も怒っているが、いつかは仲間を許す心を持ってほしいと願っている。なにがあっても許せる気持ちが持てて、初めて仲間と言えるのだ。

もっとも打ち解けたと言えるほど翔馬と話したわけではない。尋ねたことに、ぶっきらぼうな言葉が返ってきただけ。それなのに息子と少し会話した程度で、ここまで心の中が晴れるとは考えたこともなかった。

「でも、うちの野球部ってなんなんですかね。我々が困っているのに、彼らは見て見ぬ振りだったってことでしょ。そりゃ自分たちが今後、夏木田GMと対等に戦うために、相手の弱みを握っておきたかったのかもしれませんけど、新聞が売れなかったら自分たちの給料だって減るかもしれないんですよ」

「夏木田の方から、トレードが決まる直前には解除してくると踏んだんだろ。新聞が置かれないのは、長引いても三、四日だと」

「三、四日って、うちの会社がいくら損するのか編集は分かってるんですかね」

なんとか三日で済んだ。だがこの三日間で離れた読者が明日から戻ってくるかは分からない。

伊場にも報告した。会社にかけても不在だったので、あまり気が進まなかったが、きょうくらいはいいだろうとポケベルを鳴らしてくれと野球部員に頼んだ。間もなくして笠間の携帯電話に、伊場が公衆電話からかけてきた。

「俺たち即売が夏木田と交渉し、明日から売店での販売が再開されることになった。夏木田はうちの記者の出禁も解くそうだ。あと、日比野は中部ドルフィンズにトレードされることも白状した」

伊場から返ってきたのは〈そうか〉だけだった。礼のひと言もない。笠間はついに切れた。

「おまえ、この三日間の売り上げがいくらマイナスか分かってんだろうな。マイナス分のいくらかは、来年の野球部の予算から引かせてもらうからな」

言ったところで伊場は謝罪してくることはなかった。逆に余計なことをしなくても俺たちが販売拒否も解いてやったと言われるかと構えていたが、違った。

〈笠間たちの方が先に夏木田を屈服させたんだ。そっちの言い分に従うよ〉

珍しく素直だった。伊場にとってもいいことだったに違いない。これでしばらく夏木田に嘘をつかれることも、書くなと脅されることも減るだろう。そこそこの長電話になったから、テレカ一枚くらいは無くなったのではないか。少しスカッとした。

「千藤には本当に申し訳なかったな。何度も足を運んで、頭を下げてもらって」

「笠間部長が謝ることではないですよ。だいたい今回夏木田GMが怒ったのだって、うちがシリーズ直前に園部さんの離婚を書いたのが始まりでしょ。シリーズに影響させてしまってすみませんでしたってひと言謝罪しておけば、こんな事態にはならなかったんですよ」

「ソニックスのようなチームからスクープを取るには、簡単に謝ったら駄目なんだよ」

「スクープって言いますけど、スクープが載っても、スポーツ紙は売店に置いてもらえなきゃ売れないんですよ」

「その通りだけどな」

当たり前のことだが、笠間もそんなことを考えて記者をしてはいなかった。読者に読まれることより、他紙の記者に勝つためにネタを探した。

その後は笠間の息子たちに話題が移った。

「部長は翼くんみたいなタイプだったんですか。てっきりお兄さんの翔馬くんみたいな優秀なお子さんだったんだと思ってました」

「俺は翼よりもっとぐうたらだったよ。息子たちには、俺は毎日道場に通って鍛えたと話したけど、本当は親に嘘ついて、サボって遊んでた。一回だけだけど、月謝を払わずに懐に入れたこともある。すぐバレて親から大目玉を食らったけど」

あの時は親父にぶん殴られた。親父が本気で怒ったのはあの時くらいだ。心まで沁みた痛みを思いだし、俺は本気で怒らないから、息子たちに愛情が伝わらないのかもしれないと反省した。

「部長ってそんなやんちゃだったんですか。でも子供はそういう時期があった方がいいと思いますよ。私も全然素直な子供でなかったし、勉強も習い事も手を抜いてたし」

「俺の場合はちゃんとしだしたのは仕事を始めてからだよ。上司に鍛えられて、あと同期にも恵まれた」

自分でもこの台詞はお為ごかしに感じたが、勘のいい千藤は聞き逃さなかった。

「また伊場部長ですか。部長は伊場部長に優しすぎるんですよ。会社を滅茶苦茶にするなって言ってやればいいんですよ」

「そんなのとっくの昔に野球を離れた俺が言う言葉じゃないよ。立つ鳥跡を濁さずだ」

「もう、部長はカッコいいことを言いすぎです。悪い癖ですよ」

絡んできたと思ったら、その声は急に優しくなった。

「きょうの部長、本当に素敵でした。なんたって夏木田GMに『明日から解除するよう本社に伝えてください。それなら我々はGMの仕事を邪魔しません』ですもんね。あの瞬間、私、ちょっと痺れました」

千藤はおどけたところで、椅子から倒れそうになる。「大丈夫か」と笠間は手を出して支えた。

「平気ですって、酔ってませんから」

いつのまにか目が据わり、呂律が回らなくなっている。千藤がそのまま体を預けてきたので「酔いすぎだぞ」と体を立て直す。ちょうど店員が酎ハイを持ってきた。手の届かない場所にどかそうとしたが、千藤の右手が伸びてきてグラスを掴んだ。飲みながら、彼女は反対の手で笠間が支えた手を上から握ってきた。きめの細かい肌の感触に、笠間は慌ててその手を離す。

「千藤、もう帰ろう」

バッグを肩にかけて立ち上がる。

「大丈夫ですよ。私、全然、酔ってませんから」

立った彼女がよろけたため、咄嗟に両手で押さえた。

「もう一軒行きましょうよ、部長」鼻にかかった声でもたれかかってくる。

「明日も仕事だし、ここは幕張だぞ、千藤は小岩だったよな」

「きょうは泊まりますから。それよりカラオケ行きましょう。部長と『愛が生まれた日』歌いたい」

「やだよ。千藤とどうしてそんな歌を歌わないといけないんだ」

「確かに。でも野球部の人が言ってましたよ。部長は結構、歌いあげる派だって」

もはや酔い潰れる寸前だ。足がもたつく千藤を支えながら、タクシー乗り場まで連れていく。後部座席に乗せると、千藤はもう眠っていた。

「彼女、小岩なんです、いくらかかりますか」

運転手に聞いた。

「一万ちょっとくらいかな。だけどこのお客さん相当酔ってるでしょ」

運転手は乗車を断ろうとする。

「駅の辺りで起こしてあげてください、釣りは要りませんから」

二万円を渡すと、運転手は機嫌を直し、ドアを閉めて発車させた。テールランプが見えなくなるまで見送り、嘆息した。さて問題は自分だ。まだ終電はあるが、浦和まで帰るには途中からタクシーを使わないとならない。飲み代と今の二万円で、財布には千円札が二枚しか残っていなかった。

しょうがない、カードでホテルに泊まるか。夏木田たちが入団交渉したホテルに戻った。フロントで一泊一万五千円と言われ、また頭が痛くなってきた。

家に電話しておく。公衆電話コーナーは宿泊客らしき若い男性がいて、恋人にでもかけているのか、なかなか空きそうになかった。朝の早い静恵を待たせていたら悪いと、携帯電話を使うことにした。

静恵はすぐに出た。販売になってから出張以外の外泊は一度もないが、それでも千葉ごときで帰れなくなったことがおかしい気がして「部下が酔っぱらって、タクシー代を払ったら現金がなくなってしまって……」と事情を細かく説明した。静恵は〈そこまで言わなくても大丈夫よ。私から〇三〇とか〇四〇にかけて、本当かどうか疑ったりはしないから〉と笠間が以前話した仲間の浮気話を覚えていた。切る際には〈無理しないようにね。お疲れ様〉と言われた。

酔いも覚めたため、寝付き用に自動販売機でビールを一本買ってからシングルの部屋に向かう。千藤の体の柔らかさがまだ手の中に残るが、かぶりを振って打ち消した。

値段の割に殺風景なシングルルームだった。部屋は細い長方形で、手を伸ばせば壁や家具に手が届きそうだ。

部屋に入ったらまた頭痛がし、首筋に凝りを感じた。やはり風邪なのかもしれない。たいした荷物が入っているわけではないのに肩のバッグが重く感じられ、目の前にあったベッドに載せた。

これ以上アルコールはやめておいた方がいいかと迷ったが、飲んだ方が眠れそうだ。そこでつまみを買ってくるのを忘れたことに気付く。冷蔵庫を開けるとナッツの袋があった。値段表に五百円とある。今さら外に買いにいくのも面倒だと、取りだしてテーブルに置いた。

指を引っかけてプルトップを開ける。

音とともに脳の神経が切れたような感覚があった。後頭部を殴られたような痛みがして、視界が急激に揺れ始める。

開けたビールをテーブルに置こうと手を伸ばすが、テーブルまでの距離感が分からない。置いたと思ったが、缶は床に落ち、足元でビールが飛び散る音がした。

フロントに電話をかけなくては――そう思うのに体が動かず、全身から力が抜けていく。天と地がひっくり返ったようにそのまま体が後ろに倒れていった。

後頭部がなにかにぶつかった。

衝撃を感じた時には、目の前の景色はひしゃげ、意識は切れた。

第三話

1

暗がりの中で、笠間翔馬(かさましょうま)は刷り終えたばかりの新聞の束を工場からトラックの荷台へと運んでいく。荷台の上では、ドライバーが荷崩れしないようロープで固定していた。

「よし、今ので最後だ、出発しよう」

日日スポーツ即売部の先輩・中本が太った体を左右に揺すって印刷工場から出てきた。

九月第三週の月曜日、午前二時半、この日は一般紙、スポーツ紙を含めて新聞の宅配がすべて休みとなる「新聞休刊日」だ。

普段は一般紙しか読んでいない読者までが、駅の売店でスポーツ新聞を買い求めることから、スポーツ各紙は普段の三倍ほど多く刷る。通常、搬入は社外のドライバー任せだが、休刊日に限っては、翔馬たち即売部員も手伝わなくては、すべての売店が開くまでに搬入が間に合わない。

駅やコンビニで売る「即売」と、新聞販売店や配達員などに中間マージンを支払う「宅配」とでは、利ザヤが比べものにならないほど違う。毎月一回あるこの休刊日は、スポーツ新聞の書き入れ時である。

死んだ父が東都スポーツの元記者だったため、翔馬は昔からこの休刊日が持つ意味を知っていた。生まれた時から家にはスポーツ紙があった。休刊日には父は駅まで買いにいき、各紙の記事を読み比べていた。

自分もそこに載るような選手になりたいと、去年の春まで強豪大学でプレーしていた翔馬は、卒業後、東都スポーツのライバル会社、日日スポーツ新聞社に入社した。記者志望だったが、不本意にも即売に回された。

梱包を終えたドライバーが荷台から降りた。中本は助手席に回ったが、翔馬は両手をついて荷台へ登った。

「どうした笠間、つめれば三人乗れるぞ」中本から言われたが、「どうせ、すぐ降りるんですからここでいいです」と返し、積まれた新聞の間に腰を下ろした。扉が閉まると暗闇となり、インクと紙の臭いがいっそう鼻につく。トラックは印刷工場を出発し、都心へと走りだした。

アスファルトの窪みでトラックが跳ね、そのたびに尻に激痛が走った。三十分ほどして停車すると、運転席のドアが開く音がした。最初の搬入先となる渋谷駅南口に到着したようだ。

荷台の扉も開いた。急な光で眩しく感じる。すでに立ち上がっていた翔馬は、固定されたロープを解き、下にいた運転手に新聞の束を渡していく。最後は翔馬も飛び降りて、ドライバーと中本とともに、南口のキヨスクまで担いで運んだ。月曜午前三時の渋谷駅は、人気がほとんどない。

「おっ、うちが一番乗りだ」

シャッターが閉まった売店の前で、中本が嬉しそうに束を置いた。翔馬は鼻白んだが、中本は気付かない。「次行きましょう」翔馬はトラックに戻った。

翔馬が入社する数年前まで、休刊日はスポーツ各紙が話し合って、六紙あるうち毎回三紙ずつ交代で出していた。その協定が独占禁止法上問題があるとのことで、今は全紙一斉に出すようになった。お陰でスポーツ新聞社の全休日は元日の一日しかない。

ハチ公口の売店も日日スポーツが一番乗りだった。中央通路、駅のホームのキヨスクには他紙の束が二紙、三紙と置かれてあった。翔馬は積んであった他紙を横にずらしていき、各紙の一面を確認した。スポーツジャパンも東西スポーツも、日日の《ジェッツついに首位陥落》と同じ内容、二〇〇一年のセ・リーグ首位を走っていた東都ジェッツが、残り十ゲームを切って東京セネターズに首位を奪われたという一面だ。

最後の宮益坂口の売店には、日日スポーツを除くすべてのスポーツ紙が揃っていた。

「これで終わりだな」

中本が大きく息を吐いた。

翔馬は積んであった他紙の束から、東都スポーツの一面を確認した。東都ジェッツの系列紙の一面は他の五紙とは違った。

大槻監督決断、汐村スタメン落ち

打線のテコ入れのため、大槻監督が次のカードからFAで獲得した汐村(しおむら)を先発から外すという独自ネタだった。

「東都は大袈裟(おおげさ)だな」

中本が笑った。

「そうですかね」

「今さら、汐村を外したって逆転優勝は無理さ。今年のジェッツはピッチャーがてんでダメなんだから」

入社十年になる中本に、翔馬は呆れた。汐村は、スター監督である大槻から「ジェッツを変えてくれ」と懇願され、パ・リーグからFA移籍してきた人気選手である。それを首位から落ちたこの優勝争いの大事な時期に先発から外すのだ。大槻監督もよほどの決心をしてのことに違いない。

汐村の性格なら腐るだろう。だがジェッツに来てからの成績ではファンも同情しない。おそらく監督の決断を聞いて、フロントは汐村に代わる大砲獲りに乗りだしていて、このオフは大騒ぎになる。野球のストーブリーグに興味がある読者なら、きょうの東都スポーツの記事を読み、ジェッツがこれからチームをどう変えていくのか、しばらく東都を買い続けたくなるのではないか。

シーズンの最後に、大槻監督が勝負に打って出たが、同時に東都スポーツも勝負に出たということだ。普段は一般紙を読む人間がスポーツ紙を買うこの休刊日に、読者がもっとも興味を持ちそうなネタを、用意したのだから。

この日、一番売れるのは間違いなく東都スポーツだろう。ジェッツの首位陥落など昨日のナイター中継か、夜のスポーツニュースで読者も知っている。最近チャンスでの凡退が続いていたとはいえ、二十七本もホームランを打ち、逸見とともに打線を支えていた汐村がスタメンから外されるなど、翔馬は想像もしていなかった。

売り部数は東都スポーツに負けるだろうが、問題は各売店の〈シェア率〉である。東都が三〇パーセントで日日が一五パーセントなら惨敗だが、日日が一五パーセントしか取れなくても、東都が二〇パーセント台前半なら、それほど大きな負けにはならない。

「四時半か」中本が腕時計で確認した。「いい時間だな。お疲れさん、会社に戻ろうか」

売店が開くまでに配り終えて安堵していた。

店員がシャッターを開けるまで、まだ三十分近くある。

「中本さん、ハチ公口に戻りましょう」

「なに言ってんだ、笠間」

「いいから行きましょう。ドライバーさんはここで。お疲れさまでした」

そう言ってハチ公口へと走る。後ろを中本がやる気のない足取りでついてきた。

ハチ公口には、六紙が積んであり、一番上が汐村スタメン落ちの独自ネタが載る東都スポーツだった。最初に置いた日日スポーツは一番下になっている。

翔馬は周囲を窺い、誰も見ていないことを確認した。そして独自ネタが載る東都スポーツを一番下に置き、その上に四紙積み上げてから、日日スポーツを一番上に置いた。

駅の売店の多くは、始発電車で販売員がやって来て、搬入しながら店を開ける。積まれた新聞は上から順に紐とビニールが解かれ、一部ずつスタンドに挿していく。早く来た客はスタンドに入っている新聞から買う。すべてを入れるのに、手際が悪い販売員なら三十分くらいはかかるため、その間、一番下に置き換えた東都スポーツが売れることはない。

「次、駅の構内です」

「おい、全部やり直す気かよ。そんなの聞いたことがねえぞ」

中本は驚いていたが、翔馬が走ったので渋々ついてきた。駅の構内も、最初に置いた南口でも、翔馬は自社の新聞を一番上に、東都スポーツを一番下になるよう置き直した。

2

その週の土曜日、西条由貴子が一週間振りに三軒茶屋の翔馬のアパートにやってきた。

「監督にいくら質問しても『スライダーではありません、うちのエースが投げているのはフォークです』って言い張るのよ。でも、私、四番の選手から『うちのエースの縦スラはそう簡単には打てませんよ』と聞いたの。だから絶対にあれはスライダーなんだって」

全裸の細い体にタオルケットだけをかけたうつ伏せの姿勢で、彼女は喋りっぱなしだった。

翔馬が入った日日スポーツのライバル紙である東都スポーツに入社した由貴子は、希望通りに記者になり、アマチュア野球を担当している。この日は秋の神奈川大会を制し、関東大会で来春のセンバツをかけて戦う横浜の学校を取材してきたらしい。

監督に嘘をつかれた——そう文句を言っているようだが、翔馬には監督が隠そうとしているけど私は気付いたと、得意になっているように感じられた。

「ねえ、翔くんはどう思う？　だいたいフォークだろうが縦スラだろうが、記者を騙してなんの意味があるのかな」

同じ京亜大学野球部マネージャーだった由貴子が、サブキャプテンでありながら控え三塁手だった翔馬を、「笠間くん」から「翔くん」と呼び方を変えたのは、去年の今くらいの時期、二人が付き合うようになってからだ。

東都スポーツに入社した彼女から、「笠間くん、同業者になったんでよろしくね」と連絡をもらい、何度か会っているうちに、自然と関係ができた。

マネージャーの頃から由貴子が自分に好意を抱いていたのは知っていた。翔馬も彼女が好きだった。だが学生の頃は、リーグの強豪大学でレギュラーを獲るのに必死で、彼女を作る余裕などなかった。

本音を言うなら、由貴子の思いに気付かない振りをしていたのは、野球に打ち込みたいだけが理由ではなかった。

「ねえ、翔くん、聞いてる」

膝立ちした由貴子が翔馬ににじり寄り、真上から覗くようにして頰をつねってきた。辛い練習の時に何度もほだされた笑顔も、今は少々うざったい。

「聞いてるよ」

目線を下げると由貴子の白い小ぶりの胸が見えた。今度は横に顔を逸らす。

「じゃあ、翔くんはどうして監督はフォークって言い張ると思うの」

「縦スラとフォークは球筋は似てるけど、バッターからすれば対応が違うから」

「どう違うの？」

二つとも縦に落ちる軌道は似ているが、投手が投げようとしてから手元で落ちるまでのタイミングが微妙に異なる。

これが翔馬の天敵、二学年下で京亜大で一年から四番を打っている安孫子雄輔なら、縦スラだろうが、フォークだろうが関係なく打ち返すだろう。天性のセンスにパワーもあるので、少しタイミングがずれていても強引にスタンドに放り込んでいた。

だが翔馬レベルの打者では配球を読み、指が離れる瞬間から球が手元に来るまでのタイミングを計って打ちにいくため、指の動きが微妙に異なるだけでもバットの芯を外してしまう。

フォークはストレートと同じように腕を真っすぐ押しだして投げる球種だが、スライダーは指を捻(ひね)る分、腕を振ってからボールが出てくるまでの時間が、コンマ数秒フォークより遅くなる。

いくら目を凝らしたところで、投手の握りは見えないし、押しだしているか、捻っているかも打者には見えない。だからその球をフォークだと思い込んでいれば、実際に球が来るより早くバットが出てしまう。

そう説明すると、「そっか。フォークとスライダーではボールが手元に来るまでに時間差が出るのか。なるほどね」と言った。四年間マネージャーをしていただけあって、由貴子は飲み込みが早い。

「その高校の監督はなにがなんでも春のセンバツに出たいんだろうな。夏の大会のように予選からテレビ中継されればスローで確認できるけど、秋季大会の時期は口コミでしか情報が入らない。スライダーをフォークと言っとけば、関東大会で戦う相手は戸惑うと思ってんだよ」

翔馬も高校で秋季関東大会に出ているので分かる。対戦したことのない他県の高校は、聞いていた情報と実際に戦った印象とが違っていて、対応しきれないまま一回戦で敗退した。二つ勝っていれば甲子園出場の可能性だってあったというのに……。

「そういう裏があるから、監督は嘘をついたんだね。さすが翔くんだ」

「だけどキコ、それくらい野球記者なら常識だぞ。俺なんかに聞かず、自分とこの先輩に聞けよ」

ようやく彼女の顔を見た。

「いいじゃん。翔くんに聞いた方が分かりやすいんだもの」

そう言われても嬉しくはなかった。

そもそも他社とはいえ、由貴子は希望通り記者になり、翔馬は即売に回された。記者ならスクープで他紙に勝つ事ができるが、即売部員にできることといえばライバル紙の梱包を解く時間を遅らせ、売り上げ部数を減らすことくらい。自分の仕事があまりにせこくて、惨めな気持ちになる。

「ねえ、翔くん、今度の休み、映画観にいこうよ。『A.I.』観(み)たいって言ってたじゃん」

翔馬が珍しく映画に行きたいと言ったのは、即売で一年半頑張ったことで、この九月から編集部に異動になるとの噂が出ていたからだ。それなのに翔馬に声はかからなかった。

「映画はいいわ。二時間集中する自信がない」

「じゃあ智絵(ちえ)の新しい彼氏と四人でご飯食べるっていうプランはどう？　智絵も彼氏を私たちに紹介したいみたいだし」

「嫌だよ。だいたい俺、智絵の彼氏なんて興味ないし」

智絵というのは今はOLをしている由貴子の大学時代からの親友で、取った授業が重なったので翔馬も知っている。

——笠間くん、キコの気持ち分かってんでしょ？　だったら返事してあげなよ。

会うたびにお節介を焼かれたので、翔馬は苦手だ。

「キコ、明日も仕事なんだろ、もう帰ったら」また横を向いて言った。

「なに、それ。来いって言うから来たのに」

「疲れてんだよ。今週残業続きで」

今週は終電に四回乗った。残る一日はその終電も逃してタクシーで帰った。即売部はタクシー帰りが認められていないため、全部自腹になる。

翔馬が担当する即売は、毎日、駅の売店やコンビニに営業に回り、その後は返品される新聞の数をまとめて、取次会社と相談して配置部数を決める。売れ残りもまずいが、少なくして早く売り切れてしまうのはもったいないので、調整は簡単ではない。すべての担当店を終えるとだいたい終電近くになってしまう。

「私だって毎日深夜帰りだよ」

由貴子はそう言うが、記者にはタクシーチケットを渡されていて、遅くなればタクシーで帰れるらしい。

「したからもう帰れなんて、翔くんは、勝手だなぁ」

頬を膨らませた。自分でも身勝手だと思う。ただいくら翔馬が冷たく振る舞っても、由貴子は少し拗ねる程度で、けっして怒ったりはしない。お陰で翔馬は余計に素直になれない。

「なんか俺だけが満足したみたいな言い方をするけど、キコだっていっぱいイッてたじゃんか」

「……そうだけど」

「自分だってやりたかったから来たんだろ」

「違うよ、翔くんに会いたいから来ただけだよ」

それでも来た途端に「服脱げよ」と命じた時、「シャワーを浴びたい」と言った彼女は、結局、翔馬の言うままに従った。

挿入してしばらくは痛がるのだが、途中から声色が変わる。いつもより大きな声に、アパートの隣に聞こえてしまうと翔馬は彼女の口を塞いだ。一瞬、怯えたような目をしたが、すぐに興奮しているのだと思った。手を離した途端、彼女は翔馬の背中に手を回し、それまでより強く抱きしめてきたからだ。

「じゃあ泊まってけよ」

「やったぁ」

無愛想に言ったのに、由貴子ははしゃぎ、そのままキスしてくる。翔馬は避けるように口を外した。

「キコ、さっきのプレー、良かったんだろ?」

「さっきのって?」

「俺が口を塞いだことだよ。手の隙間から、必死に声を出そうとしてたろ」

「あれは息ができなくて苦しかったからだよ。ああいうの好きじゃない」

きっぱりと言われた。それでも由貴子の性格なら、興奮していたとしても否定するだろう。最初にアパートに来て、翔馬が迫った時だって、彼女は少し抵抗しただけで受け入れた。

そう考えると、また意地悪な思いが湧き上がり、下半身が熱くなる。同時に思いだしたくもない男の顔が浮かんできた。あいつともこんなセックスをしたんじゃないのか——。

「キコ、安孫子とは本当に一回きりだったのかよ」

そう口にした途端、表情から笑みが消え、彼女は黙った。

3

三日後の火曜、翔馬は朝からベッドタウンと呼ばれる北関鉄道の沿線の駅を回った。

スポーツ新聞は、テレビの視聴率調査のように、日々の売り上げ部数の調査対象店を複数持っていて、その店の数字を元に、広告を取る。シェア率が数パーセント上がったくらいでは売り上げは知れているが、他紙への広告出稿を決めていたクライアントが出稿先を変える可能性もあるから、一パーセントでも高いに越したことはない。

ずっと一位を守っている日日スポーツも、最近は部数で苦戦している。スポーツ紙全体が同様で、地下鉄も駅構内なら携帯電話の電波が通じるようになったせいで、乗客たちは電車が駅に到着したり、通過したりするたびにメールセンターに問い合わせして、スポーツ紙やマンガなどで暇つぶしをする必要性がなくなった。

ただ、スポーツ紙の中でジェッツファンという固定読者を持っている東都スポーツは、他紙よりも下がり幅が小さな日がある。それは国民的スターの大槻泰男監督や球界を代表するスラッガー、逸見憲司に関するスクープを載せてきた日だ。

その大槻監督が今シーズン限りで勇退するのではないかと言われているだけに、読者は普段にも増して東都スポーツの記事に注目し、ここしばらく、東都だけが売店でのシェア率を上げている。

駅の売店では、新聞スタンドにはその日の一面の内容を知らせる「前ダレ」と呼ばれる陳列ビラが垂れ下がっている。昨日の月曜はゲームがなかったこともあり、この日、日日スポーツを含めた五紙は〈逸見、来年にもメジャー移籍へ!?〉と来季中にFA権を取得する逸見がメジャーに移籍するのではないかという「飛ばし記事」を一面にした。ネタ元は昨夜のスポーツニュースで、司会者の誘導尋問に「いつかは行きたいと思うこともあります」と逸見が曖昧に答えたこと。別にFA権を取得して即移籍すると言ったわけではない。

読者はどうせ飛ばし記事だと分かっているのか、どこの新聞もあまり売れていなかった。

その中で一紙だけ売れている新聞があった。またしても東都スポーツだ。東都の前ダレには《逸見獲り　ヤ軍がスカウト派遣》と出ていた。ひと目見て、ヤンキースが本気で逸見を狙っているのが分かる。漠然とメジャー移籍と書いた他の五紙とは記事のインパクトが違う。東都の記者は独自でヤンキース関係者を取材して、聞いてきたのだろう。

ニューヨークでは一週間前、同時多発テロが起き、航空機がビルに突入する大惨事が起きた。日本国内でも戦争が起きるのではと大ニュースになったが、メジャーリーグはしばらく休んだだけで、間もなく再開されるようだ。スカウトも仕事をしている。ニューヨークの名門球団に日本のスーパースターが移籍することになれば、心配するファンもいるだろうが、その時は野球に関心のない人でもメジャーリーグに関心を持って、きっと日本中が大騒ぎになる。

他の売店でも東都スポーツだけが売れ、あとはどんぐりの背比べだった。翔馬は最後に急行が停車する私鉄沿線の売店に寄った。私鉄の売店には鉄道会社の子会社が経営する直営店と、個人が所有するフランチャイズ店がある。ここは樋口という女主人が長年切り盛りしているフランチャイズ店で、しかも毎日シェア率が会社に上がる調査対象店なので、翔馬が担当する店の中でもとくに大事になっている。

「おはようございます、樋口さん」

翔馬はオーナーでありながら自ら売店に立つ六十代の女性に呼びかけた。髪を後ろで結び、てきぱきと仕事をし、サラリーマンに気さくに声をかけるので、すべての商品が他店より売れる。何度も顔を見せて話していることから、樋口からも「おはよう、笠間くん」と笑顔で名前を呼ばれた。

そこで初めて新聞スタンドを確認した翔馬は目を疑った。他では売れ残っていた日日スポーツが、ここでは二部しか残っていなかったのだ。

「樋口さん、もしかしてうちの仕入れ、少なかったですか」

「そうなのよ。昨日から急に数が少なくなって、中本さんに伝えたんだけど、きょうも同じ数しか入ってこなかったの」

「すみません、自分、昨日、休みだったもので」

翔馬が休日の日は先輩の中本が補うことになっている。取次会社のミスでこうした事態が起きることはあるが、売店が直接連絡をくれたのに修正しないとは、中本はなにをやっていたのだ。

日日スポーツのスタンドが空同然で、目立たないとあって、通勤サラリーマンは他の五紙から選んで買っていた。

ここでも、売れているのはヤンキースのスカウト派遣を書いた東都スポーツだった。まだ午前九時で、十時出社のサラリーマンがまだまだ新聞を買っていく。このままでは樋口の店でのシェア率は、日日スポーツの大惨敗となる。

「樋口さん、ちょっと待っててください」

翔馬はダッシュで駅の階段を降り、改札の外にある売店に寄った。そこには日日スポーツが三十部近く残っていた。代金を払って十部購入し、また駅のホームへと戻る。

「樋口さん、これお願いします」

「ありがとう、じゃあ、お代払うわ」

樋口は仕入れ代を払おうとしたが、「大丈夫です、樋口さんにはいつもお世話になってるんで」と断った。十部といってもたかだか千二百円、タクシーで自腹を切るより安い。

「あとコーヒー二本ください」

「よほど喉が渇いたのね」

樋口は冷蔵庫からよく冷えた缶コーヒーを二本出した。渡された一本を「樋口さんもどうぞ」と返す。

「若いのに笠間くんは本当に気が利くわね」

樋口は目を細めて「じゃあ、ありがたく、いただくわ」と缶を開けた。

コーヒー一本でも売り上げになるのだ。即売部に配属されて一年半、翔馬はこうやって売店主と親交を深めてきた。

ほとんどの駅は階段を上がったところに売店がある。通勤のサラリーマンは階段を駆け上がり、発車ベルが鳴っている間に新聞を買って電車に飛び乗る。当然、階段から一番近い位置にある新聞が取られやすい。

樋口の店でも以前は階段に近い右端がスポーツジャパンで、東西スポーツ、東都スポーツと続き、日日スポーツは四番目だった。

今は、樋口は日日スポーツを右端のベストポジションに置いてくれている。

客が来て、前ダレを見ることなく日日を買った。普段から日日を買ってくれている愛読者なのだろう。補充しておいて良かった。もし売り切れていたら、客は東都を買い、明日からも東都を買い続けるかもしれない。スポーツ新聞は習慣で買っている人が相当数いるため、一度浮気されたら簡単には戻ってこない。

次のサラリーマンも日日スポーツを買った。だが、その次の客は前ダレを眺め、東都スポーツを引き抜いた。次の客も日日に手をかけたが、前ダレを見て東都に変えた。まずい、これでは売れ残ってしまう。

即売勝負のスポーツ紙は一般紙より見出しが大きい。東都も見出しを大きく取っているが、この日は売れると見込んで多く搬入したせいか、新聞が重なり合い、見出しは《逸見》の二文字と、あとはヤンキースのNYマークがなんとか見える程度。それでも前ダレがあるので東都スポーツだけが独自ネタなのは一目瞭然だ。

客が一段落したところで、樋口は冷蔵庫にジュースを詰めようと背を向けた。翔馬はその場に体を屈めた。

目の前に東都の前ダレがあった。誰も見ていないことを確認してから、翔馬は鉄柵に巻きつけただけの前ダレを引っ張って剝がし、両手で丸めてスーツの脇ポケットに隠した。

4

毎週、水曜の午後に行われる即売会議では、鬼部長で知られる大熊が、中本を槍玉（やりだま）にあげていた。

「なにが九時に売り切れましただ！　スープが自慢のラーメン屋じゃねえんだ。売り切れを自慢するな、この馬鹿野郎！」

「いえ、自慢だなんて」

「だったらどう落とし前つけんだ。おまえの搬入ミスのせいで、売れたはずの紙を残したんだぞ」

「申し訳ございませんでした」

中本は大きな体を丸めて頭を下げた。中本は他の店でも搬入ミスを放置していたようだ。

お陰でこの日の日日スポーツは惨敗だった。シェア率で東都にそれほど差をつけられなかったのは、樋口の売店くらいだ。

丸刈りで強面（こわもて）の大熊は、いつも大声で部員を怒鳴りつけている。

体育会育ちの翔馬でさえ、あまり好きなタイプではなかったが、大熊は翔馬を買ってくれていて、中本のように人前で叱責されたことは一度もない。

大熊には、即売に配属になった時から記者志望であることも伝えており「早く編集に行けるように俺がなんとかしてやるから」と言ってくれている。それでも大熊と酒を飲みにいくのは極力控えている。大熊がやたらと翔馬の亡くなった父の話をするからだ。

——笠間のお父さんはたいした人だったよ。東都が息を吹き返したのは、野球部のトップが伊場克之になったからだと言われているけど、俺は違うと思うな。笠間さんが即売部を率いるようになって、即売のチーム力が上がったんだよ。

絶賛しているのは分かるが、父の話をされたところで翔馬はどう返答していいか戸惑ってしまう。

父が記者だった頃は、ジェッツの選手の話をよく聞いたが、即売部に移ってからは、仕事の話をされた記憶がない。

それに即売に移ってからの父には、嫌な記憶もある。

あれは高二の秋、埼玉代表としてセンバツを賭けて出場した関東大会の一回戦で神奈川の進学校に一対四で敗れた時だった。翌日の東都スポーツに《埼玉江陵 エース笠間の不調が誤算》という見出しがついた記事が載った。

その記事を見て、翔馬は父の会社から自分が個人攻撃をされていると感じた。母も憤慨していて、父に抗議したらしい。それなのに父ときたら「翔馬が期待の投手だという表れだよ」と自社の新聞を庇ったそうだ。父親なら一緒になって怒ってくれてもいいだろう。その時は、即売に飛ばされたせいで、記者に文句が言えなくなったのではないかと、父を情けなく思った。

大熊の中本への説教はまだ続いていた。

「いいか、中本、きょうから一ヵ月間、普段の三倍は働き、いい場所に置いてもらえ。そして各売店で十部ずつ売り上げを伸ばすんだ。いいな」

大熊が言うことは古くさくて、合理的なアイデアはなに一つないのだが、即売部では正論だ。車内で新聞や漫画を読む人が減り始めたのは一九九五年に地下鉄サリン事件が起きてからだ。駅構内からゴミ箱が一時、完全に撤去されたことで、サラリーマンたちは読んだら捨てるスポーツ紙を買わなくなった。そんな厳しい時代でも、スポーツ新聞が生き残っていくには、即売部員が一軒一軒売店を回り、目立つ場所に新聞を置いてもらうしか方法はない。たった十部でも十店舗でやれば一万二千円。即売部員十人全員がやれば一日十二万、一ヵ月単位なら三百六十万円の増収になる。

「ですけど部長、編集局にも言ってくださいよ。他紙と同じではなくて、もう少し読者が買いたくなる紙面を作ってくれって」

大熊の隣に座る即売次長が言った。この人は即売部員が頑張ったところでスクープがなければ新聞は売れないという考えで、毎回部数減を編集局のせいにする。

「言ってやりたいのは山々だけど、俺が言えば、編集だって面白くないだろうしな」

即売では敵なしの大熊も、編集局に意見することはない。スポーツ新聞のメーンはやはり記者であり、即売が紙面作りに口出しするのはありえない。

「もうすぐドラフトですよ。今年は大学生に大物が何人もいるんですから、ドラフトネタでやってもいいでしょ」

「まぁジェッツに入る選手をスクープしたら東都に一矢報いることができるんだけどな」

大熊はそう言いながら、横目で翔馬を見た。

なにか自分に言いたげなのは感じたが、翔馬は気付かない振りをした。

5

会議が終わり、再び外回りに出ようと翔馬はエレベーターに乗る。同期入社の岸が乗っていた。岸は大学はエアーライフル部で野球経験はない。それなのになぜか野球部に配属され、アマチュア野球担当になった。出す記事はいつも他紙と横並びで、スクープは一度もない。東都スポーツでアマチュア野球を担当している由貴子の方が断然面白い記事を書いている。

「おお、笠間、久しぶり」

呑気な口振りで話しかけてきた。

「岸は昼間から会社に来てどうしたんだよ」

「領収書が溜まってたんだ。それを終えて、これからドラフトの取材に行くんだ」

「いいよな、記者は飲み代もタクシー代も切れて」

「しょうがないじゃん。使ったものは切らないと自腹になっちゃうし」

そう言うが、即売部で使える経費は取次会社との懇親会くらいで、あとはほとんど自腹を切っている。

翔馬には岸の服装からして気に入らなかった。安っぽいペラペラのウインドブレーカーに、ダサい綿パン。こんな恰好で取材にいくから選手に甘く見られるのだ。翔馬の大学には、毎年何人かがドラフト指名されるとあっていつも記者が来ていた。真面目に取材しているのは数人で、ほとんどが練習も見ずにお喋(しゃべ)りしていた。きっと岸もそういう駄目な記者なのだろう。

「岸、なんかスクープ出せよ。即売の会議でも野球がだらしないからうちは苦戦してるって話題になったぞ。ドラフトの前こそ、アマチュア担当が目立つチャンスだろうが」

「あいかわらず笠間は刺々(とげとげ)しいな。そんな簡単にスクープ書けたら苦労しないよ」

「安孫子はどうなんだ。そろそろジェッツに自由獲得枠で入ると書いてもいいだろ」

京亜大の後輩で、本塁打王に三度なっている安孫子のことは、これまでにも岸に話している。

「笠間に教えてもらってから取材してるんだけど、ジェッツのスカウトはまだ本決まりじゃないって言うんだよ」

「そりゃ球団は正式発表まではそう言うさ。発表を待ってたら、東都に先に書かれちまうぞ」

「俺もそれが心配でデスクに相談したんだけど、それなら笠間に聞いてみろって言われて……」

消え入りそうな声で言う。

「俺は即売部だぞ。取材は記者の仕事だろ」

「俺もそう言ったんだけど、デスクが大熊即売部長に頼んでみるって言ってた」

なるほど、大熊が思わせぶりな目で翔馬の顔を見た訳が分かった。だが翔馬も今さら安孫子に会って、どこに入団するのか教えてくれとは頼みたくない。

「安孫子は高校の時も三巡目でジェッツに入れると思っていたのに、他球団が一巡目で強行指名すると言ってきたから、行く気もなかった大学に進学したんだ。すべてが四年後にジェッツを逆指名するためだった。だからあいつの頭にはジェッツしかないんだよ」

そう断言したにもかかわらず、「でももし違ったら困るし」と弱気なことを言う。目が合った。乞うような情けない目だった。

「岸、金いくら持ってる？」

翔馬は話を変えた。

「なんだよ、外回りなのに金忘れたのか。貸すけど、いくらだ」

岸はポケットから布の財布を出した。

「千二百円」

「そりゃまたずいぶん細かい額だな。じゃあ二千円貸すな」

財布のマジックテープを剝がして千円札を二枚出した。ちょうどエレベーターが開いた。正面にコンビニがある。翔馬は出された金には手を出さず、顎でコンビニを指した。

「その金でうちの新聞十部買ってこい。そしたら俺が安孫子のニュースを流してやるよ」

黙った岸を置いて、翔馬はエレベーターを先に出た。

6

翌日も翔馬は担当するキヨスクを回り、売り上げ数を手帳に書き込んだ。そして売店のおばちゃんたちと話し、自分の新聞をもっと売れやすい場所に置いてもらえないか頼んだ。すべての店が樋口のように味方になってくれるわけではなく、冷たい店もある。他紙だって同じように必死に営業しているのだ。

半分ほどの売店を回り終えたところで、携帯電話を開いてみたが、メールは届いていなかった。地下や電車移動が多かったせいかもしれないとセンターに問い合わせする。《お預かりしているメールはありません》と表示された。

今まで由貴子のメールを待ったことはなかった。さすがに日曜から四日も連絡がないと気になる。

——キコ、安孫子とは本当に一回きりだったのかよ。

そう聞いた直後は切なげな表情で黙ってしまった由貴子だが、翌朝にはいつもの明るさが戻り、「茶沢通りに新しいカフェを見つけたのよ。ブランチ食べようよ」と翔馬を連れていった。そこでも彼女はよく喋った。ただしあまり食欲はなかったのか、「美味しそう」と感激した割には、半分ほど残した。翔馬が置いてあった雑誌を読んでいたため会話は長続きせず、そのカフェに三十分ほどいただけで、由貴子は「じゃあ私、仕事いくね」と去った。

過去の男を気にするなんて、自分でもなんて器が小さいと嫌になる。これが知らない男なら、いや安孫子以外なら気にもしなかった。

——四年の冬、安孫子がキコと付き合ってるとか話してたけど、あれ本当なのか。

付き合った当初に翔馬は聞いた。由貴子はその日は答えなかったが、次のデートで自分から「そうだよ」と認めた。

——もちろん、したんだろ?

口にしてから、最低の質問だと思った。由貴子は「したけど一回だけだよ」と翔馬が戸惑うほどあっさりと肯定した。

——ねえ、怒らないで。やっぱり翔くんがいいって思ったんだから。

由貴子は機嫌をとろうとしてくれたが、翔馬は返事どころか顔も見なかった。むくれたのは由貴子より、自分に対する腹立ちと後悔からだ。どうして安孫子より先に由貴子を奪わなかったのか。安孫子が由貴子に気があると聞いていたくらいでなぜ遠慮したのか。どうして安孫子からレギュラーを獲ってからだなんて無謀なことを考えてしまったのか。野球ではどう足掻（あが）いたところで、敵う相手ではないのに……。

由貴子に電話してみようと携帯のアドレス帳を探るが、かけたところでなにを話せばいいか悩むとボタンを押せない。変なことを聞いて悪かったと言えばいいのか。でも由貴子は今は仕事中だ、真面目な彼女だから取材に追われている……電話をしない言い訳が次々と浮かんできて、結局、携帯をしまった。

その晩も由貴子からは連絡もなく、翌朝、翔馬は売店を巡った。

この日も一面は野球だった。日日を含めた各紙が〈セネターズM7〉という、首位を走る東京セネターズが優勝へのマジックを減らしたという試合結果を載せたのに対し、東都スポーツだけはドラフトについての独自ネタだった。

《安孫子、来週にも希望球団表明》

どこの球団かは前ダレには書いていなかったが、安孫子が入るとしたらジェッツしかない。大学通算二十本塁打の安孫子を、ジェッツは汐村に代わる大砲候補として獲得する――ほとんどの読者がそう想像するはずだ。

いつもと同じ午前九時頃に、樋口の店に着いた。樋口の店でも東都スポーツが売れていて、日日スポーツはまだ六割が残っていた。

「おはようございます。樋口さん」

「いつも熱心ね、笠間くん」

そこにサラリーマンがきて前ダレを眺めている。選んだのは安孫子の名前が書かれている東都スポーツだった。

「うちの新聞、あまり良くないみたいですね」

「今朝は東都スポーツさんに押され気味ね」

気を遣ってくれたが、ここ数日ずっと苦戦していることは、樋口なら分かっている。

「最近、東都が独自ネタで頑張ってますけど、うちもとっておきのニュースで近々やり返しますので」

そう仄めかしておく。樋口のようにフランチャイズ店のオーナーは、売り上げが自分の収入に直結するとあって、売れなければまたスタンドの位置を階段から遠い場所に戻してしまうかもしれない。

「樋口さん、缶コーヒー二つください」

小銭を出して告げると、「笠間くんの気持ちだけもらっておくわ、ありがと」と一本だけ渡された。そこにまた客が来た。前ダレを見て引き抜くのは東都スポーツだった。次の客もまた東都だ。日日は見向きもされない。

「あっ、靴紐、ほどけてる」

翔馬は独りごちて体を屈めた。東都の前ダレが目の前に下がっている。念のために回りを確認すると、肌色のストッキングに黒いパンプスが自分に向いていた。翔馬は剝がすことなく、そのまま立ち上がった。

「樋口さん、引き続きよろしくお願いします」

頭を下げて踵(きびす)を返し、ちょうど到着した電車に乗ろうとした。パンプスのヒール音が自分に近づき、追い抜いて、目の前で止まった。翔馬はそこで初めて顔を上げた。

「翔馬くん、久しぶりね」

東都スポーツの即売部次長、千藤彩音だった。

7

千藤のことは翔馬が高校二年の時、父が脳梗塞で突然死した時から知っている。通夜や葬式の手伝いをしてくれた。出棺するまで彼女はずっと泣いていた。

その姿に父と特別な関係があったのではないかと勘繰ったくらいだったが、母が彼女を気遣っていたから、そういう間柄ではなかったのだろう。

日日スポーツに入社してからは取次会社の懇親会で一度会ったが、その時は大熊部長も一緒だったので名刺交換しただけで、ほとんど話していない。

だが大熊が「千藤さん、こいつ、おたくにいた笠間さんの息子ですよ」と伝えても彼女はとくに驚かなかったから、翔馬が日日スポーツに入ったことはその時点で知っていたのだろう。

「あっ、どうも、こんにちは」

挨拶をすると、「ちょっと話さない？」と空いているベンチに目配せされた。

「いいですよ」彼女の後に続き、隣に座った。

「翔馬くん、頑張ってるわね。あなたが担当になってからこの地域の日日のシェアは安定してる。うちの販促会議でもよくあなたの名前が出てるわよ」

「自分は関係ないですよ。売店に頭を下げるくらいしかやってないですし」

「現場に足を運んで、相手の顔を見て信頼関係を築いていくのが私たちの仕事の一番大切なことなの。あなたのお父さんがそうだったわ。部長になってからもなにか問題が起これば自分で行動して解決していた。外で動き回るのは記者だけじゃないってことを、私たちは笠間部長から教わった」

「ああ、そうですか」

父の名前を出されたところでなにも響かなかった。

この女がなんと言おうが、父の本音は編集局に残り、紙面作りに関わっていたかったはずだ。

——同期に伊場さんがいたら仕方がないわね。

異動になった直後、母が父にそんな話をしていた。

今は東都スポーツの編集局次長にまでなった伊場は、父とは同期で、長く一緒にジェッツ番をし、野球デスクもやっていた。だが父はその伊場との出世争いに負け、編集局から即売部に追いやられた。

　そして翔馬もまた、その伊場に入社試験で落とされた――。

「もっと社員の思いが即売に繋がることはないのかといつも考えていたわ。その志半ばでお父さんは亡くなってしまったから、翔馬くんが同じ仕事をして頑張っているのを、お父さんは草葉の陰で見て、感激して泣いてるんじゃないかしら」

　千藤はまだ父の話をしている。

「別に親父は関係ないです。自分は即売の仕事をしたくて日日に入ったわけではないですし、いつまでこの業界にいるかも分からないですし」

「でも翔馬くんは記者志望なのよね。うちの会社も記者志望で受けてたし」

「見事に落とされましたけどね」

　口を窄めて答えた。

「面接の評価は高くて、上の人たちは最後まで迷ってたみたいだけど」

「そんなこと、落とされてから言われても、なんの慰めにもなりませんよ」

「そうよね。ごめんなさい」

「自分も別に受からなくて良かったです。最初から日日スポーツが希望でしたから」

　強がりに聞こえたかもしれないが、本当のことだ。東都は滑り止めで受けただけ。ただ、仕事先で亡くなった父の葬儀には、東都スポーツの社員やジェッツのOBや現役選手など、たくさんの人が来た。その息子である自分が、最後の面接試験で落とされるとは思わなかった。

「まぁ、自分が野球しかやってこなかったのは事実ですからね」

東都スポーツでの面接では、強豪・京亜大野球部の話を面接官たちは熱心に聞いていた。父・笠間哲治を持ちだしてきた面接官もいた。

——子供の頃から家には東都スポーツがありましたし、父と同じ仕事をして、自分も父を追いかけたいと思いました。

面接用に用意した回答をした。面接官の顔を見ながら、受かるだろうという手応えを感じた。

最後になって、それまで黙って聞いていた伊場が口を挟んできた。

——きみは野球の話ばかりするが、ほかにはなにもしてこなかったのか？　二十二年間も生きてきたんだ。なにかあるだろう。

そう聞かれた時の答えも用意していた。だが口を半開きにし、嘲笑うような顔で返答を待っている伊場の顔を見ていると、頭が真っ白になり「大学の野球部にいる選手はみんなそうだと思います。野球に専念しないことには、ベンチにすら入れませんから」と言ってしまった。「それでもなにかあるだろう」伊場からさらに突っ込まれたが、同じような返答をした。まるで反抗しているような態度に、自分を受け入れてくれようとしていた周りの評価まで変わったと感じた。

「伊場さんはあなたが野球しかやってこなかったという意味で聞いたんじゃないと思う

わ」

「じゃあどういう意味だったんですかね」

「笠間部長が亡くなった後に、あなたがどのように育ったのか、詳しく聞きたかったんじゃないかしら。どうしてあなたがお父さんと同じ仕事をしたいと思ったのか」

この女、父の部下だったくせに、父のライバルだった男の味方をしている。

「それなら自分もちゃんと話しましたけどね」

「それが本当か知りたかったんじゃない」

「まるで僕が嘘を言ったみたいじゃないですか」

本心を見抜かれたような気がして、言い方が強くなった。確かに記者になりたいと考えたのは願書を出す直前で、それまでは社会人野球に進むつもりだった。そして将来は高校野球の監督になれればいいと考えていた。

だがいくら相手がドラフト候補の大物とはいえ、まともな競争すらさせてもらえなかったのだ。その程度の選手が社会人で試合に出られるわけがないし、高校野球の監督をしたくても強い学校に雇ってもらうのは難しい。そう考えて野球を続けることは諦めた。野球しかやってこなかった自分には、就職先はスポーツ紙の記者くらいしか思いつかなかった。

「うちの会社で笠間部長に世話になった人はみんな、あなたのことを気にかけていたのよ。弟の翼くんもそう。だからあなたが日日スポーツに合格したと聞いた時は、即売部のみんなが良かったって喜んだんだから」

「よしてくださいよ、別に父親が死んだからって、うちが生活に困ってたわけではないし」

他紙に受かって喜ぶくらいなら落とすなと文句を言いたくなる。

「それにどうして千藤さんにそこまで同情されなきゃいけないんですか。千藤さんは父と同じ部署だっただけでしょ」

父から新聞社の仕事を教えてもらったと言ったが、それだけの関係ではない気がしてきた。

「あなた、お母様から聞いてないのね」

「なにをですか」

無愛想に言うと、千藤は少し間を置き、翔馬の目を見て話を続けた。

「あの晩、笠間部長と私は慰労会をしていたの。私にとっては今まで経験したことのない大きな仕事をやり遂げた後だったから、少しはしゃぎすぎたのね。意識がなくなるほど酔ってしまって、それで笠間部長が私をタクシーに乗せて、お金も出してくれたんだけど、そのせいで部長はホテルに泊まることになったの。家まで帰っていれば、脳梗塞で倒れても奥さまが救急車を呼んで、手遅れにはならずに済んだのに……」

やっぱりうちの父は、単に人がいいだけだったんだな。千藤の話に呆れてしまった。

「なんだ。もっと訳ありな関係かと思ってたんですけど、その程度のことだったんですか。なんかガッカリだな」

　そう口走ると、彼女の眉が吊り上がり、目も瞳孔を絞った力のあるものへと変わった。

「冗談ですよ。怒らないでくださいよ」

　そう言ったところで、彼女の表情は元には戻らなかった。

「入社試験の時は、うちの会社に来てほしかったけど、伊場さんがあなたを採用しなくて正しかったのかもしれないわね」

「どういうことですか」

　今度は翔馬が睨み返す。

　彼女はトートバッグの中から丸めた紙を出した。それは二日前、翔馬が樋口の店から剝がした《逸見獲り　ヤ軍がスカウト派遣》と印刷された東都スポーツの前ダレだった。

「これ、あなたが剝がしたのよね」

「なんですか、それは」

　心の揺れを見せないように平然と答えた。

「今はいろいろ物騒だから、ゴミ箱に不審な物が捨ててあると、駅員から連絡がくるのよ。この駅でこんなことをやるとしたらあなたくらいしかいないと思って見張ってたんだけど、私の読みで間違いなかったようね」

　靴紐を結び直す振りをして屈んだ時のことを言っているのだろう。パンプスの向きで誰かが自分を見ていると感じた。だから剝がさなかった。

「自分はそんなことしてませんよ。他の人じゃないですか」

白を切り通そうとしたが「あなた以外ありえない」と言われた。

「今からこれ樋口さんに持っていくわ。樋口さんだってうちの新聞が売れなくなったら営業妨害になるわけだから怒ると思うわよ」

千藤はベンチから立ち、売店へ歩こうとした。

「やめてくださいよ」

彼女の服を引っ張って止めた。千藤が振り返る。目はさらに鋭さを増していた。

「やっぱりあなたは笠間部長とは違うわね」

父ならこんなあざといことはしなかった——そう言われるのだと思ったが、違った。

「部長なら仮に同じことをしても駅のゴミ箱に捨てるなんて軽率なことはしなかったわ。あなたはお父さんの足元にも及ばない未熟な人間よ」

ちょうど電車の発車ベルが鳴った。

千藤はヒールを鳴らして、閉まりかけていた列車に乗った。

その後も担当売店を回ったが、むしゃくしゃした思いは消えなかった。午後三時に最後の店の売り上げを確認した頃には、会社に戻る気がなくなっていた。

子供の頃から勉強でもスポーツでも負けなかった。親や先生から頼られることはあっても、叱られたことなどなかった。

——翼は心配だけど、翔馬は安心だな。

父からもよくそう言われた。なにもせずにうまくいっていたわけではなく、人より勉強もスポーツもした。家に帰ってからは毎晩のようにランニング、筋トレをして、手首を柔らかくしようと風呂にはゴムボールを持って入り湯船でスナップを利かせた。毎朝、東都スポーツをポストから取ってくるのが翔馬の役目だった。先に読むのも夜型の父より翔馬の方が多かった。そして役に立つ記事があると切り取ってノートに貼る。何冊にもなったスクラップ帳は今も実家の押し入れにあるが、その半分くらいは、記事の最後に父の署名があるはずだ。

自分の人生は、中学までは完璧なほどうまくいっていたが、高校受験を機に狂い始めた。公立校から慶應大のグレーのユニホームを着て、神宮で野球をやるのが夢だったが、合格できると言われていた高校に落ちた。

それでも滑り止めで受けた私立が野球に力を入れ始めていたので、そこでエースになって甲子園を目指した。

一七四センチと投手としては小柄だったが、コントロールと配球を磨いて高二からはエースナンバーを勝ち取った。しかし高二の秋は関東大会一回戦負け、高三の夏の大会も県予選の四回戦で延長戦の末敗れ、甲子園出場は叶（かな）わなかった。

一浪すれば慶應に入れる自信はあった。それを京亜大に変えたのには、高二の冬に父が亡くなったことが響いている。慶應は一般入試で学費も高いが、京亜大学からは学費、寮費、合宿費などを免除される特待生として誘われた。母が働きづめで、六歳下に弟の翼がいることを考えると、迷惑はかけられなかった。

京亜大では監督の薦めで三塁手に転向し、打撃も守備もいつも居残りを志願して練習した。三年になればレギュラーになれそうだと思っていた。それが二学年下に、甲子園で活躍したスラッガー、安孫子雄輔が入ってきた。

一八六センチ、九五キロの巨漢にもかかわらず、守備も俊敏で、強肩だった安孫子は、高校時代からプロ注目の三塁手だった。安孫子は一年の春シーズンから四番・サードで先発出場した。そのせいで大学での残り二年間、翔馬は一塁や外野で途中出場した以外、ほぼベンチで過ごした。

どれだけ努力したところで、この世には絶対に敵わない相手がいる——その不条理さにいつも唇を噛み締め、翔馬は仲間たちがプレーするのを眺めていた。

8

結局、その日は会社に戻る気も失せ、直帰したいと会社に申し出た。ゴミ箱に捨てたのは千藤が言った通り、軽率だった。ただ他紙の前ダレを会社に持って帰るわけにもいかず、改札脇で見つけたゴミ箱に、つい捨ててしまったのだ。

最後に回った売店が、京亜大の野球部のグラウンドがある最寄駅だったため、翔馬は久々に母校を覗くことにした。

グラウンドに入ったのは卒業して初めて、およそ一年半振りになる。

柵に近づいていくと下級生たちの巻き舌のかけ声が聞こえてきた。

秋風が吹き、グラウンドの至るところで土煙が舞っている。試合に出ていると気にならないのだが、ベンチで見ているだけだと目が痒(かゆ)くなり、四年間、翔馬はこの風が嫌で仕方がなかった。

今、グラウンドを使っているのはサブのメンバーだった。レギュラークラスは室内でウエイトトレーニングでもしているのだろう。

自分の大学生活が凝縮されたこの場所に来れば、少しは気分が紛れるかと思って足を運んだのだが、暗い記憶が甦り、余計に気が滅入(めい)る。こうなることくらい分かっていたはずなのに。

「あれ、先輩じゃないすか。どうしたんすか」

柵の前で二人組の女性ファンの陰に隠れていたのに、ジャージ姿の男に見つかった。

安孫子だ。下は短パンで、サンダル履き。こんな恰好でグラウンドに出入りするなど、翔馬がいた頃なら絶対許さなかった。

「なんだよ、安孫子、その恰好は」

「俺、きょうは休みなんすよ。先週のゲームでホームラン打ったんで特別扱いです」

顎を上げて、さも得意げな顔で言った。

「そんなこと言ってたら、秋も負けるぞ。春だって最後の最後で逆転優勝されたのに」

春のリーグ戦、安孫子は最後の二節を欠場した。そこで連続して勝ち点を落としたことで、ライバル校に逆転優勝された。秋も現在三位で、残り二節を連続して勝ち点をあげないことには優勝できない。

「あいかわらず真面目っすね、先輩は」

軽い口調から自分が舐められていることが伝わってくる。

「ホームラン打った次の打席でデッドボール受けたんで、監督からも無理するなって言われてるんですよ」

アンダーシャツをまくり、二の腕を擦った。少し青痣になってはいたが、湿布が貼られているわけでもない。

「そんな程度で次の試合を休む気か」

「どうすかね。来年のことも考えなきゃいけないし」

元々、この男は大学野球をしたくて入ってきたわけではない。好きなプロ野球球団に入るための手段としてこの大学を選んだだけだ。

「一、二年の頃は、デッドボールくらいでは休まなかったじゃないか」

「そりゃ、あの頃は休んでたら、優秀な先輩にレギュラーを獲られるかもしれなかったですから」

心にも思っていないくせに、馬鹿にして言う。聞いていられず、翔馬はフェンス際まで足を踏みだした。網のフェンスは低く、手を伸ばせば安孫子のジャージを摑むことができる。

怒っているのを我慢してるんだぞと、態度で見せたつもりだが、安孫子は悪びれる風でもなく歯茎を出して笑っている。険悪な雰囲気に近くで様子を見ていた女性ファンは離れていった。

「そういや、先輩、キコさんと付き合ってるそうっすね」

「それがどうした？」

「ここに来ましたよ。月曜だったかな」

最後に会ったのが日曜だからその次の日、三日前だ。

「西條は東都のアマチュア野球担当なんだから安孫子を取材にきても不思議はないだろ」

「そうみたいですね。キコさん、俺がどの球団に行くのか知りたがってましたから」

「それで、話してやったのか」

「まさか」否定したが、「でも教えてやろうかなとは思いましたけどね、まぁ、俺らも、いろいろあったんで」と口にした。

「それはキコから聞いてる」それ以上言わなくてもいいという意味をこめて言った。

「それを知ってて付き合ってるんですか」

安孫子はわざとらしく口を開けた。

「そうだ、悪いか」

「まぁ、俺も先輩に譲ったつもりだから付き合ってくれて良かったっすよ。なんでもかんでも俺が奪ったら先輩に申し訳ないし」

まだ耐えていた。俺がこいつにレギュラーを奪われたのは事実だと自分に言い聞かせた。

「だけど今回、キコは、またそうなっても良さそうな気はありそうでしたけどね」

キコと呼び捨てにした。

「どういう意味だ」

「笠間先輩とうまくいってるんですかって聞いたら、なんか複雑そうな顔してましたよ。やっぱ俺の方が良かったと思ったんじゃないですか」

「おい、いい加減にしろよ」

心の傷を無理やりに抉ってきたことに感情が抑えられなくなり、左手を伸ばした。安孫子は身をよじって避けようとしたが、それより先に翔馬が安孫子のジャージの胸を掴んだ。

安孫子はおののきすらしなかった。ニタついた顔は変わらず、胸を掴んだ翔馬の手の上から爪を立て、皮膚に食い込ませてくる。翔馬も安孫子の挑発する目を見て、握ったジャージをさらに強く絞った。

他の選手が気付いた。

「笠間先輩じゃないすか。どうしたんですか」

　後輩たちが寄ってくる。

「笠間、なにがあったんだ」

　コーチまでが集まってきた。コーチは周りに気を配った。こんなところをマスコミに知られたら大事件になる。翔馬はそこで手を離した。

「ちょっと安孫子と話してたら、こじれてしまって。すみません」

　翔馬はコーチに謝罪した。安孫子は翔馬の握力で乱れたジャージの胸を直しながら言う。

「本当ですよ。まったく冗談も通じないんだから、これだから真面目人間は困るわ」

　また頭に血が昇ったが、翔馬は安孫子を一瞥だけして、後輩たちに「申し訳なかったな」と詫びて立ち去ろうとした。

「先輩、俺がどこの球団を指名するのか聞きに来たんじゃないんすか」

　安孫子の声がしたが無視した。

「どうしても教えてほしいのなら、教えてあげてもいいっすけどね」

　入団先はうちの記者も知りたがっている。聞けば大熊部長も売れる紙面ができたと喜ぶだろう。

　それでも足を止めることなく、グラウンドを去った。

いた。

9

いったいどうしたんだ——会社の前でつかまえたタクシーに乗った翔馬は頭が混乱していた。

——笠間くん、なにやってんのよ。キコ、死んじゃうかもしれないわよ。

智絵から会社に電話があった。早口で捲し立てる話し方に一瞬、由貴子が自殺を図ったのかと思った。

智絵が言うには、連絡したが出ないことに心配して由貴子のマンションに行くと、ベッドで意識朦朧としていたらしい。由貴子は体調を崩し二日間会社を休んでいた。この間、ほとんど食事をしていなかったそうだ。

救急搬送されたと聞いた病院にタクシーが停まった。釣りも受け取らずに、夜間受付に走る。西條由貴子の名前を出したが、家族以外は面会できないと言われた。「付き合ってるんです。もうすぐ結婚するんです」身分証と会社の名刺を出してそう言うと中に通してくれた。

開けっ放しにしていた病室に、眠っている由貴子の顔が見えた。布団の上から細い腕が出て、点滴の針が刺されている。椅子に座っていた智絵が翔馬に気付いた。大丈夫——彼女は声を出さずに口だけ動かした。

近くまで歩み寄って由貴子の頬に触れた。顔色は良くなかったが、いつもの由貴子の体の温もりは感じた。

俺があんな酷いことを言ったからショックを受けてしまったのだろう。いつも元気いっぱいで選手を励ましていた。記者になってからも辛い仕事も文句一つ言わずに走り回っていた。なによりも大学の四年間、翔馬のことを想い続けてくれた……そんな明るい由貴子が青白い顔で眠っているのを見て、胸が潰れた。

「俺のせいだ。俺の言葉でキコはショックを受けたんだと思う」

由貴子を起こしてはいけないと廊下に出てから、翔馬は土日に自分がしたことを話した。

「なに、笠間くん、そんな酷いことを言ったの？」

智絵は怒りを通り越して呆れていた。

「だからキコには、笠間くんにはあの話はしない方がいいって言ったんだよ」

翔馬が安孫子との関係を聞きたがっているのを知り、由貴子は智絵に相談したそうだ。

「でもあとで翔くんに知られるなら先に話した方がいいって、キコは聞かなかったんだよ」

「俺が聞くべきじゃなかったんだよ。四年の時に安孫子がキコと付き合ったとはしゃいでいたのは聞いてたし、付き合ってたんじゃ、そういう関係になるのは普通なんだから」

それでも由貴子は自分を選んでくれたのだ。それで十分だったのだ。隣の智絵は口を半開きにしてしばらく固まっていた。

「どうしたんだよ、そんな顔をして」

「驚いた。まさか、キコが本気で安孫子と付き合ってたと思ってたの?」

「キコはそう言ってたよ」

「笠間くんが一方的にそう聞いたからでしょ」

「どういうことだよ」

「まったく大誤解してるわよ。安孫子に一度だけの思い出にってデートに誘われたの。それですごく酔わされて、気付いたら部屋に連れ込まれてたんだよ。キコ、必死に抵抗したけど、安孫子の力が強くて駄目だったって……」

「それって犯罪じゃないか。どうして訴えないんだよ」

「なに言ってんのよ。キコがそんなことするわけないじゃない」

きつい声で諭された。

「言っとくけどマネージャーだから訴えなかったんじゃないからね。笠間くんに知られたくなかったからだよ」

俺に知られたくなかった——それでも彼女は嘘をつかずに正直に話してくれた。なのに俺はその傷跡を何度も抉り返した。

セックスの最中に口を押さえた時の顔が浮かんだ。由貴子が不安な目をしたのは、安孫子にもそうされたからなのかもしれない。

「スポーツ新聞に入るのだって、私、内定を辞退しなって反対したんだよ。記者になりたいならあいつに会う可能性の低い一般紙だっていいじゃないって。でもキコ、笠間くんと同じ仕事をしたいって聞かなかった。それなら上司に言って『同じ大学だから安孫子選手は取材できないと言いなさい』ってアドバイスしたの。その言い付けだけはずっと守っていたのに、急に安孫子のところに行ったみたい。キコ、安孫子に嫌なことを言われたって泣いてたもの」

「どうして急に行ったんだろうか」

「そんなの私に聞いても分かんないわよ。私はそっちとは仕事が違うんだし」

「そうだよな、ごめん」

「会社にどうしても行けって言われたんじゃないの」

確かにアマチュア担当でドラフトの目玉である安孫子を取材しないなんて会社は許さないだろう。それに由貴子は京亜大のマネージャーだったのだ。会社だって安孫子と親しいと期待する。

「私は明日、会社休んで看病するから、今晩くらいは笠間くんが付き添ってあげて」

そう言い残して智絵は家に帰った。

翔馬は一人、病室に戻った。由貴子はまだ眠っていた。横に座って小さな手を握ると、無意識に握り返してきた。傷つけたのは翔馬なのに、翔馬だけを信頼してくれているようだった。

しばらくすると点滴が終わり、看護師が入ってきた。手際良く針を抜き、翔馬に「大丈夫ですよ、ずいぶん顔色も良くなりましたし」と言った。翔馬が婚約者だと言ったのを聞いたのだろう。「結婚前に大事にならなくて良かったね」と眠っている由貴子に向かって微笑んだ。

そこで由貴子の携帯電話が鳴った。翔馬は起こさないように止めようとしたが誤って通話ボタンを押してしまった。画面に「カイシャ」とカタカナで出た。東都スポーツからだ。

すみません。今、西條由貴子は眠ってて電話に出られないんです……そう言おうとしたところ、相手が〈西條か、安孫子はジェッツでなく大阪ジャガーズに決めたみたいだ。おまえが言ってた通りだ〉と早口で言った。野球のデスクだろう。

〈だが悪いけど、俺が伝えた通りに書くぞ〉

デスクはそう言った。翔馬がなにも言わないことに〈もしもし、西條、聞いてるか〉と急かす声が響いた。

「すみません。西條は今、ちょっと体を壊していて病院にいるんです。明日も仕事に行けそうにありません」

〈あなたは？〉

「あっ、自分、西條由貴子の兄です。群馬から呼ばれて急いで出てきたんです」

咄嗟に由貴子に三つ上の兄がいることを思いだして告げた。看護師は「結婚前に……」

と言って由貴子を元気づけたのに、自分は兄だと嘘をつく。聞こえていれば由貴子をまた失望させてしまう。

〈西條さんからは昨日、体調が悪いから休ませてくれと連絡があったんですが、入院してたとは。病名ははっきりしてるんですか？〉

「ちょっと疲れが出たようです。今、点滴して少し元気になりましたから、明日医師に診てもらってから連絡させます」

〈疲れなら良かった。彼女、普段から元気がいいんで我々も気付きませんでした。申し訳ございません〉

「こちらこそご迷惑をおかけしてすみません」

〈でも西條さんのスクープですからね。今のことを伝えてくれたら彼女も元気が出るかもしれません。ではくれぐれもお大事に〉

そう言って電話は切れた。

「ごめんね、翔くん」

その声に「キコ」とベッドのほうを振り返った。意識が戻ったことに、それまで張りつめていた不安が胸から抜けた。

だが今度は由貴子の携帯を手に持っていたことに後ろめたい気持ちになる。

「勝手に出ちゃった」

「しょうがないよ。私が音を消してなかったんだから」目尻に優しい皺が寄った。

「あと、兄貴だって嘘ついてしまった」

「それもしょうがないよ」

笑っていたのはそこまでで、真剣な目に戻った。

「安孫子が大阪ジャガーズに入るのは本当よ。ジェッツから『うちは獲らない』って断られたの」

「どうしてジェッツが断るんだよ」

「彼、いろいろ女性問題を起こしてて、実は私も……」

「いいよ、キコ、その先は言わなくて」

表情が固まったが、翔馬が頷くと、由貴子はうんと言って、話を続けた。

「被害者の一人が妊娠して、大問題になったみたい」

被害女性の友人たちが安孫子と京亜大の監督に抗議に来たそうだ。安孫子は知り合いの社長に相談して金で解決しようとした。そのことが被害者側の怒りを買い、彼らは弁護士を連れて京亜大の事務局に行った……。

春のリーグ戦の二節、安孫子は試合を休んだ。あれは学校が謹慎させたのだ。

「なんとか示談になって、警察沙汰にはならなかったけど、それをジェッツのスカウトが知ったみたい」

「そのことを確認するため、キコは大学に行ったのか。そんなの球団に聞けば良かったじゃないか」

「同じグループだからって、ジェッツはそこまでプライベートな内容は話してくれないよ。女性も示談に応じて、警察には訴えなかったわけだし」

そこで一度、言い淀んだが、由貴子は迷いを打ち消したかのように息を吞んだ。

「それに私だって、彼と付き合う気なんかなかったのに、一度だけデートしてという頼みを断りきれなくて。それで応じてしまった私もいけないんだし……」

最後は声がか弱くなった。

「だからってなにもキコがそんな取材に行かなくても」

由貴子自身、行けば傷つくのは分かっていたはずだ。しばらくの沈黙を置いて彼女が小声で呟いた。

「翔くんが知りたがっていると思ったから……」

由貴子は気付いていたのだ。翔馬が安孫子のことで特ダネを取り、記者職になりたがっているのを。

「安孫子は認めたのか」

「認めてない。それどころかキコ先輩の時と同じで俺は合意の上だと思ってたって、平気な顔して言われた……」

ついに目から涙が零れた。

「今のこと、翔くんのところの新聞で書いてよ」

「いいよ、キコと東都が摑んだネタだろ」

「うちは安孫子が自分の意思でジャガーズを選んだって書くわ。ジェッツが安孫子を獲らなかった理由を晒して、野球界にスキャンダルを持ち込みたくないのよ」

それがデスクが言った〈俺が伝えた通りに書くぞ〉の意味か。安孫子は由貴子に事実を書かれることを恐れている。それで翔馬に「どうしても教えてほしいのなら、教えてあげてもいいっすけどね」と嘘を書かせようとしてきた。

「私だって東都の記者なんだから、全部分かった時はやっぱり自分のところで書くべきだって思ったよ。だけどうちが書くのは事実じゃないもの」

いつもの明るい顔でも、翔馬と二人きりの時に時々見せる物憂げな目でもなかった。潤んではいるが、真正面から翔馬に訴えてくる記者の強い目だった。

「キコ、電話してきていいか」

彼女は頷いた。午後十一時半、最終版に間に合う。

野球部のデスクに直接かけようと折り畳み式の携帯電話を開く。そうすれば翔馬に取材力があることが認められて異動できるかもしれない。だがボタンを押しかけたところで思い止まり、違う番号にした。

「岸か、俺だ、笠間だ。安孫子の入団先が分かった。大阪ジャガーズだ」

〈でも笠間は、安孫子はジェッツに入るために大学に進学したって言ってたじゃないか〉

「ジェッツに断られたんだ。理由は安孫子の女性問題だ。それでジェッツは獲得を見送った」

　被害女性に配慮し妊娠させたことまでは言わなかった。女性問題だけでも安孫子がスター選手にふさわしくない人間だということは読者に伝わる。

〈分かった。安孫子ジャガーズ入りって書く。今からデスクに言って紙面をもらう〉

　岸の声に興奮と緊張が伝わってきた。

「駄目だよ、ジャガーズ入りだけじゃ東都と同じになる」

〈それ以上は危険だろう。書くにしても、もう少し取材して裏を取らないことには〉

　岸の判断は冷静だった。女性問題が見送った理由だと書いてしまえば、安孫子から名誉棄損で訴えられるかもしれない。それでも今回に限ってはそれでは意味はない。

　廊下の奥から看護師が顔を出し、静かにするよう指を口に当てる。翔馬は頭を下げ、声を落として続けた。

「安孫子がジェッツに断られたって書かなければ、今回の件をうちで書く意味はなくなるんだよ。俺がちゃんと裏を取った。訴えようとした女性じゃないけど、他にも被害にあった女性から聞いた。もしなにかあったら俺が責任を取る。岸には絶対迷惑はかけないから」

〈書くのは俺なんだから、笠間に責任なんて取らせないけど……〉

「今回のことは事実なんだよ。大事な事実を隠してしまえば、新聞を買ってもらう意味なんてないじゃないか。なっ、頼む、岸。この通りだ。俺が話した通りに書いてくれ」

電話なのに無意識に頭を下げていた。

〈分かったよ、笠間の言う通りにやってみるよ〉

「本当か」

〈これからデスクを説得するから、笠間は安心して俺に任してくれ〉

同期の頼もしい声に翔馬は大きく息をついた。

第四話

1

締め切り時間が近づくにつれ、通路で待つ記者が減っていく。

八月半ば、ビッグドームでの大阪ジャガーズ戦、首位の東都ジェッツは四時間ゲームの末、七対六で勝利し、二位とのゲーム差を「7」に広げた。就任一年目の東郷監督も、逆転の二点本塁打を放った四番の逸見憲司も帰り、記者のほとんどは原稿を書くため上階にある記者席へと戻った。

今、残っているのはジェッツ番でも若手だけだ。彼らは先輩記者から「汐村が帰る時、日日の笠間がついていったら、一緒に行って話を聞け」と命じられているはずだ。

翔馬は他の記者とは離れた場所に立っていた。何人かが様子を窺うように顔を向けてくるが、知らぬ振りをしている。そこにロッカールームの扉が開く音がした。

ベタ足の立てる音がドーム球場の通路に響くと、雑談する記者たちが一斉に黙った。

「お疲れさまです」出てきた汐村に何人かが挨拶するが、そうしたところで汐村が返すことはない。記者が近寄れば凄まれ、おかしなことを聞こうものなら関西弁でどやされる。だからほとんどの記者は質問もできない。

汐村は今年は開幕から五番を打ち、二年振りの優勝に向かうジェッツに貢献している。

翔馬の方向へと歩いてきた。汐村の後ろから距離を置いてついてくる他紙の記者は、汐村ではなく翔馬の動きを見ていた。

汐村が目の前まで来た。

「お疲れさまです」

他の記者と同じように挨拶するが、無視だった。

汐村が真横を通り過ぎた時、翔馬は体を翻して汐村の横についた。

後ろを歩く他紙の記者が一斉に反応し、駆け足になる。

汐村は歩いていくが、翔馬は動かず立ち止まった。

短距離走でフライングをした時のように、追いかけてきた他紙の記者も止まった。

彼らは自分たちだけで汐村に質問する勇気がないのだ。全員がバツの悪そうな顔をしていた。

そこで今度は翔馬が走って、再び汐村の真横に並んだ。不意をつかれた他紙の記者はもはや付いてこられなかった。

「汐村さん、長い試合でしたね」

ガニ股で歩く汐村の隣から、そう話しかけた。反応はないが、翔馬は怒鳴られたことはない。

二〇〇二年になった今年の一月、翔馬は二年近くいた販売局即売部から、編集局野球部に異動になり、ジェッツ番、その中でも汐村を中心に見るように命じられた。

キャンプで取材した時は他の記者同様、相手にされなかった。オープン戦でも、シーズンが開幕しても同じだった。それでもめげなかった。他の記者はみんなでつるんで聞きにいくから嫌がられるのであって、一人でいけば必ずチャンスはある。そう信じて、他紙が大勢で行く時は群れから離れ、万が一汐村がコメントして、それを自分だけが聞けなかったとしても構わないと腹を括った。

その代わり、記者が誰もいない時は、挨拶して話しかけ、どれだけ睨まれようが食い下がった。六月にはサッカーの日韓ワールドカップが行われ、日本代表の試合の日は、プロ野球の試合も組まれなかった。翔馬たちは、日本戦を観戦するどころか、野球の練習を見なくてはならなかったが、その頃になると汐村の翔馬への反応が変わった。「おまえ」だった呼称が、「笠間」と苗字で呼ばれるようになり、話しかけると少しずつだが答えてくれるようになった。

「一回の先制タイムリー、外角に沈むシンカーでしたけど巧く合わせましたね」

五番一塁で先発し、五打席中ヒットは一本だったが、四球二つで三度出塁したのだから悪くない。汐村は「そやな」と言うだけだった。おそらく六回の二死二、三塁で、四番逸見が敬遠され、自分と勝負してきたのに、平凡な左飛に終わったことが納得いかないのだろう。あの時はビッグドームが大きなため息に包まれた。

「俺なんかより、きょうは逸見やろ」

ボソボソと汐村が話す。翔馬には悔しさがこもっているように聞こえた。仲間だろうが活躍されて悔しく思う気持ちは、大学まで野球部にいた翔馬も分かるつもりだ。

「試合を決めたのは逸見さんのホームランですけど、ファンの汐村さんへの期待は、逸見さんと変わらないですよ」

お世辞ではない。ジェッツに移籍してから、数字では年下の逸見に大きく差をつけられたが、汐村にはここぞというチャンスを次々とモノにしてきた天性の勝負強さがある。

「そういうんは昔の話や」

さらに声が小さくなったが、他の選手がほとんど帰った廊下には自分たちの足音くらいしかなく、しっかり聞き取れる。

「それに俺が期待されてるんはホームランや。こんな成績やったら、使ってくれてる東郷監督に申し訳ないわ」

これまでにないほどの謙虚さだった。もしかして膝の痛みでも再発したのか、そう思って横目で窺ったが、歩く様子に変調は感じなかった。

並んで階段を上がり、駐車場に入る。汐村が言ったように明日の一面は決勝ツーランを放った逸見で、汐村は雑観だろう。もう十分なコメントを聞いたが、せっかく自分一人なのだ、踏み込んだ取材もしないともったいない。

汐村は今年で五年契約が切れる。すでにフロントの間で契約更改の話は出ているのか。まさかチームを出ていくつもりか……子供の頃からジェッツファンだった汐村だが、このチームでは調子を落とすたびにマスコミからバッシングされる。メディアから守ってくれない球団にも不信感を持っている。

「汐村さん、来年はどうされるつもりですか。逸見さんはメジャーに行くみたいだし、チームはますます汐村さんに残ってほしいんじゃないですかね」

汐村は回りくどい質問を嫌がるので率直に尋ねた。

前任の大槻監督は幾度か汐村をスタメンから外したが、新監督に就任した東郷は汐村を五番で使い続けている。「東郷監督に申し訳ないわ」と話したくらいだからやはり残留して、来年は再び四番を目指すつもりなのだろう。それを汐村の口から聞いておきたかったが、背後に人の気配があるのに気付いた。

「では汐村さん、お疲れさまでした」

愛車のマセラティが見えたところで、頭を下げて取材を終えた。

翔馬が踵を返して、歩いてきた方向に戻ろうとしたところ、五メートルほど後ろに、東都スポーツと東西スポーツの若手記者がペンとメモを持って突っ立っていた。二人は入社一、二年目で、翔馬より年下だ。

翔馬が突然質問を打ち切ったことに彼らは驚いたくせに、なに食わぬ顔で来た方向に戻り始める。

「おい、待てよ」

翔馬は引き止めた。二人は明らかに怯えている。

「俺の話を盗み聞きしに来たんだろ。あざといことをすんじゃねえよ」

「そんなことしませんよ」

東西スポーツの記者が声を震わせた。

「自分らも聞きたいことがあったんで、来ただけです」

東都スポーツの記者が強気に言い返してきた。日日の笠間になんか負けてんじゃねえぞ
——各紙のキャップからそう叱責されているのかもしれない。

「だったら俺が一度立ち止まった時、どうして汐村さんに付いていかなかったんだ。俺が止まったらそっちも止まった。単独で汐村さんを取材する気がなかったからだろ？　もし違うのであればここで理由を言えよ」

スポーツ紙の記者には不文律がある。一つ目は他の選手の談話を教えてもらったら自分が聞いた選手の談話も教えること。二つ目は一対一で選手と話をしている間には割り込まないこと。もちろん盗み聞きはご法度だ。すべてが父、笠間哲治がライバル紙、東都スポーツの記者だった頃から言われてきたことだ。

一度は諦めたのに、翔馬がなかなか帰って来ないものだから、彼らは気になって足音を立てないように様子を窺いにきたのだ。

二人はさすがにこれ以上言い訳できないと黙っていた。それでも翔馬は許さなかった。

「悪かった気持ちがあるなら謝れよ。俺は盗み聞きするような記者には、金輪際、汐村さんの話は教えねえぞ」

いつも独り占めしているわけではなく、たまには一人で聞いた話も彼らに教えている。

二人は「すみませんでした」と頭を下げ、翔馬に「いいよ」と言われてから、その場を離れた。

翔馬はゆっくり歩き、記者席に通じるエレベーターに乗ろうとした。扉が開くと、中から東都スポーツのキャップが出てきた。さきほどの若手の上司にあたる。

他紙でも先輩なので一応「お疲れさまです」と会釈すると、向こうも「お疲れ、笠間」と返してきた。彼は父が記者だった頃に指導を受けたらしく、最初に挨拶した時、「きみのお父さんには昔世話になった。厳しかったけど思いやりのある人だったよ」と言われた。

ただし本音は翔馬を嫌っている。翔馬が汐村の独自ネタを書いた翌日、若手記者に「あんな日日の即売あがりに好き放題やられてんじゃねえよ」と叱っていた。

「汐村はもう帰ったのか」

東都のキャップは様子を窺ってきた。

「はい、帰りました」

「うちのも一緒だったか」

「いいえ」

否定したことで、翔馬が汐村から大事な話を聞いたのでは、と疑問が湧いたようだ。

「なぁ、笠間。昼間に東郷監督からサシで聞いた話があるんだけど、いるか？」

交換条件を持ちかけてきた。東郷監督とサシでということは、自宅から車に同乗させてもらったのだろう。東都のキャップだからできたのであって、日日スポーツのジェッツ番キャップなら乗せてもらえない。

興味は湧いたが、「それは結構です」と断り、エレベーターに乗った。

2

帰宅したのは午前零時を回っていたが、玄関を開けるとリビングから母と妻の由貴子の声が聞こえてきた。

「お帰りなさい」由貴子が目立ち始めたお腹を抱えて椅子から起き上がり、母も「あら、意外と早かったのね、試合が終わるのが遅かったからもっとかかるかと思ったわ」と表情を緩めた。

「球場から真っすぐ帰ってきたから。母さん、急で悪かったね」

「いいのよ、明日は日曜だし、なにかあったら大変だから」

「お母さんのお陰で体を休めることができました」

母の横で由貴子が笑顔で礼を言った。朝、出かける時、由貴子の顔色が悪かった。心配して聞くと「ちょっと貧血っぽいけど大丈夫よ」と言われた。午前中の取材があったため家は出たが、途中で心配になり、浦和に住む母に電話をして、都内のマンションまで来てもらった。

「キコの表情も朝よりずっと良くなっているし、母さんに来てもらって良かったよ」

「安定期って言うけど、実際、お産は直前が一番大変だからね。お母さんも大変な思いをしたし、由貴子さんになんでも任せてないで、ちゃんとやってね」

「最近、翔くんは掃除とかしてくれるようになったんですよ」

由貴子がフォローしてくれたが、「どうせ休みも平気で飛ばすんでしょ」と母に言われた。

「そうでもないよね、翔くん」

「それは由貴子さん、ジェッツが調子がいいからよ」

記者の妻だっただけあって、母は新聞記者の事情がよく分かっている。シーズン半ばまではたいしたことはない。終盤に入りストーブリーグが始まると、勤務表通りには休めなくなる。今年は優勝しそうなので東郷監督は安泰だが、逸見のメジャー移籍に汐村の契約延長など、スポーツ新聞が大騒ぎしそうな案件はたくさん残っている。

「それでも父さんの頃と違って、今は月に八日は休まないと総務部から注意を受けるようになったからね。男親の出産休暇もちゃんと取れるようになったし」

「お父さんが若い頃は、週休一日だったのに、その一日も平気で吹っ飛んで、代休もなかったのよ」

出産休暇も当時はなく、次男の翼の時は、熊本の父方の祖母がやってきて、当時六歳だった翔馬の世話をしてくれた。

「でもなにも今、記者に異動しなくても良かったんじゃない。即売だったらカレンダー通り休めたのに」

「しょうがないですよ。会社の人事ですから」

また由貴子が助けてくれた。結婚を決めた途端に、記者への異動となったが、内示前に大熊即売部長から「俺としては即売に残ってほしいんだけど」と言われたくらいだから、断ることもできた。

だが翔馬は「行かせてください」と即答した。

その頃は結婚してもしばらくは二人で仕事をしようと話していたが、子供ができた。出産予定日は十一月後半。日本シリーズが終わり、逸見のメジャー移籍が決まり、ジェッツが逸見の代役を探している頃と重なる。きっと何日も連続出勤となり、夜遅くまで取材に飛び回らされているかもしれない。

「まぁ、翔馬も新米記者だし、休みたいって言っても会社も聞いてくれないだろうからね。由貴子さんのことは母さんに任せてよ。幸い、私は今は忙しくないから」

妊娠が分かってから由貴子の体調がずっと不安定なだけに、こうして母が来てくれるのは心強い。とはいえ中学校教諭の母もけっして丈夫なわけではなく、八年前に父が急死してから働きづめだったせいで、去年体調を崩した。今は非常勤で欠員が生じた学校を回っている。「俺が仕送りをするから仕事をやめてもいいんじゃない」と言っているのだが「翼が大学を出るまでは頑張らないと」と聞かない。六つ下の弟は、大学受験に失敗して今は浪人中だ。

「翼はちゃんと予備校に通ってる？」

気になって母に尋ねた。先月来てもらった時は、あまり行ってないみたいと相談された。翔馬は弟を呼びだし「母さんに予備校代出してもらってんだろ。しっかり勉強しろ」と注意した。

「聞いても答えないから分からないけど、なんか最近、服がすごくタバコ臭いのよね」

それならパチンコ屋かゲームセンターだろう。あいつは昔からそういう場所が好きだ。かといって不良学生ではない。おとなしい性格で、なにをやるにしても気力が続かず、自己主張がまったくない。小学生で登校拒否になり、やっと行きだしたと思ったら中学生の不良グループのパシリをさせられていた。

「あいつ、お金はどうしてんだろう」

「母さんは決めたお小遣いしか渡してないから、あまり持ってないはずだけど」

母はそう言ったが、翼には甘いから、小遣いも予備校生らしくない額を渡しているに違いない。

翼は勉強は苦手だったが、それでも小さな頃は明るくて、元気な弟だった。小柄だった翔馬と違い、体格が良くて、小学校低学年の頃は、剣道の市大会で優勝した。それが高学年で入った少年野球チームの監督のせいで、スポーツ全般が嫌いになった。翼がかわいそうなのは、その後、父が突然死してしまったことだ。翔馬は子供の頃から独立心が強く、周りからしっかりしていると言われたが、弟は甘えたがりの父親っ子だった。父が死んだ時はお通夜から出棺までずっと泣いていた。こいつ本当に父さんが好きだったんだな。号泣する弟を翔馬はじっと見ていた。

「翼に会って、もっと真面目に勉強しろと言っとくよ」

「そう言ってもらえると助かるわ。翔馬の言うことなら翼も聞くから」

父親代わりというほど気負っているつもりはないが、翼には何度も真面目に人生を考えろと注意してきた。昔、不良グループから助けたこともあり、翼は翔馬には刃向かわない。

「さて、翔馬が帰ってきたことだし、私は休ませてもらうかな」

部屋を出ていこうとする母に、由貴子が「お義母(かあ)さん、ありがとうございます。ゆっくり休んでください」とダイニングテーブルの上に手を揃えてお辞儀した。マンションを借りる時に3LDKにしたのは、母が寂しい時には泊まりに来てもらおうと思ったからだ。同居してもいいと由貴子は言ってくれるが、それも翼が独り立ちしてからだろう。

由貴子が勤める東都スポーツでは、産休は出産予定日の六週間前からという規約になっている。本来は来月十月の半ばからなのだが、体調が安定しないため由貴子は今週から休みを取っている。

由貴子は小柄で細いので、医者からは胎児の成長が負担になっていると言われた。もっとも由貴子が不安定なのは、それだけが理由ではないのだが。

母の部屋が閉まる音がしてから翔馬はソファーに座る。由貴子はダイニングテーブルから移動して、隣に腰を降ろした。

「お義母さんに来てもらって助かったよ。お義母さんだってお仕事で疲れてるのに、きょうは炊き込みご飯を作ってくれたのよ」

「炊き込みご飯って、子供の頃は嫌だったけどな。なんで白飯じゃないんだって」

「それ、お義母さんも言ってた。翔くんと翼くんがいつもがっかりしてたって。でもお義父さんが好きだったんでしょ」

家で食事をするのが少なかったこともあり、母は、父の休日は父の好物を優先した。

「父さんは熊本育ちだから、うちの飯にはよく蓮根が入ってたけど、蓮根を好きな子供なんていないじゃない。あとタケノコも入ってたな。俺はタケノコ食べると上顎が痛くなるんで実はすごい嫌だった」

「でも翔くんは不満を言わずに食べてたんでしょ」

「そりゃ母さんだって働いてたからね。翼は蓮根もタケノコも残してたけど」

父も翼には甘く、ほとんど叱らなかった。

「お義母さん、ケーキも買ってきてくれて、冷蔵庫に入ってるよ。翔くんも疲れてるだろうからって」

「疲れた時は甘い物を食べるというのが、我が家の元気回復法だったからな」

父がよく言っていた。ただし甘党でも父が買ってくるのは和菓子の方が多かった。饅頭(まんじゅう)やみたらし団子が出てきても翔馬はさほど嬉しくなかった。

「お義母さん、口では女の子が欲しかったたって言ってくれるけど、本当は男の子の孫が欲しかったんじゃないかな。お義父さんや翔くんに似た、負けず嫌いの男の子」

父のことを知らない由貴子は、父の性格が翔馬とそっくりだったと思っているようだ。そのことは、日日スポーツで父を知る人からも言われるが、翔馬はそうは思っていない。父は自分とは違って、優しい性格だ。監督や選手から信頼されていたが、けっしてスクープ記者ではない。だから同期のライバルに負けて、最後は即売に異動になった。翔馬が東都スポーツを受験した時、面接で落とされたのがその父のライバルだったこともあり、父と似ていると言われることが屈辱に感じるようになった。

由貴子はこの日、母とどんな話をしたか、次々と教えてくれた。実の母娘(おやこ)のように過ごしてくれていたようで安心する。もっとも由貴子は気を遣う性格なので、無理しているのも分かっている。

隣で聞いていた翔馬は、手を伸ばして由貴子の細い肩を抱き寄せた。

「キコ、ありがとな」

「母さんのことだよ。母さん、実家にいるよりうちに来た時の方がよく笑ってるんだ。母さんは世話好きだから、キコはお節介に思うことがあるかもしれないけど」

「そんなことは全然ないよ。私もお義母さんと一緒だと楽しいし」

「キコには申し訳ないけど、俺の親孝行に付き合ってくれな」

抱き寄せた手に力を入れると彼女が「うん」と頷き、頭を翔馬の肩に乗せた。しばらくじっとする。由貴子も疲れていたのだろう。いつしか彼女は眠っていた。

3

翌日もジェッツが大阪ジャガーズに九対三で勝利した。試合を決めたのは三安打二ホームランの逸見だが、五番の汐村もホームランを打った。翔馬は汐村の隣につき、他紙の記者のために質問役を買って出た。たまにこういうこともするが、オフの動向など大事な質問は絶対にしない。

いつも通り寡黙だった汐村だが、「優勝に向けて調子をあげていけたらな」とコメントを残した。汐村が愛車のマセラティに乗ると、質問しなかった他の記者は、翔馬に礼も言わずに記者席に戻っていった。

駐車場にはジャガーズのバスが停(と)まっていて、選手たちが乗るところだった。その中で記者に囲まれているルーキーの安孫子がいた。

「あれっ、先輩じゃないっすか」

汐村と変わらないほど仏頂面だったというのに、翔馬を見つけて結構大きな声で呼んできた。

安孫子を囲む記者の中には日日スポーツの先輩もいた。先輩が眉を八の字にして翔馬を見た。質問してくれないか――そう頼っているようだ。翔馬が安孫子の大学の二年先輩であることは、日日スポーツの社内はもちろん、他紙の記者も知っている。

希望枠でジャガーズに入団した安孫子は開幕スタメンを摑んだものの、二割四分、十本塁打と平凡な成績が続いている。ジャガーズの監督が育てようと我慢して起用してくれているだけで、ジェッツならとっくに二軍落ちだ。この日も再三のチャンスで凡退した。

話せる距離まで翔馬は近づいた。

「最後のレフトフライ、フォーク狙いだったのに、よく真っすぐに対応したな。レフトの正面だったのは運がなかったけど」

一応、後輩を立てたつもりだ。安孫子が由貴子にしたことは許せないが、一年目から一軍でプレーすることの大変さは、野球経験者として理解している。

「別にフォークなんか待ってませんよ。真っすぐ狙いで反応しただけです」

翔馬の気遣いなど構うことなく安孫子は反論した。

「それは悪かったな」謝罪したが、安孫子は「追い込まれてるのにフォーク一本で待つプロのバッターなんかいませんよ。これだからアマチュアは困るわ」と嘲笑した。

安孫子の言う通りかもしれない。翔馬ならどちらかに絞らなくては打てないが、プロでレギュラーになる選手なら速いストレートで待っても遅い変化球についていけるし、トップクラスは遅い変化球を狙っても速いストレートに対応できる。

それでも「アマチュア」という言い方には頭に来た。

「真っすぐを待ってたのなら、安孫子の打ち損じだな」

つい口から出た。流し目を向けた安孫子のこめかみが動いた。

「はいはい、先輩の言う通りですわ。見てるだけの人は好き勝手なことが言えていいですね」

たっぷりの嫌みを混ぜたため息を吐き、バスに乗った。こんなやりとりでもノーコメントよりマシだったのだろう、日日のジャガーズ番の先輩からは「サンキュー、笠間」と感謝された。

「笠間くんはあいかわらず鋭い取材をするな」

記者席に戻ろうとしたところ、ジェッツの松岡広報部長に声をかけられた。元々はジェッツの親会社である東都新聞の野球部記者で、去年からジェッツに出向してきた。

東都新聞グループと日日スポーツのグループはライバル関係にあるが、松岡は「きみはいつも熱心だものな」と目をかけてくれる。すらっとした長身で、いつも品のあるスーツを着こなす松岡は、番記者の突っ込んだ質問にも丁寧に答える。

松岡が翔馬に親切なのは取材の熱心さだけが理由ではない。松岡は最初、違う新聞社に入社したが、配属先が販売だった。スポーツ新聞が売店やコンビニを中心に回るように、一般紙では新聞販売所を任せられ、酒の席に付き合ったり、愚痴や不満を聞かされたりする。そうした販売の仕事が嫌で、半年足らずで退社して東都を受けて、記者になったそうだ。「私は逃げだしたけど、きみは販売で結果を出して自力で移ってきたんだから、たいしたものだよ」最初に挨拶した際にそう感心された。

「安孫子はきみの大学の後輩なんだろ。先輩にあの態度はいかんよな」

「しょうがないですよ。舐められてるのは大学の頃からですから」

同じ三塁手だったが、安孫子を脅かすことすらできなかったのだから、見下されるのも当然だ。それに大阪ジャガーズに入団した時の因縁もある。

安孫子、ジェッツに断られる

一年前、日日スポーツが書いた一面は結構な反響があった。なによりも顔を潰されたのは《安孫子が自分の意思で大阪ジャガーズを選んだ》と書いた東都スポーツだった。ジェッツも影響を受けた。翌週には週刊誌が動きだし、「安孫子が女性問題を起こしたのに東都新聞グループはそれを隠蔽しようとした」と批判を受けた。

当時の翔馬は即売部だったが、安孫子の二年先輩なのはジェッツや東都スポーツの勘のいい人間は知っていただろう。そのせいで記者になって球団に挨拶に来た時は、冷ややかな目で見られた。

「スポーツ紙の記者がみんなきみみたいな自尊心を持って、選手に駄目なことは駄目だと注意できたら、選手ももっときちんとするんだろうけどな」

「そんなことないですよ。自分なんか記者一年目のひよっこですし」

「一年目であれだけ言えりゃたいしたもんだよ。安孫子が来年も使ってもらえる保証はないし、ここで頑張らないと来年はないぞと誰かが教えてやらないと」

「そういえばこの前夕刊紙が、ジャガーズが柳川（やながわ）選手を狙っていると書いてましたね」

神戸（こうべ）ブルズで四番を打ち、今オフFA権を取得する柳川を、大阪ジャガーズが調査しているという記事だった。三塁手の柳川を獲得して、守備でも精彩を欠いている安孫子を一塁にコンバートするつもりなのか。

そこで松岡が周囲を見渡した。翔馬も一緒に見るが、他の記者はいなかった。松岡が小声になった。

「きみの情報はどうなんだ。本当にジャガーズは柳川を獲るのか」

「むしろジェッツはどうですか。まさか狙ったりはしていませんか」

ポジションは違うが、逸見の穴埋めとして柳川を獲る可能性がないわけではない。

「うちはないよ」

「どうしてですか、三十本は打ちますよ」

「彼はうちのカラーに合わないだろ？」

髪型も服装も、柳川は少しやんちゃなところがある。

「それに逸見がメジャーに行ってすぐ補強に走ったら、汐村だって気を悪くするだろう。彼には来年、四番を打ってもらわないといけないわけだし」

「そうですよね」思いがけない言葉に思わず気が昂った。ジェッツは汐村の契約を延長したいようだ。

「きみみたいな記者が日日にいると、我々もこの先のオフが思いやられる。まぁお手柔らかに頼むよ」

「大丈夫ですよ。自分は、自分を信頼してくれている人は裏切りませんから」

調子のいいことを言ったつもりはない。今は広報部長だが、松岡はこの先球団代表へと出世していくだろう。松岡から信頼されるのは、記者を続けていく上で大きな武器になる。

「きみには汐村についてもいろいろ手伝ってもらわないといけないからな。なんたって汐村が唯一、慕ってる記者なんだし」

「機嫌がいい時に他の記者より少しだけ話してくれる程度ですよ」

謙遜して言うと、松岡は急に真顔になり「きみには汐村はなんて言ってるんだ？」と聞いてきた。

「汐村さんはホームランが少ないことに納得がいってないようで、こんな成績じゃ使ってくれている東郷監督に申し訳ないと話してました。残留したいんじゃないですか」

「ジャガーズがえらくご執心だと聞いてるぞ」

「本当ですか」

どこの新聞にも出ていないし、噂も聞いたことがない。

「ジャガーズは柳川選手を獲ろうとしてるんですよね」

「二人とも欲しいんじゃないか。柳川は三塁、汐村は一塁なんだから」

そう言われて真っ先に思い浮かんだのは安孫子のことだ。二人が入れば安孫子は試合に出られなくなる。

同時に汐村のことも頭を過った。ジェッツと縁を切り、ジャガーズへの移籍を考えても不思議はないが、それならどうして翔馬に「東郷監督に申し訳ないわ」などと言ったのか。

「きみから一度、聞いてみてくれないか」

「聞くって、汐村さんにですか」

「そうだよ。ジャガーズは柳川を獲るかもしれない。うちは汐村に残留を求め、それなりの条件は提示するつもりだ」

「でも自分がどうして。球団が話せば済むことじゃないですか」

「そうなんだけど……」

語尾があやふやになったことで合点がいった。球団も困っているのだ。移籍した時は歓迎したくせに、ここ数年、球団も東都スポーツも冷たいため、汐村は東都グループに距離を置いている。

「分かりました。でも聞いたら自分は書きますよ」

契約がまとまるまで書くなと言われないように先手を打っておく。

「書くのは記者の権利さ」

「東都スポーツに教えるのも勘弁してくださいね」

そのことも念を押した。

「私はそんなことはしないよ。取材は人対人だからな。私は東都の記者よりきみの方を信頼しているし。ただし私が頼んだことは、ここだけの話な」

「それは約束します」

ＦＡ交渉やトレードの伝達役に、新聞記者が使われることは野球界では昔からよくあるようだが、記者一年目の自分にこんな大役が任されるとは思いもしなかった。

「私自身、新聞記者の頃に、きみのお父さんにお世話になったからな。その息子さんが日日スポーツとはいえ、記者になったんだ。恩返ししないとな」

松岡は親会社の東都新聞の記者、父は子会社の東都スポーツの記者だが、野球記者として先輩だった父に、松岡は野球取材の基礎を教わったと聞いた。

――笠間さんは選手の嫌がることは絶対に書かなかったよ。

松岡から聞いた時、翔馬はそれが褒め言葉には聞こえなかった。今はスキャンダラスな記事を書くとすぐに内容証明が会社に送られてきたり、球場や球団への出禁を言われたりするが、父の時代は飛ばし記事だろうが、書き放題だったはずだ。思わず「そんなんだから伊場さんに負けたんじゃないですか」と口にした。松岡からは「そんなことはないよ。伊場さんも優秀だったけど、笠間さんも負けてなかったよ」と言われた。

「それじゃ、汐村に聞いたら連絡してくれな」

軽く手を上げて松岡は去った。

4

自宅に帰り、どう切りだせば汐村が本音を話すか、質問内容をノートに書き留めた。聞くだけではない。松岡が自分に頼んできたということは、ジェッツに残るよう、汐村の気持ちを残留に傾けてほしいという意味だ。質問も汐村がジェッツへの信頼を取り戻すように、聞いていかなくてはならない。

「どうしたの？　帰ってきてから夢中になって」

起きて待っていた由貴子がノートを覗いてきた。

産休とはいえ、由貴子は東都スポーツの社員だ。夫婦とは言え隠すべきだが、由貴子の今の精神状態を鑑みて、この日起きたことを説明した。

「へえ、プロ野球記者ってそんなこともするんだ。それだったらスカウトと同じだね」

「スカウトとは違うよ。俺は球団から金をもらってるわけではないし、あくまでも自分のところでスクープを書くために、使者を引き受けただけだから」

「でもその役目を翔くんに頼むわけだから、翔くんって、ジェッツの人から相当信頼されてるってことじゃない」

由貴子は自分のことのように喜んでいた。自分が記者になったことが、彼女の夢を壊した。翔馬はそのことにずっと胸を痛めている。

東都スポーツでアマチュア野球を担当していた由貴子は、持ち前の明るさと頑張りで、高校や大学野球の有名監督、選手から好かれ、いい記事をたくさん書いていた。

それが翔馬と入籍したことで状況が変わった。

——日日スポーツの笠間翔馬さんと結婚することになりました。

報告した時、ほとんどの社員は祝福してくれたそうだ。だが一人だけ眉をひそめた人間がいた。編集局次長である伊場だ。

——笠間って、今年になって、日日の即売から野球部に異動になったんだよな？

——はい。彼ずっと記者が希望だったからすごく喜んでて、張り切っています。

由貴子はなにも警戒せずにそう話したらしい。

祝福の言葉はなにもなく、伊場は硬い表情のままこう告げた。

——結婚はいいが、夫婦が同じ記者というわけにはいかないぞ。どちらかが記者職から外れなくてはいけなくなるが、それでいいのか？

その話を帰ってきた由貴子から聞かされた時、翔馬は憤りで体が震えた。

――そんなこと今時許されるのかよ。

――伊場さんが言うのももっともじゃないかな。だってスクープ記事が、家族を通じて他紙に漏れちゃうかもしれないわけだし。

――俺たちがそんなことをするわけないじゃないか。

伊場からは「旦那とよく話し合え」と言われたそうだが、由貴子はその場で「私が異動します」と伝えたらしい。

由貴子は四月から広告部に移った。高校までソフトボール部で、大学は強豪野球部のマネージャーだった彼女は、子供の頃からスポーツ紙の愛読者で、将来はスポーツ記者になりたいと憧れていた。「きょう新規の広告を取ったよ」「クライアントから高校野球の記事を書いてた西條さんですかって言われちゃった」毎晩、明るく広告の仕事のことを話してくれたが、無理しているのは明らかだ。

ある時、早朝に目が覚めてトイレに行くと、由貴子が食卓でスポーツ紙を読んでいた。なにか興味のある記事でも見つけたのかと思ったが、彼女はなかなかページをめくらず、華奢な肩先が揺れているように見えた。右手を目に当てた。泣いてる――驚いた翔馬は物音を立ててしまった。

――あっ、翔くん、起きたの。びっくりさせないでよ。

いつもと同じ笑顔を見せたが、翔馬は彼女の濡れた瞳をまともに見返せなかった。

出産すれば一年間、育児休暇を取る予定だ。無邪気な由貴子は子供が大好きだろうから、子育てに夢中になり、このまま専業主婦でいたいと思うかもしれない。だけどそう思うのは女性は仕事より家庭を優先するという男の勝手な思い込みで、育児をしながら一生仕事をしたいと考えている女性だって今は数多くいる。

由貴子もきっとそうだ。母に親しみを持ってくれるのも、母が子供の頃からの夢だった教職をずっと続けたことを女性として尊敬しているからだ。

記者に戻れなくても、育児休暇後は職場復帰するだろう。あんなに頑張っていい記事をたくさん書いてきたのに、自分と結婚したがために記者をできないなんて……そう思うと翔馬は気が重くなる。

深夜の一時だというのに、試合前の午後四時にラーメンを食べたきりの翔馬のために、由貴子は母の作った料理を温め直し、翔馬が好きな出汁(だし)巻き卵を作りはじめた。翌朝は学校があっても、父の夜食を作っていた母を思いだした。

「ジェッツのフロントって他紙の人にはどうなの」

「球団代表やスカウト部長には日日と聞いただけで良からぬことを書いてくるんじゃないかと警戒される」

「とくに翔くんが入って余計にピリピリしてんじゃない？」

「松岡広報部長が唯一の救いかな」

「松岡さんは常識人だものね。私も研修でジェッツの取材に行かされた頃、親切にしてもらったよ。うちの記者もみんな慕っているし」

「そんな人、東都グループでは稀だよな」

「でもそれは翔くんが日日の記者だからそう思うんだよ。うちの社にも日日って聞くと、目の色を変える人がいる」

「それって伊場さんだろ」

伊場は編集局次長という幹部職だが、いまだに陰でチーム関係者と会っているようで、東都のニュースの半分は伊場が絡んでいるという噂もある。

「伊場局次長はそんなこと言わないよ。あの人、自分がいる限り、ジェッツネタでは他紙に負けるわけがないと思ってるから」

いくら翔馬が頑張ったところでジェッツの大きなスクープは取れないと、伊場は思っているのか。

知らず知らずのうちに表情が険しくなっていたが、卵を巻くのに夢中の由貴子には、気付かれなかった。

5

翌日の休みに、翔馬はジムに行った。サウナから上がって携帯を見ると、由貴子から〈お義母さんのところに行ってるから来て〉とメールが入っており、浦和の実家へと急いだ。

「どうしたんだよ、キコ、急に」

「翔くん、こっちよ、早く」

実家に着くと、くつろいでいた身重の由貴子の後ろについて二階へ上がる。

「そんなに急いだら危ないよ」

実家の階段は急なので注意するが、由貴子は気にしない。「翼くん、お邪魔します」いない翼に断りを入れてから東側の弟の部屋に入る。浪人生の部屋とは思えず、机の上には漫画が出しっぱなしになっていた。

「ほら」

窓を開けると、肥やしのような臭いが鼻をついた。斜め上を向いた由貴子の視線を追いかけると、屋根裏から小枝が見えた。

「うわ、鳩かよ」

鳩が巣を作っている。家が糞だらけにされると目を背けたのだが、すぐに指笛を吹くような雛鳥の鳴き声に耳が吸い寄せられた。

「赤ちゃんが生まれたみたいなの。三羽だって」

両手をついて上半身を伸ばすと、親鳥が見え、さらに雛の嘴が見えた。餌を口移しで与えているようだ。餌をもらえていない二羽の雛が体を必死に捻じって親鳥にねだっている。

「翔馬が小さい時にもいたの、もう忘れてしまったでしょ？」

母も上がってきていた。うっすらではあるが覚えている。

「翔くんが生まれる前も、ベランダで鳩の雛が生まれたんだって？」

父は大学四年、二つ年上の母は教師二年目だった。二人は今でいうデキ婚、授かり婚だったが、妊娠の最中に、住んでいたアパートに鳩が巣を作って卵を温め始めた。当時は法律が煩くなかったので、母は駆除したがったが、父が「新聞社にとって鳩は大事な仲間だ」と社員の人に言われたそうで、そのままにした。その鳩の雛がかえった直後に、翔馬が生まれた。医者が感心したほどの安産だったそうだ。

「翔馬が無事生まれた時は、うちはコウノトリじゃなくて鳩が子宝を運んでくれたって、お父さん喜んでたのよ。アルバイトだったのに、子供が生まれたから大変だって、三年で上司の人が社員にしてくれて……。それまでは不安でいっぱいだったのに、それからはいいことがたくさん起きたの」

「翔くんが記者になって、子供が生まれる時に、また鳩の雛がかえるなんて、すごく縁起が良くない？　やっぱり笠間家の子は新聞記者になるべくして生まれてきたのよ」

「女の子で新聞記者は大変なんじゃないの」母が口を出したが、由貴子は「そんなことないですよ、お義母さん、私だってできるんですから」と言った。

「もしなったら主人も喜ぶわ」

「私もそう思います」

二人の話題は生まれてくる子供から再び鳩に戻った。

「主人がよく言ってたけど、昔、新聞社には必ず鳩小屋と鳩係という部署があって、遠方で事件があると写真を伝書鳩に運ばせていたんですって。鳩係があったのは東京オリンピックの頃までで、主人がアルバイトの頃はなくなってたけど、会社には鳩を大事にする社員がたくさんいて、ビルに巣を作ると縁起がいいって喜んでたみたいね」

母の説明を由貴子は感心しながら聞いている。

「会社の先輩たちは家でも鳩を飼って、飛ばす競争をしてたそうよ」

「そこまで行くと、仕事なのか趣味なのか分かんないですね」

「そんな大事にしていたくせに、最後は焼いて食べたって」

「えっ、それ、ひどい」

由貴子の顔が固まった。

「嘘よ、嘘。うちの主人って普段は真面目なんだけど、時々そういう冗談を真顔で言ったのよね。私が怒ると『冗談だよ、冗談』って笑ってごまかすんだけど。でも今が厳し過ぎるんであって、それくらいは言ってもいいのかしらね」

「今だろうが昔だろうがそういう冗談はダメですよ、子供が本気にしちゃいます」

「そうそう、私も今の由貴子さんみたいな顔をして怒った記憶があるわ」

父の話で二人は盛り上がっていた。

「翔くんは、新聞社に鳩小屋があったこと知ってた？」

「えっ、ああ、先輩から聞いたことはあるよ」

本当は父だったが、そう答えた。

「ねえ、生まれてくる赤ちゃん、小鳩ちゃんにしようか」

由貴子が翔馬の方を向いてそう言うと、後ろで母が噴きだして笑った。不思議な顔をした由貴子に、翔馬は笑いを堪えながら説明した。

「父さんも同じことを言ったらしいんだ。女の子なら鳩子にしようって」

「翔馬が生まれる少し前、『鳩子の海』っていうドラマがあったのよね」母が言う。

「じゃあ、男の子ならなんてつける気だったの」

「鳩也がいいって父さんは言ったらしい」

「いいじゃない、それ」

「でも当時、ハトヤってホテルが毎日テレビでＣＭしてたのよ。そんなの子供につけたら、ヨイフロの息子っていじめられるわよって私が反対したの」

母が懐かしそうに目を緩めた。

「あっ、それで翔馬と翼なのね」

由貴子は口を開けて納得した。

「俺も良かったよ。『鳩』から『翔ぶ』に父さんの意識が移ってくれて」

「でも急に『馬』が出てきたのはどうして」

それは子供の頃、翔馬も疑問に思って父に聞いたことがある。

「うちの父さん、本当は競馬記者がいいなって思ってたんだって。野球王国熊本の出身なのに野球は草野球もやったことがなくて、バイトするまでまったく興味がなかったって」

「私はてっきり野球に詳しかったのかと思ってた。なにせうちでは伊場さんと並ぶ伝説の野球記者だもの」

「高校までは剣道部だったけど、大学に行ってまで厳しい稽古をする気はなくて結婚するまではぐうたらだったらしい」

「伊場さんだってテニス部よ。インカレでも活躍した結構有名な選手だったみたいだけど」母が補足した。

スポーツ新聞には今も、甲子園や大学野球で活躍した記者がいるが、野球経験者だからといって、優秀なわけではない。大学の後輩の安孫子に「これだからアマチュアは困るわ」と言われたように、プロになれなかった人間には、プロ選手の感覚や考え方、悩みや苦しみも分からない。

知ったかぶりの質問をするくらいなら、素直に取材して聞いた方がいい。きっと父も伊場もそうやって、記者になってから野球を勉強したのだろう。翔馬も大学まで野球をしたことを、自分からは選手に話さないようにしている。

「でもお義父さんが競馬が好きだったなんて、意外だな。聞いてみないと分からないものね」

「俺が生まれてやめたけど、それまでの父さんは、麻雀や競馬でいつもすっからかんだったらしい。翼がその血を見事に受け継いだってわけ」

そう言って漫画が散らかる机に目を向ける。

「遊んでもいいんだけど、せめて大学に入ってからにしてほしいわ」

心配事がぶり返したのか母は深くため息をついた。

6

九月最初の月曜日、ジェッツは試合がなく、郊外の二軍球場での練習となった。逸見、汐村という主力選手も参加し、普段通り、バッティング練習を行っている。まだ夏の暑さが残るグラウンドに、次々と快音が響き、熱心なファンたちが声援を送っている。

三冠王の可能性が出てきた逸見は軽く打っただけで帰った。一方、汐村は、自分の練習が終わった後もグラウンドに残り、今はコーチと二人三脚で居残り特打ちを行っている。

「なんできょうに限って練習すんだよ」

「アピールじゃねえの。契約も切れるし」

汐村番である各紙の若手記者が不満を垂れるほど、汐村が自発的に練習するのは珍しい。

汐村は打撃投手が投げるボールに対して一球一球、渾身(こんしん)の力をこめてバットを振っているように見えた。まだ本調子ではないのか、角度良く上がったボールも外野の定位置辺りで落ちてしまう。「シオ、悪くないぞ、今の感じだ。ラスト行こうか」ケージの後ろから打撃コーチが声をかける。汐村のヘルメットから汗が垂れ、目にかかった。だがその汗を拭うことなく、球を一心に見つめて振り抜いた。今度は芯に当たった。外野の定位置は越えたが、フェンスの手前で落ちた。

「もう一本お願いします」

コーチが言う前に汐村が頼んだ。次はバットの芯で捉えたが、角度が悪く三遊間を抜けていくような打球だ。

「もう一本」

また汐村が叫んだ。打撃投手が投げた球をじっと引きつけてバットを出し、そして振り抜いた。今度は角度も完璧で、高く上がった打球はスタンドまで届いた。

居残り練習が終わった時は太陽が沈みかかっていた。いい形で打撃練習を終えたというのに、練習後の汐村は普段通り不機嫌だった。記者たちは「居残り特打ちは汐村さんから申し込まれたんですか」「最後はすごい気迫でしたね」とおそるおそる質問するが、無言のままクラブハウスまでの長い道のりを歩く。

何人かの記者が振り返って、離れたところを一人で歩く翔馬を見た。質問役を替わってほしいようだが、翔馬は気付かない振りをした。

結局、ノーコメントのまま汐村はクラブハウスに入った。二十分して、サマーニットと裾が弛（ゆる）んだスエットパンツに着替えサングラスをかけて出てくる。ユニホーム姿よりさらに威圧感が増す。

記者はついていくが、今度は誰一人質問しない。俺には聞くな——汐村の体がそう発している。

駐車場に到着した。この日の愛車はベンツのGクラスだった。

汐村はリモコンキーで開錠し、左座席に乗った。エンジンをかける。邪魔だ、早く立ち去れと言わんばかりにアクセルを吹かす。

車は発進し、駐車場内なのでまだスピードは出ていない。助手席側に立っていた翔馬はそこで走った。運転席側のドアミラーから汐村の顔が見える場所まで車に接近して、手を伸ばす。気付いた汐村がブレーキを踏んだ。

窓ガラスを開けた。

「なんや」

「乗せてもらえませんか。話があります」

思い切ってそう切りだした。八ヵ月間、番記者をやっているが、汐村の車に乗せてもらったことはない。

無視されるのも覚悟していたが、汐村は顎を突きだし、乗れと合図した。翔馬はそのまま助手席に回った。他紙記者の驚きと焦りの目が自分に突き刺さるのを感じた。

7

完全に日が暮れた道を汐村は結構なスピードで飛ばした。都心に戻る上り車線は空いているが、帰宅ラッシュの下り車線は車量が多く、ヘッドライトが眩しい。

「大阪ジャガーズの幹部から声がかかってるそうですね。どうして教えてくれなかったんですか」

そう言うとアクセルを緩めることなく汐村は横目で睨んだ。だがここでひるめば舐められるだけだと翔馬はその目を強く見返した。

「そのこと、誰に聞いたんや」

濁った太い声で聞かれた。どう答えるべきか迷う。いい加減なことを言えば汐村の怒りの火に油を注ぐだろう。だからといって松岡の名前を出すわけにはいかない。

「それは言えません。だけど自分が信頼できる人間です」

「俺にも言えんちゅうことか」

こめかみの静脈が浮き上がる。

「本当のことを話してくれるなら、いつかきちんと説明します。でも今は話せません」

汐村がハンドルを切って路肩に車を停めた。

「降りろ」

「教えてくれるまでは降りません」

「俺から言えるわけがない」

完全否定ではなかったが、タンパリング違反をしていると、暗に認めたようなものだ。

「自分は汐村さんがジャガーズの人と会ったことは記事にしません。ルールではFA宣言するまで他球団と交渉してはいけないことになってますが、どこが誘ってくれるか分からないのに、選手はFA宣言なんてできません。今のルールは間違っています」

本心を口にしていく。

「でも自分にとってはそんなことはどうでもいいです。それより自分は、汐村さんが本当にジャガーズに移籍したいのか、それを聞きたいんです。だってこの前、こんな成績じゃ東郷監督に申し訳ないって言ったじゃないですか」

「それはほんまや。そやけど……」

そこで言葉が途切れた。

「ジャガーズって、柳川選手を獲得しようとしてるんですよ。なのに汐村さんまで獲るなんて……また向こうでも競争させられて、嫌な目に遭うんじゃないですか」

人気は汐村の方が上だが、勢いや若さでは柳川だ。四番は柳川で、汐村は五番。逸見がメジャー移籍するジェッツに残れば、汐村は四番を任せられる可能性は高い。

「俺もその噂は聞いた。そやけどジャガーズは、柳川はうちに来んと言うとった」

「嘘ですよ。ジャガーズはファースト汐村さん、サード柳川さんで優勝を狙おうとしてるんです」松岡に言われた通りのことを言う。「ジャガーズは外国人枠も空いてますから、外国人の一塁手を獲る可能性だってありますよ」

これは自分の考えだ。安孫子の名前を出すことも考えたが、汐村は安孫子など眼中にないだろうとやめた。

汐村はハンドルを握ったまま、目を寄せて考えていた。今は誰を信用していいかも分からなくなっているのではないか。汐村はジェッツに移籍したこの数年間、散々嫌な目に遭ってきた。不調のたびにマスコミから非難され、オーナーから「なんであんな選手を獲ったんだ」と言われたこともある。だが移籍先でも同じ目に遭うとしたら考えも変わるだろう。

「笠間は、どうすべきやと思うとるんや」

逆に質問された。翔馬の答えは決まっている。

「残留すべきですよ。汐村さんはジェッツの選手になりたくて野球を始めたと言ってたじゃないですか。まだ汐村さんの本当の凄さをこのチームで見せてません。すべてをやり尽くしたと感じるまで、ジェッツでプレーすべきです。自分も汐村さんにジェッツの四番を打ってほしいです」

汐村は前を向いたまま、口を引き締めて聞いていた。

「それにこのままじゃ、悔しいじゃないですか。ジェッツファンの中には逸見さんがいなくなったらジェッツ打線はどうなるんだって不安に思っている人がいます。でもそこで汐村さんが活躍したら、逸見さんのファンの人だって、二人が揃っていたから、お互いが輝いていたんだなって、汐村さんの凄さを改めて理解してくれると思います」

「笠間だけはほんまに俺のことを考えてくれてるんやな」

ハンドルに両手を置き、遠くを見つめるようにして汐村はぽつりと呟いた。

「俺に近づいてきた記者はたくさんおったけど、そこまで真剣に言ってくれたんは笠間くらいや」

「いえ、そんな」

嬉しかった。あの汐村が自分に心を開いてくれた。

「笠間の言う通りやな。好きでジェッツに来たんやから残るべきや。フロントに聞かれたらそう伝えといてくれ」

声に笑みが混じった。

「はい、分かりました」

返事はしたが、そのためだけに自分は車に乗せてくれと頼んだわけではない。

「このこと、うちの記事で書かせてもらえませんか。一面でやりますから、だからここでもう少し話を聞かせてくれませんか」

マスコミ嫌いだと言われる汐村だけに、新聞に載せることは、断られると思った。それでもしつこく食い下がって説得するつもりだった。少しだけ間が生じたが、汐村は嫌がらなかった。

「笠間ならちゃんと書いてくれるやろし、全部任せる。なんでも聞いてくれ」

翔馬の顔をしっかり見て、そう言った。

会社に戻った翔馬は一心不乱に原稿を打った。

汐村、本紙に激白、ジェッツ残留決意

原稿は手が止まることなく、いくらでも書けた。

デスクからは一面で行くと約束を取りつけている。会社に上がった段階で九時の早版の締め切りまで一時間を切っていたが、これなら余裕で書き終えられそうだ。

汐村から出てきた話は、翔馬の知らないことばかりだった。

キャンプの前日の夜、汐村は一人で夕食をとっていた。すると東郷監督が隣に座り「調子はどうだ」などと取り留めのない話をしてきた。だが最後には「俺は今年、シオがどれだけ不調でも五番で使い続けるつもりだ」と言い残して、肩を叩いてその場を離れたそうだ。

シーズン開幕の直前には生え抜きの逸見と二人で監督室に呼ばれ「うちは打撃のチームだ。きみたち二人にかかっている」と発破をかけられた。監督室を出ると逸見から「シオさんと二人でチームを引っ張っていきましょう」と言われた。

四月は打率三割をマークした汐村だが、五月に入って成績が落ちた。

「結果を残そうという意識が強すぎたんやろな。無意識にフォームが小さくなっとった。打撃練習中に東郷監督が横に来て、こう言われたよ。『俺はシオにヒットを求めていない。チームの流れを変える長打を求めてるんだ』って。それで気持ちは吹っ切れたわ」

だがその後、怪我で一時離脱したことが悔いとなっている。今年は打率は高いが、ホームランは去年より少ないので、チームの優勝に貢献したという満足感はない。だから日本シリーズでは結果を出したいとも話した。

新しく結ぶ契約にも触れてくれた。

「ここまで期待されたほど成績が残せへんかったからな。年俸は下がって当然やと思ってる」

「そこまで書いてしまうと、本当に低い条件を提示されてしまいますよ」

翔馬は心配してそう言ったのだが、「その時はその時や。これからは自分を必要としてくれるチームに恩返ししたい」と言った。その言葉で原稿を締めた。

普段なら一時間はかかる一面の原稿量を、三十分余りで書き終えた。翔馬に不意打ちを食らって車に乗られた他紙の記者は、今頃、なにを書かれるか不安を募らせているはずだ。そして明日の一面を見て愕然（がくぜん）とする。あの中には東都スポーツの若手もいた。彼はキャップに叱られるだろう。これだけ大きなネタを書けば、東都のキャップも「あんな日日の即売あがり」とは言えないはずだ。

原稿を読み直していると、松岡広報部長から電話がかかってきた。汐村の車を降りてすぐに電話をしたが、留守電だったため「汐村さんから話を聞きました。彼の希望はジェッツ残留です」とメッセージを残した。

〈留守電聞いたよ。笠間くん、本当に汐村は残留するんだな〉

松岡も興奮していた。

「はい。ジャガーズの話を聞いたのはジェッツから残留要請がなかったからのようです。チームも汐村さんに残ってほしいと思っていることを伝えると、残ると言いました」

〈そうか、ありがとう〉

笑顔が想像できるほどの声で感謝された。

うちの新聞だけでお願いしますよと言いかけたが、それを言うのは信頼してくれる松岡に失礼だと思ってやめた。

電話を切ると、送稿してデスク席に向かう。

「デスク、今、原稿を送りました」

「おっ、早いな」

デスクも上機嫌だった。即売から編集に異動した直後は、雑観記事を書くのにも苦労したが、毎日書いていくうちに鍛えられた。巧く書こうとするから難しくなるのだ。面白い内容から先に書いていく、そうすれば文章が多少粗くても読み手は引き込まれる。異動直後は毎回さし替えを命じられたが、今はほとんど一発で通る。「さすが血筋は争えんな。

笠間さんも原稿は巧かった」そう褒められるのは悪い気はしなかった。

デスク席に近づいて、この日の各ページのコンテ表を見た。一面は〈本紙に独白　汐村ジェッツ残留決意〉と書いてある。

だが次に重要な記事が載る三面の内容に目が奪われた。

ジャガーズ　来季も安孫子をサードで起用

「デスク、三面の記事、これってなんですか」

「大阪ジャガーズ担当から連絡があったんだ。監督が来年も安孫子をサードで使い続けると断言したらしい」

「本当ですか」

「なんだよ、その不満そうな顔は」

安孫子との大学時代の因縁を知っているデスクにはそう見えたようだ。

「笠間が面白くないのは分かるけど、希望枠で獲った大物だからな。期待ほどの活躍はしてないけど、それでもホームランは十本打ってるし、控えに落としたら、なんのためにここまで辛抱して育てたのかってことになるだろ」

大阪ジャガーズは柳川の獲得に動いているのだ。柳川を三塁、汐村を一塁で使うつもりだったが、その汐村がジェッツ残留を決めたので、安孫子の起用を決めたのか。柳川しか獲れないのであれば、ますます安孫子の一塁コンバートは濃厚となるはずだ。

もしかしてジャガーズは、まだ汐村が獲れると思っているのか。それでも柳川が入るサードで安孫子を使い続けるというのはありえない……。

8

自社の特ダネだと思っていた記事は、翌日の東都スポーツにも《汐村残留、来季もジェッツ》と載っていた。

東都には汐村のコメントは一切出ていない。東都からしつこく聞かれた松岡が漏らした……それしかないと思い文句の電話を入れようとしたが、それなら直接会って問い質そうと思い直し、球団事務所に向かった。松岡は不在だった。記者室には東都スポーツのキャップが、自分のところの新聞を読んでいた。

「きょうのおたくの記事、なんなんですか」

顔を見るなり翔馬は突っかかった。

「なにか問題でもあるのか」

東都のキャップはしらばくれる。

「松岡広報部長に聞いたんでしょ。でなきゃ東都の記者が知るわけないですし」

「なに言ってんだ。うちだって独自取材してんだ。勝手な憶測でモノを言わないでくれ」

言葉は強気だが、視線は一切合わせようとしない。

「言っときますけど、汐村さんが残留を決めたのは昨日ですよ。それを自分は松岡部長にしか話してませんし、汐村さんも昨日の段階では明日、東郷監督に話すと言ってましたから、球団の誰にも連絡してないはずです」

「いい加減にしてくれよ」

東都のキャップは腕時計を見て、急用でも思いだしたかのようにその場から逃げた。

仕方がない。自分が書いた記事と東都の記事とでは内容がまるで違う。東都には汐村がジェッツに残るとしか書いていないが、自分の記事には彼がなぜ残留を決めたのか、東郷監督に恩を感じていることまでしっかりと書いてある。

それ以上腹が立たなかったのは、忙しさに追われたこともある。その日のナイターで、ジェッツにマジックナンバーが出て、それから数日でリーグ優勝を果たした。ジェッツは日本シリーズでは逸見も活躍したが、汐村も持ち前の長打力で勝利に貢献した。

日本一になった。シリーズ後は逸見のメジャー移籍が最大の関心事になり、彼がそれを表明したことで、連日スポーツ紙の一面を飾るようになった。ヤンキースなのか、レッドソックスなのか、それともドジャースなのか？　年俸はいったいいくら？　背番号は何番？　他にもその逸見の代役が誰になるのか、フロントを取材したが、翔馬は松岡だけは無視して口も利かなかった。向こうも後ろめたいのか、近づいてこない。

逸見のメジャー報道では、日日スポーツもそれなりに頑張ったが、やはり東都スポーツが圧倒的に強かった。

「しょうがねえよ。逸見は東都の記者が握ってんだから」

先輩たちは諦めムードだったが、負けてなるものかと翔馬は必死に取材した。汐村にも惜別のメッセージを聞きにいくと、答えてくれた。汐村とは顔を見るたびに話しかけたが、次第に口数は少なくなった。翔馬は汐村の中で、自分がジェッツを背負うというプレッシャーが重くなっているのではないかと勝手に解釈した。

「笠間、ちょっと、ええか」

東都新聞本社への優勝報告会の後、汐村から呼ばれた。汐村の方から話しかけてくるのは珍しい。近寄っていくと、細い眉が寄り、最近は翔馬には見せなくなった眉間に縦皺が入るほどの険しい表情をしていた。

「おまえ、柳川が大阪ジャガーズに決まりやと言うた話、あれ、本当なんか」

「本当かってなにかあったんですか」

ここ数日はあまり話題になっていないが、柳川がFA宣言をしたのは事実だ。

「笠間が個人的にそう思っただけやないやろな」

「思い込みだけで話すわけないじゃないですか」

そう言ったところで汐村の表情は晴れなかった。

「汐村さん、なにがあったんですか。教えてください」

そう頼んだが、汐村は「そやったらええわ」と言い残して去ってしまった。

汐村がなにを言いたかったのか、頭を巡らせて一日取材したが、裏は取れなかった。だが翌朝には、翔馬が恐れていたことが東都スポーツの一面に出ていた。

ジェッツ柳川を獲得へ　四番任せた

9

新宿から十五分ほどの私鉄沿線に松岡の家はあった。まだ新築の雰囲気が残る一軒家だ。普段の夜回り取材なら、電柱などの陰に隠れるが、翔馬はあえて門の前に立った。

辺りから物音が消えた深夜零時近くになって、スーツ姿の長身の男が歩いてきた。

松岡も遠目から、待っているのが翔馬だと気付いたはずだ。近づいてきた松岡は「笠間くん、うちでは自宅取材は禁止にしているはずだけど」と言った。親会社が新聞社で、フロントのほとんどは元記者であるのに、ジェッツは番記者に「自宅取材は禁止」と通達を出している。

「自宅取材したことで出禁になってもいいと思って、ここに来ました」

出入り禁止処分になると球団事務所や記者会見、練習場や球場にも入れなくなるが、そうなろうが一向に構わない。

「まぁ、きょうはいい。疲れてるんで失礼させてもらうよ」

松岡は翔馬の横を回るようにして、通り過ぎようとした。翔馬は一歩横に動いて、行く手を遮る。

「松岡広報部長、どうして自分を騙したんですか」

「なんのことかね」

案の定、惚けてきた。自分たちフロントは汐村から信頼されていない。だから記者の中で唯一、まともに会話ができる翔馬を利用して、汐村が残留するように仕向けた。柳川は大阪ジャガーズに決まりだという嘘までついて——。

「今朝の東都スポーツの一面を見てそう言ってるのか。だったらあれはまだ本決まりではないよ。東都スポーツの連中は、きみにやられっぱなしだから先走って書いたんだ」

「それでも交渉してるのは事実でしょう。うちは獲らないって言ってたじゃないですか」

「編成が急に決めたんだよ。私はうちは柳川を獲りにいかないと思ってた」

「いい加減なことを言わないでください」

「だいいち柳川はサードで、汐村はファーストなんだから関係ないじゃないか。うちが汐村を必要としているのは事実なんだし」

「よくぬけぬけと言えますね。広報部長は汐村さんに四番として期待してると言ってたじゃないですか。自分はその通り伝えましたよ。どうせ柳川さんにも四番と言って誘ってるんでしょ」

「柳川と汐村で競い合って争えばいいだけの問題だ。四番でしか試合に出られないわけではないんだから」

　確かに守るポジションは違う。四番だって争えばいい。だが自分の汐村からの信頼はどうなる。

「分かりました。そこまで言うなら自分にも覚悟があります。まだ汐村さんに松岡さんの名前を出してませんが、あの嘘は松岡さんから言われたと伝えます」

「きみ、私が頼んだことは内緒にするって約束だったじゃないか」

「約束を破ったのはそっちじゃないですか。東都スポーツには話さないと言ったのに」

「あれは私じゃないよ」

「あなたしか考えられません。来年、松岡さんは大変だと思いますよ。選手を騙す広報は、誰も信頼しないでしょうから」

　汐村に説明したところで許してくれるかは分からない。だがこれくらい脅しをかけないことには、腹の虫が収まらなかった。

　松岡の表情から生気が消えていくのは薄明かりのなかでも判別がついた。立ち去ろうとすると、松岡の手が伸びてきて腕を摑まれた。

「待ってくれ。笠間くん、汐村にそんなことを言うのは勘弁してくれ」

　このまま手を払って帰っても良かった。だが、それよりも今は知りたいことのほうを優先した。

「今回のこと、誰の差し金ですか」

「誰って、それは私が普段からきみの仕事ぶりを見て……」

「そういう嘘はもういいです。球団代表ですか。副代表ですか。まさか東郷監督ではないですよね」

思いつくままに可能性がありそうな人物をあげていく。広報部長が自分の判断で企てるレベルの話ではない。

松岡は唇を噛み締めていた。体が微かに震えている。

「いいんですか、ここで汐村さんに電話しますよ」

内ポケットから携帯電話を出した。

泳いでいた松岡の視線が止まったように見えた。彼の口が微かに動き、小声がした。

「伊場さんだよ」

予期していなかった名前に、思わず聞き返してしまう。

「東都スポーツの伊場局次長ですか？　あの人がどうして」

「伊場さんに汐村のことで相談したんだよ。そうしたら伊場さんが、日日の笠間を動かしてみたらどうだって言ってきたんだ」

伊場が？　なぜあの男が俺を利用する。

「全部伊場さんの差し金なんですか。柳川がジャガーズに決まっているという話も、そしてジェッツは柳川を獲りにいかないというデタラメも……自分に汐村さんに話させようとしたわけですか」

「伊場さんがそこまで言ったわけではない。ただ汐村のことを頼むならきみが一番いいと言われただけだ」

入社試験で顔を見て以来、会ってもいない父のライバルだった男の顔が、亡霊のように浮かんだ。おそらく、伊場はジェッツのスター選手である汐村が、日日の記者と親しいことを面白く思っていなかったのだろう。だからといってこんなことをするか？　俺を陥れようとするるか？

「さっきも言ったけど、柳川がうちに来るかはまだ分からない。彼もメジャーへの夢を持ってるようだから……」

松岡の自己弁護など耳に入ってこなかった。落とされた面接試験で見た嘲笑うような顔だけが、翔馬の脳内を支配していた。

第五話

1

ベンツ、ポルシェ、ジャガー、ベントレー、レンジローバー……モーターショーのように高級外車が並んでいる。

ビッグドーム内の関係者用駐車場に出た翔馬は、周りに人がいないことを確認した。すでに監督、コーチ、選手全員が球場入りし、今はグラウンドに出て試合前練習をしている。

いつもなら「今年から駐車場への記者の立ち入りは禁止ですよ」と注意する警備員も、この日は姿を見かけない。

「笠間か」

関係者入り口の真ん前に停まっているジェッツの谷水(たにみず)監督のセルシオの陰から潜めた声が聞こえ、メッシュベストの、一眼レフカメラを手にした男が出てきた。翔馬と同じ日日スポーツの福田というカメラマンだ。翔馬とは同期入社になる。

「大畑はまだ来てないか」

翔馬は小声で尋ねた。

「現れてないよ。だけど笠間、大畑さんは本当に病院に行くのか」

信じていない様子だ。ジェッツのエースである大畑は、昨日、七月十九日のゲームを七回一失点で抑え、七勝目をマークした。福田が言うには昨日のピッチングでは異常は感じず、試合後もお立ち台に上がり、ファンの声援に手を挙げて応えていたらしい。

「きょうだって大畑さん、普通に球場入りして、ウエイトルームにも入ってってたぞ」

福田だけでなく、他紙の記者も異常を感じている様子はないが、翔馬は大畑の体になにかあったと思っている。

昨日は休みだった翔馬は、自宅で東都ジェッツ対横浜ベイズのナイターを見ていた。昔はジェッツ戦は毎日テレビ中継されたが、最近はあまり地上波で放送されなくなったので、今年からマンションのベランダにパラボラアンテナを設置した。ベイズ打線を初回の先頭打者ホームラン以外無失点に抑えた大畑が七回までに投じた球数は一一八。少ない時は一〇〇球、多くても一二〇球でマウンドを降りる大畑だけに、交代は当然だった。

しかし七回二死一、三塁のピンチ、ベイズの四番打者を外角低めへのストレートで見逃し三振に取った後、大畑がベンチに引き揚げず、しばらく両足を開いた状態で立っていたのが目に留まった。

しばらく静止していた大畑は、その後なに食わぬ顔でベンチに戻り、仲間からハイタッチの祝福を受けていた。その時は気のせいかと思った。だが普段は一度ベンチに座り、タオルで顔を拭ってから引き揚げる大畑が、真っすぐベンチ裏に下がったのを見て、翔馬は自分の勘に自信を持った。投げた後の一連の動きが不自然に止まったのには、古傷の太腿(ふともも)を痛めた可能性が考えられた。

だからきょうは大畑をマークしようと決めて球場に来た。リーグ優勝した三年前に最多勝と最優秀防御率の二冠を獲得した大畑は、ジェッツの不動のエースである。昨シーズンも十七勝をマーク、二〇〇五年の今季は太腿を痛めて出遅れたものの、この七月までのチームの勝ち頭だ。今年のジェッツは開幕から大不振で、首位の大阪ジャガーズに八ゲームも離され、四位と低迷。ここで万が一エースが離脱するようなことになれば、逆転優勝どころか、Aクラスだって難しい。

ホームチームの担当記者は午後一時頃に球場にきて、まず早出特打ちをしているグラウンドを覗くのだが、翔馬はきょうはそうしなかった。即売部からジェッツ番記者になって四年目、毎日誰よりも早く球場に来て、つぶさに取材してきた結果、どの選手がどのようなルーティンを取るか、主力選手については頭に入っている。

ジェッツの場合、ほとんどの先発投手は、登板翌日はランニングなど軽いメニューで汗を流して終える。大畑だけはグラウンドに出てこず、ウエイトルームで時間をかけてトレーニングする。ただ、ウエイトルームは記者が立ち入り禁止なので中を覗くことはできない。

　ウエイトルームの扉に耳をつけるようにして、中から漏れてくる声を拾っていると、親しくしているベテラン控え選手が中から出てきた。

——なんや、笠間、誰かに用でもあるんか？　俺が呼んだるぞ。

——いえ、大丈夫です。とくに用事があるわけではないので。

　一度はそう言ってごまかしたが、やはり探ってみることにした。

——大畑さんってすごいですよね。投げた翌日にこれだけ練習する人って大畑さんくらいしかいないんじゃないですか。

——ほんまやな、あいつはたいしたもんやで。

　選手はそう言ったが、すぐに首を傾げた。

——せやけどきょうはいつもみたいに張り切ってやってへんけどな。

——ストレッチでもしてるんですか？

　大畑はストレッチも長い時間やるし、ゴムチューブやバランスボールを使った体幹を鍛えるトレーニングも長く行う。

——きょうはそれもやってへんな。奥でトレーナーと投手コーチと話してるだけや。

——もしかして古傷をやったんですかね？

　確認してみる。

——ハムなんちゃらか？

——それを言うならハムストリングスですよ。

——そや、そや、それや。太腿の後ろ側でええのにな。最近はトレーナーもすぐ横文字使うからかなわんわ。そやけど大畑がまた痛めたか。

逆に質問された。

——いえ、たぶんなんともないと思います。昨日もナイスピッチングで、ご機嫌で帰ったくらいですから。

気づいていないのなら余計なことを言うことはないと否定しておいた。

——なら良かった。今のうちのメンツで大畑がおらんなったら、しんどなるからな。

ベテラン選手は安堵して引き揚げた。大畑が故障したのはやはり事実だ。そしてチームメイトにも隠している極秘事項らしい。

選手がいなくなると、翔馬は笑顔を消して取材に奔走した。大畑がトレーニングをしていないという情報は他からも聞いた。だが球場に来たということは、それほど強い痛みではなく、プロ野球選手がよく使う「違和感」程度なのだろう。首脳陣としては、軽度なら来週の首位大阪ジャガーズとの試合に投げさせたい。だから記者にバレて大騒ぎされないよう、投手コーチとトレーナーがこそこそと相談しているのだ。

たとえ軽症だとしても、試合前には念のため病院に行き、精密検査を受けるだろう——そう見当をつけた翔馬は、カメラマンの福田に駐車場を張り込み、大畑が球団のワゴン車に乗る瞬間を撮影してくれと頼んだのだった。

駐車場では福田がやたらと時計を気にする。

「そろそろ練習終わっちゃうな」と呟き、さらに「グラウンドでなにも起きてないだろうな」と不安を口にした。

大畑が病院に向かう写真を押さえれば、一面独自ネタでいけるというのに、心配性の福田は、練習中に他の選手にハプニングが起き、日日スポーツだけがその写真を撮影できないことを恐れている。

福田の携帯が鳴った。

「はい、そうですか、今から始めるんですね。じゃあ急いで行きます」

「どうしたんだよ」

「悪いけど、笠間が撮ってくれないか」

福田はカメラのストラップを首から外し翔馬に渡した。

「福田はどこに行くんだよ」

「これから谷水監督に誕生日ケーキを出すんだよ、是非ものだからな」

蠟燭（ろうそく）を立てたケーキを、監督やスター選手が息を吹きかけて消すシーン──スポーツ新聞ではよく見るが、今はそうしたチーム状況ではないだろう。

「それよりエースの離脱の方が大事だろ。来年いるかどうか分からない監督の誕生日写真なんか、読者は見たくねえよ」

「こういうのは是非ものなんだ。デスクもうちだけ載ってないと煩（うるさ）いんだよ」

「俺が写真部のデスクに言っといてやるよ」

そう言ったところで福田は聞いていなかった。

「そのカメラ、オートだからピント合わせも要らない。俺は他のカメラ使うから」

そそくさと行ってしまった。

翔馬は仕方なくカメラを首からぶら下げた。そこで関係者通路から足音が聞こえてきた。急いで構えようとしたが、来たのは大畑ではなく、今年から球団代表に就任した竹田だった。見られてはまずいと、カメラを首から外し、竹田から死角になるようカメラを隠した。

「なんだ、笠間くん、こんなところで誰か待ってるのか」

駐車場は今シーズンから記者立ち入り禁止になったが、竹田から注意はされなかった。何度かここで待ち伏せして質問した。翔馬はただジェッツの内情を聞くだけではなく、

「札幌ベアーズの選手がFAするみたいですよ」「早稲田の内野手、福岡シーホークスも狙ってるみたいです」などと他球団の情報を土産にするので、竹田からは信頼されている。

「代表を待ってたんです。谷水監督の進退について聞こうと思って」

言いながら、不自然に見られないように手を伸ばして、カメラを地面にそっと置く。

「進退って、きみ、まだ七月だぞ」

「二年連続優勝を逃せばファンだって黙ってないでしょう」

「続投に決まってるじゃないか。三年契約の二年目なんだから」

竹田が親近感のある表情で翔馬の立つ場所まで近づいてきた。まずい。このままでは足元のカメラを見られ、隠し撮りしようとしていたのがバレてしまう。地面に置いたカメラを車の奥に向かって蹴飛ばした。カメラが転がっていく音に、まずいと目を瞑(つぶ)った。同時に竹田代表の携帯電話が鳴ったため、その音には気付かれなかった。

2

ゲーム後に会社に上がり、出来上がった一面の紙面を確認した。

大畑古傷再発　谷水監督の進退に影響か

翔馬はただ大畑の怪我だけでなく、これでチームが低迷し、オフの監督問題にまで進展するという記事を書いた。

結局、この日大畑は病院には行かなかった。しかしゲーム中もベンチ裏の通路で取材を続けていると、大畑はトレーナー室で電気治療を受けていることが分かった。試合後、投手コーチを単独でつかまえて話を聞いた。翔馬の取材力を認めてくれている投手コーチは、「軽い違和感だが、監督と相談して次回のジャガーズ戦の登板は飛ばすことにした。最悪、復帰まで一ヵ月くらいかかるかもしれない」と認めた。

「笠間はたいしたもんだな。昨日の勝ち投手の大畑が怪我してるなんて、誰も想像してなかったよ」

デスクの後藤から褒められた。

「ありがとうございます。大畑は試合後もなに食わぬ顔で帰りましたから、他紙は誰も気付いていないと思います」

「これで逆転優勝どころかBクラスだってあるだろうから、谷水監督のクビは免れないな」

「竹田代表はまだ契約はあるって言ってましたけど、オーナーは許さないと思いますから」

「笠間の取材力で谷水監督のクビを取ってきてくれよ」

「はい、頑張ります」

今年から三人いるジェッツ番の二番手に昇格した翔馬を、後藤はキャップの石塚より頼りにしてくれている。

もっとも頼られるのは嬉しいが、クビを取るという言い方には少し抵抗感があった。新聞記者にはほとんど話をしない谷水監督だが、翔馬の質問にはたまに答えてくれる。

他のコーチのように熱心さを認めてくれているだけではなく、翔馬が東都スポーツの記者だった笠間哲治の息子であるのも関係している。ジェッツのエースだった谷水は父ととくに仲が良かったようで、父の通夜や葬儀にも参列してくれた。

そこで編集局に怒鳴り声が響いた。

「笠間、てめえ、ふざけんなよ！」

写真部デスクが足音を立てて編集局に入ってきたのだ。手には翔馬が蹴飛ばしたカメラを持っていた。

「おまえ、福田のカメラをぶっ壊したそうじゃねえか。このカメラ、いくらすると思ってんだ」

カメラは竹田との雑談を終えた後に車の下から取りだした。ボディーにコンクリートで擦れた傷があるだけでなく、レンズにヒビが入り、鏡筒も変形してズームが動かなくなっていた。

そんな大事なものを渡すからいけないのだと思った。だから福田にはなにも言わずに返した。彼は割れたレンズを茫然と見つめて泣きべそをかきそうだった。

「しょうがないでしょう。張り込んでたところに球団代表が来たんですよ。カメラ持ってるのがバレたら、うちは二度と駐車場で取材させてもらえなくなります。今回だって自分と竹田代表の個人的な繋がりで文句言われてないだけなんですから」

「だからってカメラを蹴飛ばすか？　俺たちの大事な商売道具だぞ。俺たちはこれがなきゃ仕事ができねえんだぞ」

写真部デスクは熱くなる一方だった。翔馬も我慢できなくなった。

「写真部で新しいのを買えばいいだけじゃないですか」

「高価だって言ってんだろ」

「大事な商売道具なら余計に新しいのを買うべきでしょう。それに福田は他紙のカメラマンのことばっか警戒してびびりすぎなんですよ。クビになるかもしれない監督のバースデー写真なんて誰も見たくないですよ」

「俺たちが撮った写真が、おまえらのつまんねえ記事を埋めることだってあんだぞ」

「そういうことがあるとしても、きょうに限っては監督の誕生日より大畑です。だいたい写真部って他紙のカメラマンとつるみすぎなんですよ。それってデスクの教育が甘いんじゃないですか」

「なんだと、てめえ」

顔を真っ赤にした写真デスクが翔馬の胸を摑もうと手を伸ばした。話を聞いていた後藤からも「笠間、言いすぎだぞ」と窘められた。だが翔馬はひるまなかった。一度は摑まれた手を強く払い、近くに置いていたナイロン製のブリーフケースを取った。

「俺、明日も早いんで帰りますわ」

「俺らは許さねえからな。おまえが頼んできても二度と写真はないものと思えよ」

まだ写真デスクは吠(ほ)えている。

「どうぞ、ご自由に。写真が出せなくて叱られるのはそっちですから」

翔馬は編集局を出た。

3

浦和駅西口を出た翔馬は、翼を探して駅前に一番近い場所のパチンコ屋に向かう。自動扉が開いた途端、タバコの煙が鼻孔を突いた。

激しい出玉の音に、当たり台を伝える場内アナウンスが響いていた。BGMはORANGE RANGEの「花」だった。去年の曲だが、由貴子が好きなので、一番の歌詞くらいは覚えている。

三年前の二〇〇二年十一月に長女が誕生した。由貴子の希望で「かすみ」とした。出産前に二人で相談した時には候補にも挙がっていなかったので、翔馬は不思議に思っていたが、孫の顔を病院に見に来た母が「由貴子さん、私がちょっと話しただけなのに覚えていてくれて、ありがとう」と涙ぐんで感謝していたことで納得がいった。

両親が知り合ったのは父が大学三年、母が教師になって一年目の時だ。大学では麻雀(マージャン)に競馬と遊(あそ)び呆(ほう)けていた父は、音楽などまったく興味がなかったくせに、友達に連れられて静岡のつま恋というところで開催されたロックフェスティバルを見に行った。そこで大学の頃から連続して見に来ていた母と知り合った。けっして軟派なタイプでなかった父が、旅先で出会った二歳も年上の女性に声をかけたということは、父はよほど母を気に入ったのだろう。

――それってポプコンじゃない。中島みゆきとかが出てた？

そのことを話すと由貴子にそう言われた。

――そう、まさにそれだよ。中島みゆきの歌に、二人とも感動したって話してた。

――すごい、お義父さんとお義母さんって、そんな伝説的な場所で知り合ったの？　でもそれだったら翔くん、ロックフェスじゃなくてニューミュージックのコンテストだよ。

その頃はポプコンがプロになる登竜門だったの。

――なんだよ、ニューミュージックって？

――自分で作詞作曲して唄っているジャンルを昔はそう言ってたの。

――そんなことまで、どうしてキコは知ってんだよ。

――うちのお父さんもバンド組んで、予選会に出たって言ってたもん。

東京に戻ってから二人は本格的に付き合うことになったが、とはいえ父はまだ大学生だ。翌年に、母が妊娠したことを告げた時は困惑してなにも言えなかったそうだ。母は傷ついたが、相手はまだ学生だし、単位が取れずに留年確実だった。自分も子供の頃から憧れていた教職に就いたばかりであったこともあり、その時は子供は諦めるしかないと思った。

それが数日後、母が体調を崩して仕事を休んでいると、父が見舞いにきて、「子供を産んでほしい。結婚しよう。アルバイトするから」と突然プロポーズした。

――その時、お義父さん、お花を買ってきたんだって。お義母さん、ただのお見舞いだと思っていたら、急に結婚しようって言われたものだから、感激して泣いちゃったんだって。

――花って、バラとか？

――学生だからそこまでのは買えなかったみたいよ。お義母さんもどんな花かはよく覚えてないみたい。でも男子学生が真面目な顔して花を買いに来たもんだから、花屋さんも事情があると気を利かせてくれたんだろうね。数本だけじゃ寂しいからって花の周りにカスミソウをたくさん入れて、包装してくれたんだって。お義母さんはメインの花より、そのカスミソウがすごく印象に残ってるって話してたよ。

――そんな話、俺、初めて聞いたよ。キコの取材力はすごいな。

遊び呆けていた父が新聞社でバイトを始めたのは母も嬉しかっただろうが、不安はあったはずだ。当時の二人の写真を見た時、母も童顔だったが、その隣に立つ父はぼんやりした顔をして、髪はぼさぼさで、ポロシャツをズボンの中にインしていた。

しかし翔馬が三歳頃の写真では、父は髪を短めに整え、スーツを着て、別人のようだった。母より年上に見えなくもなかった。

育児休暇から復職した母は、二人目の翼が生まれた時、一旦教員をやめた。体は大きかった翼だが、乳児の頃は病気ばかりしていたので仕事を諦めたそうだ。だが翼も健康になり、翔馬が中学校、翼が小学校に入学した時、母は埼玉の教員試験を受け直し、今度は中学教諭として再び教壇に立った。

ね。──お義母さん、育児しながらまた勉強して子供の頃からの夢をもう一度叶えたんだ
ね。そういう生き方、私は憧れちゃうな。

嫁姑（しゅうとめ）の問題など我が家には一切なく、妻は母を尊敬してくれている。本来なら嬉しいことだが、その話を聞いた時の翔馬は、自分のせいで憧れていた記者の仕事ができなくなった由貴子に申し訳ない気持ちになって、また胸が締めつけられた……。

一軒目のパチンコ屋の店内を歩いたが、いなかった。真向いの二軒目にもいない。駅から少し離れた三軒目のパチンコ屋で、隣の中年男性より頭一つ飛び出た男が、咥（くわ）えタバコでレバーを回しているのを見つけた。

弟の翼だ。翔馬より一〇センチ以上高い一八八センチもあるのでよく目立つ。近づいていくと視線を感じたのか、翼の顔が動いて翔馬を見た。やべえと口が動き、借金取りから逃げるかのように立ち上がって一目散に逃げだした。

「待てよ、翼」

後ろから追いかけた。翼も足は遅くないが、背が高い分、狭いパチンコ屋の通路を抜けられず、翔馬はすぐに追いついた。

「おい、待てって言ってんだろ」

後ろから服を摑んで止めると、翼は振り払うことなく諦めた。周りの客は刑事の捕物でも目撃しているかのように、パチンコを打つ手を止めていた。

4

「なにやってんだよ。専門学校も勝手にやめて、バイトもいかず、それでパチンコ三昧かよ」

無理やり連れてきたコーヒー屋で翔馬は弟に説教した。どうせ金はすべてパチンコですり、ろくなものも食べてないだろうと「なんか食っていいぞ」と言ったのに、翼はオレンジジュースしか頼まなかった。

子供の頃から翔馬の前ではおとなしい。いや、翔馬に対してだけでなく、どの人間に対してもそうだ。翼は小学生から背の順はいつも後ろで、体に恵まれていた。運動神経も良かった。それなのに小学校高学年辺りからなにをやっても続かなくなった。中学、高校ともに帰宅部だ。

勉強もさっぱりで、二浪したがどこも受からず、コンピューターの専門学校に行った。一年目は真面目に通ったようだが、二年目になって休みがちになり、六月に勝手に中退した。それでも今年の初めくらいからゲーム会社でバイトを始めていると母から聞いていたので、そのままバイトを続けてそこに就職すればいいと安心した。ところが最近母から「どうもバイトも行ってないらしいのよ」と聞いた。なぜ母がそう思ったか訊いた時、翔馬は怒りで体が熱くなった。

「母さんの財布から金を取って遊んでんだろ？」

問い詰めたところで、翼は否定もせずに黙っている。母は銀行でまとめて下ろした金を、当座の生活費としてタンスの中の財布に保管する。翼が手をつけるかもしれないと思っていながら、そうしているのだ。出来の悪い下の子への母親の甘さでもあるが、それでも二十二歳にもなってコソ泥みたいなことをする弟が情けない。

「兄貴には関係ないだろうと思ってるかもしれないけど、俺だって母さんには仕送りしてんだ。翼がくすねた金は俺の金でもある」

なにを話しても翼は返事もせずに、大きな体を竦めているだけだ。

「母さんに、プログラミングをやりたいから専門学校に行かせてくれって頼んだだろ？ それなのにどうしてやめたんだよ」

その入学金も翔馬は少し工面した。

「……たいしたこと、教えてくれないし」

ようやく口を利いた。体に反して弱々しい声だ。

「なら学校はいいよ。バイトはなぜ行かないんだよ。好きなゲームの仕事ができんだろ」

「あんなの言われた通りにコードを打つだけだし」

「バイトなんだからそんなもんだろうよ」

大学を出て、日日スポーツに入った翔馬だって、最初は即売に配属された。そこで頑張って、自分の希望を会社に叶えさせた。それくらいの辛抱ができなくてどうする。日日スポーツでもデジタル化が進み、最近はサイト運営会社やアプリの開発会社との提携を模索している。翔馬はなんとなく記者をしている父の残像が頭に残っていて、業界の将来性など考えずにスポーツ新聞に入ったが、今や完全な斜陽産業だ。とくに団塊の世代が六十歳になって定年をむかえる二〇〇七年からは、一気に駅売りの部数が減るのではないかと言われている。今、朝刊六紙、夕刊三紙ある新聞のいくつかが合併したり、倒産するかもしれない。

それと比較すれば、翼がアルバイトしていたIT企業は、ゲームを作るだけでなく、新しいアプリを開発するなど展望がある。

カメラマンのつかない取材だと、翔馬はデジタルカメラを持たされるが、そのうち携帯電話のカメラの画素数も上がり、新聞の写真もそれで撮影できるようになると言われている。いずれは紙の新聞は消え、ネットでしか読まれなくなる時代がくる。多くの新聞社がネット版を無料にして広告費で回収するか、それとも有料にして購読料の減収を補うかで大議論を交わしている。翔馬が入社した二〇〇〇年は、スクープ記事をネットに載せなかったが、今はスクープでもサラリーマンが出勤した後の十時くらいに、多くの新聞社が当然のようにネットに掲載するようになった。

「自分から専門学校に行きたいと言いだした時、母さん、喜んでたんだぜ。翼は昔からファミコンが大好きで、勉強もせずに夢中になってたけど、あの時、周りの教育ママみたいにゲームを禁止にしなくて良かったって……母さん、わざわざキコに電話をかけてきたんだから」

そう話したところで、翼に響いていないのはいつものことだ。

しかたねえな――翔馬は心の中で呟いてから、ジャケットの内ポケットから長財布を取りだし、一万円札を二枚摑んだ。テーブルに置く。説教がまだまだ続くと思っていたところで急に金が出てきたものだから、翼は瞬きして、置いた金と翔馬の顔を交互に見ていた。

机に置いた二万円を、翔馬は翼に向かってゆっくり動かした。固まっていた翼が、紙幣に手を伸ばした。

翔馬が先に手を出して、てのひらで紙幣を隠した。

「なんだよ」

翼が口を尖らせた。

翔馬は隠した二枚の紙幣を、右と左に分け、そして右手の一万円だけを翼の前に移動させた。

「パチンコやりたきゃこの一万円で好きなだけやれ。ただしこの金がなくなったら、二度と母さんに頼るな。人の金で遊ぶのはこれが最後だ。これからは自分で稼ぐか、さもなければ俺のところに借りにこい。うちには掃除でも洗濯でも仕事はいっぱいあるから、やることはやってもらうけどな」

なにも言わずに俯いていた翼の目は、左手を置いた一万円札に移っていた。

翔馬は左手も翼の前まで移動させた。

「母さんの誕生日になにかプレゼントしたことがあるか」

首を左右に振った翼は、「母さんの誕生日って九月じゃん」と言った。

九月二十三日に母は五十三歳になる。まだ二ヵ月も先だ。だが突然渡せば母だって不思議に思うし、翔馬が頼んだと感づくかもしれない。なによりも、すべてに無関心のこの男が母への贈り物を考えるには、それくらいの時間が必要だ。

「まずきょうからアルバイトを探せ。そこで稼いだ金は自分で使っていいから、この金は誕生日プレゼントを買って母さんを喜ばせろ」

「なにを買えばいいんだよ」

「それを考えるために今、渡すんだよ。いいか、なにが母さんが喜ぶか、本気で考えろよ。適当なもので済ませたら承知しねえぞ」

そこまで言って翔馬はコーヒー代を置いて店を出ようとした。

振り向いて店内を見ると翼が躊躇せず、二枚の一万円札を重ねて財布に入れたのが見えた。こいつが二ヵ月間も取っておくわけがなく、きっと遊びで使ってしまうだろう。俺も母さんと同じで翼に甘い——。

5

自宅のドアを開けた瞬間、弾んだ声がした。

「あっ、パパ～」

「あら、かすみ、起きちゃったの」

由貴子が目を覚ました娘をベッドから床に降ろした。

「かすみ、おはよう」

真夜中だが、もうすぐ三歳の娘が目を擦って見せる笑顔に、ついそう声をかけてしまった。

家にいることが少ない翔馬だが、娘はよく懐いている。抱っこすると頬にチューされた。

「パパ～、ビール飲む」

ダイニングチェアーに座ると、かすみが語尾を伸ばして聞いてきた。

「かすみがそう言ってくれるんだったら、飲もうかな」

去年くらいから家でビールを飲むようになった。それはまだ歩き始めの娘が「かすみがパパに持ってく」と言いだし、台所から運んでくれるようになったからだ。

その時はよちよち歩きだったが、かすみは由貴子がビールを注いだコップを両手で持って、落とさないように必死に運んだ。翔馬は「頑張れ、頑張れ」と応援し、コップを受け取ると同時に娘を抱きしめた。

それがある時、途中まで運んだかすみが突如として立ち止まり、ビールをゴクリと飲んでしまったのだ。翔馬が普段飲んでいるのが、美味しそうに見えたのかもしれないが、その時は夫婦揃って大慌てでした。

かすみは平気だった。翔馬も就職するまで酒は飲まなかったし、今もビール一本で顔が赤くなる。由貴子も弱い方だ。母も下戸だが、熊本生まれの父は滅法強かったから、その血を受け継いだのか。

父にまつわる話は、由貴子が真っ先に母に伝えるが、二歳の娘が親の不注意でビールを飲んだ話をしたら真面目な母から怒られそうなので、翔馬はその話は黙っておくように由貴子に言った。

「きょうねえ、保育園で駆けっこしたんだって。そしたらかすみはダントツ一番だったらしいよ」

由貴子がそう言うと、かすみも嬉しそうに「かすみ、優勝したんだよ」と言った。

「一番だから優勝だよな」翔馬は娘を抱きかかえ、おかっぱにしている頭を撫(な)でた。「かすみは将来は陸上の選手になるのかな」

「翔くんも一番だったんでしょ」

「小学校では六年間リレーの選手だった」

野球では高校までピッチャーだったが、足はチームで一番速かった。

「お義母さんからも聞いた。翼くんもそうだったんでしょ？」

「翼は三年生ぐらいまでだったけどね。あの頃のあいつは運動神経が良くて、体もでかかったから、俺よりずっといいスポーツ選手になると思ってた」

翼が初めて選ばれた時は父が運動会を観に行った。翔馬たちが通っていた小学校は運動会が十月で、日本シリーズやストーブリーグで父は忙しかったはずだが、珍しく休みが取れたのだろう。

「良かったね。かすみは私に似なくて」

由貴子がしみじみと言った。高校までソフトボール部だった由貴子だが、あまり運動神経は良くない。でも愛くるしい瞳や目元などは由貴子によく似ている。贔屓目はあるだろうが、娘には自分と妻のいいところがうまく伝わったように思っている。

去年の二月にジェッツのキャンプに行った時は摑まり立ちもできなかった娘が、一ヵ月振りに戻ってきた時は歩けるようになっていた。翔馬には危なっかしく見えて、近くで手を添えていたが、かすみから「大丈夫」と手を払われた。それが今は駆けっこで一番だ。

「ヒカリちゃんのママからも、かすみちゃんは成長が早いわねと驚かれたの」

確かかすみより半年早く生まれた女の子だ。由貴子の話では、運動神経だけでなく理解力などでも、他の子を上回っているらしい。

もっとも同じ年代の子供がすでに喋っていた頃、かすみは翔馬のことを「パッ」、由貴子のことは「マッ」と呼ぶだけであとは全部ジェスチャーだった。もしかして言語能力に問題があるのかと心配になった翔馬は、母に相談した。

——それは喋れないんじゃなくて、ちゃんと喋れるまで話そうとしないだけなのよ。子供だって失敗したくないっていうプライドがあるんだから。

教員として、長年様々な年代の子供たちを見てきた母が言うには、まだできないからと、自分から発言したり行動したりしない子供は珍しくないらしい。

——自分ができるまで待ってるだけ。だから大人が無理やりさせるんじゃなくて、子供がやれると思うまで待ってあげないといけないの。

母にそう言われてから、娘には絶対に押しつけないようにしようと心に決めた。

「かすみは俺やキコが仕事をしていることをちゃんと理解してるんだろうね。だから頑張って、俺たちを安心させてくれてるんだと思うよ」

「そうね」

相槌は打った由貴子だが、あまり嬉しそうではなかった。育児休暇を終えた去年の一月から仕事に復帰した由貴子は、最近、仕事の話がめっきり減った。

今も広告部だ。記者であっても、翔馬と同じプロ野球担当でなければいいのではないかと思い、「上司の人にサッカーとか他のスポーツをさせてほしいと頼んでみたら」と提案した。

——うん、そうしてみる。

明るい顔で出社した由貴子だが、しょんぼりして帰ってきた。

——どうだった?

——広告部長はそれならいいかと言ってくれた。

——じゃあ、記者に戻れるの?

——そういうわけにはいかないって言われちゃった。

——誰にだよ?

——伊場局長。

伊場は去年から紙面作りのトップである編集局長に就任していた。局長にそう言われたら、由貴子を応援してくれている社員たちもなにも言えない。

母に仕送りしていることもあり、共働きなのはありがたいが、最近はこのまま由貴子を広告部で働かせていいのだろうかと翔馬は真剣に悩んでいる。

6

由貴子のことも翼のことも心配だったが、八月以降、仕事が忙しくなり、それどころではなくなった。

首位の大阪ジャガーズに十ゲーム以上離され、ジェッツの優勝はもはや絶望的になっていた。一時は転落した最下位から脱出したものの、それでも一方的に負けるゲームが目立ち、借金はまもなく二十に達する。

ハムストリングスを痛めた大畑は一ヵ月のブランクで復帰したものの本調子にはほど遠く、エースらしいピッチングが見られない。

大畑の表情が芳しくないため周辺を取材してみると、早く復帰させたい谷水監督と今季は無理をしたくない大畑とで意見の食い違いが出て、二人はすっかり会話をしなくなったらしい。

ジェッツ　監督とエースに深い溝

翔馬はそう記事にした。

一番から下位までホームランバッターを集めた打線も、いっこうに調子は上がらなかった。去年は四番を打った汐村も、序盤に怪我をしたことで、谷水監督に見切られた。試合に出られる状態まで膝は回復しているのに、一軍から呼ばれない。今シーズン限りでジェッツからの退団が濃厚だ。

非情　谷水采配　汐村退団へ

このネタもどこよりも先に翔馬が書いた。

なによりも今年のジェッツの関心事は谷水監督の去就である。二年連続優勝を逃して、しかもBクラスとなれば解任は間違いないが、ジェッツ幹部を取材する限り、その声はまだ聞こえてこない。

ＯＢに後任監督がいないこともあるが、二年前に三顧の礼を尽くして谷水に監督を頼んだ経緯から、三年契約の途中でクビにはできない──翔馬の取材に苦々しい顔でそう話す幹部もいた。

球団代表の竹田も同様で、昨夜各社を出し抜いて自宅取材をかけた時は「今年は怪我人も多すぎた。これを谷水さんのせいにしたら申し訳ない」と話した。だからといってフロントが責任を取るわけではなく、温和に見えて実は邪知にたける竹田代表は、自分の責任を問われるくらいなら、監督に責任を押しつけるだろう。

「ねえ、お義母さんから電話があって、翼くん、うちの会社でアルバイトをすることになったそうよ」

「まじかよ」

九月に入り、いつもと同じ日付が変わる深夜に自宅に帰ると、起きて待っていた由貴子からそう言われた。

「時給制だけど、一ヵ月にしたら結構な額になるから、お義母さんはすごく喜んでたよ」

「母さんは安心だろうけど、だけどどうして急に」

翼がスポーツ新聞に興味があるなんて聞いたこともない。父が生きていた頃は自宅で購読していたが、翼は読んでいなかった。

「即売の千藤部長が声をかけたみたい。千藤さん、時々お義母さんに電話して、翼くんのことを聞いてたみたいだから」

千藤とは即売部の時に会ったことがある。自分もそうだが、向こうも翔馬にはあまりいい印象を持っていないはずだ。

男性社員が圧倒的に多いスポーツ新聞社で即売部長にまで出世した千藤のことを、由貴子は憧れている。千藤は独身だが、子供がいる女性社員にも配慮があって、由貴子の仕事が一段落すると「たまには娘さんを早く迎えにいってあげたら」と定時前でも声をかけてくれるらしい。

「ということは即売のバイトってこと？」

「即売にアルバイトはいないからもちろん編集よ。千藤さんが伊場編集局長に頼んだら、OKが出たみたい」

「編集って、だけどいいのかよ」

夫が他紙の記者だから由貴子は伊場に広告に配置換えされたのだ。

「いいのかって、なにが？」

「いや、別に」

あえて嫌な記憶を蒸し返すことはない。

「編集のバイトって、うちでは連絡さんって呼ばれてるんだけど、表を作ったり、選手の略歴を作ったり、資料も揃えたりするから結構大変なのよ」

翔馬が生まれた頃に父がやっていたバイトだ。日日スポーツにも、記者が原稿を書く際に、パソコンに入っている選手の成績表を出し、過去記事を資料室から持ってきてくれる編集補助がいる。彼らが手伝ってくれるので、夜回りで、締め切りぎりぎりでネタを取ってきた時でも、記事を書き上げられる。

日日の編集補助は十人ほどいて、入れ替わりが激しいので、顔と名前がなかなか一致しない。年配の記者は「バイト」と一緒くたにして呼び、とっくに大学を卒業しているのに、昔のままに「学生くん」と呼ぶ人もいる。翔馬はできるだけ「〇〇くん」と名前を覚えて呼ぶようにしている。それだけのことだが、他の記者が頼むと面倒くさそうな顔をする仕事も、翔馬が頼むと張り切ってやってくれる。

「翼くんも記者の息子だったってことよね。お義父さんと同じことをやるんだから」

「そうは言っても昔ならともかく、今はアルバイトから社員にはなれないだろ」

父は正社員になれた。それは父がすでに結婚して子供も生まれていたので、会社の人も心配してくれたからだ。

父は冗談交じりに「入社試験の前の日、部長からどんな問題が出るかヒントをもらえたから、スラスラ書けたよ」と話していた。「言われたのはひと言だけ。名前だけは間違えるな、だったよ」とも。

だが今は甘くはない。会社は年を食ったバイト上がりより、優秀な大学を出た新卒を欲しがる。翼はすでに二十二歳だ。要領の悪いあいつが即戦力になるとは思えず、これから数年鍛えられても、二十代半ばになってからでは、正社員になれるとは思えない。

「そうなのよね。うちも語学とか特殊能力がない限り、なかなか社員にはなれないのよね」

「だったら今からバイトしても意味ないじゃん。どこか正社員の試験を受けさせた方がマシだよ」

「でも翼くんが好きなネット系の仕事は新聞社にも必要だから、ものすごく重宝されるかもよ」

「翼くらいの知識、他にいくらでも持ってるやつがいるよ」

専門学校も卒業せずにやめたのだ。プログラミングやサイト運営ができるならまだしも、きっとそこまでの能力はない。

「今はなかなか仕事も見つからないだろうし、なにもしないよりいいんじゃないの」

由貴子は前向きに捉えていたが、翔馬は絶対に無理だと決めつけていた。新聞社は古い体質で、机に座ってコツコツやる人間より、動き回ってネタを引っ張ってくるガツガツしたタイプでないと評価されない。即売の時の上司の大熊も、野球部の後藤デスクも体育会系だし、翔馬もそのタイプだったお陰でどの部署でも気に入られた。自分とは正反対の翼は「ボケッとしてんじゃねぇ」と怒鳴られるのがオチだ。ちゃんと遅刻しないで行けるのか。無断欠席して迷惑かけたりしないか、そっちの方面がまず心配になる。

それでも母の財布から金を盗んでパチンコ三昧しているよりはマシか。母が喜んでいるのならとりあえず良かったと自分に言い聞かせた。

「そうそう、お義母さん、他にも嬉しいことがあったんだって。会社の面接から帰ってきた翼くんから、初めて誕生日のお祝いをされたそうよ」

「誕生日って、まだ全然、先じゃない」

母の誕生日である九月二十三日は由貴子とかすみを連れて実家に帰るつもりで、休みをもらっている。きょうは九月五日だから、まだ二十日近くも先だ。

「まさかプレゼントまで渡してしまったってことじゃないよな」

「そうに決まってるじゃない。帰ったら机の上に置いてあったんだって。誕生日カードがあったわけじゃないけど、贈り物の包装だったから、お義母さんは誕生日の前渡しだと気付いたみたいよ」

あの馬鹿——バイトが決まって嬉しかったのかもしれないが、きょう渡すことはない。まだ給料をもらっているわけではないし、この日は父の会社でアルバイトするようになったと伝えるだけで、母は十分喜ぶ。誕生会で渡せば、母は翼が自分で稼いだ金で人生初のプレゼントをくれたのだと、いっそう感激するというのに。

「それで、なにをもらったって言ってた？」

渡した一万円を翼がそのまま使ったとは思えない翔馬は、おそるおそる聞いた。定価が一万円のものでも、ネットで安く買い、差額は懐に入れたはずだ。

「羊羹だって」

「羊羹？」

　思わず聞き返した。

「虎屋とかの？」

　聞いたが、由貴子は首を傾げた。

「どうかな。虎屋だったら、お義母さんの大好物だから、『虎屋の羊羹をもらった』って言うんじゃない」

　駅前の和菓子屋で売ってるようなものか。

「何本？」

「そりゃ一本でしょう。お義母さん一人で食べるものだし、二、三本の詰め合わせでもらっても困るだろうし」

「その羊羹って、いくらくらいしたと思う？」

「千円くらいじゃない。普通の羊羹だったら」

「たった千円？」

「なにそのがっかりした言い方。翼くん、バイトもしてないんだからそれでも結構無理したと思うよ」

　由貴子までが翼に感心しているのを見ると、自分が一万円を渡したとは言えなかった。

　あの野郎……少しくらいは抜くのは予想していたが、たった千円しか母に使わなかったと知ると、腹立たしさで頭に血が昇った。

ジェッツの試合がなかった九月二十日、大阪ジャガーズが勝利して優勝マジックが「1」になった。

7

この日、休みだった翔馬は、昼間はかすみと公園で遊び、夕方になってかすみを連れて駅まで由貴子を迎えにいった。連絡もせずにだいたいの目安で行くと、着いて五分もせずに由貴子は改札から出てきた。翔馬とかすみが手を振っているのを見て、由貴子は笑顔で走ってきた。かすみも喜んでいた。

駅近のファミレスで食事をして、三人揃って帰った。今は由貴子がかすみを風呂に入れている。休日の時は翔馬が全部、家事や育児をする約束になっていたが、「かすみの世話で翔くんは疲れたでしょ」とシンクに置きっぱなしにしていた洗い物まで、すべて由貴子がしてくれた。最近休みも飛ばし、寝不足が続いているので欠伸（あくび）をしかけては慌てて手で抑えた。それを由貴子に見られたのだろう。

浴室から二人の無邪気な声が聞こえてくる。お風呂から出たかすみをびっくりさせようと、翔馬はバスタオルを持って、脱衣所を出たところに隠れていた。急に出ていくと、かすみは仰天してから大喜びして抱きついてくる。娘の顔を想像していたところに、自分の携帯電話が鳴っているのに気付いた。居間まで取りにいくと後藤デスクからだった。

〈休みなのに申し訳ない。どうもジェッツが谷水監督に辞表を出させたがっているようなんだ〉

翔馬もここ数日、球団が谷水を辞任に追い込もうとしているのではと探っていた。しかし何人かのコーチに尋ねると、自分の読みと違うことを言われた。

——監督は、今辞めたら悔いが残ると話している。

あるコーチからは監督自ら辞表を出すことはないだろうと言われた。

「監督は辞める気はないと思いますよ。球団が解任するってことですか？」

〈いや、強引にクビにするまでの気はないらしい〉

「それならどういうことですか」

〈東都新聞グループの誰かが、谷水に辞表を出すように説得に乗りだすというんだ〉

「説得って誰が？」

〈普通は竹田代表じゃないか。石塚がそんな話があるって聞いてきただけで、詳しいことは全然分からない。心当たりはないか〉

「ないですよ。だいたい今の話、どこから出た話なんですか」

〈石塚も根拠はないって言ってる〉

「根拠がないって、あの人、よくそれでキャップを名乗れますよね」

つい不満が出た。今年からキャップになった石塚だが、いつも他紙の記者と横並びで取材していて、ネタらしきものを取ってきたことがない。なにかあるとすべて「笠間、なんとかしてくれよ」と泣きそうな声で頼んでくる。監督番はどの社もキャップの役目だが、石塚は谷水に一人で取材したこともないのではないか。

〈石塚だって休みを飛ばして必死にやってんだから、そういうことを言うなよ、笠間〉

後藤から窘められた。

「自分は石塚さん以上に休んでいません」

きょうだって十日振りの休日だ。八月にフロントが汐村と来季の契約をしないと決めた時は、二週間ぶっ続けで働き、連日、汐村の自宅に行き、来季は他のチームで現役を続けるという証言を聞きだした。谷水監督への不満も聞いて、それも記事にした。

だがここで石塚の能力不足を言っても仕方がない。

「分かりました、これから谷水監督に会ってきます」

〈家に行くのか〉

「ま、そうですね」

後藤デスクには悪いが、本当のことは言えない。

電話を切ると、浴室の扉が開き、かすみのはしゃぐ声が聞こえた。

「パパ、お願い〜」

由貴子の声がした。走ろうとしたが、慌てたことで、翔馬は手にしていたバスタオルを床に落とし、携帯電話を握っていたのを由貴子に気付かれた。

「会社から電話？」

「あ、うん、ちょっと緊急取材に出てくれって言われて」

それでもまずはかすみの体を拭こうと思った。由貴子は嫌な顔をせず「行ってきていいよ」と言った。

「拭くぐらいできるよ、おいで、かすみ」

だが由貴子はかすみを離そうとしない。かすみもなにかを感じたのか、いつものように髪の毛以外は水を弾いている娘にタオルを広げた。

由貴子はまだ髪を洗ってないので、翔馬が出かけてしまえば、一度風呂から上がって、翔馬の元へ来ようとはしなかった。

かすみを寝かしつけ、それからまた入り直さなくてはならない。それでも彼女の意思は伝わった。彼女だってスポーツ紙の社員なのだ。この時期の大変さは理解してくれている。

「ごめん、じゃあ行ってくる」

翔馬は急いで支度をした。

8

目黒にある小料理屋の前でタクシーを降りた。ここは七十代の老夫婦二人がのんびりとやっている店で、客もあまり入っていない。谷水にとっては現役選手の頃からプライベートで訪れる心が休まる場所である。

監督になってからもデーゲーム後や遠征帰りによく顔を出している。この日はナイター だったので、寄る可能性は五分だったが、自宅前に記者が張り込んでいるのを嫌って、谷水は立ち寄る——そう信じてこの店に来た。

その予想は当たりだったようだ。店の近くのコインパーキングに、谷水のセルシオと、谷水が雇っている運転手の顔が見えた。

念のため店を確認する。すりガラスの引き戸だが一部が透明になっている。覗いているのを悟られないよう、半身で背伸びして店内に目を向けると、カウンターに谷水一人だけが座って飲んでいた。

それ以上は覗かず、店の向かいのビルに入った。

谷水がこの店を贔屓にしていることを、おそらく他紙の記者たちは知らない。

翔馬にしたって、知ったのは今年になってからだ。実家に帰った時、母が「谷水監督ってまだあのお店に行ってるのかしら。ご馳走になったアカムツの煮つけ、忘れられないわ」と言った。詳しく聞いてみると、谷水の引退間近に、両親は目黒の小料理屋に招待されたらしい。その時、谷水が「若い時分から、野球で辛いことがあるとこの店に来てるんだよ」と話したそうだ。

それを聞いて以来、翔馬は何度かこの店に来た。三回目に来た時、ようやく谷水がいた。だが、店内に入ったことはないし、外で話しかけたこともない。谷水は一人になりたくてこの店を選んでいるのだ。記者が来たのを知れば、いくら笠間哲治の息子でも、谷水は気を悪くする。

三十分待ったが谷水は出てこなかった。十一時を過ぎた頃、携帯電話が鳴った。また後藤デスクだった。

〈谷水監督をつかまえたか〉

「まだですけど、居場所は分かりました」

〈なら良かった。谷水のコメントなしの一面になるところだった〉

「一面ってどういうことですか」

〈谷水解任の記事だよ。谷水に辞める意思があるか確認してくれ。続けると言わない限り、そのまま行くから〉

「石塚さんが聞いてきた噂だけが頼りなんでしょ。裏取りができてないじゃないですか」

〈東都グループの意向を伝える使者が分かったんだよ。石塚が東都の役員から聞いてきた〉

「誰ですか」

〈東都スポーツの伊場編集局長だよ〉

「本当ですか」

〈使者というよりは、谷水監督の首に鈴をつける役目だな〉

ありえることだ。伊場は父と一緒に谷水が現役時代からジェッツ番記者をやっていた。

編集局長なので現場にくることはないが、去年の監督就任直後、まだ谷水と記者の関係が良好だった頃に、昔話になった。その時谷水が「昔は図々しい記者がたくさんいて、今の伊場局長なんか、夜中だろうが朝だろうが平気でうちに来た。今の時代なら一発で出禁にしてる」と話した。文句を言いながらも、目が垂れてどこか懐かしそうだった。

もしかしたら翔馬が店を覗いた時はトイレにでも行っていて、中に伊場はいるのかもしれない。グラスや皿、箸の数までは確認しなかった。

「分かりました。聞いてみます」

携帯電話を畳んで、駆け足で店に向かう。躊躇せずに引き戸を開けた。谷水がカウンターで飲んでいるだけで、伊場の姿はなかった。

お猪口を手にしたまま谷水がゆっくりと顔を向けた。顔が気色ばんだ。

それでも目線を戻し、口を窄めてお猪口を近づける。谷水は記者を無視する時にこういう態度になる。気分を害してしまったのは分かったが、今さら引き下がるわけにはいかない。

「監督、お疲れのところ申し訳ございません。東都グループが、監督に辞表を出すよう、説得する人間を寄越すという情報があります。それが東都スポーツの伊場編集局長だとも聞きました。本当でしょうか」

敷居際に立ったまま、聞いた情報をそのまま尋ねる。だが谷水の反応はなかった。

「自分は監督が続投して来年こそ雪辱を果たしたいと思われていると感じています。自分が取材した中には、監督は絶対にやめないと話してくれた人もいました。伊場さんが来たって、その考えは変わりませんよね」

できるだけ谷水のプライドを傷つけないように話した。

「笠間、この店、誰に聞いた？」

お猪口を置いてそう言った。

「誰って、それは……」

まさか母とは言えない。言い淀んでいると、谷水は顔を向けた。

「知ったのはいい。これまでにも何度かここに来て覗いてたのも、俺は知ってる」

気を付けていたが、見られていたようだ。「でしたら……」そう言いかけたところで、谷水に遮られた。

「おまえの親父は勝手に中に入ってきたりはしなかった。聞きたいことがあっても俺が店を出るまで外でずっと待ってた。だから俺は現役の頃、おまえの親父とおふくろさんをこの店に招待したんだ」

眼鏡が光ったと感じるほど、これまで見たことのない強い目をしていた。谷水がこの店を大事にしていたのは知っていた。だからこれまでは確認しただけで声もかけなかったのだ。きょうに限っては仕方がないではないか。聞かなければ会社は谷水解任で書くつもりなのだ。頭の中では理屈はいくらでも浮かんだが、父のことを出されてしまうと言葉にならない。

「帰ってくれ」

「でも」

「話すことはなにもない」

女将さんが出てきて「すみません。きょうのところは」と言われた。翔馬が後ずさりすると、引き戸が閉められた。

出てくるまで外で待っていたが、伊場が来なかったこともあり、店から出てきた谷水が車に乗り込むのをただ黙って見送った。谷水は立っていた翔馬を一瞥しただけ。怒りが収まっていないのは表情から十分感じ取れた。

9

谷水解任の一面は見送られた。

「もう少しで裏が取れるかもしれないので待ってください」

翔馬が後藤デスクに頼んだからだ。

まだ伊場が来ていない段階で先走ったことを新聞が書けば、谷水は余計に激怒し、意地を張ってでも辞任しない可能性がある。

翌朝他紙を見ると、谷水の解任についてはどこにも出ていなかった。無理して書かなくて正解だった。

その日も、その次の日も翔馬は目黒に通ったが、谷水は現れなかった。その間に大阪ジャガーズが優勝を決め、ジェッツの五位が確定した。

谷水の自宅を張っていた後輩記者から、〈谷水監督は家に到着しました。無言でした〉と報告が入っていたから、東都スポーツの伊場とはきょうも会わなかったのだろう。ガセか。おそらく谷水はまだ監督を続けるかどうか苦悩している。

それでも日日スポーツの紙面では《谷水監督、解任濃厚》とは書いておいた。谷水が辞表を出さなくても、最後は解任されるのだ。先に書いておけば、あとで東都スポーツに「辞任」と出たとしても、業界内は解任されるから辞表を出しただけだと、これは日日スポーツが先に書いたネタだと思うだろう。

九月二十三日は母の五十三回目の誕生日だった。一ヵ月前から休ませてほしいと会社に頼んでいた日だが、朝になって、谷水が目黒の店に行ったら悔いが残ると考え始め、「ごめん、監督問題で休むわけにはいかなくなった」と由貴子に断った。

「仕事じゃ仕方ないよ。お義母さんは大丈夫よ。私とかすみでお祝いしてくるから」

心の中ではがっかりしているくせに、いつも通りの笑顔を作って送りだしてくれた。

午前中に球団を取材してから球場に行き、練習を見つめる谷水監督の表情を追いかけた。辞める気だと思えばそう見えるし、意地でもやってやる気だと思えばそう見えた。翼から電話があった。

〈兄貴、きょう来ないのかよ〉

「おまえ、仕事は？」

〈出番だったけど、先週由貴子さんから言われて休みにしてもらった〉

翔馬の頭にプレゼントが浮かんだ。

「俺が渡した金で羊羹買ったそうだな。俺は誕生日プレゼントを買えって言ったんだぞ」

すぐに返事はなかった。俯いているいつもの姿まで浮かぶ。一万円は使ってしまったのなら由貴子に言って金を渡すから、今からでもなにか買え、そう言おうとしたところで翼の声が聞こえた。

〈母さん、夏休みの補習で、疲れてるって言ってたから〉

「はぁ？」

〈だから甘いものを食べたいかと思って〉

疲れている時は糖分で栄養補給するのは父が生きていた頃からの笠間家の決まりのようなものだ。さすがに病気に和菓子はなかったが、父は母にも、そして翼の調子が悪かった時も、「これで元気をつけろ」とカステラやプリンを買ってきた。

結局、プレゼントのことはこれ以上触れず、「俺の分まで母さんを楽しませてやってくれ」と電話を切った。

すでに消化試合になっているジェッツは七対一で大勝した。

試合中にキャップの石塚に、「自分は夜回りに行きたいのでゲームの原稿書きからは外してください」と頼んだ。《解任濃厚》と翔馬が書いたことで安心しているのか、石塚からは「原稿は俺たちでやるから、笠間は好きなように動いてくれ」と言われた。

行き先は目黒の小料理屋しかなかった。翔馬に来られたことで、谷水は顔を出さないかもしれないが、それでも他の記者に邪魔されることなく会えるとしたらあの店だけだ。次は出てくるまで外で待ち、今度こそ本音を聞く。

原稿は書かないからといって、先に球場を出てしまえば他紙の記者に怪しまれるため、試合後は普段通り、帰路につく選手たちに密着してコメント取りをした。すると「笠間」と低い声で呼ばれた。

今季限りの退団が決まっている汐村だった。ファンに別れを告げるため、この本拠地での三連戦から一軍に復帰していた。ホームランは出なかったが、四打数二安打と来季、他チームに移ってプレーできるところは見せた。

「お疲れさまでした。汐村さん、ナイスバッティングでしたね」

本来なら記事にしたいところだが、今はそれどころではない。汐村も自分のことを話したくて翔馬を呼んだわけではなかった。

「半田ヘッドが辞めるぞ。どこかの球団で一緒になったらまた頼むなって言われたわ」

半田は谷水が連れてきたヘッドコーチだ。監督を守るためにヘッドが責任を取ると考えられる。だが谷水は辞めさせられるから、自分も残れないだろうと、汐村に別れを告げたのかもしれない。「監督は辞めないと思う。今辞めたら悔いが残るって言ってたから」そう翔馬に教えてくれたのが、半田だった。

すでにコーチの大半は帰っていた。半田の顔は見ていないから、残って挨拶回りをしているのかもしれない。

走って駐車場に向かう。首脳陣が停めるエリアに半田の車はなかったが、数台の車の奥に迎車ランプをつけたタクシーが停車していた。酒好きの半田は、帰りがけに飲みにいく時は愛車を自宅に置き、タクシーで帰る。たぶんあのタクシーは半田が呼んだのだ。

「笠間」

後ろから名前を呼ばれ、体が硬直した。

駐車場は記者の出入りが禁止されているので、球団関係者なら追いだされる。呼んだのは東都スポーツのキャップだった。

「きみも半田ヘッド待ちか」

東都のキャップは、翔馬がなぜここにいるのか分かっていた。

「半田ヘッドがどうかしたんですか?」

惚けると、彼の表情が曇った。まずいことを口走ったと後悔しているのか、「いや、とくにないけど」と視線を外した。

「でも半田コーチならもう帰りましたよ」

翔馬は嘘をついた。

東都のキャップは普段、半田が停めている駐車場のスペースに目をやり、車がないことを確認した。翔馬に余計なことを言って動揺しているせいなのか、奥にタクシーが来ていることまでは気付いていない。

「それならいいや」

そう言って引き揚げた。東都も半田が辞めることを知ったのだろう。それでキャップ自らが確認を取りに来たが、帰ったと聞いて諦めた。東都は書くかもしれないが、半田のコメントがある日日スポーツと載っていない東都スポーツとでは記事の説得力はまるで違う。

しばらく待っていると小皺の多い、よく日焼けした顔の男が、ポケットに手を突っ込み、背を丸めて歩いてきた。

「お疲れさまでした。半田ヘッド」

「なんだ、もう聞きつけたか。さすがだな、笠間は」

半田は目尻にさらに深い皺を寄せた。そして、試合後に竹田球団代表に辞意を伝え、監督、コーチ、自分が面倒を見てきた選手の何人かに別れを告げたことなどを話してくれた。

10

半田ヘッド辞任の話はキャップの石塚に電話で伝え、翔馬は目黒に向かった。

パーキングにセルシオが停まっているのを確認した。谷水は来ている——引き戸のガラスのところからそっと中を覗くと、前回と同じ席に座っていた。テーブルに出ているのが前回のような熱燗ではなく、生ビールだったから、来て間もない。カウンターの隣は綺麗なままで、他に来客がある様子はない。そこまで確認すると翔馬は道を挟んだ反対側のビルの一階に入った。

キャップの石塚の話では、谷水はこの日、各社の監督番の質問に答えず、憮然とした顔で引き揚げていったそうだ。翔馬は半田ヘッドにもそのことを質問した。

――監督がどう思っているか、俺には分からん。俺が責任を取って辞めたところで、監督も辞めるかもしれないし、クビになるかもしれない。それでも俺は監督にヘッドコーチとして呼んでもらったんだから、まず俺が責任を取るのが筋だと決心したんだ。

半田は無念さを滲ませていた。監督の気持ちは分からないと言ったが、翔馬はやはり谷水は続投したいのだと思った。半田が辞意を伝えた時、谷水は「すまなかったな」と言ったそうだ。自分の身代わりになってくれたからそう言ったのであり、自分も辞表を出すのなら違う言い方をしたはずだ。

「きみは熱心だな」

突然、目の前が陰になって、声がした。

顔を上げるとスーツ姿の男が両手をポケットに突っ込んだ恰好で立っている。伊場だった。驚倒して声が出なかった。明るいグレーのスーツに、エンジのネクタイを締めている。

顔を見るのは入社試験以来だから、六年振りになる。あの時は、面接までスムーズに進んでいたのに、この男がケチをつけるような質問をして落とされた。あの頃より髪は少しグレーがかっていた。父と同期だが、確か二歳下だから四十九歳。それでも髪の量は多くて、もっと若く見える。

言葉を交わしたくもなかったが、無視すれば怪しまれると、翔馬は「ご無沙汰してます」と頭を下げた。

「どうせ監督を待ってんだろ」

両手を突っ込んだまま顎を小料理屋に向けた。

「こんなところにいねえで、中に入って聞きゃいいじゃねえか」

前回中に入って怒られました——と言うにはプライドが邪魔をした。伊場は薄笑いを浮かべていた。もしかしてこの男、翔馬が谷水に逆上されたことも知って、そう言ったのか。

「きみの弟、うちで連絡さんとして働いてるぞ」

「お世話になってるみたいですね。ありがとうございます」

一応兄として礼を言う。

「早速野球部の席でコピーやゲラ配りをやらせてるけど、きみと違ってずいぶん素直な子だな」

挑発されているのは明らかだったが、言い返すことなく堪えた。この後、伊場は店に入るのだろう。そして東都グループを代表する使者として、谷水に辞任を迫るのだ。帰り際に谷水に確認すれば、自分も書ける。今、余計なことを言えば、伊場は日を改めようと帰ってしまうかもしれない。

「西條は元気か」

翼の次は妻の由貴子だった。早朝に紙面を見て泣いていた時の由貴子の顔が浮かんだ。記者から外された悔し涙も混じっていた。他紙の記者と結婚したからといって、子供の頃からの夢を奪ったのはこの伊場だ。

「妻なら会社で会ってるんじゃないですか」

「あいにく、広告とはフロアが違うんでな」

「伊場さん、うちの妻を記者に戻してやってくれませんか」

無意識に口から出た。

「彼女、小学生の時からスポーツ新聞の記者になりたかったんです。俺なんかと違って、小さい頃からの夢だったんです」

自分は記者ではなく選手を目指した。スポーツ紙を受けようと思ったのは、大学でレギュラーになれず、社会人に行っても同じだと諦めたからだ。スポーツ紙なら受かるだろう、とくに父親が死んだ東都なら楽勝だとの甘い思いもあった。だが由貴子は違う。

「無理だな」

それまで薄笑いを浮かべていた伊場の口元から皺が消えた。

「どうしてですか　自分らは情報を漏らしたりはしませんよ。自分も由貴子もそれくらいわきまえてます」

「きみはすでに西條を通じてうちのネタを書いただろ」

「なんのことですか」

「ジェッツが安孫子を獲らないと決めた時のニュースだよ。きみはうちのデスクが西條にかけた電話で兄だと名乗った。そしてそのことを日日スポーツで書いた。うちしか知らない情報が他紙に持ちだされた時、俺たちがなにも調べないとでも思ったのか」

　あのネタは由貴子が書いてくれと言ったからだが、そういえばますます由貴子は記者に戻れなくなると、唇を嚙んだ。それでも由貴子の悲しみに暮れた顔が浮かび、「野球記者は無理でも他のスポーツならいいんじゃないですか」と言った。

「それも無理だ」より強い声で言われた。「どうしても西條を記者に戻したかったら、きみが記者職を離れればいい」

「そんな……」

「同業他社でも、記者同士でなければ別に問題はない。西條から結婚の報告をされた際も、俺は旦那と話し合えと伝えた。私が異動しますと言ったのは西條だ」

「俺が記者をやめれば、由貴子を戻してくれるんですか」

「西條はアマチュア野球担当として優秀だったからな」

「そう言って自分を騙す気じゃないでしょうね」

ジェッツ番の他紙の記者全員が、翔馬のことを恐れている。その中でも翔馬がいなくなって喜ぶのは、本来ジェッツには強いはずの東都スポーツだ。

「俺はきみと違って、他紙の人間を騙すような卑怯なことはしない」

翔馬が固まっていると「半田ヘッドのことだよ」と言われた。

「なんのことですか」

「きみは惚けるのがうまいな。うちのキャップに、半田ヘッドは帰ったと言ってまんまと騙したそうだな。だけどうちの記者だって馬鹿じゃない。彼はちゃんと半田ヘッドに電話を入れた。タクシーに乗っていた半田ヘッドから、日日スポーツの笠間が駐車場で待っていたと聞き激怒してたよ」

なにも言い返せなかった。だが心の中では俺なんかに騙される方が悪いという思いが強い。

「俺の知ってる笠間という記者はそういうことはしなかったけどな」

父のことが出た。その言い方には横面をはたかれたようなショックを受けた。

「よその社の人間なんだから、どんな手を使おうが勝手にすればいいけどな」

そう言い放つと、伊場はポケットに手を突っ込んだ恰好で小料理屋へと歩いていった。

引き戸を開けた瞬間、「いらっしゃい」という大将の声が聞こえた。前回、翔馬が入った時は声も出さなかった。おそらく谷水がもう一人来ると知らせていたのだろう。

11

夢

私は今、課外学習クラブで、ソフトボールをやってます。あまり上手でなくて、いつもエラーばかりしてますけど、日曜日はいつもお父さんがキャッチボールをして、試合に出られるようはげましてくれます。お父さんはジェッツの大ファンで、いつも家で私もいっしょにナイターを見ます。

試合に出られなくても、私は野球やソフトが大好きなので、しょうらいは新聞記者になって、野球選手を取材したいと思っています。一生けんめいやった選手の話を、選手の気持ちになって聞いて、選手ってこんなにがんばったんだね、かげでこんなに努力してたんだねって、読んだ人が感動して、泣いちゃう記事を書きたいです。お父さんからも夢は必ずかなうものだからがんばりなさい、と言われてます。

六年四組　西條由貴子

かすみの出産後、実家に帰った由貴子に会いにいった時、義父が由貴子の小学校の卒業文集を出してきた。ちょうど由貴子は義母と買い物に出かけていて、二人で昼酒した時だった。

中学生になって「作文がうまくなるにはどうしたらいいの」と相談を受けた義父は、「気に入った記事をノートに貼ったらどうだ」とアドバイスをしたそうだ。由貴子は中学校から高校を卒業するまでの六年間、ノートに貼り続けた。

——へえ、笠間くんってスクラップ帳を作ってたんだ。それってすごい羨ましい。私もしてたよ。笠間くんはお父さんが新聞記者だったんでしょ？

大学一年の頃、野球部の仲間に昔の新聞にこんな練習法が出ていたと話した。その時、喜色満面で会話に入ってきたのがマネージャーの由貴子だった。

翔馬もスポーツ記事をノートに貼っていた。だが由貴子が見せてくれたのは、翔馬が適当に貼ったものとは異なり、記事を丁寧に貼り、その試合のスコア表や出場選手の成績まで添付したものだった。高校野球でもプロ野球でも、彼女が前日にどのゲームを見て、どれほど感動したか、表情にいたるまでそのページを見るだけで想像できた。涙もろい由貴子のことだから、試合を見て泣き、記事を読んでまた泣いたこともあるだろう。

夢は叶うものだと言った義父の言葉通り、由貴子は記者になった。智絵は翔馬と同じ仕事をしたかったからだと言っていたが、それ以上に強い想いが由貴子にはあった。それは義父の誇りでもあり、「由貴子には内緒だけど、書いた記事を取ってあるんだ」と、そのノートも見せられた。

「由貴子、これからも仕事を続けるんだろ？　また記者に戻れたらいいのになぁ……」

義父は酒を飲みながらそう呟いた。娘の記事が読めなくなったことで、義父の楽しみまで奪ってしまった。由貴子は僕と結婚したせいでもう記者はできないんです——それだけは父娘(おやこ)を苦しめるようで言えなかった。

十五分ほど過ぎ、翔馬は痺れを切らして小料理屋に近づいた。半身になって引き戸の透明なガラスのところから覗いた。カウンターにいたはずの谷水も店に入った伊場の姿もなかった。

この店は奥が座敷(ざしき)になっているから、そこに移動したのだろう。

やはり伊場は辞表を出すように説得しにきたのだ。そして谷水は拒否している？　だとしたら長引くか。時計を見ると十二時を回っていた。十二時半までに出てきたら最終版で打てる。《急転、谷水監督続投》それとも《本紙既報の通り、谷水監督解任》……いずれにしても谷水が店を出てくるまで待つしかない。

予想に反して会談は三十分ほどで終わった。向かいのビルに戻っていた翔馬がそのことに気付いたのは、店の中から「監督、お疲れさまでした」と伊場の声がしたからだ。すぐに引き戸が開き、伊場が出てきた。顔は熱(ほて)ってもおらず、酒を飲んだ様子もない。伊場は立っている翔馬を一瞥した。相手は東都スポーツの記者ではない、東都グループの特使として来たのだ。だがそう思った時には伊場は左手を上げ、走ってきたタクシーに乗り、去ってしまった。

それから五分もせずに引き戸が開き、谷水が姿を見せた。

翔馬が店の外に立っていたことに谷水は厳しい顔つきになったが、この前のように激高はしなかった。かといって親しみのあるものでもない。

「監督、東都スポーツの伊場編集局長が出てきましたが、辞表を出すように言われたのではないですか」

怒られようがきょうは絶対に聞く、そう心に決めて質問した。

谷水は答えない。

「監督はそれについてどう答えたんですか。辞めることに納得されたんですか。それとも続投したいとおっしゃったんですか」

「おまえには答えたくない」

それほど大きな声ではなかったが、語気の強さは感じた。

「どうしてですか。監督に言われた通り、自分は店の外で待ってたじゃないですか」

言ったところで谷水に反応はなく、コインパーキングの方に歩きだす。翔馬は谷水の真横についた。

「監督、教えてください。伊場さんの話にどう答えたんですか」

谷水に歩調を合わせ、顔だけ横に向けて、質問し続ける。エンジンのかかる音が響き、暗がりにヘッドライトが灯された。パーキングから谷水の車がゆっくりと出てくる。

「監督は昔、うちの父が外で待っていた時は話したんでしょ？　それって父が東都の記者だったからですか」

　自分に話せない理由があるとしたら、それしか思い当たらなかった。だが谷水は「違う」と言った。

「おまえは俺を辞めさせたがってんだろ。成績の悪い監督なんて辞めちまえと思ってんだろ」

「そんなこと思ってませんよ」

　本心からそう言った。むしろ谷水の希望は続投だと思ってここまで来た。半田ヘッドからも「今辞めたら悔いが残る」と話していたと聞いた。

　車が停まり、降りてきた運転手が後部座席のドアを開けた。

「自分は……」

　監督の味方ですと言いかけたところで谷水に睨まれた。店で憤怒された時と同じで、眼鏡のレンズが街灯で反射したように見えた。

「おまえはチームの調子が悪いと足を引っ張る記事ばかり書いていた。俺と大畑がうまくいってないとか、俺が汐村に冷たいとか、批判ばかりだ。俺たちがそれを分からないとでも思ってるのか。解任濃厚と書いたのもおまえだろう」

　違います。言葉は喉元まで上がってきたが、谷水の鋭い眼光におののき、言葉にして吐きだせなかった。

　谷水は後部座席に乗り、運転手が「危ないですよ」と翔馬を手で払って、扉を閉めた。

「監督、待ってください」

ガラス越しに顔を近づけてそう言った時には、車は走り去っていた。

12

〈辞めるか辞めないか分からないって、おまえ、それじゃ紙面はどうすりゃいいんだ〉

翔馬の報告にデスクの後藤も戸惑っていた。

「確かに東都スポーツの伊場局長と会いました。でも中でどんな会話がなされたか自分には分かりません。自分が聞いても監督は答えてくれませんでした」

〈会ったってことは辞任してくれと通告されたってことだろ。そうなりゃ谷水監督だって辞めるしかないじゃないか〉

翔馬だってそう思う。実際、谷水からは「おまえは俺を辞めさせたがってんだろ」と言われた。「成績の悪い監督なんて辞めちまえと思ってんだろ」とも……辞表を出すように言われたかという質問に、否定したわけではない。だが辞めるとは言わなかった。

東都グループを代表してやってきた伊場に辞表を出してくださいと言われたら、続投したいとは言えないだろう。だが翔馬が解任と決めつけられないのは、もう一つ、疑念があったからだ。

――監督、お疲れさまでした。

店の中から聞こえた伊場の声だ。

通りを挟んだビルまで聞こえたということは、伊場は店の出入り口近くで挨拶している。二人がカウンターで話していたのなら分かる。だが奥の個室だったのだ。あんなところで挨拶するか。まるで翔馬を騙そうとしているようにも感じた……。

「きょう書けるとしたら、東都の人間が谷水監督に辞任勧告をしたことまでです。監督がそれを受けたかどうかは分かりません」

〈馬鹿言え、そんな中途半端な記事にして、東都に辞意と出たら、うちは赤っ恥じゃないか〉

「でしたらきょうはなにも書けません」

――チームの調子が悪いと足を引っ張る記事ばかり書いていた。俺たちがそれを分からないとでも思ってるのか。

耳の奥で谷水に言われた言葉が反響し、不信に満ちた顔も浮かぶ。辞表を出すように説得に出向いた伊場にもあんな顔はしなかっただろう。もちろん父にだって……。

結局、その日の日日スポーツは半田ヘッドの辞任だけにし、谷水の去就については触れなかった。

だが朝になって、悔いが湧いた。

谷水監督今季限りで退任

東都スポーツにそう出ていた。

解任ではなく退任、つまり谷水は伊場の前で辞表を出すと伝えたということだ。

そうなると、店の引き戸付近でわざわざ「監督、お疲れさまでした」と大声で言った伊場の意図が気にかかる。辞任だと分かるようなことを、どうしてあんな場所で言ったのか。

——俺はきみと違って、他紙の人間を騙すような卑怯なことはしない。

ああ、そういうことだったのだ。あの場で伊場に言われた言葉を思いだしていれば、自分も迷うことなく書けたネタだった。

13

谷水の辞任とともに、新監督は東郷前監督の復帰が決まった。コーチも決まり、ドラフトやFA補強も終わった十二月のある日、翔馬は新人の時から二年間世話になった大熊即売部長に呼ばれた。

「笠間、本当にいいのか。ずっと記者になりたいと言ってたじゃないか。それで念願の記者になれたのに……」

即売部では強面で恐れられている鬼部長も困惑していた。

「ずっとジェッツ番やって、うちのエースとしてスクープを書きまくってたじゃないか。よく考えた方がいい」

　そう諭された。記者になりたいと思っていたのは事実だ。そして四年間、誰にも負けないと頑張って仕事をした。だが伊場に負けた後、実家で仏壇に手を合わせていると、母から父が亡くなった直後の事情を聞かされた。その話もまた翔馬にとっては横面をはたかれたほどの衝撃だった。

　それを聞いた時、なぜ伊場があんなことを言ったのかも理解でき、気持ちが変化した。

「僕が行ってご迷惑でなければ」

　大熊に言う。

「迷惑なわけねえだろ。うちだって笠間が戻ってくれたら御の字だよ。笠間がいなくなってから、受け持ってた地域は大幅に数字が下がったんだ。だけど問題は笠間の気持ちが

……」

「でしたらよろしくお願いします」

　遮るようにそう言って頭を下げた。

「まっ、嫁さんが記者に戻れるみたいだから、それでいいのかもな」

　そのことは後藤デスクに異動願いを出した時に頼んでいる。日日スポーツの編集局長から東都の伊場編集局長に連絡して、確約は取ってくれたそうだ。

「同業他社だからって、旦那か女房のどっちかが異動しなきゃいけないなんて、今時そん

な仕来り(しきた)があるのは、スポーツ新聞くらいだけだけどな」

大熊はそう言ったが、伊場が駄目だと言う限り、由貴子が記者に戻るのはこの方法しかなかった。

「もう一度確認するけど、笠間は本当に記者に未練はないんだな」

「はい、ありません」

まったく未練がないわけではない。目の前で伊場に堂々と仕事をされて負けたのは悔しい。ただ由貴子のこと、さらに東都スポーツでアルバイトを始めた翼のことまで考えると、これが一番いい選択だった。

いや周りのことを考えて今回の決断をしたわけではなかった。自分が目指す相手は伊場ではない、父だったのだと、考え直したことが影響している。

記者としては敵わなかったが、今度は即売部員として、父と向き合ってみたい。

翔馬の心はすでに即売の仕事に向いていた。

第六話

1

午後一時前の編集局は、会議中とあって人が誰もいなかった。

笠間翼はバックパックをバイト机に置き、少し離れた野球デスク席に向かう。周囲を確認してからデスクの机の、引き出しの一番下を静かに開けた。

中に手を突っ込んだところで、足音がした。慌てて引きだしを閉め、後ろへ飛び退る。冷や汗を隠して顔を上げると、眼鏡をかけた顔に、携帯電話を近づけた状態で若い男が入ってきた。同じアルバイトの及川だった。

年は翼より一つ下の二十四歳だが、大学一年からこの東都スポーツで編集補助のアルバイトをしている。「連絡さん」と呼ばれる七人いる野球部のバイトの中で、キャリアは一番長い。デスクから受けた仕事を振り分ける連絡さんのリーダーである。

翼の父もこの「連絡さん」のバイトをやっていた。昔はほとんど大学生だったそうだが、今は大学を卒業しても就職できなかった者か、翼のような大学にも行っていないフリーターばかりだ。

一番長いのが六年目の及川、その次に太田という五年目がいて、今年四年目に入った翼、という順番だ。

連絡さんから記者になった者も過去に何人かいて、父もそうだった。及川も太田もバイトから採用されるのを期待しているようだが、翼は記者になりたいと思ったことはない。引っ込み思案の自分が、現場に出て選手を取材している姿など想像がつかないし、そもそも新聞社というのは古い感覚の人が多くてなんだかダサく感じる。去年二〇〇七年に出て大々的に話題になっているｉＰｈｏｎｅも、編集局で持っている人は数人しかいないし、野球部に関してはゼロだ。翼はまだｉモード携帯だが、パソコンは専門学校の時に買った中古のｉＭａｃを使っている。その話をバイト同士でしていると、ベテランの記者からは「マック使ってるって、きみってミュージシャンなの？」と真顔で聞かれた。

それでも二十五にもなってまだバイトを続けているのは、時給が良く、午後一時から深夜一時まで働けば深夜手当込みで一万三千円ほどになるからだ。今は週五日、シフトに入れば普通に就職したのと同じくらいの給料がもらえる。

「おはようございます」

頭を下げたが、及川からは無視された。彼はタイムカードを押して連絡さんが座る真ん中の机に腰を下ろし、持参してきた漫画を読み始めた。十二時四十八分なのでまだ始業時間まで十二分ある。

ずんぐりした体形の及川は、野球には詳しく、選手の出身校ぐらいなら選手名鑑を見なくてもすらすら言える。名の知られた大学を卒業していて頭もいいのだが、去年、一昨年と新卒試験に落ちた。翼がバイトに入った頃は、親切に仕事を教えてくれたのに、ここ一年くらいは仕事以外の会話をしていない。

午後一時になる直前、さらに三人のバイトがやってきて、内勤社員も少しずつ出勤してきた。バイトはその都度立って挨拶する。会議室の扉が開き、正午から紙面会議をしていた編集局長や部長、デスクがぞろぞろと出てきた。この日は「キンタさん」と呼ばれる金田が当番デスクだ。机の引きだしを開けるかどうか気になって翼は窺っていたのだが、金田は手も触れず、「及川、来てくれ」と呼んだ。

「はい、ただいま」

及川は駆けつけ、この日の仕事の指示を受けていた。彼はノートにメモを取ってからバイト机に戻ってきた。

「きょうはメジャーで二ページ、ナイターで五ページ、野球面は全七ページで展開するそうです。ナイターはドルフィンズとジェッツの首位決戦があるから、メジャーを早めに片付けて、夕方までにできる限りの記録や表を作っておきましょう。夜は国内のゲームに専念するように」

及川は四人のバイトに作業を振り分けた。

仕事は「成績表」や「選手の略歴」、他にもこの日の首位決戦のように注目が集まる試合なら前回の対戦を振り返る「VTR」、ジェッツが首位に立った時を想定しての去年二〇〇七年から今年二〇〇八年にかけての「戦績」、今シーズンのハプニングなどをまとめた「アラカルト」などの用意だ。注文はデスクのアイデア次第だが、急に命じられても対応できるように、あらかじめ通算千本安打や通算百勝がかかっている選手の「略歴」や「年度別成績表」を作っておく。準備しても使われないことの方が多いが、やっておくに越したことはない。

翼はメジャーリーグで二ヵ月振りに勝利した日本人投手の略歴と年度別成績、今季の月別成績などを任された。パソコンで調べた後、記録部の社員がつけた「記録帳」をめくり、合っているか数字を一つずつ照合する。

作り終えると及川から「笠間さん、シーホークスの選手が千試合出場だから、次はそのアラカルトをやって」と命じられた。

そのベテラン選手は今年あまり活躍しておらず、編集局の戸棚にある二〇〇八年のスクラップ帳には載っていなかった。別階にある資料室へ行く。そこには過去の新聞記事が人名の五十音順で保存されている。ベテラン選手の資料を借りて編集局に戻り、過去記事から「実家は九州で競走馬を生産」「姪(めい)が福岡のアイドルグループの一人」「特技はボウリングで最高スコアは220」など面白そうなエピソードを探し、五行ほどの短い文章を五本書いた。たった五行ほどの短い原稿でもデスクに手直しされる。

その後はひたすらスクラップ帳作りだ。今朝の新聞を切り取り、「東都ジェッツ2008」「東郷監督その10」「サヨナラ勝ち」「危険球退場」などそれぞれタイトルが書かれたスクラップ帳に糊付けしていく。父が連絡さんだった頃は、これは新人記者の仕事だったそうだ。毎晩ナイター終了後に会社に戻り、先輩記者の記事を貼ることで、原稿の書き方を覚えたという。今は夜中に社員を会社に戻すとタクシー代が嵩むため、すべて「連絡さん」がやることになっている。

スクラップ帳にすべての記事を貼り終えた時には夕方の五時半になっていた。あと三十分でナイター開始だ。バイトたちはデスクから食券をもらい、社食で飯を掻きこんで戻ってくる。

ナイターが始まると早版、遅版、追い版と次々と仕事が舞い込むので、トイレに行くくらいしか休憩はない。夜中の一時に仕事が終わるといつも体はへとへとになる。

出稿が遅いと「連絡さん、なにやってんだ」とデスクから怒鳴られ、そのたびにやめようと思った。それでもなんとか三年間続いたのは金がいいだけが理由ではない。様々なしがらみで雇ってもらった翼は、やめたいと思っても簡単には言いだせないのだった。

2

ジェッツ戦が始まってからは、トイレにも行けないほど忙しかった。

まだ六月とはいえ、首位攻防戦は序盤から点の取り合いとなった。四対六とリードされた五回裏、ジェッツの三番打者で、プリンスと呼ばれる久保寺がスリーランを打って逆転した。「きょうは久保寺で行くぞ。ありとあらゆる添え物を作れ」デスクからそう指示が出た。

ところが八回表にドルフィンズに追いつかれ、八回裏に再び勝ち越したのに、九回表クローザーが打たれて延長戦に入る。十一回、ジェッツが二死満塁から相手のエラーでサヨナラ勝ちした時は、遅版の締め切り時間である十一時半まであと三十分に迫っていた。

「連絡さん、一面はチーム物でいくから、過去の劇的勝利アラカルトを手分けして作っといてくれ」

金田の指示に、翼たちはジェッツのスクラップ帳を開いては延長戦やサヨナラ勝ちをしたゲームを探し、短くまとめていった。

最後に連絡さん同士で間違いがないか読み合わせして出稿した。遅版のゲラが出ると、そのゲラを社員に配る。その時「お疲れさまです」というデスクや野球部長の声がした。伊場編集局長が、肩を前後に揺らして歩いてきた。この人が編集局のトップで、紙面の総責任者でもある。

伊場は「ツネ、きょうはどんな塩梅(あんばい)だ」と丸刈り頭の常石野球部長に声をかけた。伊場も常石も父の葬儀に来ていた。父の同期だった伊場はもちろん、常石は当時はすごい天然パーマで黒人ミュージシャンのような髪型だったので、翼もよく覚えている。

「大丈夫です。各社の局長はお元気でしたか」

常石がそう尋ねたから、伊場は各スポーツ新聞のトップが集まる会合に出て戻ってきたようだ。酒を飲んでいるのか顔は少し赤かった。

ゲラを読み始めた伊場の顔が険しくなった。嫌な予感がした。これまでの経験で、こういう時は必ずなにか起きるのだ。

「おい、なんだ、キンタ、この《首位だ、お祭りだ》ってくだらねえ紙面は？」

伊場がこの日のデスクの金田に言う。

「活躍したのが地味な選手なんですよ。セットアッパーも抑えも打たれましたし、スリーランを打った久保寺もその後はチャンスで凡退だったんで……」

途中から金田の声が弱くなった。

「それでたまにはチームもので行こうってことになったんですよ。たぶん他紙もチームものでくるでしょうし、賑（にぎ）やかでいいんじゃないですか」

常石が代わりに説明した。常石も金田も、伊場が記者の頃からの後輩ということで、社内では比較的普通に口が利けている方だ。他の社員は伊場に怒られると、俯いてしまって返事もできなくなる。

「なに言ってんだ、ツネ。他紙がそういうつまんねえ新聞の時こそ、うち独自の紙面を作ればいいだろうよ」

「じゃあ久保寺で行きますか」

「久保寺なんていつでも行けるだろうよ」

「それなら誰で行けっていうんですか」

「延長十一回にヒットでチャンスを作ったのは誰だよ。どこの誰だか詳しく説明してくれ、キンタ」

「今年、福岡シーホークスからトレードされてきた吉野という守備要員です」

金田デスクが試合の記録と選手名鑑とを交互に眺めながら答えた。

「吉野はシーホークスで何試合出て、何本ヒットを打ってんだ」

「百試合くらい出てますけど、ほとんどが守備要員で、ヒットは五本ですね」名鑑を見て言う。

「リードされてた前半三イニングを無失点に抑えたのは誰だ」

「栄田という敗戦処理の投手です」

「甲子園で活躍したのに、プロではずっと怪我してたんだよな」

「はい、五年目で初の一軍です。でも勝ち投手でもなんでもないですよ」

「いいんだよ、そんなのは。九回のピンチ、ファインプレーしたのは」

「佐々木という守備要員ですけど」

「三年前にピッチャーから転向した選手だろ」

説明しろと言った伊場の方が詳しい。

「そういうのを一面から三面までで紹介していけばいいじゃないか」

「えっ、一面から三面まで作り直しですか」

「当たり前だよ、こんな紙面じゃ読者はうちの新聞を買わなくなっちまうよ」

午前一時の追い版の締め切りまでもう一時間余りしかない。しかも一面から三面まで全部作り直しとは……及川が呼ばれ、《成績表》《略歴》《アラカルト》などを命じられた。

「及川さん、吉野の成績の読み合わせお願いできませんか」

表が出来上がったので校閲しようと頼んだのだが「ごめん、俺は忙しい」と断られた。

「手が空いてるなら手伝ってくれるかな」

隣にいた今年入った年下のバイトに頼むが、隣の及川から「彼は俺と読み合わせするんだ」と奪われた。しょうがなく翼は一人で、確認する。気が付いた時は降版時間の一分前になっていた。

「翼、早くしろ、もう降版時間だぞ」

金田デスクに言われた。

「すぐ送ります」言ったものの時計の針の音が聞こえてくるようで余計に焦ってしまう。ようやく最後まで見直して、送信ボタンを押した時は全身汗だくだった。

「じゃあ、俺は帰るぞ」

ゲラを見た伊場がズボンのポケットに両手を突っ込んで出ていく。デスクたちと一緒に翼も「お疲れさまでした」と挨拶した。伊場は振り向くこともなかった。

「みんなお疲れさま、これ食べてよ」

球場から会社に戻ってきた義姉の西條由貴子が、持っていた紙袋をバイト席に置いた。中は折り箱に入った天むすだった。

「及川くん、たくさんあるからみんなで分けてね」

「いただきます、由貴子さん」バイトたちは次々と手を伸ばす。

「翼くんもどうぞ」

「あっ、はい」下の名前で呼ぶのは常石や金田など父を知る社員もそうなのだが、由貴子は身内だけに少し気恥ずかしい。

「この天むす、どうしたんですか」及川が頬張りつつ尋ねた。

「きょうの試合前に名古屋で有名な天ぷら屋さんからジェッツに差し入れがあったのよ。たくさんくれたからって、マネージャーが私にも持たせてくれたの」

今年からジェッツ番記者になった由貴子は選手や関係者から人気があり、よく土産をもらってくる。彼女はそれをバイトにくれる。

翼は海老の尻尾が出た部分からおむすびにかぶりついた。さすがプロ野球チームへの差し入れだけある。ご飯から半分くらい飛び出た大きな海老は弾力があり、ご飯の塩加減も絶妙だ。二つ目、三つ目と手が伸びていく。五時半に社食でフライ定食を食べてから八時間近くも胃になにも入れていないので、空腹で倒れそうだった。

賑やかなのはバイト席だけで、社員たちはぐったりしていた。由貴子以外のジェッツ番も会社に戻っていて、キャップは「なにも野球でやんなくてもいいじゃないですか。もうう。

すぐ北京オリンピックなんだし。野球は中面で『やるガン』でいいでしょう」と文句を言

するとと今年入社の一番下のジェッツ番記者が「やるガンってなんですか」と聞いた。

「やるガンって言うのは、まぁ、前向きな原稿ってことだよ」

急に横から口を出されたことにキャップも困惑していた。キャップも詳しくは知らない

らしい。ここでバイトをして三年経つ翼も、よくデスクから「今日はやるガンでいくから

な」と言われるが、正確な意味は知らない。

デスクも記者からの抗議に困っていて、「局長が帰ってきて急に口出ししてきたんだ

よ」と小声で言い訳していた。

降版が終わり、社員もバイトも引き上げた。電車はもう動いておらず、全員が「送り」

と呼ばれる乗り合いタクシーで帰る。電車で帰るより楽だが、大概が三人から四人乗り

で、母と二人で暮らしている浦和の実家に着くまでには、都内や川口、戸田などに寄って

一人ずつ下ろしていくため二時間近くかかることもある。

「追い版、到着しましたよ」

工場の社員が刷りあがった新聞を机に置いた。

バイトは翼しかいなかったので、残っている社員に配って回った。早版、遅版、追い版

と三回も作り直した疲れからか、ほとんどの社員は紙面を開こうともしなかった。

翼は一部をバックパックにしまい、「お先に失礼します」と小声で挨拶して、編集局を

出た。

3

相乗りタクシーは北千住(きたせんじゅ)と草加で社員を下ろし、ようやく浦和へと向かった。高速が深夜工事をしていて、そのせいで一般道も渋滞しており自宅についたのは夜中の三時半を過ぎていた。

疲れてすぐに眠ったが、朝はいつも通り、九時に目覚ましで起き、トーストを焼いて部屋で新聞を広げながら食べた。気が付くと十一時半になっており、急いで支度をして家を出る。午後一時の十分前には会社に着くことができた。会議中なので編集局は静かだ。

いつものようにデスク席に近づき、机の一番下の引きだしを少し開ける。

「あんた、なにしてんの！」

引きだしに手を入れた瞬間、後ろから声がして背中が跳ねた。

慌てて振り返る。髪をひっつめにして、きつねの目の形をした眼鏡をかけた大柄の女性が立っていた。長野奈津緒(ながのなつお)という整理部員で、「送り」で何度か一緒になったことがある。

「いえ、あの」

すばやく手を引っ込めたが、彼女は大股で近寄ってきて、翼の腕を摑んだまま引きだしを開いた。

「なんだ、盗っ人じゃなかったのかよ」

引きだしから原稿用紙を取りだし、男のような言葉遣いでそう言った。

「盗っ人だなんて……」

言い返したが、誰もいない時間を見計らって、こんなことをしているのだから、そう疑われても仕方がない。

彼女は少なくとも六歳以上は年上のはずで、一面や最終面などのレイアウトを任されている整理部のエースだ。仕事はやり手だが、口が悪くて、バイトが締め切り直前まで時間がかかっていると「連絡さん、仕事遅えぞ！」ときんきん声で叱られる。

長野奈津緒が取りだした原稿用紙には翼の汚い文字が並んでいた。彼女はそれを声に出して読み始めた。

「意外な選手が活躍した。ジェッツ首位の感動を作ったのはシーホークスから来た吉野選手で、シーホークスではほとんど二軍暮らしだったが、得意の守備を必死に練習して頑張り、ジェッツでは試合に出られるようになった……」

「やめてくださいよ」

手を伸ばして原稿用紙を取り返そうとするが、彼女は右手から左手に持ち替えた。背が高く、肩幅もあるので長身の翼でも届かない。

「これ、きょうの一面の記事をまとめたんだ？」

答えなかったが、その通りだ。一面は吉野という決勝点に絡んだ選手が中心だったが、他にも二面、三面に掲載した選手のことも書かれていて、監督やコーチのコメントも数多く載っていたため、どの部分をまとめればいいのか、いつも以上に時間がかかった。

「返してくださいよ」

真顔で言った。こんなところを人に見られたくない。

「あんた、下手くそだな」

冷笑され、恥ずかしさで顔が熱くなる。

「そういや、前にキコがこそこそ原稿らしいものを読んで手直ししてたんだよ。あれもあんたが書いたんだな」

長野は由貴子と同期だ。見てくれているのは部長かデスクのはずで、まさか由貴子にまで添削されていたとは思わなかった。そういえば、何度かすごく丁寧な字でアドバイスが書き込まれていた。ようやく長野から原稿用紙を奪い取る。

「あんた、いつからこんなことやらされてるの？」

「去年の十月からですけど」

「ちゅうことは、もう八ヵ月じゃない。毎日？」

「はい」

「誰の命令？」

「常石部長ですけど」

バイトも三年目に入った去年の十月、遅刻ぎりぎりに編集局に入り、タイムカードを押したところで、「翼、ちょっと来てくれ」と常石に会議室に呼ばれた。

その時はクビになると思った。仕事を始めた頃はしょっちゅう遅刻し、何回かは「もう帰れ」とデスクから怒鳴られたこともあったが、二年目以降、遅刻は減った。とはいえ連絡さんの中では上のキャリアなのに、及川や太田のようにデスクから連絡さんのリーダー役を任されることはない。

——翼、明日から、一面に書いてあるすべての内容を原稿用紙一枚に要約して、デスクの引きだしに入れておけ。

会議室でそう命じられ、今ではほとんど使われなくなった記者用の原稿用紙を束ごと渡された。

なぜそうさせられるのかは理解できなかったが、聞き返すこともできず、翌日から始めた。一面はおよそ八百字程度なので、それを二百字の原稿用紙にまとめるだけならそう難しくはない。ただ一面には本文以外に、評論家の解説、本文に入らなかった《裏話》や《VTR》、たまに記者が選手の実家に電話して取材した《もしもし》という両親のインタビュー記事も入ってくる。常石が言った「一面に書いてあるすべての内容」を一つにまとめるのは、まともな作文も書けない翼には相当厄介な宿題だった。

提出した原稿用紙は、二ヵ月ほど過ぎた頃に一ヵ月分ずつまとめて、いつも翼が入れるデスクの引きだしに戻されている。それを受け取ってトイレで見たが、初めの二、三ヵ月はほぼ全部が赤ペンで大きく×印をつけられただけだった。最近は少しアドバイスのようなものが書かれることもあるが、それでも「つまらん」「もっとしっかり読め」とばっさり斬られるのがほとんどだ。

「ツネちゃんがあんたの応援か。なんか裏がありそうだね」

長野は薄笑いを浮かべてそう言った。翼もこれが誰かの差し金だと薄々感じていたが、彼女の予想は翼とは違った。

「即売の千藤女史の企みだな。バツイチのツネちゃんは千藤女史にぞっこんだから。あんたのお父さん、最後は即売部長だったんだものね」と言い、勝手に納得していた。

今の即売部長の千藤彩音が翼がバイトに入るために世話を焼いてくれたのは知っている。専門学校もゲーム会社のバイトもやめてふらふらしていたので心配してくれたようだ。

バイトを始めて一週間ほど経った時にも、編集局に来た千藤に「どう、新聞社の仕事は？」と聞かれた。その後もすれ違うと声をかけられる。千藤は父の話をしたり、母の様子を聞いてきたりはしないが、家族のコネで仕事をしているとは、他のバイトには知られたくなかった。

「あんた、記者になりたいの？」

長野奈津緒に聞かれた。

「いえ、別に」

「そうよね。あんたはそんなタイプじゃないもんな」

自分でもそう思っているが、他人から言われると少し悔しい。

「それなのに毎日こんなお勉強をさせられてんだ。大変だね、お父さんがご立派だと」

やはり社員の大半は、父に同情して息子が雇われていると思っているようだ。

「まぁ、いいんじゃないの。人に心配してもらうのも才能のうちって言うし」

今度はケラケラと笑う。翼は早くこの場から離れたくて仕方がなかった。

「だけど今時、なんで鉛筆書きなのよ」

「それは僕にも……」

今年から出張伝票もパソコンで打つ決まりになり、ベテランの記者たちは「どうやって書きゃいいんだよ」と文句ばかり言っている。翼も初日はパソコンで打ったものをプリントアウトして提出した。それなのに常石から「明日からは手書きで書け」と叱られた。

「ああ、パソコンだとあんたがコピペするのを恐れたわけだな」

長野奈津緒が思いついたように手を打った。

「そんなことしないですよ」

否定はしたが、鋭いところを突いてくる女だと驚いた。記事はウェブにも出ているので、コピーできればもっと楽なのにといつも思っている。

「せっかくお勉強させてもらってんだから、せいぜい頑張んなよ」

結構な力で背中を叩かれ、翼が前につんのめったところで、デスクたちが会議室から出てきた。バイトキャップの及川も出社してきた。

翼は即座に長野から離れたが、それがわざとらしかったのかもしれない。及川に訝しむような目で見られた。

4

その日も早版、遅版、さらに追い版と一面が変わり、編集局は大忙しだった。

「連絡さん、久保寺の月別成績のチェックはどうなってる」

整理部員に聞かれ、翼は「すぐ出します」と言った。バイトを始めた頃、無意識に「今やってます」と答え、「やってますとはなんだ!」と口の利き方に激怒された。職人気質の整理部員は、偏屈で強面な人が多い。

バイトは手一杯で、本来なら読み合わせをしなくてはならない久保寺の六月の打撃成績を一人で確認した。

ゲラが出てきたので再度「記録帳」と照合する。この日まで久保寺の月間安打数は四十四本だったが、自分が出した表は《45》になっていた。これはまずい。さらに原稿、見出しも《45本で歴代3位》とある。四十五本ではプロ野球歴代三位だが、三位が三人いるので、四十四本では歴代六位、大間違いだ。

「連絡さん、この図面、大至急デザイン室に持ってってくれ」

整理部員から図面を渡された。降版時間が迫っていたので、隣に座る及川に表を指差し、「表のヒットの数、《44》に直しておいてください」と頼み、図面を運んだ。

戻ってきた時にはすでに降版していた。机にあった再校ゲラを確認した翼は、目を疑った。表のヒット数は《44》に直っていたが、見出しと本文は《45本で歴代3位》のままだったのだ。

「デスク、この見出し、間違っています」

ゲラを持ってそう伝えると、椅子にもたれかかっていたデスクが起き上がった。

「馬鹿野郎、もう降版したよ。なんで今頃言うんだ」

「すみません」

デスクに謝った後、及川の元に行く。

及川もなにを言われるのか分かっていたようで、先に「笠間さんは表だけしか言わなかったよね」と言ってきた。

「表の数字が違ったら、見出しも注意してくれてもいいじゃないですか」

入ってきたばかりの新人ではないのだ。普通は気付く。彼がわざと翼にミスさせようとしたのではと疑ったが、新聞でミスを出すことがどれほど大きなことか及川も分かっているから、自分が作った表のチェックなどで、見出しにまで気が回らなかったのだろう。

野球部から離れた場所に机がある伊場編集局長に相談にいったデスクが、肩を落として戻ってきた。

「どうすることになりました」

整理部が聞きにいくがデスクは暗い顔で首を横に振った。

「時間が時間だし、今から輪転機を止めるわけにはいかないと叱られたよ」

輪転機を止めると数百万円単位の損害が出るらしい。

「すみません、俺が気付かなくて」

「しょうがねえよ。俺も見落とした」

二人のやりとりを翼はデスク席の横で立ったままの姿勢で聞いていた。編集局中の人間が自分たちを見ている気がした。背が高い分、自分が一番目立つ気がしてならない。

「翼、俺と整理部で始末書を書く。だけどなぜこのようなミスになったのか、翼は顚末書(てんまつしょ)を書いてくれるか。これを参考にして」

デスクからは顚末書のフォーマットをもらった。

《最終版直前に表と見出しに赤字が見つかりましたが、自分のミスに気付いておきながら正確な報告を怠ったため、翌日の紙面でお詫び訂正文を出すことになりました。きっかけは自分が作成した表にミスがあったためで、それを読み合わせせずに出稿したことが、本文と見出しの間違いを生んだ原因です。今後はミスがないよう徹底していきます》

家に帰ってから顚末書を書き、最後に《笠間翼》と署名した。

書きながらバイトの自分がやることなのかと理不尽な思いもしたが、数万部の読者に間違った紙面を読ませ、きっと明日は編集局に読者からクレームの電話が入るだろう。そう考えるとこれでいよいよクビかもしれない。

翌日、いつもの原稿用紙とともに顛末書をデスクの引きだしに入れた。

その日、及川は元気がなかった。彼は翼が自分に責任を押しつけてくるかと心配だったようだ。

夕方には「笠間」と大きな声で呼ばれた。顔を上げると伊場編集局長が顛末書を手にして立っていた。父を知っている人間の中で伊場だけは苗字で呼ぶ。

「はい」と直立した。体が竦むが、言われたのは「次から気をつけろな」だけだった。

伊場が翼にだけ注意したことで、及川は余計な告げ口をされなかったと安心したようだ。この日はこれまでとは違い、翼が一人で校閲していると、「俺が読み合わせを手伝うよ」と協力してくれた。

5

「西日暮里の阿部さん、東十条の岡さん、南浦和の長野さん、浦和の笠間さん」

「送り」のタクシーでは、整理部の長野奈津緒と一緒だった。四人乗りの場合、家が近い順に後列手前、助手席、後列真ん中、後列の奥の順に座る。一番遠い翼が奥で、次に遠い長野が真ん中になる。

「僕が真ん中座りましょうか」

気を遣ってそう言ったのだが、長野からは「あんたが先降りる気」と睨まれた。

翼は一八八センチあるし、長野も一七〇センチ以上ある。さらに西日暮里で降りる中年の社員は腹が大きくせりだした肥満体で、後部座席は寿司詰め状態となった。肘がなにか柔らかいものに当たると思ったら長野の胸だった。翼は慌てて手を引く。前に出せば良かったものの、狭い奥へと引っ込めたので余計に肘が胸に当たり、長野にまた睨まれた。高速はこの日も工事渋滞していて、二人目の東十条の社員が降りるまで一時間以上かかった。

二人になったところで、長野が初めて口を利いてきた。

「あんたのせいで、私たち整理部はいつもより一時間早く呼ばれて、ミス撲滅会議を開かされたんだよ」

「すみません」

「でかい体してんだから、もっとはきはき喋ったらどうなの。そんなんだから頼んだ直しも伝わらないんだよ」

思わず顔を見た。彼女はどうして及川に伝えたことを知っているのか。

「うちの整理部が、あんたが他の連絡さんに言付けしたのを聞いてたらしいよ。その整理部も聞こえたんだったら、原稿チェックしとけって言うんだよ。まったく気が利かねえ連中ばっかかで、ホント頭来るわ」

いつもの男口調でぶつぶつ言い続ける。

「長野さん、整理部って大変ですか」

少し勇気を出して尋ねた。

昔の整理部は物差しを使ってレイアウト用紙に書き込んでいたらしい。今も一度レイアウト用紙にラフを書いてからパソコンに打ち込む整理部員もいるが、若い部員は最初からパソコン上でレイアウトしていく。写真を伸縮したり、グラウンドの芝生や青い空のスペースを作って、そこに文字を載せたり……一年とはいえプログラミングの専門学校に行き、ゲーム会社でアルバイトをした経験から、そういう仕事なら自分でもできそうな気がする。

だが薄っぺらい胸の内は、すぐさま長野奈津緒に見抜かれた。

「まさか、整理部なら自分でもできそうとか思ってんじゃないだろうね」

「いえ、そういうわけでは」

「言っとくけど、今は海外ニュースもネットから入ってくる時代なんだからね。ニュースなんていくらでも溢（あふ）れてて、記者よりそれを紙面に入れる整理の方が大変になるんだからね」

「それは分かってます」

「あんた、あいかわらず、記事をまとめたのを出してんの？」

「一応は」

「もっと書く前に頭を整理してから書きなよ。あんたいきなり原稿用紙に書いてんでしょ」

「いきなりじゃなければどうするんですか」

「先にメモ用紙に重要なキーワードを書きだしとくんだよ。例えばきょうの大畑投手の一面なら、《一ヵ月振りの勝利》《去年母親が死んだ》《開幕から足の怪我で苦しんだ》《オフに自分が入ってた少年野球チームを応援にいった》でしょ。あたしらは普段から大事な語句を抜き取って、それを繋いで見出しにしてんだから」

「それをどうやって結びつけるんですか」

母親が死んだのは本記だったが、少年野球の応援に行ったエピソードは、当時の監督に記者が電話で聞く《もしもし》のコーナーだった。たくさんのことを書いたら、まとまりがつかなくなる。

「頭の回転が悪いんだね。少年野球に入ってたってことは、死んだお母さんも応援してくれてたってことだろうが。応援にも来てくれてたし、お弁当だって作ってただろうし」

「そんなこと一行も書いてなかったですよ」

「記事には書いてなくても、それくらいは当然結びつくだろ？」

「それって脚色になるんじゃ」

「いいんだよ。そんくらいは。そういったディテールを使って、取材対象の心の中まで描いていかないことには、読者には伝わらないだろ？」

そう言うと「だいたい今の記者でそこまで考えて書いているのはキコくらいじゃない。だからうちの新聞はつまんねえんだよ。整理もやり甲斐がないわ」と文句を言い続けた。

「それからこの前のやつ、出だしに《意外な選手が活躍した》って書いてたけど、あれはないと思うわ」

「どうしてですか」

　大事なことを最初に書け、添削でそう指摘されたこともある。

「最初にそう書いたら、そこから先を読む楽しみがないじゃんか。その後の《感動を作った》なんてまさにその典型。あたしら整理部も《激闘》とか《熱戦》とか見出しにつけるのはセンスないって言われんだよ。お笑い芸人が最初に《これから面白い話をします》って言って漫才始めないだろ？　最初にハードルを上げてどうすんのさ」

　彼女の話はなるほどと感心することばかりだった。さらに「あと《必死に練習して》とか《頑張った》とかそういう安いフレーズも使わないことだね。プロだったら練習すんのは当たり前なんだからさ」と言った。

「じゃあなんて書けばいいんですか」

「《悔しさを隠して》とか、《挫(くじ)けそうになる心に言い聞かせて》とか書けば、もう少し選手の内面が伝わんだろ」

　なぜ彼女が急に親切になったのかは分からないが、メモに書き留めておきたいくらい参考になった。

「あっ、運転手さん、次の信号の角で」

タクシーは停車した。

「お疲れさまでした」

無視されるのかと思ったが「じゃあ、またな」とディーン&デルーカのエコバッグを肩に担ぐようにして去っていった。

大股で歩く姿は男勝りでカッコいい。ただ女性らしさも感じた。彼女が降りた後、香水の匂いが鼻をくすぐった。

6

一週間後、翼は及川と二番目にキャリアの長い太田とともに常石部長から会議室に呼ばれた。二人とも不安がって「なんか嫌な予感がするな」「またミスが発見されたんじゃないですか」と声を潜めて話している。翼がミスをして以来、編集局にはずっと緊張感が走っていて、「連絡さん、赤字確認はしたか?」とデスクから毎回のように聞かれる。

会議室には丸刈りの常石が、たくさんの資料を持って座っていた。そこには自分たち三人がバイトに入った時の略歴もあった。

「えっ、整理部ですか」

常石に説明を受けた後、及川が真っ先に聞き返した。

「ああ、整理部が一人欲しいと言ってきたんだ。きみたちなら社内事情も知ってるし、レイアウト機械の使い方さえ覚えれば、すぐに役に立つだろう」

「待遇は今と同じですか」及川が尋ねる。

「最初はバイトだけど、しばらくしたら社員にする。出来次第だから確約はできないけど」

社員になりたがっている及川が名乗りをあげると思ったが、「僕は記者になりたいので」と断った。「きみはどうだ」太田が聞かれたが、返事をしなかった。彼も記者志望なのだろう。

僕がやります——翼が言えば決まりそうな雰囲気だったが、つい先日、大きなミスをして顛末書を書かされた自分にそのような権利があるのかと躊躇してしまう。

「やらせてください。整理で社員になれるよう頑張ります」

隣から太田が言った。

「そうか、じゃあ太田は早速、きょうから整理部に行ってくれ」

整理部員が補充できたことに常石は嬉しそうだった。それからは翼と及川には目もくれず、「太田は野球部の連絡さんでやってきたことを活かしてくれな。整理部は即戦力だと思っておまえに期待してんだから」と話す。

太田も「頑張ります」と会議室に来るまでの深刻さとは一変、顔は晴れ晴れしていた。

7

八月十日の日曜日、一昨日から北京五輪が始まったことで野球部のアルバイトも休みを取りやすくなり、母と兄の家族三人と一緒に、父の墓参りに行った。

墓は二年前に建てた。それまでは母が「お墓なんてお父さんは望んでないわよ」と遺骨は寺に預けていたが、急に「保険の一時金が出た」と言い、赤羽の霊園の一画を購入したのだ。

赤羽は学生だった父と教員として働き始めた母が、最初に一緒に住んだ場所だ。母が急にそう言いだしたことを兄は「母さん、体調を崩してから、もっと父さんのそばにいたいと思い始めたんじゃないかな」と話し、由貴子も「若い時に苦労した夫婦って、当時のことを思いだすって言うものね。お義母さんもそういう時期なのかもしれないね」と母の気持ちを汲み取っていた。

墓参りの後は、母とともに兄の家に寄って、出前の鰻重をご馳走になった。

「かすみちゃん、お絵描き上手なんだね。あーちゃん、びっくりしたわ」

食事中、母がかすみがクレヨンで描いたお花畑の絵を褒めた。かすみは「あーちゃん」と言って懐いている。もうすぐ六歳なので「おばあちゃん」とも言えるが、由貴子がそう呼ぶように教えた。母も「おばあちゃんと呼ばれるより若返った気がするわ」と気に入っている。

「かすみはなにをやらしても一番なんだよ。人気もあって男の子が、かすみのためになんでもやってくれるって。まるで女王様なんだ」

兄が誇らしげに言うと、由貴子が「この時期は女の子の方が早いだけよ」と返した。母は「翔馬も保育園から常にリーダーだったものね」と兄の子供時代と重ねた。

母は教員をしていたので、兄は一歳から保育園に預けられていた。二人目の翼はあまり体が強くなかったため、母は一旦教師をやめた。母は自分には相当優しかったと思う。亡くなった父もそうだ。それは自分が生まれるまで、二人が子作りに苦労したこととも関係している。本当は間にもう一人生まれるはずだったのだが、流産してしまったらしい。

兄家族と過ごすと、自分だけがまだ半人前のように思えて肩身が狭く、墓参りも別々に行きたかった。しかし義姉から会社で八月の休みを聞かれたため断れなかった。

都内の賃貸マンション暮らしだった兄夫婦は、最近、浦和の隣駅である南浦和に一戸建てを買った。ここを選んだのはいずれ翼が実家を出て、母が一人になった時に寂しい思いをさせたくないからだろう。兄は何度も母に同居を勧めているが、母は「まだ翼がいるから」と断っているらしい。

「翼、この前顚末書を書かされたんだって」

食事を終えたところで兄から言われた。

「翔くん、それ言わないでって言ったじゃない」コーヒーを淹れていた由貴子が止めた。

「あれは内勤補助の責任じゃないのよ。最終確認をするためにデスクと整理部デスクがいるんだから」

由貴子は助けてくれたが、兄は「ゲラを読むのもバイトの仕事だろ」と厳しい。昔から親に迷惑をかけるたびに兄に注意され、父が死んでからはいっそう厳しくなった。

姉は「バイト」とも「連絡さん」とも言わず、「内勤補助」と言ったが、兄は「バイト」と言う。

「だいたい二十五にもなってバイトしててどうすんだよ」

「アルバイトだっていいのよ。翼は自分で生活費を稼いでるんだから」

母が味方になってくれた。

「生活費くらい自分で稼ぐのは常識だと思うけどね」兄が口を尖らせる。「それならバイトで認められて社員にしてもらえよ」

「翔くん、そう簡単に言わないの。今は社員になるのも大変なのよ。新卒もあまり取らないし」今度は由貴子に助けられた。

「俺たちの頃だって就職氷河期だったろ」

「私たちは大学の体育会にいたから入れたようなもんじゃない」

批判的なのは兄だけだが、母や由貴子に味方されればされるほど自分の頼りなさを指摘されているようで気持ちが沈む。

「毎月二十万円以上もらってんだろ。食事は全部母さんに作ってもらってんだから、少しくらい家に入れろよ」

「それがこの前、翼もお金を入れてくれたんだよ」

母が言うと「まじ？」と兄が目を丸くした。

「母さん、いいんだよ」翼は止めた。

「入れたっていくら？」

「一万円よ」

「たった一万？」今度は呆れ顔をされた。だから言ってほしくなかったのだ。

本当はもう少し渡したい。無職だった頃に作ったカードローンの借金もあり、それを返すのに手一杯なのだ。

借金があるが、週二日の休日はやることがなく、パチンコは今もやっている。昔のようにカードローンで借りてまで続けることはないが、それでも負けると一、二万は軽く行く。

コーヒーと一緒に、由貴子が買ってきたケーキがテーブルに出た。包装紙を見た瞬間に、母が感激した。

母の好きだった銀座のケーキ屋のものだ。父が昔よく買ってきた「りんごのクランブル」というケーキで、上に載っているクッキーのような部分が翼は好きだった。幼少期に住んでいたアパートで、母の誕生日に家族四人で食卓を囲んだ記憶が甦った。

かすみは上に載っているクランブルをフォークの縁を使って全部落とした。

「あっ、それを落としちゃ駄目だよ」

翼が止めようとしたが、母から「いいのよ、好きなように食べれば」と言われた。兄も由貴子も放っている。かすみは皿に散らかったクッキーの粒を一つずつ、まるで小鳥が啄でついばむように食べていた。

食べ終わるとかすみが「お兄ちゃん遊ぼう」とポータブルゲーム機を出してマリオを始めた。まだ買ったばかりのようで、敵をよけながらブロックにジャンプするのも大変だ。かすみを膝の上に乗せて一緒にボタンを操作すると、順調に進み、土管に入ってワープした。

「パパ、できた！」

ソファーで雑誌を読む兄に伝えるのがまた微笑ましい。

「かすみちゃん良かったね。お兄ちゃんがいい先生になって」

「うん、お兄ちゃん、じょうず」

次は地下に画面が移ったが、翼は手伝わなかった。かすみは敵キャラにぶつかって失敗する。「かすみちゃん頑張れ」励ましていくうちに、子供の頃、自分もファミコンに夢中になったのを思いだした。あの頃はゲームで負ける翼を父と兄が見ていた。兄が口出ししようとしたが、父が「翼に一人でやらせよう」と言い、二人で応援してくれた。一人でやったから、やり遂げた時は余計に嬉しかった。

「翼、整理部社員になれるのを断ったんだって」

盛り上がっていた気持ちが、兄のひと声でまた台無しにされる。

「兄貴はそんなことまで知ってんのかよ」

「言っとくけど、聞いたのはキコじゃないからな」

「じゃあ誰だよ」

聞いたが兄は「まぁ、いいじゃねえか」と言葉を濁した。

義姉でないとすれば浮かぶのは即売部長の千藤彩音しかいない。二人は同じ即売だから、会う機会があるのかもしれないが、そんな小さなことまで報告されていると思うと今度は千藤に対して腹が立つ。

かすみが操作するマリオがブロックに飛び乗るのに失敗したところで、兄が話を蒸し返した。

「翼は記者になりたいから整理を断ったのか」

背後から少しだけコントローラーを動かすのを手伝い、ジャンプを成功させる。

「別にそうじゃないよ」

「だったらこの先、どうすんだ」

「今、考えてるところ」

「おまえ、自分の年齢、分かってるよな」

「もういいじゃねえか、うるせえな」

つい荒い言葉が口から出てしまった。兄より先に、かすみが反応し振り向いた。口をへの字に曲げ泣きだしそうだ。

「かすみちゃん、ほら、よそ見してるとクリアできないぞ」

笑顔を作ってから、一緒に手を動かす。

「おまえ、記者になればいいのに」

怒らせたと思ったが、兄の声は優しかった。

「どうしてそんなことを言うんだよ」

視線を感じながら聞いた。兄に記者になりたいと言ったことはない。

「翼は父さんのことが好きだったじゃねえか」

「普通だよ」

「いや、大好きだったよ」

「兄貴だって好きだったろ」

嫌いなはずがない。子供の時から二人がよくキャッチボールをしていた姿が目に浮かんだ。

「ああ、俺も大好きだった」

予想した通りの答えだったが、想像とは違うことを言われた。

「でも俺は翼みたいに泣けなかったよ」

「悲しすぎて泣けなかったんだろ？」

父が亡くなった時、確かに兄は泣いていなかった。これから自分が家族を支えていかなくてはならないという強い意思があったのだと思う。小学五年だった翼には、高二の兄は完全な大人に見えた。

「泣いて当然だよな。親なんだから」兄の声が急に小さくなった。「泣けない俺は薄情だったと思う」

「違うよ」

兄が泣けなかった理由が他にあるとしたら、それは翼のせいだ。翼が母の財布から金を盗んだのが、兄のせいになった。そのわだかまりを持ったまま、父はいなくなった。そのこともあって翼は涙が止まらなかった。

父が死んだ日のことは今も記憶に残っている。翼は普段と同じように授業をまともに聞かず、後ろの席で誰もいない校庭を眺めていた。職員室から先生が呼びに来てすぐ家に帰るように言われた。家に帰ると兄も学校から帰っていた。「父さんがホテルで倒れていて、朝フロントの人が部屋に入った時にはすでに亡くなっていた。母さんはもう先に行った」千葉までのタクシー代がなく、電車で病院に向かったが、運賃表を見ながら兄が券売機で切符を買い、それを渡された。翼は病院に着くまで兄の手を握っていた。

「それより兄貴は記者に戻らないのかよ」

むしろ父の後を追いかけるとしたら兄だ。記憶の中にいる父は今の兄と重なる。頑張り屋で辛い仕事でも弱音を吐かず、家族が誇りに思えるほど頼もしかった。

「俺はもういいんだよ」

今度は少し明るさを取り戻した声だった。

「由貴子さんが記者に復帰できたから?」

今も由貴子の携帯には選手から電話が頻繁にかかってきて、そのたびに由貴子は褒めたり励ましたりしている。今や東都スポーツのエース記者の一人だ。それでも由貴子は兄のことが大好きだから、兄が記者をやるなら、違う部署で我慢したように思う。

「キコのこともあるけど、それだけじゃない」

「なんだよ、その意味ありげな言い方。ちゃんと話してくれよ」

聞いたのだが、ソファーに座る兄は自分を見ているわけでも、かといってかすみが夢中になっているゲーム画面を見ているわけでもなかった。まだ糊の匂いが残る真っ白な壁紙をじっと眺めている。

「翼にもじきに分かるよ」

口を微かに開けて笑い、言葉を吐いた。

「なにが分かるんだよ」

「敵わねえってことさ」

「なにに敵わないんだよ」

言いながらも伊場のことだなと思った。兄が伊場相手に痛い目に遭ったというのは東都スポーツでは有名な話だ。

「おまえが記者になったら酒でも飲みながら話してやるよ」

「なら俺には一生、分かんないな」

「そうかな。翼だって知りたい時期はいずれくると思うよ」

「だから俺は記者にはならないって言ってるだろ」

捨て台詞を吐くことしかできなかった。

8

「わざわざありがとう。どこに落としちゃったか、探してたのよ」

九月最後の休日、翼は兄の自宅に行った。翼が出勤だった昨日の日曜日、兄の家族が実家に遊びにきていて、そこでかすみが大切にしているキティちゃんのキーホルダーを忘れて帰ったのだ。

届けたのが午後一時過ぎで兄はいなかったが、連休を取っていた由貴子はかすみを保育園に預けず一緒に過ごしていた。

お茶でも飲んでいかないかと気を遣われたが、兄のいない部屋には入りづらく、友達と予定があると嘘をついて出た。

日課になっている新聞の要約は終えているので、とくにやることはない。

最近、浦和駅界隈（かいわい）のパチンコ屋では負けっぱなしだったため、場所を変えて南浦和で探すことにした。一軒目は人が入っていなかったが、二軒目は出玉を知らせる音楽が大音量で聞こえてきた。ホールはほどよく煙っている。この店は出そうな気がした。
アタッカーの釘が閉められていないか一台ずつ確認していく。そこで足が止まった。

「あっ、どうも」

気付かれなければ帰ろうとしたが、顔を見られたので挨拶するしかなかった。頭の上の方で、丁髷（ちょんまげ）のように髪を結んだ長野奈津緒が、台に座ってハンドルを回していたのだ。吊り上がった眼鏡はいつものままだが、仕事が休みの日はノーメイクなのだろう。寝起きのように顔がぼやけて見えた。スエットにジャージ姿、マスクをして、彼女は気にしていない様子で、スエットからタバコを取り、マスクをずらして吸い始めた。

翼は右隣の台に腰かけた。

「そこ、さっきまであたしが散々回したけど出なかったよ」

斜めにタバコを咥えてそう言われた。

「台がカマ掘れって僕を呼んでるんで」

話しながら鼻を啜（すす）る。感じたのはパチンコ屋に充満する煙たい臭いだけで、香水の匂いはしなかった。

彼女は胡坐（あぐら）をかくように片足を組んでハンドルを回す。会社にいる時のような怖さはなかった。すっぴんのせいか、横目で見ると肌が白くて、結構な童顔に見えた。

しばらく打っていると、何度かリーチがかかりアタッカーが開くが、大当たりではなかった。

「だから出ないって言ったろ」

金がなくなる一方なのでなにも言い返せない。長野奈津緒の台が連続して出始めた。箱が次々と満杯になり、店員がやってきて積んでいく。

これだけ出たら表情が緩みそうなものだが、彼女は黙々と打っている。

翼の台のガラスに、長野奈津緒の後ろで中年男が立っているのが映っていた。彼女が体を伸ばして翼の耳元で囁く。

「隣に移りたいんだけど、ハイエナがいるから動けない」

「分かりました。僕が移動します」

彼女が左隣に移ったタイミングで翼が腰を上げて移動した。ガラスに映る中年男が舌打ちして去っていく。まもなくして翼の台で、大きな音を伴い派手なリーチがかかった。

「ありがとうございます」

「いいってことよ」

すぐさま彼女の台もリーチとなった。

翼の台の大当たりは一回だけで、出玉はすぐ吸い取られた。持ち金の二万円をすべて失い終了となる。一方、隣の長野は箱が八段になっていた。

「長野さん、よくやるんですか」

「他にすることないからな」

そう言ってまたタバコを吸う。見ていると「吸う?」と箱を上下に振ってフィルターの先を覗かせたが、翼は断った。仕事を始めてから禁煙している。

「すっからかんだろ。あんた、大丈夫か」

「平気です。この前勝ったし」

自分だけ負けたのは悔しいので、強がっておく。最近はあらかじめ決めた金額まで負けたらやめるようにしているので収支はプラスだったが、この日の二万円でまたマイナスだ。

「じゃあ、ご飯でも行く」

「はい。行きます」自分でも驚くほど自然と声が出た。

「居酒屋だよ」

「どこでもいいです」

両替屋で出てきた一万円札五枚をそのままジャージのポケットに突っ込むと、「着替えてくっから駅前の居酒屋で待っててよ」と言われた。

居酒屋の外で携帯を眺めて待っていると、長野がニットにジーンズで現れた。

「中に入っててりゃいいのに」

髪型もパチンコ屋と同じだが、マスクは取っていた。化粧もしてきたようだ。濃いわけではないのだが、幼さは消え、仕事中に記者やデスクと言い合っている強さが顔全体から出ている。

「あたし、生の大。あんたは」

「僕も生でいいです」

「あとはもつ鍋二人前ね、卵焼きとポテサラもちょうだい」

メニューを見ることなく店員に注文していく。出てきたビールを乾杯もせず、彼女は豪快に半分くらい減らした。

「ねえ、なんで新聞社でバイトなんかしてんの」

もつ鍋を直箸で取りながら聞かれた。

「他にいいバイトがなかったからです。専門中退だし」

「お父さんもお兄さんも優秀だったんでしょ」

「父とかは関係ないです。それより長野さんはなんでスポーツ新聞に入ったんですか」

「好きだからよ」

「どうして記者じゃなくて整理やってるんですか」

質問が良くなかったのかもしれない。彼女の眉が動いた。

「い、いえ、けっして整理の仕事を軽視しているわけじゃないです」と言い直したが、彼女は生を全部飲み、口の周りに白い髭をつけて言った。

「記者なんて現場を見るだけじゃんか。だけどあたしら整理部は、どんなマイナースポーツの地味な大会だろうが、紙面の作り方一つで華やかなものに変えられんだよ。そういうのって一般紙やテレビじゃありえないだろ」

スポーツ紙のバイトを足かけ四年もしているが、そんなことは考えたこともなかった。

確かにスポーツ新聞は野球が中心、一面は東都ジェッツが多いが、中面ではテレビのニュースや一般紙が扱わない他の競技も取り上げる。

「それなのに男の馬鹿どもと来たら、そういうマイナースポーツに読者は興味ないって端(はな)から決めつけやがって。とくに女の競技はすぐエロい方向に紙面を作ろうとすんだよ」

「長野さんがそのことで整理部長と喧嘩してんの知ってます。フィギュアのことですよね」

　フィギュアスケートの選手を扱う時、新聞は必ずと言っていいほど足を開いた写真を使う。「しょうがないだろ、長野。読者はこういう写真を求めてるんだから」そう言ったデスクに「自分の娘が選手だったらこの新聞見てどう思いますか」と食ってかかっていた。

「フィギュアだけじゃないけどね。器械体操、新体操もそう。ビーチバレーでもだいたい選手が水着のお尻を直してる写真とか使うし。あまりにもあたしが煩(うるさ)く言うから、ヒステリー女がまた騒ぎだすって、うちの会社はやっとやんなくなったけど」

「長野さんはスポーツやってるんですか」

「テコンドー」

「やっぱり」あまりに雰囲気が合っているのでそう言ったのだが、「どういう意味よ」と目が吊り上がった。

「とくに理由は」

「でも趣味でやってるだけ。学生の時はシンクロだよ」冗談かと思ったが、肩幅があるのでシンクロの選手だとしても納得がいく。

「有名な選手だったんですか」

「一応、オリンピック強化選手に入ったこともあるけどね」

「それ、すごいじゃないですか」

「一度だけだよ。でも足首を怪我して即引退」

「それでスポーツ新聞に入ったんですか」

「それより記者志望じゃないあんたはなにを目指してんのよ」

急に話を振られた。

「整理部ですかね」

「前に募集した時、断ったんだろ？」

彼女は三人の野球バイトが呼ばれたことも知っていた。

「あの時はまだ自分で決断できなくて」

また情けない男だと叱られるかと思った。彼女は黙っていたので「整理だからやれると思って言ったんじゃないですよ。仕事を見て面白そうだと思ったんです」と付け加える。

大事な語句を抜き出して、それから見出しを作るという話は、紙面を要約する宿題にも役立った。教え通りにやり始めてからは、以前ほど駄目出しをされなくなった。

「またチャンスあるさ。整理部なんてしんどい仕事、しょっちゅう人がやめてるからさ」

予想に反して機嫌は良かった。

「僕が整理部になったら、男がエロい目で見る写真は載せませんよ」

「おっ、いいこと言うじゃんか」口角を上げて言うと「おかわり頼もうか」と手を挙げて店員を呼び「生の大二つね」と注文した。

「次に聞かれたら、自分の希望をはっきり言います」

「どこの部署に行こうが、そん時は祝ってやるよ」

「お願いします」

「まぁ、きょうはあたしが大勝ちしたことだし、とことん飲もうぜ」

ジョッキを両手で八つも運ぶ店員がそのうち二つを翼たちのテーブルに置いた。彼女はすぐさまグラスを持ち、喉を鳴らしてからまた白い髭をつけた。

9

生を三杯ずつ、その後翼は酎ハイを二杯、長野奈津緒は四杯も飲んだ。店を出た時、翼は結構酔っていた。

財布は空なので素直にご馳走になることにした。「今度返しますから」会計が終わってから言ったが、彼女は「いいってことよ」と手で払った。彼女も顔には出ていないが、普段ほど足取りが軽快ではなく、酔っている。

「もう一軒だけ行くか」

「はい」

　バーに連れていかれた。女性がいないスナックのような雰囲気で、三人の男がカウンターでくだを巻いていた。

「おっ、なっちゃん、久しぶりじゃんか」

　客の一人が馴れ馴れしく呼んだ。どうやら常連らしい。

「もしかしてそっちは、彼氏？」

　男たちの視線が自分に向いた。どう対応していいか困惑する。会社の後輩ですと答えようとしたが、長野奈津緒が先に「そうだよ」と言った。

「お互い長身でお似合いのカップルじゃんか」

「いきなり人のコンプレックスを言うか？」

　一回りは年上の中年男に睨みを利かせた。

「スタイル抜群のなっちゃんを褒めてんだよ」

「ねえ、マスター、余ったビールないの？　この男らにぶっかけてやるから」

　ただ黙々とグラスを磨いていた口髭を生やしたマスターに言った。三十代くらいで、濃い顔のイケメンだった。

　険悪になったのも一瞬で、その後は彼女を中心に盛り上がった。八月の北京五輪について、男たちは「北島はすげえよ」「なんも言えねえ〜」と称えていたが、彼女は「あんたたち、始まるまではヤワラちゃん一筋だったじゃんか。銅メダルだからって名前も出さないなんて薄情すぎやしねえか」と突っかかっていた。

翼は会話に入らず黙ってハイボールを飲んでいた。会話は次第に静かになった。酔ったのかなと横目で覗いた。男たちはそうだった。一人は顔を伏せて眠っている。彼女も瞼が重たそうだった。

奈津緒が、突然「帰ろう」と立ち上がった。脱力したように両手を下ろして、出口へと歩いていく。

「お会計はいいんですか」

「いいんだよ、この店には貸しがあっから」

翼はマスターの顔を見たが、彼はなにも言わなかった。

千鳥足で歩道から落ちそうだった奈津緒を、翼は腋に腕を入れてマンションまで送った。何度かタクシーで一緒になっているので場所は覚えている。オートロックでもない古いマンションだった。入り口で帰ろうとしたが、腕を抜いた瞬間、その場に倒れ込みそうになったので、部屋まで連れていくことにした。

「長野さん、エレベーター乗りましたけど、何階ですか」

耳元で言うと、彼女は目を瞑ったまま指を三本出した。

三階に着く。「こっち」と人差し指を左に差してよろよろと歩きだし、ジーンズのポケットからチェーンについた鍵を出す。抱えている間、彼女の首筋の辺りから香りがした。居酒屋もバーもタバコ臭さで感じなかったが、着替えてきた時につけてきたようだ。

扉を開くと、そのまま玄関に座った。

「ちょっと長野さん、こんなところで寝たら風邪ひきますよ」

「運んで」

甘えたように両手を出す。色気もなにもなく、ただの酔っぱらい女にしか見えなかったが、腋の下から手を入れて初めて正面から抱きあげると、柔らかい胸に触れて心臓がざわついた。

なんとか立たせてベッドまで連れていく。彼女は横向きで寝た。翼も疲れて床にへたりこむ。

部屋全体を見渡した。ワンルームの部屋は白で統一され、よく整頓されている。机の上にシルバニアファミリーのドールハウスがあった。普段の彼女とはイメージが合わない。

壁にテコンドーの道着がかけてある。

チェストの上に写真が立ててあったので、腰を上げて見にいった。水着を着た女性たちの写真だった。シンクロのクラブの名前が書いてあり、全員が額を出して、髪を固めていた。彼女を探す。右端に雰囲気が似た女性がいた。今より少し痩せている。美しい女性はたくさんいたが、彼女も負けていなかった。普段のメイクとは違い、瞼全体をブルーに塗り、その上をピンクの線が目を吊り上げるように描かれている。翼には他のどの選手よりも目立っていて、顔が輝いているように見えた。

そろそろ帰ろうと思った。鍵をかけずに帰るのも物騒なので、置き手紙を書いて、下のポストに入れておくのがいいだろう。だが鍵が見当たらない。どうやら彼女はまたジーンズの前ポケットにしまったようだ。

「長野さん、鍵もらって帰りますよ」

そう言って呼び起こすが目を覚まさない。急に彼女の眼鏡を取った顔を見たくなり、両手で外した。瞼を閉じた顔が可愛く見えた。

手を差し込んでジーンズのポケットから鍵を出そうとするが、ちょうど鍵が入った右側のポケットが下になっていたので手が届かない。くすぐったいのか彼女は体をくねらせた。さらに手を深く突っ込む。上半身までが動き、驚いた翼は、左手でセーターの上から彼女の胸を触った。すぐに離せば良かったが、触り心地の良さにしばらくそのままでいた。そこで彼女が、目を開けた。

「あっ、すみません」

テコンドーの突きが飛んできても文句が言えない状況だったが、声は穏やかだった。

「いいよ、そのままでも」

反射的に手を離したが、そう言われたので即座に再び胸に触れた。そっとだけ指を動かしてみる。やはり柔らかい。彼女が目を開けたので、ぎくりとした。

「したかったらしてもいいけど」

「えっ」

「もしあんたがそうしたかったらという意味だけど」

「いいんですか」

「別にあたしは今彼氏いないし、酔って介抱してもらったから」

「はい」情けない返事をしてしまう。

「明るいのは嫌だから電気消して。あんたの義姉(ねえ)さんみたいに可愛くないからさ」

そう言って電気を消そうと立ち上がろうとする。ふらついているので翼が先に立って、壁のスイッチを消した。灯(あか)りは消えたが、大通りに面しているので窓から光が入ってくる。

彼女は上半身だけ起こしてセーターを首から抜き、両足を屈めてジーンズを下着ごと脱いだ。翼も急いで脱いだ。

「あんた、寝てる間に眼鏡取ったでしょ。目が細いの気にしてんのに」

「眼鏡がない方が可愛いです」

「冗談はやめてよ」

「綺麗だと思います」

自分でもなにを言ってるのか分からなくなるが、お世辞を言っているつもりはない。

「それ以上言うと、やめるよ」

いつもの怖い調子に戻った。

「すみません」また謝ってしまったが、これでは気が引けてしまうと「ヘアゴムを取ってくれませんか」と頼んだ。

「はぁ？」

「髪を下ろしてください。僕、そういう方が好きなんで」

目を見て言うと、彼女は視線を逸らして、両手を頭の上に乗せてゴムをほどいた。長めの髪の毛先がまとめて垂れてきて顔を隠した。無意識のうちに翼は手を伸ばして前髪をよけた。

「あんた、結構エロいんだね」

今のエロいは褒め言葉だろう。翼は上半身を伸ばして口づけをした。

終わった後もしばらく抱きしめていた。エアコンもつけていない部屋は暑く、二人とも汗が止まらない。

ちゃんとできるか不安だったが、夢中になっているうちになんとか終えた。彼女は関節が軟らかく、肌触りが良くて雲の上で女性と抱き合っているようだった。年上で、普段は男のような話し方をするのに、他の女性と同じで男よりずっと弱々しく、丁寧に扱わないと傷ついてしまいそうに感じた。

「シンクロの選手だったって話、会社で誰からも聞いたことなかったです。みんな知ってるんですか」

仰向けになって、二人の呼吸が落ち着いてから翼は尋ねた。

「知らないと思うよ。ほとんど話してないから」

「なぜ話さないんですか。オリンピックの強化選手にもなったのに」

「強化選手くらいじゃ自慢にならないでしょう。だいたいもうやめたんだし、あたしにとってはどうでもいい過去だし」

それは嘘だと思った。それなら写真も立てかけていないはずだ。

「あと一つ、聞いてもいいですか」

今度はもう少し勇気を出して聞いた。

「なに」

「怒んないでくださいよ」

「だからなんだよ」

すでに怒り始めている。だがここでやめたら気になるだけだと、天井に向かって考えたことを口にした。

「きょう行ったバーのマスター、長野さんの彼氏さんですか」

顔を見て聞いたわけではないのに、彼女の目が吊り上がったのが想像できた。しばらく部屋から声も吐息も消えた。

「元カレだよ」

彼女は天井を見たままそう呟いた。翼はあの店になぜ自分が連れていかれたのかずっと考えていた。翼のことを客から彼氏かと聞かれて彼女はそうだと認めた。客ははしゃいでいたが、マスターは不機嫌で、何度か横目で様子を窺っていた。

「元テレビ局のディレクターだよ。シンクロを断念したあたしがマスコミを目指したのも、あの人があたしたちを取り上げてくれて、ずっと追いかけてくれたこともあるんだよ」

「それってテレビで放映されたんですか」

「したけど、あたしは怪我しちゃったから出てない。でも落ち込んでる時、『残念だったけどスポットライトを浴びるだけが人生じゃないぞ。今度はライトを当てる側になってシンクロを普及させるんだ。それは選手だったきみだからこそできることだ』って言われたんだよ」

居酒屋で聞いた「整理部は、どんなマイナースポーツの地味な大会だろうが、紙面の作り方一つで華やかなものに変えられる」という話に繋がった。

「どうしてテレビ局の人が、今はバーのマスターなんですか」

「いろいろあったみたいだね。結構主張する人だから上と喧嘩したみたい」

「長野さんはどうして別れたんですか」

「あいつ、奥さんがいるんだよ。最初は独身だって言われて、結婚してるって知ってからも離婚するっていうから付き合ってたけど、慰謝料がどうの、マンションのローンがどうとか理由をつけては全然別れなくて。あたしから別れを告げたこともあったけど、あいつ、ここに来て、頼むから別れないでくれって泣くんだよ。情に負けてあたしもまたくっついちゃったんだけど、もういい加減うんざりした」

「そうだったんですか」

「あいつ、あたしの方からは絶対に別れられない、自分以外の男とは付き合えないって自惚れてたんだよ。それできょうはきみを利用させてもらったってわけ。あたしが男を連れてったのは初めてだから、さすがに諦めがついたんじゃないかな。今晩のは、そのささやかな御礼だよ」

「僕は御礼とは思ってませんけど」

「それならあたしが寂しさを紛らわしたかったんだね。あたしの方がきみを利用した」

「利用されたとも思ってません」

そう言うと彼女は口を引き締めた。翼は目をじっと見る。彼女は視線を遠くに逃がした。

「でもどうして情に負けちゃったんですか。長野さんなら結婚してるって知った段階で、二度と会わないって拒絶しそうなのに」

彼女のような芯の強い人が不倫男に振り回されたというのがにわかには信じられない。

「女は好きになったら心ごと持ってかれるんだよ。他のことは全部小さなことに思えてしまうの。体だけが目当ての男とは違うんだよ」

「僕は体目当てじゃないですよ」

「じゃあ、なに目当て。あたしは貯金もないよ」

「お金も貸してたんですか」

支払いの時、「ツケ」ではなく「貸しがある」と言った。

「貸してない。貸すほどないし」

ホッとしたが、まったくの見当違いでもなかった。

「一緒にいる時の食事代はあたしが出したな。店出したのはいいけど、売り上げが悪くて自分の小遣いもないのに、ビール飲みたいだの肉食いたいだのわがまま言うからさ」

それに従っていたのか。彼女はきっと優しすぎるのだ。そうした素の自分を隠そうとして、わざと似合わない眼鏡や髪型をして、男言葉を使っているのだろう。

「僕も、人を心で好きになる方です」

口にしてから恥ずかしくなった。彼女が視線を戻す。ここで自分が目を逸らせば嘘になるとその目をじっと見続けた。

長野奈津緒にいつしか心が惹かれていた。タクシーの帰りに原稿の書き方を教えてもらったことも大きいが、それだけではない。心の中でどんどん存在が大きくなっていき、きよう、そのことにはっきりと気付いた。弱い部分を必死に隠して頑張っている彼女が、翼は愛しく思えてならない。

「男はみんなそう言うよ。だけど心なんて見えないじゃんか」

「だったら僕は行動で示します」

真面目に言ったのに、声に出して笑われた。

「いいっていいって、きみとあたしは年も離れてるし、そもそもあたしなんて恋愛の対象にならないよ」

「そんなことないです」

「それより本当に社員になって整理部来たいのなら、あたしとこうなったことは会社では言わない方がいいよ。うちの会社、部内で男と女の関係があるの、絶対に認めないから」

言いませんと口から出かけたが、それでは遊びの気持ちのように思われる。今度は社員になれなくてもいいですと言おうとしたが、いろいろアドバイスをしてもらっているのに、それでは彼女ががっかりすると言葉を飲み込んだ。

しばらく悩んでいると、彼女は寝転がったまま、両足を上げて下着を穿(は)き始めた。

「あたしはもう寝るからきみも帰って。早くしないと電車なくなっちゃうよ」

これ以上ここでなにを言っても説得力はないだろうと、翼は脱いだトランクスを探した。

10

会社で会ってもほとんど会話は交わさないので、彼女があの夜のことをどう思っているかは分からなかった。

帰りのタクシーが一緒になればいいと期待したが、不思議なことに一度もなかった。休みの日にパチンコ屋に行こうとも考えたが、そういうのは男らしくないなとやめた。

十月になり、及川と二人で常石野球部長から呼ばれた。

「中途採用の試験がある。きみたち二人、受けてみるか」

「今度は記者ですか」及川が聞き返す。

「記者、整理部、さらに営業も採用する。いずれも若干名だけどな」

前回、整理で誘われた時は勇気が出ないうちに先を越されたが、この日は及川より先に「受けます」と返事をした。

社内の噂では、連絡さんが試験を受ける時は、テストの問題を事前に見せてくれたり、作文のテーマを教えてくれて社員が添削してくれたりすると聞いていたが、そのような甘いことは一切なかった。

本屋で一般教養の参考書を買い、仕事から帰ると机に座って勉強した。いつもは寝ていた電車でもそれを開いて読み返した。

志望書を書くのに時間がかかった。動機に「亡くなった父が東都スポーツの記者だったから」と書けば、試験官の受けはいいかもしれないが、それはやめた。そう書くのは同じ試験を受ける受験者に申し訳ないし、なによりも自分は父に憧れて今のアルバイトを始めたわけではないから、嘘をつくことになる。

スポーツ選手でも全国的には有名ではない、日は当たらないが、陰で努力している選手を紙面で取り上げて読者に興味を持ってもらいたいと記入した。このような動機では書類選考で落とされるかもしれない。続けて新聞は情報を売る仕事なので小さなミスでたくさんの読者に迷惑がかかる。数字一つの大切さを三年間のアルバイトで学んだ。それらを仕事で活かしたい……欄がいっぱいになるまで文字で埋めた。

志望部署の欄だけが最後に残った。自分が描くイメージは整理部だったが、目を瞑って一人の女性の顔を浮かべ、「記者」と書いた。記者なら部が違うので、付き合うことが弊害にはならないだろう。初めて進路を自分で決めた気がした。

試験は難しかったが、それでも全部埋めることはできた。作文のテーマは「勝負の時」だった。予想していなかった題に頭が混乱する。

自分の人生の中で勝負に関するキーワードを余白に書きだした。

最初に浮かんだのが小学校の時にやった「剣道」、次は入って一週間でやめた「少年野球」だった。だが線を引いて一旦消した。

新たに書きだした語句は「シンクロナイズドスイミング」「オリンピック」「ドキュメント番組」そしてチェストの上にあった「チーム全員の写真」だった。

元シンクロナイズドスイミングの選手で新聞社に入社したと書くと、長野奈津緒だとバレてしまいそうなので、種目はスキーのモーグルにして、新聞社をテレビに変えた。

勝負の時

テレビのドキュメンタリー番組が密着したモーグルの女子選手がいた。彼女は五輪の強化チームに入るほど実力があったが、怪我のため五輪直前に引退を余儀なくされた。その時、彼女に密着するテレビ局のディレクターが「スポットライトを浴びるだけが人生じゃない、今度はライトを当てる側になってスポーツ界を盛り上げるんだぞ。それだって立派な人生だ」と励ました。その言葉が胸に響き、彼女は引退後、テレビの制作会社に入った。

ただし、自分が元モーグルの選手なのは秘密だった。トップになれなかった自分が専門家のように見られるのは、今も現役で活躍している仲間に申し訳ないと思ったからだ。その代わり、どのスポーツでも女子アスリートのルックスに偏向したり、体のラインをカメラでアップにしたりするなど、選手のプライドが傷つく番組が作られようとすると、彼女は上司と喧嘩してでも絶対に反対した。

彼女は普段、仕事の邪魔になるからと髪が顔にかからないように、お洒落からはほど遠い恰好をしている。そこまでしないと選手の頃のように仕事に全力でのぞめないからだ。すべては五輪期間以外はあまり注目されないマイナー競技を、たくさんの人に興味を持ってもらうためだと心に言い聞かせ、面倒くさい仕事を命じられても、ひょうひょうとやり遂げている。

彼女の部屋には当時の仲間と一緒に写った写真が立ててある。その写真を眺めるのが出かける前の習慣だ。「みんな、行ってくるよ」彼女は今日もそう言うと、トートバッグを背中に担ぐように持ち、職場へと出かけていった。

最後の「行ってくるよ」は翼の脚色だが、長野奈津緒からは「ディテールを使って、取材対象の心の中まで描け」と言われたからこれはありだろう。スポットライトを浴びるだけが人生じゃない、今度は当てる側になってスポーツ界を盛り上げる。それだって立派な人生だぞ——そう書いた時、あのマスターに少し嫉妬した。

面接は二度あった。一度目は伊場編集局長が中心のグループ面接、二回目は個人面接で、社長や役員がいたが、質問者が伊場中心であるのは同じだった。

伊場の質問は厳しくて、五輪取材をしたいと声を弾ませた女子に「オリンピックに行ってなにをしたい。ただ見るだけならテレビ観戦も同じだぞ」などと質問を重ね、女子は泣きだした。翼は普段から伊場の厳しさを見ているので、なにを聞かれても動じなかった。

「きみはうちのアルバイトでなにをしてきた」

「胸を張ってやったと言えるようなことはなにもしてません」

「してませんって、そんなことを胸を張って言うやつは初めて見たな」

「ですけど、毎日バイトして締め切りに追われているうちに、自分に少しでも逃げる気持ちがあったら締め切りには間に合わない、そういう人間が社内に一人でもいたら、新聞はできないし、ミスが出てみんなに迷惑がかかる、そのことは知りました」

「ずいぶん立派なことを言うが、きみはその経験を活かして、今後は任されたことをできるのかね」

「今までの自分のままでは全然できないと思います」

「それじゃ、なにも役に立たないじゃないか」

「できない分、前もって準備します。人より早く仕事を始めます。そうしないと自分は一人前になれないと思っています」

伊場の威圧感に負けないように腹に力を入れてひと言ずつ返した。

一週間後、常石部長に及川と二人で呼ばれた。ただし呼ばれたのは会社の外で、社員たちがよく利用する喫茶店だった。

「荷物持っていった方がいいかな」及川が言う。

「どうしてですか」

「落ちたらそのまま帰れってことになるかもしれないし」

「そう言われる可能性もありますね」

会社だって社員になれずに年ばかりいったバイトを雇っておきたくないかもしれない。

二人で帰り支度をして喫茶店に向かった。

店内は煙っていた。奥の席で足を組んだ常石が他紙のスポーツ新聞を広げながらコーヒーを飲んでいた。

お互いが譲り合うようにして、翼が「部長」と声を出した。

「どうしたんだ。二人とも荷物なんか持って」

「い、いえ」

そこで常石が灰皿の真ん中でタバコを揉み消した。

「おめでとう。二人とも合格だ」

手を出し順番に握手された。及川は相当嬉しかったのか、その場で泣きだし、「笠間さん」と抱きついてきた。

「僕、どうしても記者になりたかったんです。でもこれ以上、母に心配かけたくないし、あの時、整理で社員になっとけば良かったとずっと後悔してました。今回の試験も笠間さんに負けると思ってたし」

「及川も翼と同じで母子家庭なんだよ。なぁ、及川」

及川は翼が父親のコネを使って社員になることを心配していたのだろう。翼もそれを感じていたから、バイトが誰も来ていない時間に、宿題をデスクの引きだしに入れていた。志望書や面接で父親のことを出さなかったのも正解だった。

泣いている途中から及川は咳き込み始めて、くしゃみをしだす。タバコの煙が合わないのか。ティッシュを出して涙と鼻水を拭き始めた。

「及川は筆記と面接は良かったけど、作文が今一つだった。翼は筆記は足切り寸前だったけど、作文が飛びぬけて良くて合格になった」

常石が言った。「今回は絶対にゲタを履かせるなと上から指令が出てたから、二人とも合格できるとは思ってなかったよ。俺にとっても嬉しい誤算だ」

正々堂々と戦って受かったのだ。それがなによりも嬉しい。

「それにしても翼の作文は、素材が良かったな。俺はウインタースポーツにまるっきし興味がないから知らなかったけど、おまえ、よくあんなディレクターの話を知ってたな」

「知り合いの知り合いにいまして」

ごまかしておく。長野奈津緒のことだと気付かれていないのはひと安心だ。

「それにしても俺もひと安心したわ。あれだけ毎日添削して駄目なら、俺らはなに教えてきたんだってことになるからな」

常石が頭を掻いた。

「それに鉛筆で書かせたのも良かったな。どうせ試験を受けさせるなら、手書きで慣らしといた方がいいって言ったのは俺なんだぜ」

普段から自分だけ練習させてもらっていたのだから、完全な正々堂々の合格ではなかった。

それでも泣きながらくしゃみをしては、鼻をかんでいる及川の耳には、聞こえていないようだった。

第七話

1

会社の階段を駆け足で上がると、息が上がりそうになった。このままでは遅刻だ。非常用階段は暗くて鉄扉が閉まっている。自分が今、ビルの何階にいるのかが分からなくなり、途中まで昇って降り、また昇った。ベルが鳴った。迷っていると編集フロアに辿り着けた。編集局に入ると目を疑った。席に座っていたのが父だったからだ。父は自分を見て「翼、遅刻だぞ」と笑った。気まずくなった翼は「すみません」と謝り、取材に出ようと踵を返した……。

——あっ。

目が覚めた翼は瞼を擦り、腕を伸ばして携帯電話を探した。電話はアラーム音を止めたままの状態で枕の横に転がっていた。午前五時四十五分。まずい、遅刻になる。飛び起きてポロシャツを被り、チノパンに足を突っ込んで、和室に敷かれた布団を二つに畳んだ。

「笠間くん、朝ご飯食べなくていいの」

東都スポーツでほぼ貸し切り状態にしている旅館の女将さんが言ってくれた。

「すみません。間に合わないんで」

夏の甲子園が始まって一週間が経つが、宿泊に付いている朝食を食べたのは半分くらいしかない。一日四試合がある日は、試合開始の二時間前に出場高校の練習が始まるため、六時には球場に到着していないといけない。八人体制で臨んでいる東都スポーツだが、及川と並んでキャリアの浅い翼は毎日のように第一試合のチームを任されている。

屋外はすでに三十度近くありそうだった。浜風が微かに吹いているが、きょうも猛暑日になるのは間違いない。眩しく照らす朝日に目を細め、アスファルトの上を腕を振って走った。

旅館が球場からすぐ近くのお陰で、翼が担当する山形翔栄(しょうえい)高校の選手が集合する六時に屋内ブルペンに着けた。ここで選手がウォーミングアップをする。寝起きの自分とは違って、彼らはすっきりした顔をしている。どの学校も、第一試合の時は早朝三時に起き、体を慣らしているそうだ。

輪の中心で監督が話し始めた。サングラスのような色付き眼鏡をかけ、角刈りで厳つい顔をした監督は、話している最中もブルペンの隅に立つ記者に目を向ける。遅れてくる記者がいないか監視しているようだ。この監督は、地方大会の時に遅れてきた記者を「選手の緊張感が緩む」とロッカールームから追いだした。

二〇〇九年の甲子園は、春夏通じて三度目の出場となる山形翔栄高の前評判が高く、東北勢初の優勝の期待もかかっている。初戦の二回戦は七対〇で圧勝した。とくにエースの東山(ひがしやま)の評判がいい。中背で細いのだが、一四五キロの真っすぐとスライダーを武器に、地方大会で奪三振記録を作った。彼のことは春から何試合も見ているが、どんなにピンチでも苦しそうな顔を見せず淡々と投げる。きょうの三回戦も勝って、翼は彼の記事を書くことになるだろう。一面を書けと言われてもいけるだけのネタは準備している。

選手たちはストレッチやダッシュ、キャッチボールなど十分なウォーミングアップをして、グラウンドに移動する。

まもなく七時半、グラウンド整備が終わった頃だ。何人かの選手が帽子を取ってタオルで汗を拭った。多くの高校同様、この学校も球児らしく髪を短く刈っているが、東山の頭はさらに短い五厘刈りほどで、青々していた。

2

楽勝だと思っていたのに、山形翔栄は島根の高校相手に一一対九と辛勝だった。九点も取られたのは監督が「次の試合のため」と東山を温存したからだ。

そのことで翼の予定も狂った。昨日までに東山の担任教師を取材し「東山は成績も特進クラスの生徒と変わりませんし、小論文の出来がいいので去年市大会に出したら入賞したんですよ」と聞いた。その小論文のテーマは『感謝』で、父子家庭の東山らしい家族への思いが綴られていたという。それを記事のエピソード部分に使うつもりだったが、試合に出なかった東山の話を書くわけにはいかず、次の試合に持ち越しとなった。

八回に六番打者が逆転のスリーランを放つと、翼は記者席を飛びだし、球場の外を走ってアルプス席の入り口から階段を駆け上がった。

「田村選手のご家族の方、いらっしゃいますか！」

大きな声を出すのは苦手だが、ブラスバンドが演奏しているため、そうするしか方法がない。声を嗄らして階段を往復していると、カチワリ氷を頭に乗せた中年男性が「おおい、田村さん、息子さんがホームラン打ったんで記者さんが取材にきはったよ」と呼んでくれた。

「お父さんですか。田村選手、いいところでホームランを打ちましたね」

呼吸を整えながらペンとノートを出した。麦わら帽を被り、日に焼けた顔をした父親は、甲子園に行くために大阪から山形に野球留学した息子について詳しく語ってくれた。

高校野球記事はプロが注目するほどの大物選手でない限り、求められるのはエピソードだ。怪我との戦い、補欠から這い上がった努力、家族や友人のこと……不幸であればあるほどデスクから喜ばれる。逆に自分が知らない「お涙頂戴記事」が他紙に載っていると、「なに取材してんだ」と電話で叱られる。

記者一年目なのだからデスクに怒られるのは当然だが、地方大会が終わった時、伊場編集局長が、常石野球部長と金田、白根の両デスクを叱っていたのは身に沁みた。

「おまえら新人にどんな教育してんだ。こんな上っ面をなぞった記事ばかり書かせやがって、もっと取材をさせろ」

新卒社員で野球部に配属された人はいないので、伊場が言う新人とは去年の中途採用試験で入った翼と及川のことだ。その後、常石から及川と一緒に別室に呼ばれて「甲子園ではスッポンみたいに食いついて選手の私生活を聞きだせよ」とお説教された。

第一試合が終わると監督とヒーローになった選手の話を聞き、第二試合中に原稿を書く。

「翼、コーヒー出前を取るけど頼むか」

高校野球担当のベテラン、照屋から聞かれた。

「お願いします」

「翼はいつも一生懸命働いてるからきょうは俺が奢ってやるわ」

「ありがとうございます」

甲子園期間中は忙しいので昼食は出前が多いが、ベテラン記者はコーヒーまで注文する。近所の喫茶店がポットにコーヒーを入れて持ってきてくれるのだ。東京ではスタバなどのコーヒーチェーンに押されて、喫茶店は減っているが、関西はそれほどでもないらしく、大阪の記者に試合前でも「ティーでもしよか」と近くの喫茶店に連れていかれる。春のセンバツの頃はコーヒー代がもったいないと断っていた翼だが、長野奈津緒から「せっかく異なる文化に触れられるんだから経験しなよ」と言われ、夏は毎試合出前を頼んでいる。

「東都スポーツさん、コーヒー五人前、お待ちどおさん」

威勢のいいおばさんが来て、コーヒーをカップに注いだ。どの店でもコーヒーにはクッキーなどお菓子が付き、それがまた楽しみだ。

コーヒーを飲みながら原稿を書く。翼は第四試合も担当だったため、第三試合は試合を見ずに練習の取材に向かった。八人体制でも、二、三人はこの日試合のない注目チームの練習を見に行かなくてはならないため、一日二試合担当するのは珍しくない。

第四試合の原稿を書き終えると、夏の長い日は沈み、球場は記者席以外は真っ暗になっていた。どの社も先輩は引き揚げ、残っているのは仕事が遅い若手だけだ。翼が担当した第四試合もこれといったヒーローのいない地味な試合だったため、五十行の原稿を書き終えるまで二時間近く要した。

昨年十月の中途採用試験での作文は良かったと褒められたが、実際の記事はうまくは書けず、締め切り時間のプレッシャーに腹がごろごろと音を立てるのを我慢しながら、毎回ぎりぎりに出している。

奈津緒から教わった「大事なトピックス」をスコアブックの隙間に書きだしているが、それだけではうまくいかず、デスクに「おまえの原稿は読んでいて心に響いてこない」と指摘された。感動的に書こうと工夫すると、今度は「ごちゃごちゃしてなにを書きたいのか伝わんねえんだよ」と叱られる。

甲子園に来る前、どうすればもっと巧く原稿が書けるのか奈津緒に相談した。

——試験で高得点だったのはあたしのエピソードを巧く使ったからでしょ。今度は他人を書くんだから、エピソード集めからやらないと、スカスカの内容になっちゃうよ。

奈津緒に言われたエピソード重視は、デスクにも言われている。だから他紙の記者より多く取材しているつもりだ。そう話すと奈津緒はしばらく考えてからこう言った。

——きみはテレビのドキュメント番組を見る？　ＮＨＫやＴＢＳでやってる科学者とか医者とかスポーツ選手とかを長い期間、密着する番組だよ。

あまり見ないと答えると、奈津緒は録画している番組を再生しながら説明してくれた。

——人気のある番組は、取材対象者にはあまり語らせずに、ナレーションが淡々と取材対象者の胸の内を語っていくんだよ。そうすることで視聴者は映像を見ながら心の中に引き込まれていくわけ。だからきみはまず選手の内面取材をして、それをきみの地の文章で書くんだよ。

——でも、デスクからはカギかっこを使えって言われるけど。

——それは下手くそな人間に言うアドバイス。そんなのインタビューであってきみが書く必要がないじゃない。それで一度書き終えたら、ナレーションの声を想像して音読してみるの。そしたらもっとこう直した方が読者に伝わるんじゃないかって、自然と気付くから。

書き終えたら読み返せとはよく言われる。声に出せと言われたのは初めてだった。

——ナレーションって誰の声を想像すればいいの？

——個人の好みだけど、定番で言うなら、田口トモロヲか、窪田等か。

そう言われてもその手の番組は見ない翼にはさっぱり分からない。

——奈津緒は誰が好きなの？

——きみの原稿に合わせる声なんだから自分で決めなよ。

その日から甲子園に来るまでの数日間、奈津緒から言われた二人がナレーションをしている番組を見た。

どちらかに絞れず、重なって聞こえるが、音読を始めたせいで、甲子園に来てから「心に響かない」とは言われなくなった。読んでいる間、周りの記者が気味悪がって翼を見るが、気にしないことにした。

「僕の原稿、どうでしたか？」

第四試合の原稿を送ってから三十分後、記者席から東京のデスクに電話で確認した。普通は原稿を送れば帰れるのだが、新人はデスクが読み終わるまでその場から離れるなと命じられている。

「きょうは二本とも差し替えぎりぎりってところだったけど、まぁ合格にしとくわ」

この日の当番の金田デスクに言われた。

「すみません」

通ったとしてもぎりぎりと言われてしまうとあまり喜ぶわけにはいかない。

「俺としても笠間翼渾身の《東山凜の家族物語、第二章》が読みたかったけど、監督が温存したんじゃしょうがないわな」

「はい、それで僕も予定が狂ってしまって」

「次の準々決勝は頼むぞ。とくに東山の姉ちゃんは必ず登場させてくれな」

金田が渾身と言ったのは、初戦で山形翔栄が勝った時の原稿のことだ。

その試合の前の日、翼はエピソードを探すため、甲子園球場近くの山形翔栄の宿泊ホテルに行った。ちょうど差し入れを持ってきた東山の父と姉が帰るところだった。父親は無愛想な人で、翼の問いかけにもほとんど答えなかったが、姉は立ち止まってくれた。

東山は生後まもなく母親を亡くしていた。元社会人野球の投手だった父親の方針で、写真を見ると息子が寂しがると、仏壇に母親の遺影を置かなかったそうだ。

東山は幼少時から母親がどんな顔だったのかずっと見たいと思っていた。だが自分を育てるためにすべてを犠牲にしてくれている家族に言いだせなかった。それでも我慢できず山形翔栄への入学が決まった日、姉に「どうしても見せてほしい」とせがんだ。姉は「凜が甲子園に行ったらお父さんに頼んであげる」と約束した。甲子園を決めた直後、父と姉から古いアルバムを渡された。

――凜はその中の一枚を、「これ、甲子園に持ってっていい？」と聞いたんです。お父さんが「そうしろ」って言うと、袋に入れてスポーツバッグに入れてました。

姉はそう話してくれた。

初戦を完封した後、他の記者が全員いなくなったのを確認してから、東山にそのことを尋ねた。怒った顔をされたが、「昨日、お姉さんから聞いたんだ」と説明し、さらに「僕も小五で父を亡くしていて、時々、父がどんな顔だったか考えることがある」と話すと、彼は少しだけ心を開いてくれた。

──今は持ってないけど、部屋にあるバッグに入れていて、今朝も写真を見てから着替えた。

ぶっきらぼうだったが、そう話した。

──お母さんの写真を見た時、東山くんはどう思った？

その質問にはずいぶん長い間、考え込んだ。答えたくないのかなと思った。翼が今、父親の写真を見せられ、「どう思う？」と聞かれても答えに困る。

ありがとうと礼を言って離れようとしたところ、東山は少しはにかんで、どうにか翼の耳に届く声で呟いた。

──姉ちゃんに似てた……。

翼は彼のその言葉を原稿の締めにした。

その日は原稿を送ると数分もしないうちに金田デスクから電話があり、「翼、きょうのは面白いじゃねえか」と褒められ、「最後の『姉ちゃんに似てた』には俺ももらい泣きしちまったわ」と言われた。原稿は一面に掲載された。翼には初めての経験だった。

あの原稿と比較したらこの日は遠く及ばないが、差し替えを命じられなかったのは奈津緒のアドバイスのお陰だ。旅館への道すがら、電話をかけた。

休日だった奈津緒はすぐに出た。缶酎ハイを飲みながらテレビを見ていたらしい。

〈及第点で上出来なんじゃないの。そう簡単に毎回、あんな感動原稿を書かれたら、先輩記者はたまんないよ〉

「でも奈津緒は、この前の俺の原稿も普通だったんでしょ？」

〈そんなことないよ。あたしも読んでてウルッと来たから〉

それならその時に言ってくれよ。翌日、奈津緒からも褒められると喜び勇んで電話したのに、彼女の感想は〈あたしの耳には、まだ田口トモロヲは降りてこなかったな〉だった。

〈決勝戦が終わったらすぐに帰ってくるの？〉

「まだ分からない。優勝チームについて地元に行くかもしれないし」

〈記者さんは大変だね、何日連続勤務よ〉

大会三日前から来てるから、すでに十日連続だ。その分、終わったら連休をもらえるはずだ。

「もしかして奈津緒は俺と会いたくなった？」春のセンバツの時も同じ質問をした。その時は「幼稚な子供がいなくてせいせいしてるよ」と一蹴された。

〈まぁ、ちょっとね〉

澄ました声だったが、嬉しかった。

奈津緒からは「会ってることが社員に知られたら二度と会わないからね」と脅されている。その理由は「六つも年下の男と付き合うなんて、この女、どんだけ厚かましいんだと思われるのが嫌だから」だそうだ。それでも翼は満足している。呼ばれ方も「あんた」だったのが今は「きみ」だ。「奈津緒」と呼び捨てにしだした時は「一度やったからって調子乗ってんじゃないよ」と叱られたが、今はなにも言われない。なによりも二人で会う日、彼女は髪を下ろしてくれる。仕事中はあいかわらず吊り上がった眼鏡だが、それ以外はコンタクトに替えた。

旅館が見えてきたところで、先に帰った先輩たちが出てきた。食事に行くのだろう。最年長で、死んだ父より年上の照屋は、父のことが好きだったようで、一緒だと毎回のように奢ってくれる。でも今はもう少し奈津緒の声を聞きたいと、気付かれないよう路地を曲がった。

他人の家と家の隙間のような細い砂利道だった。しばらく歩くが、話に夢中になっていたこともあり、袋小路(ふくろこうじ)に迷い込んでしまった。

話を続けながら歩いていくとやっと目印になる建物が見えた。出場高校の一部が泊まっているホテルの裏だ。そこでジャージ姿の学生が三人、足を開いた恰好で座り、そのうちの二人がタバコを吸っていた。

小学生の時、不良の中学生に目をつけられて大変な目に遭った翼は、気付かれないように来た道を戻ろうとした。

だが方向転換しようとしたところで体が止まった。三人の中に東山凜が混じっていたのだ。

「ごめん、あとでかけ直すよ」

声を潜めて電話を切る。その声に気付かれてしまった。生徒二人が慌ててタバコを地面で揉み消す。翼は立ち去ろうとしたが、後ろから足音が迫り腕を摑まれた。

振り返ると東山が立っていた。

3

翌日は三試合で、翼は第一、第二試合は先輩記者を手伝い、第三試合の栃木代表を担当した。

栃木代表の試合をスタンドの記者席でスコアブックをつけながら見ていると、「翼、電話だぞ」と照屋に呼ばれた。

「山形翔栄の監督さんだ」先輩記者は手を口に添えて、他紙の記者に聞こえないように言った。

「はい、替わりました。笠間です」

普段の記者を容赦なく怒鳴りつける角刈りの監督の顔が浮かんだが、聞こえた声は気持ち悪いほど丁寧で、「すみませんが、仕事が終わったら宿舎まで来てもらえませんか」と言われた。

その日の原稿を書き終えると、翼は甲子園球場近くの山形翔栄のホテルに行った。入り口には若いコーチが立っていて、「わざわざお越しいただいてすみません」と頭を下げられた。この人も普段は報道陣に態度が悪いことで有名だ。連れられて部屋に行くと、監督がレンズに色が付いた眼鏡を外して、椅子に座っていた。

「笠間さんは昨夜、うちの選手が喫煙したのを目撃したそうですね」

予想していたことを監督から言われた。

「はい。でも僕は東山くんに、昨日のことは記事にしないし、誰にも言わないと約束しました」

翼はそう話した。

昨夜は走ってきた東山に腕を摑まれたが、恐怖は感じなかった。彼が翼より一〇センチほど背が低いこともあるが、口止めを迫るほどの威圧感が彼にはなかったからだ。

——今のこと、別に記事にしていいですよ。

つい三日前、「姉ちゃんに似てた」と話したのと同じような小さな声でそう言われた。書くなと言われると思っていたのに、まったく反対のことを言われたことに、翼は事情を聞いた。東山によると一緒にいた二人は同じ三年生で、ベンチにも入っていない、打撃投手とブルペン捕手という練習要員で甲子園に来ているらしい。

——だけど東山くんは吸ってなかったじゃない。

彼は座ってミネラルウォーターを飲んでいただけだ。

——一緒にいたんだから同じですよ。

——そんなことしたらきみたちは出場停止になるよ。

——うちの学校、今、地元組と関西からの留学組とで、チームが二つに分かれてるんです。こんな状態で戦ってもどうせ勝てないからいいですよ。

山形翔栄は関西からの野球留学生が多い。レギュラーで地元出身は東山だけで、一緒にいた二人は中学からの同級生らしい。

——もしかして東山くんのその頭も、今回のことに関係しているの？

翼は朝のウォーミングアップから気になっていた青々と光る頭を見た。彼は下唇を嚙んで頷いた。

翼は監督の顔をしっかり見て、昨夜東山から聞いたことを一部始終話した。

「甲子園に来てから関西出身の選手が、地元出身の控え選手に暴力を振るういじめがあったんですよね。それを一昨日の晩、東山くんが注意して喧嘩になった。東山くんの方が正しいのに、監督も部長もコーチも、東山くんの味方をしなかったそうですね」

監督は選手同士で話し合えとさじを投げた。関西組は数の力で、いじめを東山に告げ口した山形出身の控え選手に五厘刈りになれと命じた。東山は「そんなことするな」と止めたが、控え選手はチームのためと従った。それを見て東山も自発的にバリカンで刈った。そして監督に「明日は投げません」と告げた……。

——うちの学校、タバコを吸ってる選手はたくさんいます。地元の選手は監督にぼこぼこに殴られて退部、でも関西出身組はバレてもビンタ一発で許されるんです。監督が関西出身選手に甘いのは、監督も四年前まで大阪のボーイズリーグの強豪を指導していて、そこで育てた選手を山形に連れてきたからだそうだ。

——東山くんだって甲子園に来たくて翔栄に入ったんでしょ。お父さんだってホテルに来てたし。

——うちの父さんは、仲間を大切にしろが口癖だから、理解してくれます。

——準々決勝まで来たのに放棄していいの？

——地元の仲間のためだったら腕が千切れてでも投げますけど、関西の連中のためにはそんな気もないです。

この高校ではもう投げる気はないという意思まで伝わってきた。

翼の説明に、険しい顔で沈黙していた監督がそこで口を開いた。

「確かにうちの選手に問題があったんは認めます。正直、私ももう少し話を聞いてやるべきでした。でも東山にしたって仲間がエラーをした時に露骨に嫌な顔をするなど自分勝手な子なんですよ。だから私は選手同士が理解し合えるよう、よう話し合えと言うたんです」

「でも五厘刈りはないんじゃないですか」

「正直、私もまさかそんなことになるとは思わんかったんですよ」

適当に繕ってこの場をしのごうとしているようにしか聞こえなかった。

「監督が暴力を振るっていることについてはどうなんですか」

「私は暴力なんて振るいませんよ」

「去年の秋には殴られた選手の鼓膜が破れて大騒ぎになったそうですね」

「東山のやつ、そこまで話したんですか」

監督の額に青筋が立ち、目が吊り上がった。この顔で平気で生徒に暴力を振るうのだろう。

翼も似たことで野球をやめた。小五で入ったリトルリーグ、入って一週間目の試合で負け、気合が入っていないと一つ上の六年生たちに次々と平手打ちをされた。さらに監督は、規則通りに目にかからないように髪を短くしてきた翼の前髪を無理やり引っ張り、「まだ眉毛にかかる」と切ってくるよう命じた。理髪店でさらに短くしたが、鏡を見た途端に練習に行くのが嫌になった。

「うちの生徒はみんな甲子園で優勝したくて、私のいる山形まで来てくれたんです。正直、みんな野球が好きな子ばかりなんです。彼らの夢を奪わんでください」

翼がその夢を潰そうとしているような言い方だった。

「もし東都スポーツさんが記事にされるのであれば仕方がありませんな。でもあなたが喫煙を目撃したのは山形の選手です。あなたが見てない選手のことまで書かれたら困ります」

これでは山形出身の選手だけを非難しろという脅しではないか。怒りで身震いしながらも翼は言った。

「僕は最初から書かないと東山くんと約束したと言ってるじゃないですか」

「そうですか、では納得していただけたんですね」

安心したのか、監督はそこでいつものサングラスのような眼鏡をかけた。

「別に納得したわけではないです。ただ東山くんがかわいそうだと思っただけです。僕の知り合いにも、自分が悪くないのに野球ができなくなって悲しんでいた人がいますから」

兄は仲間の万引きで半年間、対外試合が禁止された。それでも気持ちを切り替えて、処分が出てからも毎朝自主練に出かけていた。そして三年夏の大会を四回戦敗退した時はしばらく落ち込んでいた。兄は大学でも野球を続けたが、あの経験がなければもっと野球を楽しめたように思う。

監督には「書かない代わりに東山くんと二人だけで会わせてほしい」と頼んだ。渋られたが、翼が「それが条件です」と言うと認めた。五分ほどして東山が険しい顔で入ってきた。

「東山くんは自分から監督に話したんだね。東山くんは正義感が強いな」

笑みを作って言うと、彼は「そうしないとうちの高校はなにも変わらないから」と小さな声で言った。

「俺が東山くんと同じ高校二年の頃は、人に迷惑をかけてもなにも感じない人間だったよ。親に隠れてタバコも吸ってたし」

黙って聞いていた東山だが、翼が「でも東山くんは一つだけ間違っている」と言うと、表情を硬くした。

「今回したことは仲間思いのいいことだよ。でもいくら納得がいかなくても、仲間がタバコを吸ってるのを見て見ぬ振りをするのは良くないと思う。東山くんはプロ野球にも行ける選手だし、社会人からすでに誘われてるんだよね」

社会人野球から内定が出ていると聞いている。まだ体の線が細いので「高卒即プロより社会人に進んだ方がいい」と話したスカウトもいたが、初戦の完封で評価が変わっているかもしれない。

「ちゃんと夢を持っているなら、納得できないことがあっても自棄(やけ)は起こさない方がいいと思う。いくら順調な人生でも一度、脱線してしまうと元に戻すのは大変だから」

翼が言えた義理ではないが、この子にはマスコミやファンから非難される選手にはなってほしくなかった。

東山とは比較にならないが、翼は早々と脱線したことで、一生を棒に振ってもおかしくない生活を送っていた。

ただ自分には模範になる優秀な兄がいた。母も優しくて、翼に自立の自覚が出るまでなにも言わずに見守ってくれた。義姉や父と一緒に働いていた千藤のお陰でバイトをさせてもらい、奇跡的に社員になれた。

東山も、父や姉の支えがあってここまで野球がやれたのだ。それが甲子園まで来て出場停止になれば、応援してくれた家族が悲しむ。

「分かりました。記者さんの言う通りですね。俺が間違ってました」

彼は頭を下げて引き揚げていった。

4

もう山形翔栄のユニホームを着ては投げないと思っていた東山は、二日後の準々決勝で先発した。

相手は佐賀の高校で、下馬評は山形翔栄有利だったが、一対二で惜敗した。失点はいずれも味方のエラーがきっかけで、東山が打たれたヒットはたった三本。三振は十五も奪った。彼は試合後、失策で泣きじゃくっていた関西出身の選手を慰めていた。

東京版の扱いは小さかったが、山形に送られる東北版では結構な分量を書いた。翼は東山一人に絞らずチーム全体をテーマにした。関西出身の選手も、もっと真面目に練習して、仲間を思って過ごしていればこんな悔しい終わり方をしなかったと後悔しているに違いない。その証拠に、試合後の通路でキャプテンをはじめとした関西組数人が東山に近づき、真剣な顔でなにか話していた。

取材を終えた翼は、記者席で思うままに原稿を最後まで打った。そしていつものように声に出して読み返した。思い浮かべたナレーションの声が、翼の拙い原稿を力強く、気持ちがこもったものへと直していく。

今の3年生が入学した当初から、チームは山形出身者と関西からの野球留学組とで対立してきた。地元出身で1年生から背番号「1」をもらった東山は、心のどこかで関西組を見下していて、彼は仲間がミスするたびに舌打ちする身勝手なエースだった。一方、大阪のボーイズリーグで活躍して野球留学してきた関西組も自分たちの実力に自惚れ、東山抜きでも勝てると思い込んでいた。

彼らは最後まで一つにまとまることなく高三夏の山形大会も勝ち上がり、当たり前のように甲子園の切符を手にする。ところが2回戦に勝った直後、両者の間で些細な喧嘩が起きた。その揉め事は数の力で関西組が圧勝した。翌朝、東山は監督室に出向き「僕はもうこのチームでは投げません」と登板拒否を告げたのだった。

東山抜きの3回戦、11対9という接戦の末、山形翔栄は辛くも勝利した。関西出身選手はこのチームでどれだけ東山の存在が大きかったかを痛感した。一方東山も毎回のようにピンチを背負いながら、ユニホームを真っ黒に汚してボールに飛び込んでいくチームメイトに心を打たれた。このままでは山形翔栄は大敗する。誰もがそう覚悟した時、東山は仲間の元に走った。

「俺、やっぱり投げるよ」

この日の準々決勝、野手のミスも出て山形翔栄は敗れた。だがベンチの雰囲気はこれまでとは違った。東山は失策を犯した仲間を責めたりはしない。試合後は悔しさを心に隠し、笑顔を作って涙にくれる仲間の慰め役に回った。

初めて一つになって戦ったグラウンドの土を、選手たちは泣きながら掻き集めていた。一礼してダッグアウトから続く細い通路を引き揚げていく。その途中でキャプテンが立ち止まり、後ろから来る東山に歩み寄った。そこには他の選手も集まってきた。

「俺たちを甲子園に連れてきてくれてありがとう」

仲間から言われた瞬間、東山の抑えていた涙腺が緩んだ。

よし書けた。浮かんだ声とナレーターの名前は一致しなかったが、自分でも納得できるものは書けた気がする。

——まさかあいつらからそんなことを言われるとは思ってなくて、俺もびっくりしちゃって……。

インタビュー後に「キャプテンからなにを言われたの?」と聞いた翼に、東山は腫れた目を擦り、すべてを語ってくれた。

東山が再び投げると決意した動機を、三回戦でピンチを背負いながらも戦った仲間に心を打たれたと書いたのは翼の想像だ。だが準々決勝の姿を見た限り、その考えで間違っていない。

東山に限らず、山形翔栄は全選手が質問に丁寧に答えていた。大会前は野球学校と批判されていたが、彼らは他の高校生と変わらなかった。

ただ監督だけは翼に冷たかった。「いいチームでしたね」と話しかけたのだが、監督は鼻を鳴らして無視した。敗退したのはおまえのせいだと責任を押しつけているような表情だった。

5

甲子園担当は勝ち残ったチーム数が減るとともに記者の数も減る。新人の翼と及川は決勝戦まで残り、先輩たちのメーン原稿に添えるサイドストーリーやスタンド雑観などを書いた。

「みんな、お疲れさん、よく頑張ってくれた」

東京に帰ると常石部長、白根、金田の両デスクが称えてくれた。

「翼も及川もよく取材した。おまえたちの原稿には、他紙に載っていないエピソードがたくさんあったぞ」

常石からは大袈裟に抱きつかれた。及川は毎朝、旅館に東都スポーツが届くと真っ先に開いて読んでいた。翼も彼の記事を読んだ。及川もスポーツ新聞は試合内容よりエピソードだと分かっていて、毎日汗でシャツが背中に張り付くほど、アルプス席を往復していた。

地方予選から甲子園を最後まで経験し、自分たちも高校球児と同じように成長できた気がする。

「きょうは野球部で打ち上げしてこい。おまえら、デスクから好きなだけ食わせてもらえよ」

珍しく伊場編集局長の機嫌も良かった。

翼は局内に目を配る。この日は一般スポーツ面を担当している奈津緒が、レイアウトをしていた。目が合った。眼鏡をかけた彼女は微かに口角を上げ、すぐに仕事に戻った。

翌日から三日間休みをもらった。奈津緒は真ん中の一日しか休みでなく、会ったのはその一日だけだ。

近くの定食屋で一緒に夕飯を食べて、夜は借りてきた映画を見た。久々に一緒にベッドに入る。

終わった後、隣に仰向けで寝ていると彼女の声がした。

「きみの書いた東山くんの原稿を読んだ時、あたしも父のことを思いだしたよ」

家族のことを聞いたのは初めてだった。

「そうは言ってもうちの場合、東山くんやきみの家とは違って、夫婦仲が悪くて、あたしが十八の時、離婚したんだけどさ」

「でも奈津緒は、お父さんのことが好きだったんじゃないの」

それで急にそのような話をしたのかと思ったが「大嫌いだったよ。いつもイライラして、母に当たってたから」と言う。「でもあたしが大学までシンクロやれたのは父がお金を出してくれたからなんだよね。シンクロって合宿費とか遠征費とか結構費用がかかるのよ。うちの父、サラリーマンだから余裕はなかったはずなのに、それだけは出してくれたみたいでさ」

次第に声が小さくなり、鼻を啜った。

「奈津緒はそのことを知ってたの」

「知ってたらもっと怪我しないように気をつけてたよ」

「練習中の怪我なんだから仕方ないんじゃない？」

「もう少し気をつけたかもしれないじゃない。手を抜かずに、もっと必死に練習してオリンピックに出たのに」

今度は声に悲しみが交じっていた。誰よりも練習して、手なんか抜いたことなどないくせに彼女はそう強がった。

このまま泣きだすのかと思ったが、そこで話が変わった。

「そういう事情もあって、あたしはスーツを着た大人の男性に憧れちゃうってわけだよ。

そのせいで大事な二十代を棒に振ったわけだけどさ」

いつもの男口調に戻って自分の通ってきた人生を否定する。奈津緒の悪い癖だ。

口髭を生やしたバーのマスターが脳裏に浮かんだ。あの人も昔は父親のように頼りがいがあったのだろう。自分では物足りないと言われたようにも感じたが、年の差は一生縮まらないのだからと、気にしないようにしている。

「じゃあ俺も、明日からスーツを着て仕事をしようかな」

「よしてよ。あたし、笑っちゃって仕事ができなくなるよ」

中途入社が決まった時に、二着セットで買ったスーツは、研修が終わってから一度も着ていない。安物のせいもあるが、鏡で見ると完全にスーツに着られていて、就活している学生みたいだ。

「いつかスーツが似合うような人になるよ」

また笑われると思ったが、しばらく間を置いて「頑張って」と言われた。

「できる限り、頑張る」

「おお、いかにもゆとりらしい答えだ」

「俺は違うって言ってんじゃん」

翼はその世代より四年も前の生まれなのだが、時々そう茶化される。

「きょう泊まってく？」

「えっ、いいの？」

泊まったのはまだ二回しかなく、奈津緒から言われたのは初めてかもしれない。

腕を伸ばして抱きしめようかと思った。前にそうしたら調子に乗るなと言われた。奈津緒は毎回、終わったら反対側を向いて寝てしまう。

それでも勇気を振り絞って彼女の頭の下に腕を入れようとした。

彼女は頭を少し上げて、翼に身を預けてきた。

6

九月になり、秋季東京大会の取材を終えて会社に戻ると、白根デスクから「翼、今さっき東山って人から電話があったぞ」と言われた。渡された電話番号は山形の市外局番だった。

「笠間と言いますが、東山くんお願いできますか」

寮に電話をしたが、東都スポーツとは名乗らなかった。電話に出た東山に「笠間だよ。どうした？」と聞くと、〈すぐかけ直します〉と数分後に公衆電話からかかってきた。

〈うちの監督が選手に暴力を振るってることが週刊時報に出ます。その中に選手が喫煙したことも入ってるみたいです〉

「本当？」

すでに部長から報告があって、監督は謹慎、練習も自粛を言い渡されたそうだ。

「どうして俺に電話をくれたの？」

〈だって笠間さん、この前、書いていいですって言ったのに記事にしなかったから〉

「あのこと覚えててくれたんだ。ありがとう」礼を言って電話を切った。

「白根デスク、今年の甲子園でベスト8まで行った山形翔栄高校、監督の暴力と選手の喫煙で練習が自粛になりました。監督は謹慎になるようです」

「高野連に確認を取って記事にしろ」

はいと返事をして、電話で確認した。高野連は認めた。だが次の審議委員会で処分が出るまで、発表しないと言う。

いつものように書かなくてはならないキーワードを紙に書いてから文を結びつけていった。高野連を取材したこと以外に、《監督の体罰は甲子園の大会前からあり、昨年には選手の鼓膜が破れて問題になった。喫煙は一部のレギュラー選手には平手打ち一発で許し、そうでない選手は殴った上に退部処分にした》と書いた。

「短時間でよく書けたな。これなら少しの手直しでいけそうだ」

差し替えを命じられることなく、一発で通してもらった。

東山が言ったように、翌々日に発売された週刊時報にも記事は出ていた。記事は翼が書いたものとは比較にならないほど詳しく書かれていた。

暴力で退学した部員の両親のコメントが載っていたし、監督が部費を私的に流用していたことも書いてあった。そのことを保護者会で地元選手の親が指摘すると、監督は「スカウトに使っている」と言い張り、今度はその指摘した親の子供を秋季大会のベンチから外したそうだ。

「翼、良かったな、週刊誌より先に出せて」

明らかに内容で負けているると、翼はしょげていたが、白根デスクは満足していた。

「白根と翼、編集局長が呼んでいるから会議室に来てくれ」常石部長から言われた。

褒められると思っていたのか白根は表情を緩ませていたが、翼は嫌な予感がした。会議室に入ると、机に昨日の東都スポーツと週刊時報が開いた状態で置いてあり、伊場が厳しい顔でそれらを読み比べていた。

「局長、良かったですよ。あやうく週刊時報にやられるところでした」

白根が切りだしたところで、伊場の癇癪玉(かんしゃくだま)が破裂した。

「馬鹿野郎、なんだ、うちの紙面は」

内容が薄いと怒っているのだと思った。伊場の据わった目は、白根ではなく翼を見ている。

「すみません」

謝ったところで、常石部長が助けてくれる。

「でも翼は東山という選手から『週刊誌に出ます』って連絡をもらったんですよ。東山って局長も『いいピッチャーになる』とイチ推しだったじゃないですか。記者になってまだ一年目なのに、選手から電話で情報をもらえる奴(やつ)なんてなかなかいませんよ」

「俺が言ってるのはそういうことじゃねえよ」

そう言って紙面を指差した。赤ペンで線が引いてある。《監督の体罰は甲子園の大会前からあり、昨年には選手の鼓膜が破れて問題になった。喫煙は一部のレギュラー選手には平手打ち一発で許し、そうでない選手は殴った上に退部処分にした》と書いた箇所だ。

「笠間は山形に行かずにこの記事書いたんだよな」

「はい、夕方に電話をもらったので」

「この話をいつ知ったんだ」

「甲子園期間中です」

「そうなのか？」

常石部長が顔を白根に向けると、白根は俯いた。翼は自分だけでは決められないと甲子園に来ていた年長の記者、それと白根と金田の両デスクに報告した。だが三人は常石部長には伝えていなかったようだ。

「白根は笠間から聞いてたのか」

伊場が白根を責めた。

「はい、でもその時はすでに翼が、監督と話して書きませんと約束した後だったので」

翼に責任が押しつけられた気がしたが、実際に言われた通りだった。白根からも電話で「あまり自分で判断するなよ」と注意された。

「笠間はその時、書かないって判断したんだな」

「はい」

「どうしてだ」

「……書けば彼らがせっかく甲子園に来たのに、出場停止になると思ったので……」

言ったところで、常石部長が「確かに判断が甘いですけど、スポーツ新聞ではうちだけが記事にできたんだからいいじゃないですか」と庇ってくれた。伊場の声が大きくなる。

「俺はそれがむかつくんだよ」

机を強く叩く。翼は片目を瞑った。

「局長はなにが気に入らないんですか」

常石が尋ねる。翼もなぜ怒られているのかが分からず、頭が混乱した。

伊場の尖った目は再び翼だけを捉えていた。

「笠間、おまえは一度、書かねえって判断したんだろ。このネタは、他に抜かれても目を瞑るって決めたんだろ」

「そうですけど」

「一度そうと決めたんなら、最後まで貫き通せよ」

「そしたら週刊誌に抜かれてましたよ」

常石が言ったが、伊場は翼から視線を動かさない。

「よそが書くからうちも書くなんて考えが俺は気に食わねえんだよ。そんなことをされたらたまったもんじゃねえだろ」

編集局長席で絞られてから、常石と白根とともに野球部席に戻った。

「翼は絶対に漏れないって言ったじゃねえか。だから俺とキンタさんは目を瞑ってもいいと言ったんだぞ」

歩きながら白根に叱られる。なにも根拠があるわけでもないのに漏れないと断言したのは、今思えば軽率だった。

「それより局長はどうしてあんなに怒ったんだろ」常石がそう呟いてから「翼は局長に嫌われるようなことをしたのか」と聞かれる。

「いえ、とくには」

「ちゃんと挨拶してるよな」

「はい、一応は」

「翼は元気ねえからな」

白根に言われた。挨拶はしているが、まともに返された記憶は少ない。

「きょうの説教、全然理に適(かな)ってないですよ。『たまったもんじゃない』って、あれは週刊時報が言う台詞じゃないですか」

白根が口を窄めた。

「伊場さんちゅうのは昔から、理解に苦しむことで怒りだすことがあるからな。まぁ、きょうのことは忘れよう」

部長まで一緒に説教されたことで、その日の編集局は雰囲気がとくに悪かった。

7

伊場から叱られたことは、次の休みに奈津緒に話した。

「やっぱりきみのお父さんは伊場局長に煙たがられてたんだよ。整理部でも昔からいる人が、笠間さんは整理部に親切だったけど、伊場局長は気に入らない見出しをつけたりすると『こんな見出しつけけんじゃねえ』って、しょっちゅう難癖つけてきたって。野球部長のツネちゃんもデスクのキンタだって、元は笠間派だったって言うじゃない」

奈津緒の言った通り、社員は伊場のことを認めてはいるが、親しみを持たれていたのは父の方だった。そのことは、翼も四年、この会社にいて感じている。

白根は中途入社なので父を知らないが、常石や金田デスク以外にも父の話をされる。甲子園で一緒だった照屋は、食事のたびに「昔、笠間くんと一緒の仕事でずいぶんミスしたけど、笠間くんからは嫌な顔一つされなかった」や「抜かれても俺がなんとかしますっていつも助けてくれたよ」と言われた。酔った時には「笠間くんがいたらもう少しうちの会社も雰囲気が良かったんだけどな」と、まるで伊場では良くないと言っているように話す。

「そのこと、キコ義姉さんはなんて言ってるのよ」

同期なのに奈津緒は、翼の前ではたまに「義姉さん」と呼ぶ。

「由貴子さんからは『伊場局長もそれだけ期待してるのよ』って慰められた」

眩しいくらいの笑顔で「気にしない、気にしない」と励まされた。

「常にポジティブなキコが言いそうなこったね」

「誰かさんとは違って」

冗談で返したつもりだが、「誰だってキコの前じゃ日陰になっちゃうよ」と拗ねられた。

「それなら千藤女史に聞いてみたら」

「千藤さんに聞いたってしょうがないんじゃない」

「きみが社員になれたのは千藤女史のお陰でもあるわけでしょ」

「そうだけど」

奈津緒が言ったように毎日命じられた要約の宿題が、千藤が常石部長に頼んだことなら、千藤はまさに恩人だ。

「ツネちゃんやキンタはいくらきみのお父さんの世話になったといっても、伊場局長の前では蛇に睨まれた蛙（かえる）だけど、千藤女史なら本当の味方だろうし」

「だけど、それをいちいち聞くのも」

相談をされたところで千藤も困惑してしまうだけだ。「そうだね。言って余計な波風を立てるより、放っておくのが一番だね」と奈津緒も考えを変えた。

「次に同じことがあったら、書かないと決めたら書かなきゃいいだけなんだし、とくに難しいことではないんじゃないの」

「俺もそう思う」

ただしよく考えると、伊場はけっして週刊誌の味方になったわけではなく、最初に書かないと決めたことを書くのが記者失格だと、言われたようにも思えた。

8

十月に入ると、プロ野球はクライマックスシリーズに出場する球団を除いて、監督やコーチ交代、さらに引退や戦力外通告、ＦＡ移籍などが毎日どこかの新聞に載り、社内は殺伐とします。

アマチュア野球担当の翼も夏の甲子園が終わったからといって暇になるわけではない。センバツに向けた秋季大会、大学野球、なによりも十月後半にはドラフトがあるのでその取材に追われた。

東都スポーツでは、同じグループの東都ジェッツのドラフト選手を外すわけにはいかない。グループと言っても、指名する選手を教えてくれるわけではなく、由貴子をはじめジェッツ番の記者は、スカウトの元を回ったり、指名されそうな選手の学校に行ったりして情報集めに忙しい。秋からは及川もジェッツ番の一番下に入った。

プロ入りを希望する選手はプロ野球志望届を出すルールになっているが、高野連のホームページを見て驚いた。山形翔栄高校の東山凜が入っていたからだ。

監督の暴行問題の翌日に電話した時も、〈みんなと練習はできなくなったけど、社会人で一年目から活躍できるよう練習は続けます〉と話していた。進路を変更したのなら社会人でとは言わないだろう。それがどうして急に心変わりしたのか。

翌日、翼は休日だったが、自費で山形に行った。監督の暴力事件の件で電話をくれた礼を言いたかったし、社会人に行くと話していた進路がどうして変わったのかその理由も知りたかった。新幹線代の出費は大きいが、編集局長に怒られた手前、デスクに言いづらい。それに出張にすればなにかしらの記事を書かなくてはいけなくなる。

全体練習は自粛中とあって、グラウンドには誰もいなかった。室内練習場に向かうと、中から金属が激しくぶつかる音が響いていた。ドアを開けると、仰向けに寝た東山が相当大きなバーベルを持ち上げているところだった。

「あっ」

両手を伸ばしたところで彼が翼に気付いた。

顔を横に向けたことで手のバランスが崩れ、バーベルが左右に揺れる。

「危ない」

翼は走って、腕が震えていた東山からバーを受け取った。

「ありがとうございます」

「こっちこそごめん、あわや大怪我をさせるところだったたね」

「大丈夫ですよ。いつも最後はいっぱいいっぱいで、あんな感じになりますから」

夏より胸板が厚く、体が大きくなったように見えた。「背伸びた？」と聞くと「一センチだけです。よく分かりましたね」と笑われた。大人びて見えるのは、五厘刈りだった髪の毛がずいぶん伸びたことも関係しているが、甲子園以降いろんなことを経験して成長したこともあるのだろう。

「プロ志望届が出てたね。びっくりしたよ」

「あの時、笠間さんが注意してくれたお陰です」

「俺、なにか言ったっけ？」

「いくら順調な人生でも一度、脱線してしまうと元に戻すのは大変だって話してくれたじゃないですか。それまでの俺、嫌なことがあるとみんなに八つ当たりしてたし、すぐ自棄になってましたから」

「それでどうして社会人がプロに変わったの？」

「もっと厳しいところに行った方が自分は強くなれると思ったんです」

彼らしい考え方だと思った。

「それに自分がプロで活躍すれば、悪くなった学校のイメージも回復して、地元の人からも少しは応援してもらえるかもしれないし」

新しい監督が決まって、練習はまもなく再開されるらしい。有名監督ではないので、県外入学者は減るが、まだ一、二年生にはいい選手がいるから、活躍すれば有望な中学生が入ってくるかもしれないと東山は話した。

「辛い思いをしている下級生のことまで考えて決断したんだね。東山くんは本当に立派だ」

そう言って褒めると彼は少し決まりが悪そうな顔をした。

「やっぱり笠間さんに隠し事はできないですね。正直に話します。実はジェッツから指名してくれるって言われたんです。二位です」

「それってすごいじゃない」

プロ入りを希望すれば、指名されると思っていたが、二位とは思わなかった。それも人気球団のジェッツだ。

ただ嫌な予感が頭を過った。もしかして裏工作や密約があるのではないか。

そのことを聞くと「そんなものはありませんよ」と言われホッとする。「僕としてもドラフト後に社会人に断るのは申し訳ないと思って、先に断りの電話を入れました」

「ジェッツのスカウトは、社会人に断りを入れたことが他球団に知れてもいいと言ってるの？」

うちのジェッツ担当も知らないマル秘事項だ。スカウトが密かに動いて話をつけたのだろう。できれば逆指名してほしいくらいだ。

「一応、もし他球団のスカウトが来たら、ジェッツが希望と言ってほしいとは言われました。僕がジェッツファンなのは事実だし、それくらいならいいですよね？」

同意を求めるように聞かれたので「それなら問題ないと思うよ」と答えた。「お父さんはなんて言ってた？」

「父さんもジェッツファンだから喜んでました。それに姉ちゃんも。家計が楽になるから」

東山の話では、社会人野球の投手だった父親もジェッツに入るのが夢で、入団テストも受けたことがあるそうだ。夢は叶わなかったが、父と姉に育てられた高校生が、父の夢だった球団に入る。有名漫画と同じストーリーで、これは読者の興味を惹く原稿になるだろう。

「今、聞いた話、ジェッツに指名された時に書かせてもらってもいいかな」

「笠間さんが書いてくれるなら僕も嬉しいです」と即答された。「ジェッツのスカウトが来たことも、笠間さんに話したのが初めてですから」

「学校の人には？」

「仲間にも話してないです。言わないでほしいとスカウトから言われたんで」

「分かった。俺も漏れないよう細心の注意を払うよ」

約束して、最後は握手して別れた。

9

前回のことがあったため、黙っているわけにはいかず、東山に説明した上で、会社に報告した。会社だってジェッツが水面下で動いている選手を、記事にして潰したりはしないだろう。

最初は自分で報告するつもりだったが、会社に帰ると同期の及川が原稿に苦戦している姿を見て考えが変わった。

東都スポーツの記者でも、ジェッツのスター選手は担当になりたての記者には簡単に質問に答えてくれず、及川は毎日、先輩やデスクから叱られている。

「笠間さん、僕がその話をキャップに伝えていいの？」

廊下に呼びだして話すと、及川は瞬きして、そう確認してきた。

「いいよ。及川さんがジェッツ担当なんだから」

「ありがとう。助かるよ」

年は翼の方が上で、バイトのキャリアは及川の方が長いので、今もお互いに「さん付け」だ。それでもこの一年間で会話のぎこちなさは少しずつ解消された。

しばらくすると「翼くん、やったね」と会社に帰ってきた由貴子から言われた。

「なんのことですか」

惚けたのだが、「いいのよ、及川くんも頑張ってるけど、彼が取れる話ではないもの。きょう休日出勤してるってことは、翼くんが山形まで行ってきたんでしょ」とすべてお見通しだった。

「大丈夫よ、デスクにもキャップにも、笠間と及川の『連絡さんコンビ』で持ってきたネタだと言っといたから。山形の交通費も精算してね」

さすが由貴子だ。及川のことも、翼に交通費が出る方法も考えてくれた。

「でも由貴子さん、ジェッツは認めたんですか」

「私が聞いたらびっくりしてたけど、最後はよく取材したなって褒められたわ」

本当は東都スポーツにもドラフト当日まで知られたくなかったのだろうが、聞いてきたのが由貴子だったから認めざるをえなかったのだ。

「ちょっと気になることも言われたけどね」

「なんですか」

「東山くんの素行を心配してるのよ。喫煙と暴力で問題になった学校でしょ？　東山くんじたい、チームでも浮いてた存在だったみたいだし」

「それなら心配ないと言っといてください。僕は選手がタバコを吸ってる現場を目撃しましたけど、東山は吸ってなかったし、それに浮いてたといっても補欠の子がいじめに遭っていたのを彼が注意したからです。甲子園で負けた後、東山は泣いてるチームメイトを慰めていました」

父親がジェッツのテストを受けた話もしようかと思ったが、それはやめた。その話はドラフト当日に書くエピソードだ。まだ一面の要約文を書いていた頃、奈津緒に「お笑い芸人が最初に『これから面白い話をします』って言って漫才始めないだろ？」と注意されて以来、デスクに報告する時も「いい話があります」や「面白い話があります」と言ってハードルを上げないように気をつけている。

ドラフト当日、翼は自分から山形に行かせてほしいと頼んだ。

「ジェッツ番が行くより、アマ野球担当の翼が行く方が、怪しまれなくていいかもしれないな」

デスクたちもジェッツの隠し玉であることが他球団に知られないかを心配していた。ドラフト当日の紙面にはジェッツの指名予定選手の一覧が出ているが、東都スポーツのジェッツの二巡目の欄は、あえて社会人の外野手を載せている。

東都スポーツをはじめ全新聞の《指名が予想される選手》に東山の名前はあったが、二巡目までに挙げている社はなかった。

本来なら学校も会見場を用意して、テレビカメラも入ってそこでドラフト指名の瞬間を待つ。だが不祥事の影響もあり、学校は選手個人に任せると発表した。東山は家族と一緒に指名を待ちたいと、授業を終えた後は自宅に帰った。

学校から電車で一時間ほど離れた自宅には、スポーツ紙の東北支局の記者が二人、それと山形の地方紙記者が来ていた。

自宅の外で待っていたのだが、日本海側からの強い風が吹いていて結構寒い。風除(かぜよ)けの場所を探していると、姉が出てきて「皆さんも中にどうぞ」と入れてくれた。

最後に翼が玄関に上がり、畳の居間に正座して座ると、家族三人がこたつに座っていた。姉は「きょうは冷えるでしょう」とストーブを出してくれた。テレビ中継されるのは一巡目だけなので、そこから先はラジオになる。こたつの上には昭和の頃からありそうな黒いラジオが置いてある。ジェッツはリーグ優勝したので、二巡目の指名順は十二番目。まだ一時間半くらい先だ。

ドラフトの開幕が宣言され、各球団の一巡目の指名が読み上げられた。一巡目は重複したら抽選になる。甲子園で活躍した高校生投手を六球団が指名し、パ・リーグの球団が獲得した。その後は順調に指名が進み、一巡目は終わった。

翼は家族の顔を交互に見ていた。東山も緊張しているが、それ以上に父親の表情が硬い。無愛想なのはあいかわらずだが、テレビ画面をじっと見る顔は、祈っているようにも見えた。自分の夢をまもなく息子が叶えるのだ。父親の心臓の音まで聞こえてくる。

他の記者はまだ指名は先だと思っているのか、携帯を弄ったり小声でお喋りしたりしている。

部屋を見渡すと、仏壇に母親の写真が飾られているのを発見した。この夏から置くようにしたのだろう。遠目なのではっきり見えたわけではないが、顔の輪郭や目元が姉に似ているように思えた。ジェッツの指名が終わったら他の記者がいる前でも母親のことを聞こう。きょうは祝福の場なのだ。母親に対する家族の思いは東都スポーツだけでなく、他の新聞も通じてたくさんの野球ファンに知ってもらいたい。

二巡目指名が始まった。二巡目は下位球団から順番に指名していき、神戸ブルズが社会人のピッチャー、横浜ベイズも社会人のピッチャー、その後、次々に指名される。

「この外野手、東都スポーツがジェッツで二位指名するって書いた選手ですよね」

外で挨拶して以来、口を利いていなかった東西スポーツの記者が急に話しかけてきた。東西スポーツと東都スポーツはここまで抽選で負けたチームの外れ一位も含めてすべて当たっていた。東都がここで外れたから、自慢したいのだろう。

すべてのドラフト指名選手を当てるのは、スポーツ新聞のチームプレーだ。一球団でも担当記者が間違うと、その後に指名する球団の予想まで狂う。だが今回に関してはどうでも良かった。まもなく彼らは驚愕するに違いない。

二巡目の残りは札幌ベアーズと東都ジェッツの二球団だけになった。ラジオからは司会者のよく響く声が聞こえてくる。札幌ベアーズは地元北海道の高校生を指名すると担当記者からは聞いている。

「第二巡選択希望選手、札幌、東山凛、投手、山形翔栄高校」

東西の記者が「えっ」と声を出した。さらに向こう側に座っている記者が「二巡目ですか、すごいじゃないですか、おめでとうございます」と祝福した。

だが家族は誰も喜んでいなかった。東山は口を固く引き締め、姉は憂わし気な顔を弟に向けていた。父親も黙っている。家族三人が暗くなったことに、記者たちも当惑していた。

そこで少しテンポの遅い拍手が聞こえた。

「おお、凛、おめでとう。良かった、良かった」

笑顔ではなかったが、父親が息子のプロ入りを祝福した。

10

アルバイトだった去年までのドラフト当日は、会社は忙しく、活気があった。デスクがジェッツ番担当に指名選手のインタビューや連載などを命じる。指名選手の取材に北海道から九州まで飛ぶ記者は、土産を買ってきてバイトに配った。

だが今年は土産を買ってくる人はいなかった。翼も山形駅で買うのを忘れた。編集局に入った途端、会社全体が重たい空気に包まれているのが伝わってきた。

「いえ、うちも情報管理は徹底しましたし、うちから漏れたことはないはずです」

常石野球部長が手で口を隠すようにして小声で話していた。

電話の相手はジェッツのスカウト部長か球団代表だろう。東山の指名が東都スポーツの記者から他チームにバレたのではないか。そのことは山形駅でかかってきたジェッツ番キャップからも指摘された。

〈翼は、あの日以降、東山に会いに行ったりはしてないよな。ジェッツのスカウトに言われたんだよ。札幌ベアーズは間違いなくうちの動きに気付いていた。だから三巡から二巡に繰り上げたって〉

二巡はベアーズの方が先だったが、三巡は二巡の逆からなのでジェッツが先になる。

「行ってないです」

常石部長から行かない方がいいと言われたので電話で話しただけだ。

〈もちろん誰かに話したりもしてないよな〉

「僕が話したのは由貴子さんと及川さん、それと常石部長と白根デスクだけです」

〈おかしなことを聞いて悪かったな〉キャップはそう謝って電話を切った。

東山の指名は社内でも秘密事項だったが、他のデスクやジェッツ番記者も知っている。それなのに自分だけが疑われたことが悔しい。

「翼くん、残念だったね。東山くんもがっかりしてたんじゃない」

会社に戻ってきた由貴子は、翼を疑ってはいなかった。

「口にはしなかったですけど、心の中ではすごく残念がってると思います」

父親が祝福した時、彼は目を強く瞑ってから父の出した手を握った。瞳がうっすらと光っていた。記者たちは嬉し涙と解釈したが、翼にはそう見えなかった。父親の夢を果たすことができず悔しかったのだろう。彼の胸中を慮ると、母親のことも聞けなかった。

東山は一度の挨拶もなく強行指名してきた札幌ベアーズにも、恨み事を言わなかった。将来の感想を求める記者には「指名されたのは光栄ですけど、今は頭がいっぱいなので、将来のことはこれからゆっくり考えます」と言って自分の部屋に引き上げた。

山形駅で新幹線を待っている時、電話をしようと思ったがやめた。自分ならしばらくそっとしておいてほしい。

「西條、悪いけど、明日、球団事務所に行ったらスカウト部長を宥めといてくれないか」

部長から指示を受けた白根デスクが由貴子に言った。やはり電話はスカウト部長だったようだ。

「どうしてうちがそんなことしなきゃいけないんですか。漏れたのはジェッツからですよ」

「俺もそう思うけど、相当お冠だから」

「そこまで欲しい選手なら一巡目で獲ればいいのに」

「ジェッツに入りたくて浪人した選手がいて、今年はそういうわけにはいかなかったじゃないか」

「だからって証拠もなくうちを疑うなんて気分悪いですよ」

「そうなんだけど、伊場局長に電話されたら面倒だし」

そこで常石部長が「伊場局長には報告したよ」と言った。

「怒ってましたか」白根が聞く。

「それが『漏れたのはあんたらのせいだと球団に言い返してやれ』と言われたよ」

「意外ですね。ジェッツのことになると、だいたい球団の味方するのに」白根が首を傾げる。

「伊場局長は分かってるんですよ。ジェッツがどうしても獲りたければ正々堂々と早い順番で指名すればいいって」

「じゃあ、西條は伊場局長が漏らしたって言うのかよ」

「そんなことあるわけないじゃないですか」

「おいおい、おまえらここでおかしな話をするな」

最後は常石が両手で抑えて、その話は終わった。


ジェッツに指名されなかったこともあり、ドラフト当日の東都スポーツの東山は雑観と呼ばれるベタ記事だった。東山はジェッツと地方球団ではこんなに扱いが違うのかと、プロ野球選手になった最初の日に感じるのではないか。

ドラフト翌日、ネットニュースに東山のことが出ていた。

そこには《ベアーズはジェッツと東山が「ドラフト破り」をするのを知り、急に指名順位を上げて強行指名した》という内容が書いてあったのだ。

これではまるで、東山がルール違反をしようとしていたと取られるではないか。

それでもジェッツと指名の約束があったのは球団と東山の家族以外は知らないはずだ。監督の暴力問題が週刊誌に出た時も思ったが、週刊誌やネットニュースはいったいどこからこれらの情報を聞いているのだろうか。

11

「俺はあの時、ちょっと調子に乗ってた。父さんみたいにみんなに好かれる記者が嫌で、勝手に伊場さんをライバル視してたんだ。俺なんかの力じゃ全然敵わないのに」

　ドラフト後の取材が一段落した十一月になって、翼は兄に食事に誘われた。由貴子も一緒だと思って行った小料理屋には、兄しかいなかった。

——おまえが記者になったら酒でも飲みながら話してやるよ。

　翼は忘れていたが、兄は覚えていて、「正社員になったのに、なんだかんだで一年経っちまったな」と誘われたのだった。

　兄と二人で出かけたのは東都スポーツでバイトをする前に、小遣いをもらったコーヒーショップ以来で、酒を飲んだのは初めてだ。だから最初に店に入って乾杯してからも息が詰まりそうで、翼はほとんど話さなかった。

「俺はニュースを抜くためにはずるいことでもなんでもやった。だけど伊場さんには全部お見通しで見事にやられた。伊場さんはあの時、俺にこう言ったよ。『俺はきみと違って、他紙の人間を騙すような卑怯なことはしない』って」

　お代わりの生ビールが出てきたところで兄はそう言った。

「それで即売に戻ったの？」

　兄はグラスを強く握って発泡する泡をしばらく見つめ、ゆっくりと口をつける。

「その通りだな、と思った」

「だったら記者のまま、今度は堂々と戦えば良かったじゃない」

「いいんだよ。まず即売からやり直したいと思ったし、今は即売の仕事に誇りを持ってる」

もう一度グラスに口をつけ、カウンターを見つめる。兄の横顔が、父のそれと重なった。

父と兄は最後は心がすれ違ったまま離れ離れになった。二人がこじれたのは翼のせいだ。

「兄貴、ごめんな」

泡が抜けて温くなった一杯目のビールを口に入れてから翼は謝った。

兄は分かっているくせに、「なにをだよ」と惚けた。このままでは、いつまで経っても兄の心の痛みは膿んだ傷のまま一生治らないと翼は切りだした。

「俺が金を取ったのを兄貴が身代わりになってくれたの、俺はすごく嬉しかった。でもまさかその誤解をしたまま父さんが死んじゃうなんて、あの時は思いもしなかった」

当時、翼は中学生の不良に脅され、金を持ってこさせられていた。最初は千円程度だったが、もっと寄越せと五千円を要求された。母の財布から取った金を、不良中学生に渡した後、彼らと一緒にいるところを兄が目撃したらしい。

兄はその様子から翼が恐喝されていると察したそうだ。中学生たちはその金でゲームソフトを買った。「今度は一万円な」と翼に言った言葉を聞き、兄は確信した。店から出てきたところに兄が立っていた。中学生が買ったゲームソフトを奪い取り、「おまえたち二度とうちの弟に手を出すな」とすごい剣幕で怒鳴りつけた。中学生は逃げていった。

そのことを両親に話せば済んだ話だった。だが兄は不登校にもなった翼の気持ちを分かってくれていた。

――翼は一学期にクラスでいじめにあったんだろ？　それで学校に行かなかった。翼はそのこと母さんにも言わなかったんだよな。

　そう言われて小さく頷いた。あの時は友達にいじめられたなんてことを親に話せば、余計に自分が惨めになりそうだった。相談したところでいじめは終わらない。兄はすべて理解してくれた。それでも兄が、自分が金を取ったと父に言うとは思いもしなかったが。

　兄は父の自慢だった。プロ野球選手に憧れていた兄も、野球記者だった父が好きだった。二人の関係は東山と父親によく似ている。

　それなのに翼が二人の信頼関係を断ち切ってしまった。二人の誤解は永遠に解けない。そう思ったら悔しくて、情けなくて、翼は通夜も葬儀も泣き続けた。

　小料理屋では女将さんから「いいのが入ったのよ」とさんまの塩焼きが出された。身が崩れないように箸で丁寧に摘むが、どうしても小骨がくっついてくる。一度口に入れてから小骨を指で引き抜く。

「翼は相変わらず、魚食うの下手くそだな」

　兄が笑った。

「下半分はどうしても骨が残っちゃうんだよ」

　兄の皿に目をやると、兄のも下半分は骨の原形をとどめていなかった。

「兄貴だって下手じゃん」

「ああ、俺も母さんも下手だった。うちで魚の食い方が上手なのは一人しかいなかった」

ぞ。

――これだから都会育ちは困るな。そんなに食える部分を残したら漁師さんに叱られる
父が自慢げに話すたびに、大阪育ちの母が言い返していた。

――あなたの家だって熊本の山の方じゃない。

――あなたは器用なだけでしょ。

母はそう言ったが、父が器用だったのは魚の食べ方くらいで、料理も家電の配線もからっきしだった。母も兄も、笠間家はみんな不器用だ。

「翼は心配してるみたいだけど大丈夫だぞ。うちの父さんは俺たち兄弟のことで全然誤解なんかしてないから」

そこで急に話が戻った。もしかして兄は父と話したのかと思って尋ねたが、翼のことは話していないと言う。それならなぜ誤解していないと言い切れるのか。

「父さんは普段からもっと複雑なことを追いかけてたんだ。俺たちのことくらい、簡単に見抜けたさ」

その言い方には兄の願望が混じっているように聞こえた。今、目の前に父がいれば、翼は「あれは兄ちゃんじゃないんだ、俺なんだよ」と父に言う。

そこで父の話は終わり、その後は兄が「おまえは普段、どういう感じで取材をしてんだ？　俺は高校野球担当は経験がないから、暑そうだってことくらいしか分からねえよ」と言い、質問攻めにあった。翼は夏の甲子園の話をした。

「六時集合？　高校野球ってそんな早朝から仕事をするのか」と言ったり、「アルプス席の往復なんて俺は面倒くさくてやらねえだろうな」と言ったりして、自分の方がはるかに優秀な記者だったくせに気を遣ってくれた。

12

その日埼玉北関ソニックス担当の手伝いで、ドラフトで六球団が入札した目玉選手の入団会見の取材をしに北関ドームに行った。会見後に会社に電話をすると「まだ締め切りまで時間があるから会社で原稿を書け」と指示された。

球場から都心に戻るには途中で特急に乗り替えるのが早い。電車を待っていると「あら、翼くん」と呼び止められた。

「あっ、どうも」

千藤彩音即売部長だった。黒のパンツスーツで、会社で見る時より地味な服装だ。

「ソニックス取材の帰りなのね」

「そうです」

「私は挨拶回り。昔、この地域を担当してたのよ」

「部長なのにそういうこともするんですか」

「即売は人が少ないから、部長も現場に顔を出さないとやってけないの」

特急電車に乗り込んで二人でつり革につかまって立つ。千藤が離れたシートに目をやった。中年男性が東都スポーツを読んでいる。朝ならまだしも夕方近い時間帯で見かけるのは珍しい。

「私が学生の頃は普通の光景だったけどね。網棚にはいつも読み終えた新聞があって、それを探してる人がいたの。私の実家は東横線の終点の桜木町だったから、乗るとたくさんスポーツ新聞が残ってて、学生の時は嫌だったわ。女子ならみんなそう思ってたろうけど」

「それなのにどうしてスポーツ紙に入ったんですか」

「私はイベントをやりたかったの。広告代理店が希望だったけど、スポーツ紙しか受からなくて。当時は今と違って新聞はそこそこ人気だったから、それもいいかなと思ったのよ」

「でもイベントでなくて即売なんですよね」

「最初は事業部だったのよ。翼くんのお父さんに、スポーツ新聞の心臓は即売なんだから、金を使う事業ではなく、金を稼ぐ部署も見といた方がいいって引っ張られたの」

無理やりやらされたような言い方だが、千藤はその後も一番きついと言われる即売一筋だから、気に入っているのかなと思った。

千藤はその間もずっと新聞を読んでいる中年男性を見ていた。

「どうしたんですか」

「あの読者がどのページを楽しんで読んでるのかなと思って」

「即売ってそこまでリサーチするんですか」

「そりゃ読者がどの記事に注目しているのか編集にあげるのも私たちの仕事だから」

大変だと思ったが、「笠間部長は網棚の新聞まで調べようとしてたからね。私が汚いですよって止めたら、『自分が作ったものをそんなこと言っちゃ駄目だよ』と注意されたわ」とまた父のことが出た。

そこで電車が揺れて、千藤が体を寄せた。翼が支える。

「ごめんなさい」

「大丈夫です」

おかしな間が生じた。

「僕がアルバイトの頃、常石部長から毎日一面を要約して提出する宿題を出されたんですけど、あれは千藤さんが言ってくれたんですか」

千藤の体勢が戻ってから、ずっと抱いていた疑問を尋ねた。

「翼くん、原稿巧くなったものね。いつも感心して読んでるよ。一年目でここまで書ける人ってなかなかいないんじゃないかな」

千藤は自分が頼んだことを暗に認めた。高校生までは作文もろくに書けなかった自分が、一年目から記者がやれているのはあの一年間の訓練のお陰だ。それでも面白いエピソードが見つからない時は、先輩記者に遠く及ばない。

「原稿も苦労してますけど、他でもいろいろ怒られてます」

「聞いてるわ。濡れ衣を着せられたんだって。でも西條は絶対に翼くんのミスではないって言ってたけど」

千藤が聞いてるくらいだからきっと兄まで伝わっている。なんでも筒抜けだと思うと、自分はいつまで経っても子供扱いされているようで情けない。

「うちの兄貴と会ったりするんですか」

「頻繁ではないけど、この前、取次会社の集まりで顔を合わせたわよ。翔馬くんがどうかしたの？」

「いえ、兄貴、うちの記者から評判悪いから、即売ではどう思われているのかなと思って」

今でも嫌っている先輩がいる。兄の記者時代にこてんぱんにやられた人だ。

「即売でも文句を言う人はいるけどね。でも翔馬くんに結果を出されてるわけだから、全部やっかみだけど」

「そうなんですか」

「翔馬くんはやり手よ。彼なら即売でも記者でも、どんな仕事でも成功するんじゃないかしら」

昔は兄が褒められるたびに劣等感を覚えたが、今は誇らしく思えた。

電車は終点に到着した。そのままＪＲへ続く階段を降りる。翔馬は山手線の内回りのホームを上がろうとした。てっきり一緒に会社に戻るのかと思ったが、「私はあっちだから」と千藤は通路を真っすぐ進んだ。

「お疲れさまでした」

「明日の新聞も楽しみにしてるわ」

一緒でなかったことに少し気が楽になった。これで少しはのんびりできると、階段を歩く途中で携帯を出す。奈津緒からのメールを期待したが、届いていなかった。途中で降りて来る客の多さに電車が来ていることに気付き、駆けだしたが、目の前で扉は閉まった。こういうところは相変わらず鈍くさい。

「白線の後ろに下がってください」

アナウンスされたのが自分のことだと気付き後ろに退いた。電車が走り去る。最後の車両が去ったところで、線路を挟んだホームにも電車がやって来た。ホームが見えたのは一瞬だったが、そこに見えた光景に、翼は目を疑った。

千藤彩音が笑顔を広げて隣に並ぶ中年男性に話しかけていた。

その男は伊場編集局長だった。

第八話

1

　正社員になって二年目の二〇一〇年、翼は「遊軍」になった。なんでも屋のことで、普通はベテラン記者がデスクになるまでの期間に担当する場合が多い。

　東都スポーツの遊軍は四人いたが、そのうち二人が元ジェッツキャップの四十代、もう一人は三十代半ばの他紙から転職してきた人、二十七歳の翼がやるのは異例だ。担当替えが発表になった部会でも、翼がなにかミスをしでかしたのではないかと、周りの先輩から不思議な目で見られた。

　パ・リーグの担当かなと予想していた翼も意外だった。自分はまだ一人で球団を任されるほど信頼がないのだろう。その後、遊軍四人が呼ばれ、ベテラン二人は評論家付きやコミッショナー事務局を担当、他紙から移籍してきた鯨井(くじらい)と翼は、他球団記者が休日の時の穴埋めや、日本シリーズや甲子園といった大会の応援に入るよう言われた。

二月の春季キャンプでは六日ほど休みを取った各記者の代わりに、宮崎の南郷(なんごう)、沖縄の宜野湾(ぎのわん)と名護(なご)の計三ヵ所のキャンプ地を回った。昔の記者は一ヵ月キャンプ地に行きっぱなしだったが、このご時世では総務部から注意が入るため、一人担当の球団は交代要員が要る。

どこに行っても名刺を切って挨拶し、選手や関係者の顔と名前を覚えることから始めるのだから大変だった。ろくに面白い記事も書けなかったし、ニュースもいくつか落とした。デスクもそこまで遊軍に期待しておらず、「とりあえず早版だけ埋めてくれりゃいいからさ」と言われた。遅版で大きなニュースが入れば、翼の記事が最初に差し替えられた。

三月はオープン戦を手伝い、それは四月、五月、六月とペナントレースが始まっても変わらなかった。会社から「記事を出せ」と煩く言われないことに解放感はあったが、寂しさも湧き上がってきた。どうせ雑観記事だろうと思うと現場に行く気もなくなる。それでも他の記者より劣る自分がサボっていたら、いつまで経っても信頼されないと、早く現場に行って、顔を見かけた選手から裏方さんに至るまで必ず挨拶して、「昨日はいい試合でしたね」などと他愛のない話題で話しかけるようにした。

七月になって、札幌ベアーズの二軍戦を取材した。ルーキーの東山凜がイースタン・リーグで先発したのだ。東山は五回一失点と好投した。「早く一軍に上がりたい」とプロに入って一段と体つきが良くなった東山はきっぱりと話した。取材を終えた翼は、駅前のドトールで原稿を書いて送稿した。

千葉から電車を乗り継ぎ、午後五時過ぎに東京駅に着いた。デスクから指示がない限りは、ゲラが出る八時に会社に戻ればいいのだが、とくに寄る場所もないので会社に向かおうとした。そこに遊軍の鯨井から電話が入り、これから皇居の近くのホテルに来るように言われた。

「翼、ここだ、ここ」

ホテルのレストランで、髪を少し茶色に染めた鯨井が手を挙げていた。取材力を買われて二年前、夕刊紙から東都スポーツに移籍してきた鯨井は、去年までは由貴子などと一緒にジェッツ番をしていた。お洒落で高価な服や靴が好きで、この日も麻のジャケットに、よく手入れされた明るいブラウンの革靴、手には指輪が光っていた。

席まで近づくとグレーのスーツを着た口髭を蓄えた中年男性が座っていた。

翼は挨拶をしようと思ったが、「翼、ビールでいいよな」と鯨井に聞かれる。「いえ、まだ仕事があるので」と断ると、鯨井はウーロン茶を頼んだ。テーブルにはステーキやポテトフライ、ソーセージの盛り合わせが並んでいた。

「翼のことだから昼飯抜きで仕事してたんだろ。腹減ってんだから食えよ」

鯨井が言った通り、午前十一時開始の二軍戦の前から取材をして、試合後は取材に追われていたためなにも食べていない。

「あの、鯨井さん、こちらの方は」

翼は口髭の男を見た。男は名刺を出して、落ち着いた声で切りだした。

「わたくし、週刊トップの門倉といいます」

鯨井に「翼も出せよ」と言われたので渡す。出した名刺を記者が取った瞬間、なにかいけないことをしているような気持ちが心の中で疼いた。

「週刊誌の方がどうして？」

「情報交換だよ。お互い足りない情報を交換しとけば、いざという時に助かるだろ」

「いざという時って」

「いざという時と言えば、いざという時さ。それに新聞では書けないようなことだってあるじゃないか。選手の不倫とか、とくにうちはジェッツ選手の不祥事は会社に抑えられる。俺たちは日刊紙で、週刊誌とは締め切り日も違うしさ」

そう言われても納得はいかなかった。選手の浮気などはたとえ知っていても、選手と普段から付き合いのあるスポーツ紙の記者は書かない。だからといって他の媒体に教えていいものではないだろう。腑に落ちないでいると、週刊トップの記者が表情を緩めた。

「我々にしたって笠間さんになにか聞きたくて鯨井さんから紹介していただいたわけではないんですよ。僕らがあまりに現場の常識とかけ離れた感覚になってないか、それが心配になっていろんな記者さんと親睦会を開いているだけです。我々は記者クラブにも入っていませんし、ジェッツは長く取材禁止状態ですし」

「だったら僕ではない方が……」

自分は担当を持っていないのでどの球団にも詳しくない。そう説明しようとしたところで、鯨井に「親睦会なんだから気にするな」と制された。

レストランには二時間ほどいた。鯨井がチームの秘密に関わるような内容を話すのかと思ったが、鯨井も話さなければ、週刊トップの記者も質問してこない。

翼はほとんど黙っていた。ただ気になったことはあった。「この前の彼、歌が巧いんでびっくりしました」「あの人、お酒強いんですね」名前こそ出さなかったが、他の記者ともこうして会っていることを話していたからだ。自社の記者ではないのかもしれないが、鯨井と話すのだからやはり東都の記者か。

「あっ、僕も出します」

会計で週刊トップの記者が財布を出した時に言ったが、「いいんだよ、向こうは経費で落ちるんだから」と鯨井に止められた。

「でも、そういうわけには」

「きょうは私が呼びだしたので出させてください」

記者は黒の財布から一万円札を二枚出した。

「別に飯を食っただけだ。銀座のクラブに連れてってもらったわけじゃない」

鯨井に耳元で囁かれた。

「なるほど、そうやって週刊誌に情報が流れてんだね。どうせ新聞記者が流してるんだろうとは思ってたけどさ」

2

一週間ほど過ぎて、南浦和の定食屋で食事中に奈津緒にそのことを話した。二人とも生姜(しょうが)焼き定食を頼んだ。ご飯は翼が大盛りで、奈津緒はダイエットを始めたのか、少なめにしている。シンクロ時代に一日六千キロカロリー摂っていた奈津緒は早食いで、あっという間に平らげた。

「なんだか身内でそういうことをしてると思うと気分悪いよ」

そう言ったが、翼が落胆しているのは自分に対してだ。どうして週刊トップの記者と聞いた段階で席を立たなかったのか。鯨井の顔を潰してはいけない、取材で聞いた話はしなければいいと自分に言い聞かせて、その場に居残ってしまった。

「いいんじゃないの？　別にアルバイト料をもらったわけではないんでしょ」

「でも結構高い食事代を出してもらったし」

高級ホテルのステーキだから高いのは当然だが、どんな味だったかも覚えていない。

「きみが後悔してるのは、あたしはいいことだと思うよ。普通は食事くらいって思ってるうちに、キャバクラだ、クラブだって奢られる額も大きくなって、小遣いももらい始めて、そうこうしてるうちにその感覚が当たり前になって抜けだせなくなるんだろうからね。それってあたしらのギャンブル依存症と同じだよ」

昔ほど奈津緒はパチンコをやらなくなったが、彼女は自分たちの駄目ぶりを卑下する時によくパチンコを例に出す。

「週刊誌も酷いよ。新聞記者が金がないのを知ってて誘ってるんだから」

スポーツ新聞社の給料は一般的に見れば普通だが、選手と一緒に遊んで自腹を切ることも多いのでみんな金には汲々としている。鯨井は引き抜かれたといっても転職なので、給料は同年代社員より低いし、子供が二人いる。服や持ち物にも金を使うので懐は厳しいのだろう。

「それだって週刊誌の企業努力でしょ。彼らは当然のことをしてんだよ。その誘いに乗る記者の方が悪いよ」

「週刊誌だって自力で取材すればいいのに」

「向こうは記者クラブにも入れないわけだし、スキャンダル記事を書いて取材禁止になってるから仕方ないんじゃない」

「それだとスポーツ紙は書きたいことを書いてないみたいじゃない」

「それが事実なんじゃないの？　新聞が球団に勝手に配慮してなにも書かないから、週刊誌がスクープを連発するわけだし」

そう言われると反論できない。翼にしたって、昨夏の甲子園で選手の喫煙や監督の暴力問題を知りながら記事にしなかった。

「こういうこと、みんなやってんのかな」

「全員はやってないだろうけど、他にもいるんじゃない。スポーツ紙に限らず、一般紙の政治部や社会部記者も関わってるだろうし」

「由貴子さんは？」

「キコはやらないでしょう」

翼もそう思う。少なくともジェッツ担当はやっていないし、やってほしくもない。だけど鯨井だって去年までジェッツ番だ。そもそも鯨井はなぜ自分を呼んだのか。

「それよりきょうも伊場局長と千藤女史、怪しい行動をしてたよ」

去年、伊場と千藤を駅のホームで見かけたことを、しばらくして奈津緒に話した。その時の反応は「ありえないでしょう」だった。

――バツイチのツネちゃんや女好きの白根デスクが千藤女史に夢中になるのは分かるけど、堅物の伊場局長はないよ。まして伊場局長は結婚してるし。

翼も不倫と決めつけたわけではなかった。編集局長と即売部長だから、二人が一緒に行動することもあるのかもしれない。ただ、あの時の二人には仕事は感じなかった。少なくとも伊場に話しかけていた千藤の表情は、これから二人で楽しい場所にでも行くかのように弾んで見えた。

――そのこと、キコ義姉さんに聞いた？

——聞けないよ。でも兄貴には話したけど。

由貴子の実家からたくさんの苺が送られてきて、その一部を兄が持ってきた時に聞いた。

——なんて言ってた。

——あほらし、だった。

——普通はそう言うわね。

だが最初話した時は兄と同じ対応だった奈津緒が、半年ほど過ぎて「きみが言ってたこと、本当かもしれないよ」と言いだした。

出勤する奈津緒が駅から会社に向かって歩いていると、コートにマフラーを巻いた千藤とすれ違い、その数分後にコートを着た伊場が玄関から出てきて、同じ方向に歩いていったそうだ。その後も夕方の編集会議に伊場が不在の日は、だいたい即売部の千藤も外出中、その割合は月に一度ほどあるという。

「きょうもなにかあったの？」

「いつもと同じだよ。会議で『伊場局長は私用です』って局次長が説明したの。それで晩ご飯食べにいく時、こっそり即売部を覗いたら、ホワイトボードの千藤女史の欄に《直帰》と書いてあった」

「伊場さんって奥さんいるんだよね」

「いるはずだよ。もしかして別居してんのかもしんないけど」

「でも正式に離婚してなきゃ、不倫だよ」

「きみが裏切られた気持ちになるのは分かるけど、人を好きになってはいけないルールなんてないんだから大目に見てあげなよ」

「別に裏切られたとは思ってないけど」

「だけど寂しい気がするんでしょ」

「まぁ、それは否定しないけど」

四十代の千藤が今も独身でいるのは、父が死んだこともあるのかと考えたことがある。父と千藤が特別な関係だったわけではないし、死んで十六年になるのだから、引きずっているると思う方がおかしい。それでも千藤が選んだのが父のライバルだった伊場というのはやはり複雑だ。

食べ終えて一服する奈津緒から「これからどうする？」と聞かれた。

「どうしようか」

五日振りの休みなので、奈津緒の部屋で映画を見たり、漫画を読むなどして、まったり過ごしたい。「天気も良さそうだし、外でご飯食べようか」と駅前で待ち合わせを言われた手前、家に行きたいとは言えなかった。

かといって奈津緒は海などの行楽地にも興味はなく、出かける場所は思いつかなかったようだ。そもそも今年になって食事以外で二人で出かけたのは初詣と『パラノーマル・アクティビティ』というホラー映画、それと奈津緒が好きな『ラブサイケデリコ』のライブに行ったくらいだ。

「パチンコでも行く？　俺はそれでいいけど」

翼はそう言ったが「でも、きみはやんないんでしょ」と聞かれたので「見てるだけ」と答えた。

正月の初詣帰りに、翼はギャンブル断ちを宣言した。奈津緒は信用してくれず、三回ほど連れていかれた。「出玉の音に禁断症状が出てこない？」耳元で不吉な声で告げられ、千円くらいならと気持ちが動きそうになったが、なんとか我慢した。

「じゃあ、あたしもやめとくわ。人に見られながら打ってると、罪悪感に駆られるし」

「奈津緒にも罪悪感なんてあるんだ」

「あたしのこと、どんな女って見てんのよ」

「どんな逆境に遭ってもけっしてひるまない強い女性。しいてハリウッド女優で喩えるならアンジェリーナ・ジョリー」

「きみ、馬鹿にしてない？」

「褒めてんだよ。ブランド品バッグも持たずにいつもエコバッグだし」

「いつもそう言って男勝りみたいに言うけど、『パラノーマル・アクティビティ』であたしが大声出して抱きついた時、きみは得意顔してたじゃない」

「うん、あれは驚いた」

驚き以上に奈津緒の女性らしさを見られて嬉しかった。

翼がパチンコをやめようと決意したのは十二月二十九日だった奈津緒の誕生日に「あたしも三十三歳かぁ。なにやってんだろうね」と彼女が呟いたことが大きかった。

今すぐ結婚したいと考えたわけではない。まだ自分は仕事も半人前だし、彼女が好きなスーツの似合う大人の男にもほど遠い。むしろ断られるかと思うと口にできない。

それでも、いつの日か彼女が一生付き合いたいと思える自分になれるよう、今のうちから生活を改め、少しずつでも貯金をしておこうと思っている。

3

八月半ばに週刊トップの門倉から連絡があった。直接かかってきたのなら断ったが、鯨井から「門倉さんが待ってるから行ってくれ」と留守電に入っていたので、待ちぼうけを食わせるわけにもいかずに向かった。

時間は午後三時、レトロな雰囲気のある喫茶店だった。甲子園期間中はよく行ったが、東京でこの手の喫茶店に入ったのは初めてだ。

「笠間くんお腹空いてるでしょ？　ここはママさんの作るナポリタンが懐かしくてね。僕はここに来るといつも頼んでしまうんだよ」

「あっ、僕は大丈夫です」

「そっか、きみくらいの年齢だとナポリタンなんて懐かしくないんだね」

「いえ、そういう意味では」

ナポリタンは父がよく作ってくれた。翼も兄もたまの休日に父が作ってくれるナポリタンが大好物だった。

――これはお父さんが大学生の頃によく通ってた、雀荘の出前で頼んだのと同じ味なんだ。

Tシャツ姿の父が脳裏に甦った。

――お父さん、ジャンソウってなあに？

五歳くらいだった翼が尋ねた。兄は疑問に思っていなかったから意味を知っていたのだろう。

――もう、子供の前でそんなこと言わないでよ。いやねえ。

母が口を窄めたが、父は「大人になったら分かる」と笑っていた。

父が作ったのは炒めたソーセージと玉ねぎに茹でたパスタを入れてケチャップ味にしただけ、母がハンバーグの付け合わせに作るのとさほど変わらなかった。それなのに翼も兄も口の周りを赤くして喜んで食べた。味より、父が休日で家にいることが嬉しかったのかもしれない。

「笠間くん、遠慮しないで食べなよ」

門倉の声に意識が現実に戻る。

「大丈夫です。お腹減ってないんで」

「この店はホットケーキも名物なんだ。じゃあそれ頼もう。ママさん、小倉ホットケーキのセット二つ、コーヒーでいいよね？」

「えっ、は、はい」

結局、注文されてしまった。

前回はスーツだった門倉だが、この日はTシャツにジーンズだった。気になったのが視線で気付かれたようで「ああ、この恰好ね」とTシャツの生地を引っ張り、「昨日、校了日だから徹夜明けなんだ」と話した。

「徹夜明けなのに仕事なんですか」

「休む日もあるけど、こういう日をうまく利用しないと、台割が決まっちゃうと自由が利かなくなるからね」

そこまでして自分になにを聞きたいのだろうか。いっそう身構えたが、取材の話どころか野球の話さえしてこない。

「はい、小倉ホットケーキ、お待たせね」

カウンターから出てきたママが一皿ずつ運んできた。食べずにいようと思ったのだが、ふっくらして焼き色がついたホットケーキに溶けたバターが混ざり合って鼻がくすぐられる。不覚にも腹から情けない音がした。

「なんだ。やっぱりお腹空いてるんじゃないか。また昼飯抜きで仕事をしたんだね」

門倉に笑われ「すみません」と謝った。もう仕方がない。自分の分は払えばいいだけだと、ナイフで四等分にして、フォークを突き刺した。餡が載ったホットケーキは初めて食べたが、溶けたバターが餡に混ざってほどよく甘じょっぱく、シロップを使わなくても美味しかった。

「笠間くんって大学はどこなの」

「僕は専門です」

「なんの専門学校？」

「プログラミングです」

「そんな難しいことを習ったのか。だけどメディアは、金を取ってコンテンツを見せるというやり方から、無料で見せて他の手段で回収しようと変わってきてるから、そういう専門知識のあるきみを獲ったのは、東都スポーツにとっても意義があることだと思うな」

「習っただけで、全然使えません。学校も途中でやめましたし」

「やっぱり記者になりたいと思ったわけ？」

父の関係でアルバイトに雇ってもらったとは言えず、かといって記者をやりたかった理由も見当たらずに、「なんとなく興味が湧いただけです」と曖昧に答えた。

「でも自分の力を、今の新聞社で活かしたいと思ったわけでしょ」

なんと答えようが門倉はいい風に解釈してくれる。悪い気はしなかったが、実際はそんな大それたことは考えたことはない。デスクからの指令に従って現場に行き、他紙の記者に劣らないよう動き回っているだけだ。

「インターネットが普及したことで、スポーツ新聞が読まれなくなったと言われるけど、僕はそれはネットの問題だけじゃないと思うんだ。昔はスポーツといえば国内のプロ野球だけで良かったのが、今はサッカーやテニス、ゴルフ、フィギュアスケートと読者の興味が多様化してるでしょ。しかもどの競技も一流選手は海外に出てくから、取材に経費がかかりすぎて、結局、通信社の配信が頼りで、どの社も似たりよったりになってしまう。そこをもっと考えないといけないと思うんだよね」

「考えるってどうすればいいんですか」

「ネットでは書けない自分だけの情報を書くんだよ。見て聞いたことだけなら素人がブログで書くのと同じでしょ。選手と信頼関係を築いて、会見で話さなかったことまで深く聞いたり、たくさんの現場を踏んだ記者にしか書けない説得力のある記事を書けば、それがネットに反映されて、ニュースサイトという形で新聞記者が書く記事に読者が戻ってくると思うよ」

門倉の話は思わず聞き入ってしまうほど興味深い内容だった。けっして上から目線でなく、同じ業界の先輩からアドバイスを受けているような温かみを感じる。

門倉が携帯を出してメールを確認した。新型のｉＰｈｏｎｅ４だった。視線を見られたようで「デジタル派の笠間くんには珍しくないだろ？」と聞かれたので、「僕も次の機種変で替えたいと思ってますけど、まだこれを使ってます」とおんぼろの携帯電話を出した。

「携帯にアンテナが付いてるの、なんだか懐かしいね」と門倉は手に取って眺めていた。

「でもパソコンはずっとマック使ってます」そう言ってからバイトの頃、おじさん社員から「マック使うって、きみってミュージシャンなの？」と真剣な顔で聞かれたことも話した。門倉は「その人、冗談で言ったんだよ」と信用していなかった。

門倉はその後、自分たちの取材について詳しく話し始めた。昔の週刊誌は取材相手の住民票や登記簿をあげるのが基本だったが、個人情報の扱いが煩くなり、最近は取れなくなった。それでも週刊誌は様々な方法で、事実確認して取材を続けているようだ。

また最近はネットで記事がバッシングされ書いた記者が落ち込んでいるが、そんなのはまだマシな方で、昔は会社に抗議の電話がかかってきて止まなかったらしい。門倉の週刊誌が、宗教法人の批判記事を載せた時は、信者からファックスが二十四時間続けて送られてきて、しばらくの期間、仕事にならなかったそうだ。

もう誘わないでくださいと断るつもりでここに来た翼だが、門倉の話に引き込まれてそのタイミングを逸した。ホットケーキも完食してしまった。

「笠間くん。きょうは楽しかったよ。ありがとう」

一時間ほど話し門倉は席を立った。

「僕の方こそいろいろ勉強になりました」

頭を下げると門倉は伝票を取って歩きだす。二度連続でご馳走になるのはやはりまずい。

「門倉さん、きょうは僕が払います」

「いいよ。僕が誘ったんだから」

「僕、なにもしてませんし」

これでは次はネタを話すと勘違いされそうだ。

「本当にいいって、こっちは領収書をもらうから」

「はい、小倉ホットケーキセット二つで、二千円ね」

ママさんが言った。門倉は財布を出して、一万円札を出す。

「週刊トップで領収書くれますか」

「白紙で渡しとこうか」

「いいえ、ちゃんと書いてください。今は煩いんで」

そのやりとりを聞いているさなか、翼は尻ポケットから財布を出し、「これでお願いします。領収書はいりませんので」と門倉の出した一万円札の前に二千円を置いた。

「門倉さん、きょうは本当にありがとうございました。それでは失礼します」

顔も見ることなく礼だけして、逃げるように店を出た。

4

会社に戻ってからも不快な気分は消えなかった。なぜ自分から、僕は週刊誌の記者とは付き合えませんと言わなかったのか。あれでは門倉も困惑しただけだ。

その日は夏の甲子園が終わった直後で、今後の編集方針を指示する野球部会が、早版の締め切り後に行われることになっていた。

地方に出張している記者を除くほとんどが会社に戻ってきていた。ジェッツ担当の由貴子もいて、及川の原稿を直している。及川はジェッツ番の中でも一番下なので、毎朝、午前中から二軍の練習場に行き、そこで原稿を書いてから夜はナイターにも行くハードな仕事を続けている。翼と違って、記事が大きく扱われることもあるので、デスクや先輩から叱られて大変そうだ。

「西條、あとはこっちで直すからそのまま及川に出させろ。こんなに時間がかかっちゃ会議を始められなくなる」

白根デスクが急かせるが、由貴子は「大丈夫です。及川くんの原稿のままで十分行けると思います」と言った。ジェッツ担当は大変だが、由貴子がいるのが及川には救いだろう。

翼は騒然としている編集局内に視線を動かした。観察していると、会社が二分されていることに気付いた。その境界線がなにかと言えば、鯨井が話しかける者と話しかけない者だ。

去年まではジェッツ担当をしていたというのに、鯨井はジェッツ番とは接触せず、会話もしない。話すのは横浜担当や札幌担当、翼より一歳か二歳上の若手記者ばかりだ。

その記者たちは往々にして、デスクから大事な仕事を与えられず、会社に不満を持っている。鯨井にしてもそうだ。ジェッツ担当から外され仕事も減った。仕事はできるはずだから、キャップと喧嘩したか、それともデスクと揉めたか。

「及川、あいかわらず原稿に苦労してるな」

由貴子が離れたタイミングで、鯨井が及川に接近した。

「全然ダメですね」

「だけどこの前、大分羽目外してたもんな。相当鬱憤が溜まってんじゃないのか」

「あの時はごちそうさまでした」

「いいよ、別に俺が払ったわけじゃねえし」

聞こえてきた会話に、嫌な胸騒ぎがした。

5

会議では常石部長から会議の趣旨についての説明があり、白根、金田の両デスクがシーズンオフに向けての注意事項を伝えた。

ジェッツは調子が悪く、首位の中部ドルフィンズから大きく離されている。クライマックスシリーズはあるが、このままだとジェッツはコーチ陣の変更、ＦＡ、トレードによる補強は不可欠だろう。球界全体ではメジャーリーグを志願する選手がおそらく今年も出てきて、移籍やポスティングもニュースになる。「各球団担当ともに今からストーブリーグの準備をしておくように」白根デスクが全員に念を押した。

記者は全員手ぶらで席に着いているが、及川だけはデスクが話す内容を熱心にメモしていた。ジェッツ番キャップから命じられたのだろう。翼の頭に過去の及川に対する疑念が次々と浮かんできた。真っ先に思いだしたのは去年の山形翔栄高校の監督の暴行問題だ。あの件は同じ高校野球担当だった及川は当然知っている。

記事が出たのは週刊時報であって、週刊トップではない。ただ鯨井が週刊トップとだけ親密に付き合っているとは考えられず、目的が小遣い稼ぎであれば、週刊時報に売っていても不思議はない。

「今年は各紙の打ち合いになるのが予想されるから、みんな気を抜くことなく頑張ってくれ。では解散」

最後に常石部長が手を打って会議は終わった。先輩たちが次々と出ていくが、及川はホワイトボードの内容が全部書き取れていないようで、まだペンを動かしている。

「及川さん、ちょっといいかな」

先輩が全員いなくなってから、翼は話しかけた。

「ちょっと待って、笠間さん、もうちょっとで終わるから」

及川はホワイトボードとメモを交互に見て言う。だが翼は先に声を発した。

「去年の甲子園で山形翔栄の東山から監督の暴力や喫煙について聞いたこと、及川さんに話したよね。あれって誰かに話した？」

「どうしたんだよ、急に」

及川が顔を上げた。

その時にはもう一つの疑問も聞かざるをえなくなった。東山凜のジェッツ志望のことだ。あの話こそ一番に及川に伝えた。

ドラフト後、ジェッツが狙っていた内幕がネットニュースに出た。しかもジェッツと東山がドラフト破りをしようとしていたという内容だった。

そのことを問い質すと「話したって誰にだよ。僕は社内の人にしか話してないよ」とごまかすような言い方をした。直視すると眼鏡の奥で小さな瞳が泳いでいる。及川はメモを写すのをやめ「俺、明日も早いんで」と目も合わさずに出ていった。

たぶん二件とも及川だったのだ。及川が直接週刊誌やネットニュースに売ったわけではないが、社内の人――それこそ鯨井であり、及川は鯨井を経由して社外に漏れたことに気付いている。

釈然としない気持ちで会議室を出ていくと、背後から「翼」と呼ばれた。振り向くと茶髪の鯨井が腕組みをして立っていた。唇を窄めて目は笑っている。わざと強気を装っているように感じた。

再び、鯨井が会議室に入っていくので翼も戻った。鯨井が扉を閉め、鍵までかけた。

「おまえ、きょう門倉さんに失礼なことをしたらしいな」

「別に失礼なことは……」

それ以上言葉が続かない。門倉がそう思ったのならそうだったのだろう。

「僕はもう週刊誌の人とは会いませんから」

はっきりと言った。だが鯨井の顔はいっそう強張った。

「おまえなに勘違いしてんだよ。情報交換だと言ってんだろ。問題ないことを話して、駄目なことは言わなければいいだけだ」

「問題のないことなんてありません。僕が聞いた話は、僕が東都スポーツの記者だと知って、相手も話してくれてるんですから」

「誰もそこまで考えて話してねえよ」

「いいえ、考えてます」

東山の顔が浮かんだ。彼は翼でなければジェッツから誘われたと話さなかっただろう。

鯨井の顔を見る。ふっと声を出して笑った。

「好きにすればいいさ。せっかくおまえの情報網を広げてやろうと思ったのに。だけど余計な告げ口をしたら承知しねえからな」

脅しをかけてから鯨井は部屋を出ていった。

翌日から鯨井は話しかけてくるどころか、翼を無視するようになった。鯨井だけではない。他にも横浜や札幌担当ら鯨井と親しくしている記者も同じだった。

一方鯨井たちが近づかないジェッツ番担当も翼とは仕事に関わりがないせいであまり話すことがない。由貴子は声をかけてくれるが、身内だと知られているのでなんだか面映ゆい。

「下山さん、明日から三日間、札幌担当なんですが、なにか注意しておくことありますか」

札幌ベアーズ担当が連休のため、千葉で行われる三連戦は翼が担当することになっている。

「とくにないよ」

以前なら「これらに気をつけておけ」とアドバイスをくれたが、面倒くさそうな顔をされた。

「翼、電話だぞ」

運動部とは少し離れた場所にある編集局次長から呼ばれた。

誰からかと嫌な気がして電話に近づく。普通は携帯電話にかかってくるし、固定電話でも運動部にかけるものなのに、なぜ局次長席なのか。

「はい、笠間ですが」

「もしもし」

低い声に電話の相手が誰だかすぐに分かった。直接、電話されたのは初めてなので身が竦む。返事をする前に相手は用件を言った。

「今から言う場所に及川と一緒に来い。ただしこのこと、デスクにも言うな」

伊場編集局長から会社近くの料理屋に来るように命じられた。

6

及川を連れて、会社から五分ほどの場所にある和食屋に到着する。

案内されたのは個室だった。隣の及川は、翼が「伊場局長が呼んでる」と小声で伝えた時からずっと顔は青ざめている。週刊誌記者と会った後ろ暗さがある翼も、すべてがバレていてこれから追及されるのではと気が気ではない。

扉を開けると、丸刈りの常石部長が見えた。伊場は横に座っている。「そこに座れ」常石に言われ、「はい」と返事をして正座した。

常石がどうして二人を呼びだしたのかを話し始めた。

それは翼や及川が恐れていた週刊誌記者と会ったことではなく、仕事に対する指令だった。かといってなぜ自分たちが命じられたのか、会社でなく外に呼ばれて言われたのかが、理解できない。

「久我原(くがはら)投手の引退を僕ら二人が抜けってことですか？」

翼が常石に聞き返すと、隣の及川が「でも久我原さんは札幌ベアーズですよね」と続けた。

「札幌ベアーズの二軍の本拠地は千葉だ。久我原は今、二軍にいる。翼はこれまでも二軍戦の取材に行ってる」

「でも僕がどうして……」及川が口を挟んだ。

「久我原は元々ジェッツの選手だし、及川はジェッツの二軍戦を担当してるだろ？　イースタンのゲームならおまえが取材しても誰からも怪しまれない」

「はい」及川は返事をしたが、納得している感じではなかった。

「おまえら感謝しろよ。伊場局長が独自の取材網で大エース久我原の引退を探ってきてくれたんだ。なんとしてでもモノにしろ」

独自の取材網で摑んできたと言われたのに、伊場は「まぁ、そういうことだ」と言った程度で、黙ってビールを飲んでいる。時々、厳しい目で翼と及川を交互に見るのが気になった。

「せっかく来たんだ。飯でも食ってけ」

常石が注文し、生姜焼き定食が出てきた。普段行くような安い店とは違い、分厚い豚のロースだったが、喉の通りが悪く、食べ終わるまで時間がかかった。

元々はパ・リーグのエースだった久我原は、ジェッツにFA移籍して、優勝に貢献した。最後は怪我を理由に退団したが、その後は横浜、札幌と移籍して現役を続けている。確かに単独取材で引退の裏取りをできれば一面で扱われるほどのビッグネームだが、まもなく四十歳になる年齢からもいつ引退してもおかしくないし、おそらく他紙もそれくらいの情報は摑んでいるだろう。

それよりもそのことをなぜ伊場が自分と及川に命じたのか、そのことが理解できない。しかも常石は及川を取材に加えたことを「おまえが取材しても誰からも怪しまれない」と言った。誰が怪しむというのか。

食べ終えると「ごちそうさまでした」と礼を言って及川と一緒に席を立とうとした。

そこで伊場が言った。

「この件、おまえらだけでやれよ」

「僕たちだけ、ですか？」

「そうだ。他の記者は入れるな。そしてなにか分かった時はデスクに伝える前にツネに上げろ」

何か意味があるようだったが、それが何なのか見当がつかなかった。

7

翼はベアーズの一軍の試合を見なくてはならなかったため、翌日からの三日間は及川が千葉で行われるベアーズの二軍戦の取材に行った。

〈笠間さん、久我原選手からきょうも東都スポーツがなんの用だって言われただけで、あとはなにを聞いても無言だった〉

及川からは連日弱気な報告があった。

久我原はジェッツに移籍した当初はエースとして活躍したが、チーム最高額の複数年契約を結んだ途中からは、肘の故障でまったく活躍しなかった。

東都スポーツは他紙ほどジェッツの選手を批判的には書かないが、当時はチームが優勝から遠ざかっていたこともあり、《エースの久我原の身勝手な行動がチームに悪影響を及ぼしている》と批判をした。久我原は東都スポーツが自分をジェッツから追いだそうと個人攻撃をしてきたと今でも恨んでいるようだ。

「及川さん、他の記者は来てた？」

〈三日間とも誰も来てないよ〉

及川とは伊場から呼びだされた後、二人で喫茶店に入って打ち合わせをした。

彼も喋りにくそうだったし、翼も及川とは一緒に仕事はしたくなかったが、局長命令では仕方がない。

二人で話し合った末、とくに仕事がない時は自分からデスクに申し出て、ベアーズの二軍練習場に行こうと決めた。

四日目からは、及川はジェッツの広島遠征に行かなくてはならないため、翼がベアーズの二軍練習場に行くことになった。

球場に着いて最初に話を聞きにいったのは東山のことで取材したことがある二軍投手コーチだ。練習からちょうど上がってきたコーチは、立ち止まってポケットを探っていた。

「お疲れさまです。どうされたんですか」

「ああ、記者さん、いいところに来てくれた。百五十円貸してくれないか。小銭入れをどつかに置いてきたみたいでさ」

そう言って少し離れた場所にある自動販売機に視線を向けた。

「いいですよ。じゃあ僕が買ってきます」

「悪いね。アクエリアスを頼むわ、今度返すから」

「いいですよ、飲みものくらい」

取りだし口から取ったペットボトルをコーチに渡し、久我原について質問をした。

よほど喉が渇いていたのか、コーチはごくごくと喉を鳴らして飲んだ。

「あれだけ実績のある選手だから言いたかないけど、久我原は難しいよ」

「どう難しいんですか」

「肘の調子が悪いといっても、どんな状態なのかこっちは把握はできないし、最近になって治ったからブルペンで投げたいと言ってきたけど、優勝争いから遠ざかったこの時期に、ベテランに試合に出たいと言われても、投げさせる場面がない」

去年ベアーズに移籍してきた久我原は、前半戦は六勝二敗と好スタートを切った。しかしオールスター以降、肘痛で一軍には上がっていない。今年もキャンプからずっと二軍で、イースタンの登板もない。契約は今年で切れるので、コーチの言葉から推測すると、戦力外通告を受ける可能性が高い。

もっともコーチが頭を痛めているのは、久我原の契約事項に、「専属のトレーナーを雇う」という項目が入っていて、チームのトレーナーが肘の状態を見られないことのようだ。話を終えたところで飲み終えた。翼は「僕が捨ててきますよ」と言ったが、「記者さんにそこまでさせたら悪いわ」と空のペットボトルを持ち「百五十円貸したの覚えといてな」とクラブハウスの中に入っていった。

コーチは扱いに困っていたが、久我原は練習をサボっているわけではなく、毎日二軍のトレーニングジムで、ウエイトトレーニングなどリハビリに取り組んでいた。

ジムの外で待っていると、顔から滝のような汗を流した久我原が出てきた。

「はじめまして。東都スポーツの笠間と申します」

頭を下げてから名刺を渡そうとしたが、久我原は「また東都かよ」と不快な顔をして、通り過ぎようとする。そこで立ち止まった。

「おまえ、あの笠間と関係あるのか？」名刺を見てから翼の顔を凝視した。

兄のことだと思った。久我原がジェッツにいた時、兄はジェッツ番だった。兄と親しかったのかもしれない。

「笠間翔馬の弟です」

取材の取っかかりになればとそう言ったが、久我原は「笠間の弟でも東都スポーツとは話したくねえ」と顔を背けた。

そこでファンが出てきて、久我原に色紙とペンを渡した。

サインする久我原の隣から聞いた。「ピッチング練習を再開する目途が立っているとコーチから聞きましたが」

「おまえらはジェッツの時にひでえ事を書いたんだから、俺のことはほっといてくれよ」

目を吊り上げて、そこまで言われてしまうとそれ以上は聞けない。サインを終えた久我原は去っていった。

その後はリハビリコーチを取材した。「久我原さんについて余計なコメントをすると僕らが怒られてしまうので」と久我原より年下のコーチに逃げられた。どうやら久我原は二軍ではコーチの言うことも聞かずに好き放題振舞っているようだ。

「及川さん、きょうも収穫なしだった。コーチの話を聞く限り、二軍戦での今季中の登板もなさそうだ」

三時間近く球場にいたが、収穫がないため及川に電話をした。

〈となると引退する気なんじゃないの。もう引退の覚悟も決めてるか〉

「でも引退を決めてるとしたら、どうして練習するのかな」

空調が完備されているトレーニングルームであれだけの汗を流しているのだ。相当きついメニューをこなさないことには、あの状態にはならない。

〈僕が聞いた選手は、アピールじゃないかって言ってたよ。ジェッツの頃と比べたらずいぶん下がったけど、それでも久我原さんは結構な年俸をもらってるから〉

翼が取材した中継ぎ投手も似たようなことを話した。久我原は打たせてとるピッチングからチームワークを大事にしている選手だと言われてきたが、実際は自分に甘くて他人に厳しい。とくに若い投手が活躍すると「一つ勝ったくらいで喜んでるようじゃ、次はやられるぞ」とケチをつける。そう言われたことで若手は余計な力が入って次の試合は同じピッチングができなくなる。「久我原さんの後輩潰しだよ。あの人は出てくる後輩を潰すことで生き残ってきたんだ」中継ぎ投手は嫌悪していた。

翌日も千葉のグラウンドに通った。

「あれ、笠間さんじゃないですか」

トレーニングルームの前で立っていると、東山に呼ばれた。

「東山くんはきょうはウエイト？」

試合に出られるような選手は今はグラウンドで全体練習をしている。怪我でもしたのかと心配したが、そうではなかった。

「三日後に登板するので、別メニューで調整してるんです」

「そっか、次の登板も決まったんだ」

投手コーチに聞いた時は「まだ若いし、次の登板は体の回復を見てから」と言われたため、二戦目は少し先になると思っていた。

「この前のピッチングを続けていれば、すぐに一軍から声がかかるんじゃない」

「そう甘くはないですよ。それに勝ち星よりもっと球数を減らして、一イニングでも長く投げたいですね。そのためにはスタミナも筋力も必要なので、そういうメニューを組んでもらってます」

高校生の時から自分の将来の目標をしっかり持っていたが、プロに入ってさらに成長している。「お父さんやお姉さんとは連絡とってるの」と聞くと「一応、この前勝った後にメールで報告しときました。親父は返事がないけど、姉貴からは『お父さんもホッとしてたよ』って返信がきました」と話した。

扉が開いて、先輩選手が出てきた。東山は新人らしく「お疲れさまでした」と挨拶した。

扉が開いたところで、翼は中を覗いた。久我原の姿が見えた。バーベルを使ってスクワットをしていた。

「久我原さんもいるね」

「一緒にいると緊張しますよ」

「なにか言われたりするの」

後輩潰しと聞いただけに、東山も嫌な思いをしているのではないかと気になった。

「いろいろ教えてくれます。久我原さんはトレーニングの知識をすごく持ってるんで勉強になります」

「厳しく注意されたりは?」

「たまにありますけど、雲の上の人ですからね」

やはり噂は本当なのかもしれない。人のいい東山は先輩を立てているのだ。

「今年で引退するって噂もあるけど、そうなのかな？」

「続ける気があるから練習してるんじゃないですか」

「だけどコーチとはうまくいってないでしょ」

「久我原さんはなにに対しても厳しいですから、コーチはなにも言えないですよ」

「東山くんから見たらいい先輩なのかな」

「もちろんですよ」

素直に肯定されたことは意外だった。「言われることはトレーニングのことがほとんどですけど、どうすれば久我原さんくらいの年齢になってもプレーできるか聞いた時は参考になりました」

「その問いにはなんて？」

あまり無理するなと言われたのかと思った。久我原は最多勝のタイトルも獲っているが、一年全休したシーズンが何度もあるため、成績の波が激しい。

「まず食事を変えろ。安いものを食うな。栄養学を勉強しろって」

「他は？」

「自分に投資しろと言われました。いい医者がいたら自腹でも診てもらえ。オフのトレーニングが大事だからいいトレーナーを探せと」

「久我原さんが言いそうなことだね」

「でも一番印象に残ってるのはあのことかな」

東山は目を輝かせるようにして先を続けた。「野球選手は個人事業主なんだから全部が自分の責任だし、自分で決めろって」

そんなことかと落胆した。なんでも自分で決めるから久我原はチームで浮いてしまうのだ。東山が一軍で活躍するようになっても影響を受けてほしくない。

「またおまえかよ。練習の邪魔してんじゃねえよ」

扉が開き、首にタオルを巻いた久我原が出てきた。この日も顔から汗が滴り落ちている。

道を塞ぐように立っていたので翼は退こうとした。ところが先に久我原から「邪魔だ、どけ」と言われ、翼は足を止めた。

「その言い方はひどくないですか」

「なんだと」

ただでさえ威圧的だった久我原の目が釣り上がった。

「僕だって仕事してるんです。それを邪魔だ、どけだなんて」

記者嫌い、中でもとくに東都スポーツに恨みを持っている久我原のことだから怒鳴りつけてくるのも覚悟した。

だが久我原はなにも言わずに、翼と体がぶつかるすれすれのところを通り過ぎていった。

久我原はしばらく歩いてから顔だけ振り返り、「東山、汗かいた体のままでいると体冷やすぞ」と注意した。

8

取材を終えると及川の携帯に電話をしたが、出なかったので会社に戻る。

取材したことは即連絡する取り決めにしたが、及川が出なかったことに安堵する思いもあった。おそらく鯨井は、及川から翼たちがなにを命じられたか聞いているだろう。

久我原の引退など、週刊誌はスクープ扱いはしないと思うが、小遣いが欲しい鯨井は聞けば即座に伝えるはずだ。

この日ジェッツは試合がないため、会社に及川の姿が見えたが、近づくことに躊躇があった。そばに鯨井がいて、及川の顔は見えなかったが、鯨井は笑みを浮かべて話していたからだ。

先輩が通ったので翼は挨拶した。その声に「あっ、笠間さん」と及川が振り返った。翼は及川を見てから、隣の鯨井に視線を移した。鯨井はにたついた顔で、及川から離れていく。

及川にも翼が疑っているのは伝わったようだ。顔が急に暗くなった。

とてもこの日あったことを及川に説明する気にはならず、無視してデスク席に行く。この日の当番デスクは白根だった。

「戻りました」

原稿をチェックするためパソコンを弄っていた白根からは「雑観でいいぞ」と言われるものだと思っていた。

「おまえ、久我原を取材してるんだってな」

局長と部長に内密に呼ばれたことを白根は知っていた。及川が三日間、さらに翼が二日続けて二軍を見にいけば、デスクなら疑問に思う。常石部長に聞いたのだろうと「そうです」と認めた。

「久我原とは話せたのか」

「駄目でした」

邪魔だ、どけと怒鳴られたことは言わなかったが、白根は「あれだけ酷いことを書いたら久我原もうちには協力したくないわな」と取材に苦労する事情を承知していた。

「こうなったのも全部、伊場局長のせいだけどな。個人攻撃になるからやめた方がいいと俺たちデスクは反対したけど、伊場局長は他の球団の選手は非難するんだから、ジェッツの選手だけ特別扱いするなって、聞かなくてよ」

パソコン画面を見ながら口を窄めた。

そのやりとりはバイトだった翼も覚えている。デスクやジェッツ番は「ジェッツの選手ですよ」と反対したが、伊場は「おまえらうちから給料もらってんのか。それともジェッツからもらってんのか」と言い、記者を黙らせた。

「久我原はどうするつもりなんだよ。どっちにせよ、引退しか選択肢はないだろうけど」

「そうなると思います。でも久我原さんは普通に練習をしてますが」

「きっと自分は必死にやったけど自由契約にされたって、テレビカメラの前で涙を流すんだよ。久我原はファンも多いから、そうすれば同情してもらえると思ってんだろ」

「そう言ってた選手もいますが、僕はそんな風には感じませんでした」

邪魔だと言われたのは許せないが、若い選手に交じってトレーニングしているのはさすが一流選手だと感心する。

「プライドが高い久我原のことだから、クビを言い渡される前に引退する可能性もあるんじゃないか」

「それはあるかもしれませんが、まだなんとも言えません」

「あいかわらずおまえははっきりしねえな。球団に聞いて、契約する気がないなら引退って書いちゃえばいいんだよ。どうせ四十になるロートルを獲得する球団なんてないんだから」

「はい」

「紙面空けとくから書ける準備はしとけよ」

白根の目が再びパソコンに向いたので、翼はデスク席から離れた。

空いている席に腰を下ろし、きょう東山から聞いたことをノートにまとめた。

最初に言ったのは食事だった。「食事を変えろ。安いものを食うな。栄養学を勉強しろ」と話した。

次に聞いたのは「自分に投資しろ」だった。いい医者がいたら自腹でも診てもらえ。オフのトレーニングが大事だからいいトレーナーを探せ——影響を受けてほしくないと思って聞いていたが、それでも七十人選手がいて、チームが抱えるトレーナーは五、六人しかいないのだ。専門医も常駐していないのだから、久我原が言ってることもある意味正しい。

——でも一番印象に残ってるのはあのことかな。

最後に東山は目を輝かしながらそう言った。それは同じプロ選手としてリスペクトしているのが伝わってきた。東山の表情を思いだし、言った言葉をできる限り正確にメモしていると背後から「笠間さん」と呼ばれた。

及川が立っていた。彼は口を固く結んだ怖い顔をしている。翼も無視したことがあって、返事がしにくい。

周りを見渡した及川は、近くに誰もいないことを確認してから、「笠間さん、ちょっと来てくれるかな」と言った。

9

翌日の翼は、ベアーズの二軍マネージャーをつかまえて話を聞き、その後は練習を一切見ずに、駐車場で背の高い体を隠すようにして待っていた。

ジャージ姿の久我原が鼻歌を口ずさみながら歩いてくる。車の陰から翼が出ると、「なんだよ、またおまえかよ」と声をあげて後ずさりするが、すぐにいつもの不快な顔に戻った。

「昨日のこと文句を言いにきたのか。俺は歩くところにおまえがいたから『邪魔だ、どけ』と言っただけだ」

そう言って弁解する。

「もう言わねえよ」

顔を背け、リモコンキーを操作し、左ハンドルのベンツに乗ろうとした。翼はドアが閉められない場所まで久我原に近寄った。

「久我原さん。来年どうされるんですか。現役を引退されることは考えていますか」

「だから東都には話さねえって言ってんだろ」

「確かに昔、うちが久我原さんが気を悪くするようなことを書いたのは事実です。でもその頃、僕はまだ社員でもなかったですし」

自分でもそう話すのは都合がいいと思った。予想した通り「おまえが当時なにしてようが俺の知ったこっちゃねえよ」と返される。

シートに腰をかけ、エンジンをかけてから、シートベルトを装着した。だが翼が立っているのでドアが閉められない。

「離れてくんねえか。ドアを閉められねえだろ」

どけ、とは言われなかった。それでも翼は一歩も動かなかった。ただ久我原の顔を見る。

「ぶつかっても知らねえぞ」

久我原は左手を伸ばしドアを揺らして脅しをかけてくる。

「このままだとうちの会社は引退って書くかもしれません。あるいは引退勧告って」

「構わねえよ。本当に急いでんだ。トレーナーとの約束があって時間がねえんだよ」

「僕は球団の人にも聞きました。契約延長はしない、久我原さんにもすでに伝えていると言われました。引退をするなら、その時はちゃんとうちで引退式をやるとも。でも久我原さんはそれを断ったらしいですね」

この日取材した二軍マネージャーはそう話した。

「ならそう書けばいいじゃねえか」

カーステレオをつけてそう言った。Ｊポップがかかる。結構なボリュームだ。

「でも他の人から、自分のことは自分で決めろというのが久我原さんの考えとも聞きました。だから僕は久我原さんからどうするのか聞きたいと思ってここで待っていたんです。球団からの話を基にして引退と書くのは簡単です。でも野球選手の人生を決めるのが選手自身なら、やっぱり久我原さんに確認しないとそれは公平ではないような気がしたんです」

音楽に声がかき消されないように声を大きくして言ったが、久我原にはまったく伝わらない。

「どうでもいいから、早くそこから離れてくれ」

「離れません」

「俺は時間がないって言ってんだろ。また大声でどけって言うぞ」

「言われてもいいです」横顔を見て言い返す。久我原の顔がますます紅潮していく。

「しつこいな、本当にドアを閉めるからな。痛い思いするぞ」

「ぶつけられてもどきません」

扉を持つ左手に久我原の視線が動いた。勢いよく閉められる——勝手に背中が痛みを予測しておののきそうになるが、足底に力を入れてその場から動かずにいた。

そこで久我原は握っていたドアから手を離し、エンジンを切った。

10

電車に乗っていると携帯電話に及川から着信があった。

「及川さん、このまま待って、次の駅で降りるから」

手を添えて小声で言うと、電車が減速していった。扉が開くと同時にホームに飛びだし携帯を口元に運んだ。

「大丈夫、今電車降りた」

〈常石部長には伝えたよ。紙面に載せるのは来週月曜日組になるけど、きょうのうちに原稿を書いておけって。その後に白根デスクにも報告した〉

「ありがとう、じゃあ会社に戻ったらすぐに取りかかる」

会社に戻ると走って野球部の席に向かった。常石と白根が座っていた。

「きょうの原稿じゃないんだから、慌てて帰ってこなくてもいいんだぞ」

白根が呆れた顔で笑ったが、常石からは「よくやったぞ」と褒められた。

「もう一度話した方がいいですか」

白根に向かって言う。

「及川から聞いたからいいよ。久我原は球団から夏前に来季は契約しないと告げられたんだな。他球団でプレーする気はない。だけどベアーズではたいして活躍してないから引退式も辞退した、それで間違いないな」

白根に念を押されたので「その通りです」と答える。

「きょうぶち込みたいくらいだけど、伊場局長が明後日でいいと言うからそれに従うよ。あとは他の新聞に出ないことを祈るだけだな」

白根が言った他の新聞という言葉が翼には皮肉に聞こえた。きょうと明日の土日はプロ野球は六試合ずつあるが、すでにジェッツは優勝争いから脱落しているので、紙面を空けようとすればなんとかなる。

　それでもゲームが一試合もない月曜日の方が大きく扱えるとそう決めた。もっとも上が判断したのには他に理由があるのだが。

　翼はデスク席とは少し離れた場所でパソコンを開き原稿を打ち始めた。いつもならキーワードを外に書きだすが、覗かれたくないのでやめた。頭の中で書かなくてはいけない語句をしっかり整理した。

　そこに鯨井が戻ってきた。とくに書く原稿はないようで、デスクに短い報告だけして空いている席を探していた。翼の席とは離れた及川が座っているところに向かった。

　翼が顔を上げたところで鯨井と目が合ったが、一瞥されただけで、彼は及川に話しかけている。翼が必死に原稿を書いてるけどなにかあったのか――そう尋ねているのだろう。

　余計なことを考えていると原稿が雑になる。今は書くことに集中しようと、パソコン画面だけを見つめて、手を動かした。

　２００勝投手の久我原が本紙に衝撃告白――そう書きだしたが、「最初にハードルを上げることはない」という奈津緒のアドバイスを思いだし、《２００勝投手の札幌ベアーズ・久我原康典投手（39）が25日、本紙に今年限りでベアーズを退団すると語った》と普段通りの書きだしに直した。

　かつて東都ジェッツや千葉オーシャンズで7度の日本一を経験し、ＭＶＰ1回、最多勝タイトル2回を受賞している久我原は、昨年札幌ベアーズに移籍したが、今年は開幕から肘痛のため二軍暮らしが続いている。肘は投球練習を再開できるほど完治したが、すでに7月下旬に球団幹部から「来季は契約しない」と戦力外通告を受けた。球団は引退してコーチ入りする道を勧め、引退式まで準備していたが、久我原は固辞した……。

そこまではすんなり書けた。久我原からはどうしてそういう決断に至ったか、聞いたエピソードを書き足していく。

思ったより早く最後まで書き終えることができた。音読はできないので、心の中で最近奈津緒が気に入っている「橋本さとし」という役者のナレーションの声に乗せて、原稿を読み直した。

外連味（けれんみ）がないニュース原稿のため、盛り上がりには欠いたが、静かに語りかけてくる声のおかげで、こう直せばもっと久我原さんが悩んだ末に決断した心の葛藤を読者に伝えることができるのではないかと、いくつかの箇所を訂正した。

とくに最後の《父に連れられて子供の頃に日米野球を見にいった時からそれが夢だった》という部分、そして十年来の付き合いであるトレーナーから《僕は久我原さんが納得するまで付き合います。アメリカでもどこにでも付いていきます》と言われた時、《俺にここまで付いてきてくれる人間がいると思うと泣きそうになった。だけど人前で泣くのは本当に野球をやめる時まで我慢した》と久我原が話した部分は自分でもうまく書けた気がした。

送信ボタンを押して原稿を送る。

「白根デスク、今送りました」

デスク席に行って連絡した。他の原稿を手直ししていた白根から「あとで見とくよ」と言われる。

翼の原稿は明後日の月曜組なので急ぐことはないが、常石部長が「翼の原稿は一面の可能性もあるから、他のはキンタに任せて、白根は先に翼のを読め」と命じた。

「白根ちゃん、俺やるから翼のをやってよ」金田も言う。おそらく金田も事情を聞いているのだろう。

「じゃあそうします」

白根はパソコン画面の原稿を閉じて、翼の原稿に取りかかった。

翼は立ち止まって白根を見た。常石部長も白根をじっと観察している。振り返って及川を探すと、彼も立ち上がり白根の姿を追っていた。

前半部分を白根はカーソルを動かして読んでいた。それほど直すところはないようだ。

中盤以降でカーソルを動かす手が止まった。

しばらく画面を注視したまま顔つきまでが固まっている。そこで翼は及川に行こうと合図して、二人で白根の真横まで迫った。

原稿には《引退勧告を拒否した久我原は、来季は夢だったメジャーリーグのキャンプにテスト生として参加したいと明かした》と書いてある。

――そう簡単に受かるとは思ってない。だけどこのまま終わったら自分自身が納得できないし、四十代になっても投げられるように体をケアしてきた。マイナー契約しかできなくても挑戦を続けたい。

翼の前ではっきりとそう語った。その後にトレーナーとのエピソードも話してくれ、「もう決めたから書いていいぞ」と言った。

久我原から聞いたことを及川を通じて常石部長に伝えた。だが常石は、及川に「白根には引退式を断ったまでしか伝えるなよ」と命じた……。

――去年の秋ジェッツ番になった頃、鯨井さんに世話になったんであの人の誘いについていったけど、笠間さんの情報も、ジェッツの情報も一切話したことはない。それだけは信じてほしい。

昨日、呼ばれた廊下で、及川はそう説明した。それだけなら翼は信用しなかった。及川は鯨井から絶対に漏らすなと言われたことまで話してくれた。

――週刊誌やネットニュースにアルバイト原稿を書いているのは白根デスクもだよ。鯨井さんは買い物依存症、白根さんは女と酒で相当借金があるみたいだ。それで二人はネタを話しそうな記者に声をかけて回ってるんだよ。鯨井さんがジェッツを外れたのは、白根デスクが気を利かしたんだと思ってたけど、今は違うと思う。きっと伊場局長や常石部長は、二人が怪しいことを疑ってたんだよ。

だから伊場は「おまえらだけでやれ」と言ったのだ。「分かった時はデスクに伝える前にツネに上げろ」とも。

「翼、この最後の部分、どういうことだ？」

白根が顔を向けた。そして隣の及川にも「おまえの報告と違うじゃねえか」と叱った。

声には怒りだけでなく、動揺も混じっていた。

「すみません。報告するのを忘れてました」

翼が言うと、及川も「僕も忘れてました」と同じことを続けた。

「おまえら二人してどういう頭をしてんだ。これじゃ引退じゃなくてメジャー挑戦だろ。話が全然違うじゃねえか」

内容が違うことに怒っているだけではない。早く報告しなくてはいけないことにも焦りを感じているはずだ。このままでは嘘を伝えたことになる……。

そこで白根の背後から靴音が鳴った。その音が止んだところで低い声が聞こえた。

「もういい、白根、俺がそう指示したんだ」

伊場編集局長だった。座っていた常石部長も立ち上がった。

白根の目は虚ろになっていた。エアコンが効きすぎているほどなのに、こめかみから汗が流れ出ている。

「俺と伊場局長は、前からおまえと鯨井が週刊誌やネットニュースに情報を売ってるのではないかと疑ってた。だから翼と及川に指示を出したんだ。まだ若手の二人ならおまえらも警戒心を解くだろうと思ったんだ」

常石が説明した。

「ここではもういい。会議室に行って話を聞こう」

そう言った伊場が顎を動かす。

「おーい、鯨井、逃げるなよ、おまえにも聞きたいことがあるから一緒に来い」

声を張り上げて呼ぶ。伊場の視線を追いかけると、鯨井が編集局から出ていこうとするところだった。

その後、二人は会議室から一時間以上出てこなかった。

それから一ヵ月後の人事で、二人は編集局から異動となった。

11

「由貴子さん、どこに行くんですか。僕は、きょう八日振りの休みなのに」

十月初旬、翼が自宅で休んでいると、三時頃に由貴子が娘のかすみと急に訪ねてきて「翼くん、出かけるからすぐ準備して」と連れだされた。

京浜東北線に乗ってからも、同じ質問をしているのだが、由貴子はかすみとしりとりに夢中で、答えてくれない。ただ一度だけ、「翼くんが疑問に思っていることを、きょう解明してあげるから」と言われた。

由貴子の「ラッパ」に、かすみが迷うことなく「パチンコ」と答えた。翼はぎょっとした。近くにいた老婦人もまだ小学二年生のかすみを見ている。由貴子が注意するかと思ったが、気にせず「コンパ」と返した。また翼は呆気にとられた。かすみが「またパかぁ～」と目を寄せて考えていると、由貴子から「翼くん、『パ』よ」と振られた。

「えっ」

「パイナップル」は出ていたので「パンツ」くらいしか思いつかないが、さすがに女子二人の前では言えない。

考えているうちに電車は駅に停車し、「着いたよ。降りよう」と由貴子がかすみの手を取って出口に向かった。

赤羽駅だった。

「ここにどうして」

赤羽で考えられることは一つしかなかったが、電車に乗ろうとホームを上がってくる人の流れの隙間を縫うようにかすみの手を引いて進む由貴子には、声は届いていないようだ。

改札を出て東口に向かう。やはり翼が思っている場所に行くのだ。来たことがある通りをしばらく進むと、霊園の前に兄と母が待っていた。兄は花を持っていた。

「父の墓参りだったんですか。それならそうと言ってくれればいいのに」

い。

「まあね」

由貴子は言ったが、命日は一ヵ月先の十一月十日なのでこの日に来る理由が分からない。

「翼、遅いんだよ。タイミングを逃すところだったじゃないか」

兄が少し怒った顔でそう言うと、母が「いいから早く行きましょう」と歩きだす。翼はなにが遅いのか分からないまま、家族から少し遅れて後ろを歩いた。

秋に入り、すっかり太陽が低くなっていた。父の墓は霊園の西端なので、眩しくてよく見えないが、人がいる気配はした。手を翳(かざ)して凝視すると男女の二人組だった。二人は合掌してからこちらを向いた。

黒っぽいスーツを着た男と、パンツスーツの女性、伊場編集局長と千藤即売部長だ。そういえばいつか二人をホームで見かけた時も千藤はこの日のような地味な服装だった。二人は長い影を作って近づいてくる。

「いつもありがとうございます」母が礼を言う。

「とんでもないです」

千藤が頭を下げて母に返した。伊場も黙礼した。

「翼くんも来たのね」千藤が翼を見た。

「はい」

伊場の前なので緊張してそれ以上の言葉が出てこない。

「翼、この前の原稿良かったぞ」

伊場から急に下の名前で言われたことに驚いた。久我原のメジャー挑戦の原稿だと分かったが、あれから一ヵ月以上過ぎている。伊場から褒められたのは初めてかもしれない。

「だけど俺が良かったと言ってるのは、メジャー挑戦と書いたことじゃないけどな」

「白根デスクたちのことを暴いたからですか」

「それもあるが、それだけじゃない」

そう言われてしまうとなにを褒められたのかも分からなくなる。

「おまえがちゃんと久我原本人に直接聞いて書いたことだ。あれは笠間らしい取材だった」

今度は苗字に戻った。

「はい」

「だけどまだ記者としてひよっこだ。おまえの親父は記事の流出を阻んだ後も、会社のピンチを助けた」

「どう助けたんですか」

尋ねたが、伊場は黙っていた。隣から千藤が「お父さんは即売に移っても記者と同じ気持ちで仕事をしてたのよ。そのことは伊場局長も感謝している。私と同じで、笠間さんが亡くなってしまったのは自分のせいもあるって、責任も感じてるの」と言った。

「責任って？」翼は伊場の顔を見た。

「俺の仕事で笠間はあの日、千葉に行ったわけだからな。だけど笠間は、俺がどうしてそうしたのかも理解してくれていた」

「いったい、なにがあったんですか」

もっと詳しく知りたかったが、伊場が「話したいところだが、これから会社に戻んなきゃいけねえんだ。それより翼、明日からまた頼むぞ」と言い、去ってしまった。

千藤が「私も失礼します」とお辞儀をし、母と兄夫婦が頭を下げたので、翼も慌てて従った。

伊場と千藤は適当な距離を開けた状態で、並んで帰っていく。

「翼が父さんの墓参りに来たのはいつ以来だよ。全然顔を出さないから伊場さんや千藤さんも呆れてたんじゃないか」

伊場たちの姿が見えなくなってから兄に言われた。

「翔馬だって、半年くらい来てないのによく言うわよ」

母が兄をからかった。

「いくらなんでもあの二人みたいに毎月は来られないよ」

「あの二人って、毎月来てるの？」

信じられない思いで翼は聞き返す。

「そうよ。伊場局長と千藤部長は、お墓を建ててから毎月、お義父さんに報告に来てるのよ」

今度は由貴子が言った。「報告」という意味が分からない。

墓には二人が供えた線香が残っていた。母が持参した線香にマッチで火を付け、手で火を消してから供える。兄が持っている花を由貴子が受け取り、それを「どうぞ、翼くん」と手渡された。

「はい」

翼は、初めてなので戸惑いながらも花の紙包みを解いて花立てに挿した。供物台にはクリアファイルが置いてあった。中には新聞を切り抜いた記事らしきものが挟んである。ファイルを手に取って切り抜きを取り出した。翼が書いた久我原の記事だった。

「おまえが今年あまり記事を書かなかったから、伊場さんたち、父さんに持ってくる土産がなくて困ってたんじゃないか」

兄の弾んだ声に、涙声が混じっているように聞こえた。

「いいのよ、去年みたいにたくさん書いてたら、お父さんも読むのが大変だもの」

母が続けると、今度は由貴子が「翼くんが連絡さんの時は、毎日読まなきゃいけなかったから大変だったでしょうね」と言い、翼の中でバイト時代の記憶が甦った。

そうか。毎日書かされた要約文が二ヵ月後にまとめて返ってきたのは、墓前に置いていたからだ。あの拙い文章を父も読んでいたかと思うと恥ずかしさで耳が熱くなる。

兄の顔を見た。かすみと手を繋ぐ兄は笑みを返してきた。由貴子も微笑んでいる。母が墓石をじっと見て、そこにいる父に話しかけるように口を開いた。

「お父さんが死んだ後、伊場さんは笠間の息子二人の面倒は私が見ますって言ってくれたのよ」

母の顔を見た。だが納得がいかず兄に顔を向けた。兄は確か東都スポーツを受けたが落ちた。それがどうして面倒を見ることになるのか。

兄がなにか話そうとしたが、鼻を啜って黙ってしまった。母も語らない。代わりに由貴子が言葉を継いだ。

「翔くんが受験した後、伊場さんはお義母さんに連絡して、翔馬はどこの会社でもやっていけるから東都スポーツでなくても大丈夫です。その代わり、翼が高校を出て、なにもすることなくてフラフラしてたら、うちでアルバイトするように言ってくださいって言ったそうよ」

「それで俺が誘われたの？」

今度は由貴子ではなく母が答える。

「あんたが専門学校に行った時に言おうと思ったけど、翼の人生を親が勝手に決めたらかわいそうって、黙ってたの。でもあんた、専門学校もやめてなにもしないから。そのうち伊場さんに頼むしかないと思い始めたの。お母さんからお願いしますって連絡したら、伊場さん、『笠間のコネで入れたとは思われたくないので、ビシビシ鍛えますけどいいですか』って言われてね」

兄貴は知っていたのか。そう聞くつもりで顔を見た。兄は頷いてから続ける。

「俺がその話を聞いたのはずいぶん後になってからだけどな」

「後って？」

「記者をやった最後の年だよ。母さんから聞いて考えが変わったんだ。あの時は伊場さんから『俺の知ってる笠間という記者はそういうことはしなかった』と言われてショックを受けてた。結局、伊場さんにも父さんにも敵わなかったと落ち込んでた。だけど落とされたと思った入社試験の後に、伊場さんがそう言ってたんなら、なにも記者にこだわらなくてもいいやって。そう思ったら急に、即売に戻って俺が知らない即売の父さんと勝負してみたくなったんだ」

そういう理由だったのか。それで二人で食事をした夜、兄は「即売からやり直したいと思ったし、今は即売の仕事に誇りを持ってる」と言ったのだ。

「キコのこともあったし、おまえがもし記者になるとしたら、俺が同じ現場にいたらやりにくいと思ったこともあるけどな」

「そりゃ、やりにくかっただろうね」

出来のいい兄と比較されるのはずっと嫌だった。兄が記者のままなら、志望書に「記者」とは書かなかったかもしれない。

「まさか本当に翼が記者になるとは思わなかったけど」

「俺だって思わなかったよ」

「だから余計に、伊場さんがさっき、『笠間らしい取材だった』と言った時、俺は自分のことのように嬉しかったよ」

あの言葉は翼も感動した。いや、まだ父に追いついたわけではないが、父のライバルの伊場から認められたことに、ちょっとだけ親孝行できた気がした。

「ちょっとあなたたち、なにごちゃごちゃ言ってるのよ。伊場さんに言われて嬉しかったのはあなたたちじゃないでしょ」

母がそう言って手を合わせたので、一緒に合掌した。

父さんの凄さが分かったよ——そう心の中で唱えると、父の顔が浮かんだ。

それはいつも翼の夢に出てくる穏やかな笑顔だった。

第九話

1

手を繋いだ翔馬から不安そうな声が漏れた。

「お母さん、大丈夫かなぁ……」

「大丈夫だよ。お母さんは強いから、元気な赤ちゃんを産んでくれるさ」

病院の待合室で、笠間哲治は翔馬の手を強く握り返した。

笠間はこの日も仕事だった。「静恵さんに陣痛がきたばい」と母から電話が来て病院に駆けつけた。

学生結婚した時、一度両親から勘当されたが、母は新婚の頃から父に内緒で米や野菜を送り、翔馬が二歳になった四年前には頑固者の父も認めてくれた。

今回は出産予定日の三日前から母が熊本から赤羽のアパートに来て、帰りが遅くなる笠間に代わって静恵と保育園に通う翔馬の世話をしてくれた。母に頼んだのは前回のようなことがあってはならないとの心配からだが、予定日から五日過ぎても生まれる気配はなく、仕事に行っても集中できなかった。ようやく陣痛が来たと電話を受けた瞬間は喜んだが、病院についてから、もう四時間以上待たされている。翔馬には大丈夫と言ったが、母子が無事かどうか不安で、地に足がついている気がしない。

「母ちゃん一度、帰って休んでてもええよ。生まれたら電話するから」

笠間が仕事に出かけている昼間に、慣れない孫の世話をして疲れている母にタクシー代を渡そうとした。母は首を振り、「翔馬はお手伝いもしてくれるで、そぎゃん手えかからん。あんたが子供の時の方がそら大変やったとね」と熊本弁で強がった。

「この子は優等生やし、先生も偉いって感心しとったたい」

この日は翔馬の保育園の参観日だった。笠間は会社に休みを申し出ていたのだが、急な仕事が入り行けなくなった。翔馬には「ごめん、先生にうちは赤ちゃんが生まれるから行けなくなったと伝えておくよ」と言い、翔馬も「それでいい」と言ったが、「そんなことしたら翔馬がかわいそうばい」と母が出席してくれた。母によると翔馬はほぼすべての先生の問いかけに一番に手を挙げ、答えていたそうだ。

「笠間さん、生まれましたよ」

廊下に若い看護婦が走ってきた。

「無事ですか」

男か女かも気になったが、それより体だ。

「元気なお子さんです、男の子ですよ」

「女房は」

「奥さまも元気です」

しばらくするとベテランの看護婦がタオルで包んだ赤ん坊を抱いて現れた。赤ん坊は目を瞑り、タオルから両手を出している。健診の時から「おそらく四千グラムはある」と言われ、難産になる予感はあったが、ひと目見ただけでは大きいのかどうか判断がつかない。

翔馬は生まれた時に泣いていたが、二人目は泣き声もなくおとなしい。翔馬は目が腫れぼったくて頭も産毛しか生えておらず、猿みたいだった。この子は目の輪郭がはっきりし、髪も少し生えている。

「先生がいらっしゃいますので、あとは先生に聞いてくださいね」

「はい」

看護婦は赤ん坊を新生児室に連れていった。

「翔馬、弟だ。いろいろ頼むな」

「良かった。僕、本当は弟が欲しかったんだ」

これまでは妹がいいと言っていたのだが、それは静恵が望んでいたからだ。その静恵もきっと喜んでいる。もう一人産むと決心し、これだけ辛い思いをして大きな赤ん坊を産んだのだから嬉しいに決まっている。

しばらくして出てきたのは若い女医だった。長時間のお産に憔悴しているようだ。

「ありがとうございます」

笠間が頭を下げると、隣に立っていた翔馬も一緒にお辞儀した。

「四千二百グラムもありました。奥さま本当に大変だったと思います。褒めてあげてください」

女医にもう一度礼を言ってから、部屋に入った。大きな唸り声が聞こえていたというのに静恵はけろっとしていて、「赤ちゃん、見た?」と聞いてくる。

「見たよ。両手をこんな風に出してて握手したくなった。もちろん触らなかったけど」

軽く万歳するようなジェスチャーをする。

「大きかったでしょう」

「タオルに包まれてたから体は見えなかったけど、顔は大物感たっぷりだった」静恵に話を合わせてから「ありがとう」と言った。

「静恵さん、よう頑張ったとね」後ろをついてきていた母も称えた。

「お義母さん、ご迷惑をおかけしてすみませんでした」

「なあん、私は翔馬とたのしゅうさせてもろたとね」

「静恵に似てはっきりした顔の赤ちゃんだった。あれは男前になりそうだ」笠間が布団から出ていた静恵の手を握った。

「分かんないわよ。翔馬だってずっと一重だったのに、一歳で急に二重になったし」

父親似だと思っていた翔馬だが、笠間が一ヵ月に及ぶ春のキャンプ取材から帰ってくると母親似に変わっていた。翔馬が優秀なのも、大学の教育学部で成績がトップだった静恵の血を引き継いでいるからだ。

「我が家のドラフト一位は即戦力、二位は体が大きくて将来のエース、あなたの子供らしいわね」

結婚して以来、唯一購読しているのがスポーツ紙とあって、静恵はよく野球に喩える。実際はスポーツはあまり興味がないから、無理して合わせているのだ。

「違うよ、ドラフトは毎年あるんだ。二人目もドラフト一位さ」

「そうね」目尻に皺を寄せた。「で、名前は考えてくれた?」

静恵からは「あなたは仕事で忙しいだろうからなにもしなくていい。名前だけは考えてね」と頼まれていた。なにせ翔馬の時は、出すものすべてを却下され、「あなた本当にマスコミの人?」とセンスを疑われた。

「翼、でどうだ。今風だろ」

自信満々に言ったが内心は不安だった。女の子だったら「花」にすると三年前から決めていた。それなら自信はあったが、翼では「男の子なのか女の子なのか、点呼の時に先生が迷いそうよ」と教師らしい視点で却下されるのではと案じていた。

「翔馬に、翼ね、二十一世紀に羽ばたいていきそうでいい名前じゃない」

思いのほか静恵は喜んでくれ、その場で決まった。

2

翌日から二日間休んだが、規定の一週間の休暇は取らずに三日目には出勤した。静恵の退院までまだ三日ある。母には「俺が早く帰るから大丈夫だよ」と言ったが、「お父さんより翔馬といる方が楽しか」と退院まで残ってくれた。

出社すると、普段休みをあまり取らない笠間が連休したことに「どうしたんですか」と後輩記者が怪訝（けげん）な顔をして聞いてきた。

「まぁ、ちょっとな」

二人目が生まれることは、上司である野球部長の向坂（さきさか）と沢木デスクにしか話していなかった。

後輩が去ると今度は先輩記者の照屋が近づいてきて「おめでとう」と言われた。

「照屋さん、誰から聞いたんですか」

「向坂部長だよ」

照屋には、笠間が今年から担当している横浜シーガルスの留守番役を頼んでいたから、部長が事情を明かしたのも仕方がないか。

「めでたい話なのに、どうして教えてくれなかったんだよ」

「いえ、なんか恥ずかしいじゃないですか」思いついた理屈を言う。

「恥ずかしくないだろうよ。子供が生まれたのに」

「照屋さんだって、この前、ツネが三人目ができたって言った時、『おまえ、なんだかんだ言って、まだ嫁とやってんのかよ』とからかってたじゃないですか」

別に結婚しているのだから女房とするのは当然だが、男社会である新聞社では女房と仲がいいとそう揶揄(やゆ)される。

プロ野球記者は、二月は九州、沖縄、四国のキャンプ地で一ヵ月滞在し、シーズン中も出張が当たり前で一年の半分は自宅に帰らない。その上、高給取りで豪快に遊ぶスター選手が取材相手とあって、記者の行動や金遣いも世間とずれている。ポケットには裸銭を突っ込んで行きつけの飲み屋に入り浸り、選手と高額レートで麻雀する。選手同様、行く先々に遊べる女がいる――そうした型破りな記者の方がネタを取ってきて、毎日きちんと家に帰る真面目人間は、面白みを欠いて仕事ができないと見られるのだ。

実際、記者になりたての頃は笠間も豪快に遊んで仕事もする先輩に憧憬を抱いた。とはいえ実際は浮気したこともなければ、先輩に無理やり誘われた風俗も断り、学生時代に夢中になったギャンブルも結婚してきっぱりやめた。

「笠間に対してそんなことを言う人はいないだろうけど、確かに俺も二人目を報告した時はちょっと恥ずかしかったな」

照屋は笠間が取り繕った説明に納得した。

「それよりこの二日間、横浜シーガルスはとくになにもなかったようですね。ありがとうございます」

「笠間みたいなニュースは一本も出せなかったよ」

「僕だって今年は全然ですよ」

ジェッツ番の時と同じことをやっただけであって、張り切って仕事をしているわけではない。

それでも各紙の中では一番、ニュースらしいものは書いてきた。妊娠した直後、静恵を病院に連れていったため仕事に遅れたことが幾度かあったが、その時も球団幹部に電話を一本かけて、他紙がどんな取材をしたかを把握した。それができたのは、最初の数ヵ月で大事なことを話してくれるネタ元を何人か確保したからだ。

照屋からは「コーヒーでも飲みに行くか。ご馳走するよ」と誘われたが、「これから出かけなくてはいけないので」と断った。

そこで編集局の隅で、二人の男が向き合っているのが目に入った。

長袖のポロシャツを着た男が、スーツ姿の若手を叱っている。ポロシャツはジェッツ番のサブキャップの伊場、スーツ姿は去年まで伊場と笠間の下でジェッツ番をやっていた峰という伊場より一つ年下の後輩で、今は遊軍をやっている。

「だからおまえは駄目なんだ。あんなのニュースでもなんでもねえよ」

伊場の怒号が聞こえた。迫力に押された峰はなにも言い返せない。

「照屋さん、あの二人、なにかあったんですか」

ま
った。

「どうしたんだろ」

そこで峰が笠間たちのいる方向に歩いてきた。

「峰、なにかあったのか」直接聞こうとしたが、峰は顔を真っ赤にして部屋を出ていった。

今度は伊場に聞こうと思ったが、彼も笠間には目もくれず、近くのドアから外に出てしまった。

仕方なく部長席に行く。野球部長の向坂が渋い顔で電話に応じていた。「はいはい、ちゃんと伝えときますんで、もうこのへんでいいですかね」と答えているから、抗議の電話なのだろう。

「部長、どうしました?」

「朝から何度も電話してくる読者がいるから、仕方なく俺が出たんだよ。『外人使うなら、土谷と東郷の三、四番でいいだろ。じゃなきゃ日本シリーズ勝てねえぞ』って……俺に言われても知らねえっちゅうんだよ」

今年は優勝したというのに、それでもジェッツが負けると腹いせに新聞社にも抗議の電話をかけてくるファンが結構いる。東都スポーツは確かにジェッツとは同じグループではあるが、選手の打順まで文句を言われたところでどうしようもない。

「それより笠間、良かったな。おめでとう」

「ありがとうございます。ご迷惑をおかけしました。おかげさまで母子ともに健康です」

「それがなによりだよ」

あれほど口外しないでくださいと言ったのに、と言おうとしたが、それより伊場の件が気になった。

「伊場と峰、どうしたんですか」

「どうもこうもねえよ。また伊場の陰湿な後輩いじめだよ」

向坂は完全に伊場を悪者にする。完璧主義者の伊場は後輩に厳しいが、けっしていじめているわけではなく、怒るのには必ず意味がある。そもそも出る杭など打たなくても、伊場を脅かす記者など出ないことは、会社の人間は全員分かっている。

伊場とは、笠間が正社員になってから四年間一緒にジェッツ番をやり、先輩記者を差し置いて二人でトップ記事を書いてきた。今年から笠間は「他球団も経験しとけ」と初めて一人担当の横浜シーガルス番になり、代わりに伊場はジェッツのサブキャップに昇格した。伊場の厳しい指導のお陰で、今年もジェッツネタは東都スポーツが他紙を圧倒している。

後輩だけでなく、伊場は上司にも直言居士で、「あんな紙面を作ってたら読者にそっぽを向かれますよ」などと厳しい。とくに今の向坂は、野球記者から芸能記者に転身し、そこで大手プロダクションに食い込んで結婚や引退スクープなど功績を挙げ野球部長に凱旋した。自分のカラーを打ちだしたいのに、言うことを聞かない伊場が鬱陶しいのだろう。

「伊場の機嫌が悪いのは、一ヵ月前に書いた峰の記事だよ。ほら、大阪ジャガーズのエースの引退のスクープだ」

「あれでどうして怒るんですか」

　引退と書いた大阪ジャガーズのエースは、数年前までジェッツに在籍、ファンに惜しまれてトレードされたので、東都スポーツの読者にも人気がある。記事通り、それから数日経って、そのエースは引退を表明した。

「峰が本人に確認せずに引退と書いたことを伊場は責めてるんだ。だけど峰にしてみたら、今は大阪ジャガーズの選手で、在阪のスポーツ紙に親しい記者がいるのに、わざわざ確認したら他紙に漏れるって考えたんだろ。確認しなかったのは当然だよ」

　向坂は峰の肩を持ったが、笠間には伊場が一喝した理由が納得できた。昔の伊場も当事者に聞かずに引退の記事を書いていた。ここ数年は必ず確認し、引退すると口にしない限りは書かない。

　峰がスクープに得意がっていたのだろう。それが伊場の耳に入り、許せなくなった。笠間ならあそこまで目くじらを立てないが、それでも注意はしただろう。なにせ滅多なことでは他人の意見に耳を貸さない伊場にすら苦言を呈したくらいだ。

　向坂部長に伊場の意図を理解している様子はなかった。説明しようとしたが、機先を制される。

「だいたい今年の伊場は引退を抜かれてんだぞ」

「谷水さんの引退ですね」

長年エースとしてジェッツを支えた谷水の引退を、東都スポーツは他紙に先に書かれた。あれはまだ夏の甲子園の頃だから、二ヵ月ほど前になる。大阪ジャガーズの選手もエースとして人気があるが、谷水はジェッツの黄金期を支えた大スターだ。ここ数年、登板機会は減っていたが、いずれはコーチ、そしてジェッツの監督になるだろう。

「峰にしてみたら、自分は抜かれてるくせに人のスクープにはケチをつけるのかって、頭に来てんだよ」

そういう事情であれば峰が反抗するのも仕方がないか。谷水の引退については、確認すれば間違いなく書けたはずだ。笠間も谷水とは親しく、夫婦で食事をご馳走になったこともある。伊場だって食い込んでいる。

そこで部長の声が小さくなった。

「なぁ笠間、俺はおまえを来年、ジェッツ番のキャップにしようと思ってるんだ」

「俺、まだ二十九歳ですよ」

普通は三十代半ばから後半の年代の人間がやる仕事だ。

「何年もジェッツ担当やって、監督番やったり、一面を書いてきたじゃないか」

「伊場はどうすんですか」

伊場は二十七歳だが、笠間とは同期だから、笠間の下になるのは絶対に納得しない。

「伊場は外すよ」

「他の担当をやらせるのもいいですけど、あいつは激怒しますよ」

伊場にしてみたら、自分がいたから、他紙に入り込む余地さえ与えていないのだと思っている。唯一、笠間だけは認めてくれていると思うが、かといって自分より先にキャップになるとは欠片(かけら)も思っていないはずだ。

「そこでおまえに相談なんだ。伊場には言うなよ」

向坂が耳元で囁いた。それは聞いているだけで気分が悪くなる内容だった。

3

四日後、静恵の退院の日には熊本から父も出てきた。父は鉄工会社で働くサラリーマンだ。真面目以外に取り柄のない人で、それでも子供の頃は立派だと思っていた。それが東京の大学に受かった途端、父のような生真面目に歩む人生がつまらなく思えてきて、笠間は遊びに興じてしまった。それが親の仕送りを無駄にしての大学中退に繋がった。

翼を抱いた静恵と両親の五人でタクシーで帰る。途中で笠間だけ降りて、保育園に翔馬を迎えにいく。笠間が来るのを待っていた翔馬は走って出てきて、そのまま二人で駆けっこして家まで帰った。

「翼くん！」

靴を脱ぎ捨てた翔馬は、ベビーベッドの横からジャンプして弟に呼びかけた。

「翔馬、手を洗ってきなさい」

静恵に注意されると、返事をして一旦、洗面所に行った。そして自分の部屋から戦隊物の玩具を持ってきて、翼に見せようとする。

「翼にはまだ分かんないよ」

笠間はそう言って、六年振りに買ったガラガラを渡そうとしたが、静恵に「いいのよ、翔馬の好きにさせましょう」と制された。

赤ん坊とは病院でも会っているが、あの時翼は寝ていたし、その後も新生児室のガラス越しに見ただけだから、これが兄弟の記念すべき初対面だ。親は放っておいた方がいい。

これまで一人っ子で育った翔馬は弟ができて喜んでいる。

──翔馬もきっと欲しがるわよ。

──でもこの前みたいなことがある方が俺は心配だよ。

二人目を作るかどうか決めた時、夫婦でずいぶん話し合った。

──あなたも二人目が欲しいって言ってたじゃない。

──昔はな。でもあの時で気持ちは失せてしまったよ。家族三人が無事でいることが一番大事だって。

静恵は三年前にも妊娠した。その時は急な腹痛が起きて流産してしまった。

笠間も悲嘆に暮れたが、静恵のショックはその比ではなく、見ていられなかった。体も傷ついたが、体の中で子供が育っているのを実感している母親は、急に子供を奪われ絶望的な気持ちに陥るのだろう。

二度と静恵にあんな辛い思いをさせたくないし、もし静恵になにかあって、翔馬と二人だけになったら、笠間は途方に暮れてしまう。それでも静恵が「あの時は運が悪かっただけだし、私は大丈夫だから」と強く主張するので二人目を作ることを決めたのだった。

生まれるまでずっと不安だったが、こうして妻や翔馬の顔を見ていると、決断して良かったと思う。自分にとっても今は大切な時間だ。翔馬が生まれた時にアルバイトだった笠間は、仕事で一人前になることに必死で、成長を見逃した。その分、翼は眼底に焼き付くほどしっかり観察し、妻の負担も軽くしたい。

そう思いながらも、退院当日しか休みは取れず、翌日からは後ろ髪を引かれる思いで仕事に復帰した。これも一人担当の辛いところだ。

すでにプロ野球は消化試合になっているが、スポーツ新聞はこの時期から戦いが始まる。監督交代、コーチ人事、引退、トレード、ドラフト、新外国人……探るべきことは山ほどある。試合のないこの日は横浜の球団事務所に行くつもりだったが、その前に会社に寄った。

文化社会部と看板が天井からぶら下がっているシマに行く。座っていた同期の芸能記者に声をかけた。

「なぁ、女優の中江衣紗子の件、聞いてるか」

あえて男の名前は言わなかったが、彼の方から「土谷選手のことだろ」と口にした。

今年もリーグ優勝を決めたジェッツのレギュラーで、とくに女性ファンに人気がある。

「文化社会部は土谷と中江衣紗子の件、どこまで摑んでるんだ」

「中江衣紗子が昔から土谷の大ファンだったらしいな。テレビの共演後にファンレターを渡して親しくなったとか」

向坂から聞いたことと同じ内容を言った。

伊場がチーム内でそうした噂があるとデスクに報告したらしい。主婦にも人気のある土谷選手が女優の中江衣沙子と交際していると書けば、午後三時から各局がスクープ合戦している主婦向けのワイドショー番組でも間違いなく取り上げられるだろう。最近はテレビ局が専属の芸能レポーターを雇うケースも出てきたが、この手の芸能スクープネタを提供するのは、ほとんどがスポーツ新聞か女性週刊誌だと決まっている。

「それって伊場が言ってきたのか」

「伊場が俺になんか話すわけないだろ。向坂部長が伊場から聞いて、うちのデスクに調べさせたんだよ」

彼はあからさまに嫌な顔をした。伊場は入社した時から変わり者で、新人研修を含めても同期と親しくしなかった。笠間以外と一緒に飯を食ったことは一度もないのではないか。笠間にしても四年も一緒にジェッツ番をしたのに、二人きりで食事をしたのは数えるくらいしかない。

「それで文化社会部が事務所に確認したってことか」

「そうだよ。だから結婚はないし、交際だって事務所は否定するよ」

女優の中江衣紗子は来年、映画の主演を二本抱えているらしい。これまでは下積みが長く、ようやく前作で助演女優賞を受賞し、脚光を浴びただけに、立て続けに主演が決まった時期に結婚など事務所が認めないし、記事が出ても否定する……向坂は笠間の耳元でそう話した。

その耳打ちには、伊場への悪意が含まれていた。

——そうなると伊場の記事は誤報になる。ジェッツの人気選手で誤報を書いたら、あいつだってジェッツ番から外されて当然だと思うだろうよ。

——ちょっと待ってくださいよ。それだとうちの社だって大恥をかくじゃないですか。

——そこまでしないと伊場のプライドは挫けないだろ。

向坂は鼻を鳴らした。

誤報になると分かって記事を書かせるなんて言語道断だ。それでもその場では反論はできなかった。それは「おまえをキャップにする」という言葉が、心のどこかに残り、見て見ぬ振りをしろという自分の声が聞こえてきたせいもある。

そう邪念が出たことに反省して来たのだが、肝心の文化社会部も向坂の考えと同じだった。

「その件、伊場に話してやれよ」と言ったが、「なんでだよ。あんなむかつくやつ」とむくれた。

「文化社会部だって、うちが人気女優の件で誤報を打ったら恥じゃねえか」

「まっ、そうだけど」少し目を寄せて考えたが、「やなこった」と言った。

「どうしてだよ」

「もしうちの見通しが間違って、あとで本当に婚約でもされてみろよ。伊場が鬼の形相で怒鳴り込んでくるのが目に見えるだろ」

その顔は笠間にも想像できた。彼の伊場嫌いは相当なものだが、一方で記者としての彼の能力を認めてもいる。余計に口出しはしたくないのだろう。

「笠間が言いたいことも分かるけど、伊場がしてることについては、触らぬ神に祟(たた)りなしだと思うぞ」

これ以上、説得しても仕方がないと、笠間は文化社会部から離れた。

4

一週間後、球場の記者席に静恵から電話がかかってきた。

〈大変なの。翼の呼吸が止まったの〉

「どういうことだ。落ち着いて話してくれ」

そう言いながらも自分の方が激しく動揺した。電話口から静恵の息遣いが聞こえてくる。

〈ちょっと目を離したら苦しそうな顔をして呼吸が止まってて……翼って叫んで体を揺らしたら呼吸は戻ったけど、なんかまだ目がぼうっとしてて……〉

呼吸が止まっていたと聞いた時は頭が真っ白になったが、戻ったと言われて救われた。冷静な静恵がここまで取り乱すのだから、異常なのは間違いない。

「タクシーで病院に連れて行ったほうがいい」と言うと、「そうする」と聞こえ電話は切れた。笠間もショルダーバッグを脇に抱えてタクシーに飛び乗った。

病院に到着すると、妻の後ろ姿が見えた。

「静恵」

場所をわきまえず大きな声をあげたが、静恵に「大丈夫」と言われ、切迫していた胸から不安が少しだけ抜けた。

「軽い気管支炎だって」

「翼はまだ生後二週間じゃないか」

新生児は母親から免疫を受け継ぎ、六ヵ月は病気にかからないと聞いていた。

「それがかかる場合もあるんだって。でも軽いものだから大丈夫みたい。念のために二、三日入院させてくれるって」

「そうか」としか言えなかった。生まれて二週間、我が家に来て一週間しか経っていない生まれ立ての赤ん坊なのだ。目を離したら手の隙間からすり抜けて消えてしまいそうだ。

「静恵はよく気付いてくれたよ、呼吸していなかったということは、そのままだったら大変なことになってた」

気落ちしている静恵を励まそうと言ったのだがあまり効果はなかった。

「私が学校の後輩からお祝いの電話を受けたのが悪かったの。そんなに長話してたわけではないんだけど」

「電話くらいはしょうがないよ。ずっと赤ん坊を見てるわけにはいかないんだから」

もし自分が留守番の時に会社から電話があったとしたら……そう思うと身の毛がよだつ。

「大きく生まれたから健康かと思ったらそうでもないのね。生まれた時、翼は全然泣かなくて先生も心配してたし」

長男の翔馬は二千六百グラムと低体重児と紙一重だった。ちゃんと育ってくれるか心配だったが、熊本の母に「小さく生んで大きく育てろ言うばい」と励まされた通り、翔馬は軽く熱を出したことが数回あるだけで、インフルエンザにも無縁の元気な子に育った。

「翼は体が弱そうだし、やっぱり私、来年から学校に復帰するの、よそうかしら」

静恵がため息をついてから呟いた。五年間、世話になっている保育園に、翼も預けるつもりだった。けっして翼が虚弱なわけではなく、今回のことはたまたまだろう。それでも静恵が不安であればそうすべきだと、「俺もそれがいいと思う」と言った。

「翔馬にもずいぶん寂しい思いをさせたものね」

「それはないよ。普段一緒にいられない分、静恵は休みの日によく遊んでたじゃないか」

「翔馬は大丈夫って言ってくれるけど、保育園に行く途中、お母さんと公園で遊んでる子供を見ると、悲しそうな顔をしてたのよね」

翔馬を出産したのは静恵が念願の教師になって二年目だったから、とくに話し合うことなく静恵は仕事に復帰した。当時は笠間のバイト代だけでは家族三人養えなかった。だが今の給料ならなんとかなる。

「一度専業主婦をやってみて、それでまた先生をしたくなったら、復帰すればいいんだよ」

教職は一度やめるとなかなか採用されないようだが、元気づけるためにそう言った。

そこで自動ドアが開き「お母さん」と甲高い声がした。翔馬が息を切らして走ってきた。

「どうやってきたんだ」笠間は驚いたが、入り口のところに同じアパートに住む翔馬と同じ年の子の母親が立っていた。静恵は「軽い風邪でした。お騒がせしました」と頭を下げると、母親は「良かった」と胸のところで手を合わせてから、引き揚げた。

「私が『裕くんを迎えにいく時に翔馬も一緒に連れて帰ってもらえないか』って頼んでおいたの。それで連れてきてくれたのよ」

「あとで御礼を言っておかないとな」

「アパートに同じ保育園に通う家があって助かるわ」と言った静恵は、「大丈夫よ、翔馬。翼は元気になったから。ちょっと風邪を引いただけ」と優しい笑みで頭を撫でた。翔馬はべそを掻きそうな顔をしていた。

「どうした、翔馬、翼は大丈夫だぞ」

笠間が近づき、翔馬と同じ目線になるように体を屈めた。その瞬間、眉が八の字になって泣きだした。

「僕が翼くんに風邪をうつしたんだ。昨日、風邪を引いてるから近づいちゃ駄目って言われたのに、翼くんと遊んだから」

翔馬はけっして風邪を引いたわけではなく、ちょっと喉が痛いと言っただけだ。今朝はいつも通り保育園に行った。それなのに自分の責任だと思い込んでいる。

「そんなわけないじゃないか。もし風邪だったとしてもすぐにはうつらないよ」

風邪には潜伏期間があることを教えたが、翔馬には伝わらず、笠間は仕方なく抱きしめる。うちの子は成長が早いと安心しているが、まだ六歳なのだ。

静恵が、翔馬を笠間から引き取って抱きあげ、しばらくじっとしていると、ようやく泣き止んだ。

「ねえ、翔馬。お母さんは翼について明後日くらいまで病院に泊まらなきゃいけないの。明日の日曜日、翔馬はちゃんとお留守番できるかな」

「できる」

「お父さんがいない時のご飯は、裕くんのママに頼んどくから」

「うん」

「翔馬はえらいお兄ちゃんだね。ありがとう」

静恵は床に下ろしてから頭を撫でた。笠間の立つ位置からは翔馬の横顔しか見えなかったが、気丈に見えた。ただ、よく見ていると、半ズボンから出た膝小僧が少し震えていた。

5

その晩は翔馬と二人で過ごした。チャーハンくらいなら作れるだろうと帰りにスーパーに寄って葱(ねぎ)やチャーシューを買ったが、息子が元気がないのを見て、翔馬が好きな近くのファミレスに行くことにした。

「好きなの食っていいぞ。カツカレー行くか」

そう言ったのに一番安いラーメンを頼み、なかなか箸が動かない。笠間も食欲はなかったが、ラーメンを無理やり胃に押し込んだ。普段から残さず食えと言い聞かせていることもあり、翔馬も時間はかかったが全部食べた。

家に戻ってからは二人で風呂に入った。翔馬は野球の話が好きで、普段なら風呂に入ると「ダウンスイングってなに？」「フォークボールって本当に打てないの？」と質問攻めにしてくるのだが、この日は笠間の方から野球の話を振っても会話が続かない。体を洗ってやり、二人でもう一度浸かった湯船を出るまでに、「翼くん大丈夫かな」と二度口にした。

今年の春に静恵の妊娠が分かり、「僕、これからは一人で寝る」とそれまで深夜に帰ってくる笠間が使っていた四畳半が翔馬の部屋になった。

だがこの晩は夫婦の寝室で翔馬と一緒に寝た。電気を消してからも何度も寝返りを打っているのが伝わってくる。手を伸ばすと握ってきた。しばらく握っていると、ようやく寝息が聞こえ、笠間の心も少し落ち着いた。

翌日の日曜日、休みたかったが代役が見つからず、同じアパートの裕くんの母親に午後からの世話を頼んで出勤することにした。きょうは横浜球場で中部ドルフィンズとのデーゲームだが、消化試合だから試合前の練習は見なくてもいいだろうと、午前中は翔馬を誘って公園でキャッチボールをした。

「そうだ翔馬、今みたいに思い切り投げればいいぞ」

笠間が素手で捕って投げ返した硬式のテニスボールを、翔馬は去年のクリスマスにプレゼントした子供用グローブでキャッチした。この前まで投げるより打ちたがっていたのが、今はキャッチボールの方が楽しいと言いだし、投げるのも捕るのもめきめき上達している。この分だと自分用のグローブも買わなくてはならないだろう。翔馬はピッチャーになりたいそうだから、キャッチャーミットにしようか。

「お父さんが捕れるところがストライクゾーンなんだよね？」

「そうだ、この辺りに思い切り投げてこい」

胸の辺りに両手を置いて構えた。そのことを教えてくれたのは長くジェッツのエースだった谷水だった。子供時代に少年野球もやったことがなかった笠間は、ジェッツの投手コーチに「子供がピッチャーをやりたがっているけど、どう教えたらいいか」と相談しにいった。すると横にいた谷水が「子供にはキャッチャーの捕りやすい場所に投げろと教えてやるんだよ。そこがストライクゾーンだと教えれば子供はそこに投げるようになる」と言われた。「そうしたら相手への思いやりも学べるだろ。子供は遊びながら社会勉強をするんだ」と。

次の球は少し横に逸れた。

「今のはちょっと力が入りすぎてるな」

来た球を一球一球声をかけて投げ返す。

「うん、次は気をつける」

谷水からは「いい時も悪い時もお父さんが必ず声をかけてやれよ。褒められたら嬉しいし、注意されたら次は直そうとする」とも言われた。声を出すことで笠間の気持ちも晴れてきた。翔馬もすっかり元気を取り戻している。

横着して手首だけで投げたら、球が高くなり、翔馬がジャンプしても届かなかった。

「ごめん、今のはお父さんの方が力んだ」

捕りやすい場所に投げろと教えながら、自分の方が思いやりに欠けている。この分だとすぐに息子に抜かれそうだ。

三〇球くらいは投げ、「よし、最後の一球はお父さん、キャッチャーをやる」と、ズボンの膝裏を持ち上げて腰を下ろした。今までで一番のボールが来て、手が痺れた。

「ストライク、バッターアウト」

「やったぁ」

てのひらが赤くなっていた。その手が男の子を持つ父親の証(あかし)のように誇らしく思えた。

早めの昼食を蕎麦屋で済ませて、翔馬を預けて、横浜球場に行った。到着が試合開始直前になったが、会社からは試合結果しか要求されなかった。終わってから会社に戻ると、野球部には髪の毛が有名ボクサーのような天然パーマの常石が座っていた。

「おお、ツネ、きょうは会社番か」

五人体制のジェッツ番は、笠間が担当の頃から、必ず一人はゲラをチェックするため会社に戻る決まりになっている。優勝を決めているジェッツもデーゲームで、広島に勝利した。伊場は今晩も夜回りに行っているのだろう。

「きょうの一面はボクシングで行くので原稿は少なかったですけど」

ボクシングの世界戦があると、野球記者はひと息つける。スポーツ新聞ではプロ野球以外で一面を飾るのは、ボクシングの他に競馬のダービーと有馬記念の週くらいだ。野球といってもほとんどはジェッツだから、担当記者は年間三百日以上、一面を作っている計算になる。

「それで連絡さんが準備万端なんだな」

笠間は野球部のテレビの前で両手にカウンターを持って準備しているアルバイトの二人を見やった。

ボクサーが手を出すたびに、彼らも拳を振ってカウンターを押す。そうやってラウンドごとのパンチの数を勘定するのだ。笠間もバイト時代にやらされた。タイトルマッチは日本人対外国人になることが多いのでみんな日本人をやりたがる。倒した瞬間は自分がＫＯした気分になれた。最後にやったのはそれこそ具志堅用高が世界タイトルを奪取したタイトルマッチだった。

「野球は二、三面で行くんだろ?」

一面が他のスポーツでも、二面から七面くらいまでが野球だ。最低でも最初の二、三面はジェッツになる。

「三面は明後日の谷水さんの引退試合です。二面は日本シリーズに向けての『やるガン』です」

《やるぞ、頑張るぞ》という前打ち記事のことだ。前打ち記事でも、ジェッツ番は選手の面白いエピソードやコメントが入っていないとデスクは納得しない。デスクより、サブキャップの伊場が許さないだろう。

やるガン原稿より、谷水のことが笠間には気になった。

「なぁ、ツネ、どうしてうちは谷水さんの引退、他紙に先に書かれたんだ」

伊場は遊軍の峰が、大阪ジャガーズのエースを取材せずに引退と報じたことを責めた。

それは笠間も理解できる。だがあの伊場が、谷水の引退を抜かれたことは解せない。

「それがあの時期、伊場さんが休まれていた時だったので、僕らも少し油断してて」

「あの頃だったのか」

笠間も静恵の体調で手一杯で、すっかり失念していた。

「伊場さんからも僕とキンタと岡本の三人並ばされて、なにやってたんだとえらく説教されました」

金田は二年目、岡本は一年目、常石を入れた三人が、実質伊場の部下である。

「伊場なら怒るだろうな」

「僕らも反省してますけど、普段は病気一つしない伊場さんが、風邪で五日も休んだので、つい気が緩んでしまって」

鳥の巣のような髪の中に手を突っ込み、常石は頭を掻いた。

「そうだよな」

あの時、笠間も同じ疑問を覚えた。ただし笠間はその疑問が気になって理由を探った。

「それより笠間さんも大変でしたね」

言われた瞬間、また向坂が余計なお喋りをしたのかと思った。次男が入院したことは昨晩、部長に電話で伝えた。

「まったく妊娠したくらいで一面にするんですから、他紙はよほどネタがないんですね」

「ああ、そのことか」

常石が話した「大変」とは、今朝の他紙に横浜シーガルスの四番打者の妻が妊娠三ヵ月だと書かれたことだ。昨日笠間の代わりに現場に行った照屋からは「他紙が書こうとしてるとはまったく気付かなかったよ。ごめんな」と謝罪の電話があった。「担当の僕の責任ですから気にしないでください」と言った。

もっとも妻が妊娠したことを、笠間は事前に選手から聞いて知っていた。だが「まだ不安定なので書かないでくれないか」と頼まれた。

笠間自身、三年前に静恵が流産した時、知らせていた上司、先輩、友人に「そろそろ生まれるのか」と言われるたびに気まずい思いで事情を話し、同情された苦い経験がある。それを新聞で書いて、もし流産した場合の大変さは笠間の比ではない。

それでも後輩の常石に「知っていたけど書かなかった」と話すのは負け惜しみを言っているようで、「またなにかでやり返さないといけないな」と前向きに話した。

「しょうがないですよ。最近の笠間さんはお子さんが生まれて忙しかったんですから」

「なんだ、知ってたのか」

「向坂部長から聞きました。でもどうして教えてくれなかったんですか」

ツネみたいに「嫁とまだやってるのか」とからかわれるのが嫌だと言うのも失礼だし、祝ってもらうのも悪いからと言うのも、逆に祝儀を催促しているように受け取られる。

考えていると「前回の件があったからでしょ」と察してくれた。

「まあな」

「でも良かったですね。今回は無事に生まれて、男の子ですって？」

静恵が流産した時、地方支局にいたはずの常石だがちゃんと知っていた。

「心底ホッとしたわ」と言った笠間は、親しい後輩に伝えていなかった言い訳を取り繕おうと「生まれた途端に体調崩したりして、心配は尽きないけどな」と弱音も吐いておく。

「体調悪いんですか」

「たいしたことじゃないよ。俺が赤ん坊にびびってるから、心配性になってるだけだけど」

「男親なんてそんなものじゃないですか。俺なんか毎回っすから。今度お祝いさせてくださいね」

「いいよ、二人目だし、その気持ちだけありがたくもらっとく」

他言はしないでくれよという意味も含めたつもりだったが、常石が知っているのなら、あいつだって知っているだろう。

6

アパートに戻ると真っすぐ翔馬を預けている一階の家に行って、呼び鈴を押した。ところが玄関に出てきた母親に「翔馬くんが……」と眉をひそめられた。

二階の自宅の扉を鍵を挿し込んだまま開けると、翔馬は居間でテレビを見ていた。立ち上がって「お帰りなさい」と言ったが、顔が強張っている。

「翔馬、きょう公園で裕くんたちと喧嘩したんだって？」

裕くんの母親は「翔馬くん、一緒に遊んでいた他の子のお母さんに叱られたみたいです」と話したが、どうやら翔馬が泣かしたのは裕くんらしい。つまり面倒を見てもらっている家庭の子をいじめたのだ。母親は「私はその場を見てなかったので」とそれ以上は言わなかったが、それは赤ん坊が入院中の静恵を気遣ってくれているだけで、心の中では憤怒しているのが雰囲気から伝わってきた。

小柄な翔馬は活発で元気のいい子供だ。一方、同じ年の裕くんは、体は翔馬より大きいが、おとなしくてよく泣いている。

翔馬は口を結んで俯いていた。

「聞かれたことにちゃんと答えなさい」

注意すると、彼は顔を上げ、真っすぐ見返してきた。

「違うよ、賢一が裕をいじめて泣かしたから、僕が止めたんだよ。そしたら賢一と喧嘩になった」

賢一という子の話も何度か聞いたことがある。近所に住んでいて翔馬と同じくらい活発な子だ。

「裕くんのお母さんはそんなこと言ってなかったぞ」

「賢一のお母さんが出てきたら、賢一が嘘泣きしたんだ。それで僕だけが悪いことになった」

「なぜそう説明しなかったんだよ」

「しようとしたけど、その時には賢一のお母さんも怒ってたし」

「それで帰ってきたのか」

「もういいと思った」

翔馬は嘘をつく子供ではないから、それが事実なのだろう。そのような理不尽な道理で叱られたら、一緒に泣きそうなものだが、この子は我慢した。

「裕くんはどう思ってんだ。ちゃんと翔馬が味方になったのを分かってるのかな」

「分かってるよ。でも裕は泣き虫だから」

それなら今から出かけて説明しようかと思ったが、息子の顔を見ていたらその気は失せた。

「裕くんも明日になればお母さんに説明するよな」

「すると思う」

「それじゃあ、きょうのことはお父さんはなにも聞かなかったことにする。お父さんは翔馬を信じてるから」

そう言ったが表情は明るくならない。

「事情も知らずに、さっきは叱ってごめんな」

謝ると「ううん」と首を横に振って、やっと子供らしい笑みを浮かべた。

「翔馬、これから風呂入るけど、一緒に入るか」

「うん、入る」

「終わったら、野球ゲームしようか」

「僕、まだご飯食べてないよ」

そうだった。頼んでいた友人宅には行かずに、この時間まで家に一人でいたのだ。もう九時を過ぎている。

「じゃあ先にファミレス行くか」

「行く」

「きょうこそカツカレー食うか」

「食べたい」

よほど腹が減っていたのかその時には玄関まで駆けだしてズックに足を突っ込んだ。

翔馬と二人でカツカレーを食べ、帰り道を歩いた。急に走りだした翔馬が振り向き、持っていたビニール製のボールを投げてきた。

「お父さん、フライ投げてよ」

「道路じゃ危ないよ」

「大丈夫だよ。車来たらやめるから」

「じゃあ、次の道を曲がったらな」

車が少ない通りに入ってから、周りを確認してボールを夜空に高く放り投げる。ボールには青い色がついているが、暗いせいもあって翔馬は下がりすぎてしまい、球は前に落ちた。

「もう一球お願いします」

落ちたボールを拾ってぺこりと頭を下げる。

二球目も捕れなかったが、三球目は摑んだ。

「おっ、いいじゃないか。もう一球」

今度は少しだけ遠めに放り投げた。体を正面に向けたままの自動車バックだったが、翔馬は両手でボールをキャッチした。

「ファインプレーだ、翔馬」

まだやりたがっていたが、アパートが近づいてきたのでやめた。

「早く翼くん、大きくならないかな」

「その時は翔馬が今みたいに遊んでやれよ」

言ってからこういう場合は三人で遊ぼうと言うべきだったなと言い直そうとしたが、

「僕がフライを投げるよ」と言ってきた。

「フライは難しいぞ」

「僕ならもう少し捕りにくいボールを投げちゃうかも」

まるで捕りやすいところに投げていたのを見透かされていたようだ。

そこから先は手を繋いで歩いた。

「翔馬、賢一くんもいつかは許してやれよ」

「嫌だよ」

「どうしてだよ。友達だろ」

「あいつ、ずるいから。僕、ずるするやつは嫌い」

「それは賢一くんがまだ弱いからなんだよ。みんなが翔馬みたいな強い子じゃない。だから弱い子のことも理解してあげないといけないぞ」

そう諭すと、「お父さんがそう言うなら許す」と返ってきた。物分かりがいいところも翔馬の長所だ。だが翔馬の言った「ずるするやつは嫌い」が時間が経つにつれて、身に沁みてきた。

7

翌日の月曜日は休日で、静恵と翼を病院まで迎えにいった。翼は元気を取り戻してい

た。泣き声までが大きくなっている。

火曜日からはまた仕事だ。この日は東都ジェッツ対横浜シーガルスとの最終戦が行わ

れ、谷水の引退試合が行われる。笠間は、谷水でもシーガルスの関係者でもなく、ジェッ

ツの土谷の自宅に行った。

彼は去年までジェッツの寮にいて、今年から世田谷のマンションで一人暮らしをしてい

る。

行く前に電話をすると「おや、笠間さん、珍しい」と懐かしんでくれた土谷は、「笠間さんなら喜んで」と球場まで車に乗せてくれることになった。こうして選手の車で球場に行くことを、記者になって以来、日課にしてきた笠間だが、土谷の車に乗るのは初めてだった。マンションの前の公衆電話からもう一度電話をかけると、土谷が出てきて、近くの駐車場まで並んで歩いた。

他の記者は来ていなかった。それも当然だ。土谷からも「きょう取材するとしたら谷水さんでしょうに」と言われた。

「俺は今は横浜番なんだよ」

年下のスター選手の前で馴れ馴れしくならないように、だけれどもせっかく相手が丁寧語で話してくれているのだから、年の有利性を消さないように、言葉遣いに注意して返す。

「笠間さんは、来年またジェッツに戻ってくるんでしょ?」

「そんなことないよ。まだ横浜をやって一年だし」

「今年は笠間さんが離れたから、来年は伊場さんが離れるんじゃないの。伊場さんはずっとジェッツ番だし、もうそろそろいいでしょう」

話しぶりからやはり土谷が伊場を好んでいないことが察せられた。後輩や他紙の記者に厳しい伊場は、選手に対しても筆鋒(ひっぽう)を緩めない。仲がいい選手だろうが、大事な場面で凡退したり、ミスしたりすれば批判原稿を容赦なく書く。今シーズンは主に三番を打った土谷だが、途中でスランプになり、「土谷が打線を途切れさせている」と伊場に紙面で叩かれている。

——笠間さんだから話しますけど、近々、うちは土谷さんのことでニュースを書きます。

一昨日の日曜日、子供が産まれた話をした後で、常石からそう聞かされた。

——どんなニュースだよ。

分かっていたが、一応確認した。やはり中江衣紗子との交際だった。

——そのこと、土谷に当ててるんだろ？

伊場が直接動かなくても、部下の誰かに聞かせている、勝手に見当をつけて尋ねた。

——無理ですよ。土谷さん、今はうちの新聞、あまり好きではないから。

——土谷に当てずに書くのか。

——向坂部長から文化社会部のデスクに確認してもらいましたが、なんのクレームもないんでそれで当たりなんですよ。

常石は向坂の魂胆も知らずに信じ切っていた。

そこで、常石に「その話は間違いだ。中江衣紗子は来年、映画を二本も抱えていて、交際と書いたところで絶対に否定される」と止めようとしたが、結局言えなかった。

——あとで本当に婚約でもされてみろよ。伊場が鬼の形相で怒鳴り込んでくるのが目に見える。

芸能の同期の言葉が頭に浮かんだからだ。だがそれは口実でしかない。「俺はおまえを来年、ジェッツ番のキャップにしようと思ってる」と向坂から言われた人事案が耳の中でざわつき、否定できなかったのだ。

そこでデスクに用を言い付けられ、常石は編集局から出ていった。

これではかつての仲間を陥れることに自分も加担しているも同然だ。そのことでずっと自己嫌悪に陥っていたのだが、翔馬の「ずるずるやつは嫌い」のひと言で吹っ切れた。伊場が土谷に嫌われているのなら、自分が確認する。そう思って土谷の家にやってきたのだった。

土谷のクラウンの助手席に乗ると、静かなエンジン音で発進した。車はすぐ近くのインターから首都高に入る。料金所で笠間は財布から小銭を出そうとしたが、土谷から「いいですよ」と制され、彼は係員に千円札を渡し、釣りを受け取った。

高速に乗ったら質問しようと思っていたが、女優の名前を出すのは選手のプライベートを覗き見したようで言いだしにくい。どこでそんなことを聞いたんですかと聞き返されても、このネタを摑んだ端緒を伊場から聞かされていないので答えられない。

同じ東都グループなのだから、めでたい結婚ネタはうちで書かしてくれよ――当たり前のようにそう言う先輩記者もいるが、笠間はそこまで図々しくなれなかった。

どう切りだそうか迷っているうちに、土谷の方から「そういえば去年の宮崎キャンプで笠間さんに連れていってもらった郷土料理の店、あれからも良くしてもらってます」と言われ、宮崎料理に話題が飛んだ。

地鶏や牡蠣料理、鰻に釜あげうどんなど美味い物が揃う宮崎料理でも、笠間は「冷や汁」という胡麻風味の冷たい味噌汁をご飯にかけるのが好きだった。何人かの選手を連れていった。熱さと冷たさが混じった食感に、好き嫌いは分かれるが、土谷は「初めて食いましたけどこれは美味しいですね」と喜んだ。

「あの店の親父さん、七月に冷や汁を真空パックにしたのを送ってくれたんです。俺、毎年、暑い時期は夏バテして食えなくなるのに、冷や汁ご飯のお陰で、今年は体重も減らずに済みました」

「それは良かった。でもあれだけじゃ体力持たんだろ？」

「もちろん肉や野菜は取ってますし、メニューは増やすようにしてますよ」

その料理を作っているのが恋人、中江衣紗子なのか……。誰かに作ってもらってるの？自然とそう切りだせばいいものを、後ろめたい気持ちが先に立って口にできない。

普段は渋滞している首都高速が空いていた。出口の標識が出た。高速を降りたら、数分で球場に着いてしまう。

そろそろ腹を括って聞かないといけない。乗せてもらった車に球場の駐車場まで乗っている記者もいるが、笠間は駐車場の入り口から二つ手前の交差点で降りるようにしている。選手を一対一で取材しているところを他紙の記者に見られ、選手に迷惑をかけたくないからだ。

土谷の車はスピードを落とすことなく高速を降りる。出口の信号も青だった。クラウンは左折する。時間がない。「ところで」と話しかけると土谷も同時に口を開いた。

「笠間さん、二つ手前の交差点ですよね」

「えっ」

聞き返したところで、土谷はスピードを緩めた。

8

ジェッツ土谷、女優中江衣紗子結婚へ

土谷の車に乗った翌々日、その記事は掲載された。

だが書いたのは東都スポーツではなく、東西スポーツだった。

普段通り、夜は球団幹部宅に夜回りにいった笠間が会社に戻ってくると、目の前でタクシーが停車し、黒いセーターを着た男が出てきた。後ろ姿で、誰かすぐに判別できる。

「伊場」

呼び止めると、伊場は両手をポケットに突っ込んだまま立ち止まった。

「夜回りか?」

「おまえもだろ。別に横浜担当なんて夜回りをしなくてもいいだろうに」

いきなり憎まれ口を叩く。横浜担当だから夜回りをしなくていいのではなく、笠間なら夜回りしなくても抜けるだろうと言ったのだと解釈しておく。この男にしたって、ジェッ

ツ以外の担当になっても仕事の手は抜かないはずだ。

「きょうは災難だったな」

「ああ、朝からデスクから電話がかかってきてはギャーギャー騒ぎ立てられて参ったわ」

後頭部を叩いてそう言うが、反省している様子はなかった。

「中江衣紗子が土谷と結婚したがっているのが事実だと聞いたのに、伊場は書かなかったんだろ？」

二人は仲がいいこと、そして来年、映画の主演が待つ中江衣紗子が結婚したがっていることを笠間は土谷本人から聞いた。そのことを土谷は先に伊場に話していた。伊場が取材に来ていたことを、笠間は土谷が話す前に気付いた。

――二つ手前の交差点ですよね。

初めて乗った車で土谷はそう言った。球場前の二つ手前の交差点で降りるのは、笠間と伊場が昔からやっている選手に迷惑をかけないための流儀のようなものだ。

土谷は伊場が来たことも、そして中江衣紗子と親しい間柄であること、彼女に自分との結婚願望があることも認めた。ただし、こう付け加えた。

――だけど僕はあくまでも親しい友人として接してます。伊場さんにも話しましたけど、実は僕にはずっと前から好きな女性がいるんです。片思いなんですけど、どうしてもその女性のことが諦めきれないんです。

――中江さんはそのことを知ってるの？

——もちろん話してます。あっ、僕たちけっして深い関係ではないですよ。僕自身、衣紗子ちゃんのことも考えて、自分が好きになるまではなにもしないって決めてますから。女にだらしない他の選手に爪の垢を煎じて飲ませてやりたいほど、土谷の女性に対する態度は立派だった。

——一緒にご飯行ったりしてるのは事実ですから、交際くらいだったら書いてもいいですって伊場さんには言ったんですけどね。

土谷からはそう言われたが、伊場は書かないだろうと思った。その理由も笠間には分かる。

「伊場はちゃんと土谷に確かめにいったんだな。行かずに中江と結婚だと書いていたら、それこそおまえのことを煙たがっている連中の罠に嵌るところだったんだぞ」

忠告を含めて言ったが、それだけだと心苦しくなって「俺も片棒を担ぐところだったけど」と素直に吐露した。

「笠間はそんな卑怯なことをしないだろう」

伊場から言われる。確かに土谷に確認して伊場に報告するつもりだったが、放っておこうと心が動いた瞬間もあったから気恥ずかしさもある。

「俺は、笠間に言われたことを守ってるだけだ。『結婚』と『引退』は必ず本人の意思を確認してから記事にすべきだってな」

「昔、そんな言い争いをしたな」

伊場に負けてたまるかと笠間も取材しまくった。伊場の実力が自分より上なのは認めててから書くべきじゃないのか。

いたが、伊場の仕事でどうしても納得できないことがあった。

——おまえ、結婚や引退は人生の節目なんだぞ。そういったことは必ず本人に確認して

から書くべきじゃないのか。

——そんなことをして、その間によそに書かれたらどうすんだよ。

——よそが書こうが、本人が決断して初めてニュースだ。

引退なら球団は早く選手をやめさせたい、結婚の場合は交際している女性のほうが結婚を望んでいる……そういった思惑からリークされることがスポーツ取材には多くある。本人がまだ迷って決断できない状況で記事にすると、外堀が埋められていき、選手はそうするしか選択肢がなくなってしまう。

笠間がそのような考え方を持ったのは、学生結婚した自分の経験も関わっている。妊娠が分かったのに、静恵からは一度も結婚を迫られなかった。せっかく芽生えた命を失ってはいけないと笠間自身が考えて、結婚を決めて大学もやめた。あの時決断をしていなければ翔馬にも翼にも巡り合えなかった。

「そうか、伊場は俺の教えを守ってくれたってことだな」

嬉しくて、無意識に顔が緩んでしまった。

「別に守ったわけじゃねえよ。俺自身で考えて、おまえが言ったことは当たり前のことだったと思っただけだ」

「その当たり前が後輩たちはできないからおまえはいつも煩く言ってんだろ」

大阪ジャガーズのエースの引退を書いた峰を叱ったのも同じ理由だ。そして谷水の引退も……谷水の場合は抜かれたことにではない。後輩たちが谷水に聞きにいかなかったことに伊場は我慢ならなかったのだ。

「土谷は他に好きな女性がいて、中江衣紗子にも伝えてるんだものな。なにも新聞が一面で書くほどのことではないわな」

二人で横に並んで裏の通用門を通り抜けながら、笠間はそう言った。

「分かんねえぞ。来年辺りに急に土谷が心変わりして、東西スポーツが『本紙既報の通り結婚』ってきょうの一面まで持ちだされた日にゃ、上は顔を真っ赤にして怒りだすぞ」

伊場は親指を立てて、頰の片側だけを歪めた。男と女なのだからそういうこともあるだろう。だが今はそうならないと土谷本人が言ってるのだからやはり書くべきではない。

「結婚」と「引退」というのはそういうネタだ。

「伊場は、他でいくらでも抜けるから心配はないだろ」

「そんなことはねえよ。しかも今年は本人の同意なしには書けない縛りがまた一つ加わったから、これからはますます大変だ」

「なんだよ。書けない縛りって」

「女房の妊娠だよ」

そう言われて我に返った。静恵のことも思い浮かんだが、それより強く浮き上がってきたのは伊場の妻の方だ。どう切りだそうか迷っていると、伊場から説明を始めた。

「笠間の嫁さんは今回は無事で良かったけど、でも前回は大変だったものな。うちの女房もひどく落ち込んだよ。妊娠初期から体調が不安定だったから、流産してしまうんじゃないかって俺も気にしてたけど、まさか緊急手術になるとは思わなかった。夜中に電話がかかってきて、医者から子宮摘出の説明を受けて同意書にサインした時は頭がパニックになって、女房だけでも助けてくれと神に祈ったよ」

伊場夫婦の心の内を察すると、相槌一つ打てなかった。

夏場に伊場が数日会社を休んだのは、妻が流産したからだ。伊場の妻は社内の文化社会部でアルバイトをしていたため、見舞いに行った女子社員から笠間は事情を探った。社内で知っているのはその女子社員だけで、伊場は後輩たちにも隠していた。

笠間が今回、妻が妊娠したことを話さなかったのは前回流産していたからだが、生まれても報告しかねたのは、伊場に気を回したこともある。

「うちはもう大丈夫だ。夫婦二人で楽しくやろうって気持ちを切り替えた」

まだ到着しないエレベーターの扉に向かって伊場が呟いた。俺に気を遣うな——笠間にはそう聞こえた。

そこでようやくエレベーターが来たので乗り込んだ。扉が閉まると再び微妙な空気になる。長くコンビを組んできたのに、密室に二人でいるとなにを話していいのかお互いが緊張してしまう。

「しかしおまえはいいな。二人も息子に恵まれるなんて羨ましいぜ」

「母親が下の子の面倒を見なきゃいけない分、俺は翔馬と二人で過ごすことがあって大変だよ。昨日もあやうく息子に濡れ衣を着せるところだった」

到着したエレベーターから出ながら簡潔に事情を話すと、「そりゃ翔馬も災難だな」と呼び捨てにして息子に同情した。

「俺は自分にも人にも甘いから人を育てるのは苦手だ。厳しい伊場に預けたいくらいだよ」

返答はなかった。さすがに今ここでそんな話をするのは少し配慮がなかったと反省したが、彼の表情は穏やかなままだった。

編集局のフロアに着き、先に中に入っていく伊場から声が聞こえた。

「そういう時があれば俺に言え。俺がビシビシ鍛えてやるから」

いつもの憎たらしさが戻った横顔が、笠間には頼もしく見えた。

エピローグ

「ニッポン………」

「ニッポン………」

コールの合い間に手拍子しながら歩くサポーターの声がマンションの窓の外から聞こえた。この日はサッカー日本代表のロシアW杯後、初のテストマッチが、埼玉スタジアムで行われる。翼が今住んでいるマンションはスタジアムのすぐ近くだ。

「奈津緒、早く準備してよ」

いつもグズだと文句を言うくせに、この日の奈津緒は往生際が悪く、なかなか着替えようとしなかった。ようやく普段着からこの日のために買ったブラウスとスカートを着たのに、「やっぱり行くのやめない?」とその場に座り込む。

「奈津緒のお母さんに新幹線が到着する時刻まで伝えてるし、もう遅いよ」

翼は手を取り引っ張り上げようとする。

「だからって、なにも父まで呼ぶことないじゃない。もう何年も会ってないのに」

「両親なんだからお父さんに話すのは当然だろ。それにお母さんは、お父さんと会ってもいいって言ってくれたんだから」

「そりゃきみが、あたしが心の中では感謝してるなんて話をしたら、母だってそう言うしかないよ」

「グダグダ言ってないでもう諦めて。新幹線間に合わなくなる」

引っ張っても無理なので、今度は後ろに回って両手を腋の下に入れて奈津緒の体を持ち上げた。

一緒に住むようになって六年目、静岡に別々に住む奈津緒の両親に結婚の報告に行くことになった。住み始めた頃は「あたしは結婚にこだわりがないから」と事実婚でいいと言われていたが、そうはいかなくなった。

奈津緒の母に会うのは初めてだが、自分の家族にはすでに奈津緒を紹介し、毎年父の法事では母と兄一家、それに千藤営業局長も一緒に食事をしている。もっとも家族に紹介すると言った時も奈津緒は「会社の人に知られたらやめるって言ったよね？」と駄々をこねた。

奈津緒は隠していたつもりでも、由貴子からは「知ってたよ」と言われた。「翼くんは会社でいつも奈津緒を見てたし、奈津緒も翼くんが会社で叱られてると心配そうな顔をしてたから。あと二人で南浦和の駅を歩いているのを翔くんが目撃したって言ってた」

母からも「最近、パチンコやめたみたいだから彼女ができたんだなと思ってた」と言われた。「でも昔ほどではないけど、今もタバコの匂いはするわよね」その話をして以来、奈津緒は禁煙した。今思えばそれが良かった。

「まぁ、しゃあない、行くとするか」

奈津緒は大きなため息をついて、ようやく立ち上がり、箱からパンプスを出した。十八歳で離れた父親との二十三年振りの再会に、翼がプレゼントしたものだ。翼も玄関で黒の革靴の紐を結ぶ。

「どう、今回のスーツは？　意外と似合うと思うんだけど」

靴を履き終えてからこの日のために買ったスーツを見せようと背筋を伸ばした。

「まだまだだね。その赤いネクタイがどこかの大統領みたいでセンスを疑う」あいかわらず口は悪い。

「祝いの席だからと思って選んだけど、考えてみたら自分が祝うことはなかったか」

「それでも最初の頃と比べたらずいぶんマシになったけど」

「そりゃ俺も三十五だから」

奈津緒は四十一になった。今も記者と整理部だが、翼は二年前、「今の時代は野球だけじゃ務まらない」とサッカー担当を命じられ、今年の六月にロシアに行き、秋からは再来年の東京五輪に向けて、一般スポーツのサブキャップという大事な役目を与えられた。一方の奈津緒も整理部デスクになり、全ページのレイアウトを指揮している。同じ人事で由貴子は野球部のデスクに、兄は二年前から日日スポーツの即売部次長になっている。

伊場は一昨年に定年を迎えた。役員になるとの噂があったが、編集担当役員には親会社の東都新聞の人が出向で来て、伊場は最近できたデジタルメディア局の特別編集委員、嘱託として会社に残った。

特別編集委員になってから、兄と翼の二人だけが食事に呼ばれた。三人で飯を食ったのは初めてだった。

「俺はネットなんて見もしなかったから毎日知らないことだらけで大変だよ。だけど忙しいのは若い社員だけで、俺はみんなが働いているのをただ眺めてるだけだけどな」

役員になれなかったことを不満に思っているのだろうと思っていたが、伊場は案外楽しそうに話していた。

伊場は兄に「翔馬、新聞は終わったとか言われるけど、紙の新聞を買いたいと思う人間が最後の一人になるまで、おまえは頑張れよ」と励ましていた。

翼もなにかアドバイスされるのかと思ったが「翼は先のことは考えず、今をガムシャラにやれ」とだけ言われた。まだ伊場の目には一人前として認められていないようだ。

最後に伊場から「スポーツ新聞なんてものはスポーツに興味のない人にはどうでもよくて、暇つぶし以外、なんも貢献もしてない仕事だけど、激しく変化する世の中に離されないよう、しがみつきながらここまで続いてきたんだ。二人ともどう世の中が変わっていくのか意識して仕事しろよ。過去を記録して、未来を読ませるのが新聞の役目なんだからな」と強い口調で諭された。

帰り道、兄と二人で「きょうの伊場さん、なんだか父さんみたいだったな」と話しながら帰った。

マンションの玄関を出て、ドアに鍵をかけたところで、奈津緒がよろけた。翼は咄嗟に手を出して支える。

「うちの父、あたしが六つも年下くんと結婚すると聞いたら呆れるんじゃないかな。おまえはどこまで厚かましいんだって」

奈津緒は体を戻しながら言う。

「また捻くれたことを言う。そんなこと、誰も思わないって」

「相手のご両親は納得してるのかって言うかも。うちの父の考え方は古臭いから」

「その時はうちの母さんも、自分の方が夫より年上なんですって答えるよ」

慎重に歩幅を小さくして歩く奈津緒に合わせてマンションの廊下を進み、エレベーターホールに到着する。

ちょうどエレベーターが来たので「よし、行こう」と手を繋いだ。

奈津緒は少し間を置いて翼の手を握った。

「親のことを言うなら、あたしの両親は離婚経験者だからね。あたしが離婚したいって言いだしたら、親に止める権利はないことを忘れないでね」

「大丈夫だよ。俺は親が離れ離れになって悲しい思いをした女の子の気持ちがよく分かってるつもりだから。絶対に離れたりはしない」

手を繋いだまま来たエレベーターに乗る。そしてもう一人の家族に語りかけるように、彼女のお腹に手を置いた。

解説――光の時、影の時

中江有里

かつて飲食店を営んでいた実家では、スポーツ紙をいくつか取っていた。

男性客たちは店に入ってくると、入り口近くの腰高の台に重ねて置かれたスポーツ紙を手にしてそれぞれ席に着く。頼んだメニューが届くまで紙面に目を落とし、飲食が終わると再び新聞を開いて、舐めるように読んだ。

やがて客が帰ると、読み終わって雑然と畳まれた新聞紙の四隅を合わせて畳みなおし、元の場所へ戻す。それが子どもだった私にできる数少ないお手伝いだった。

客たちが毎日楽しみにしていたスポーツ紙が、こんなにも激しい現場で作られていた。

休刊日以外、毎日発行する新聞は記者たちの瞬発力がものを言う。たとえ凡庸な日でも一面ネタを絞り出さねばならない。輪転機の音が聞こえ、インクの匂いが文字から立ち上るような臨場感が漂う。

元新聞記者の著者ならではの描写が冴えるが、実を言えばスポーツ門外漢の私にも野球界の駆け引きや紙面作りの労苦が伝わってくる。

野球部の記者・笠間哲治は営業局即売部へと異動になり、同期入社の伊場克之は野球部の筆頭デスクを任された。

新聞社の花形の部署から離れ、営業局即売部に行った笠間の元の職場を見つめる目はいまだ記者のものだ。中にいれば見えないものが、外からならわかる。記者職は常に雨風に晒されているが、社内人事はさしずめ台風の目。外側の荒れ具合など関係ないおだやかな晴れ間で決められるのかもしれない。

朝刊ネタを巡る記者の攻防はもちろんだが、笠間が担当する駅やコンビニエンスストアでの販売の駆け引きは神経がすり減りそうだ。

記事を作る現場、新聞を売る現場、同じ会社で一蓮托生のはずが、記者と営業はいがみ合う。どちらの立場も経験した笠間は互いの心情を知っている。

本書は仕事小説であり、笠間の家族の物語でもある。記者時代の笠間は家庭を顧みる暇もなかったが、即売に移ってようやく家族と向き合うことになる。

妻の静恵は中学校の教師。文武両道の長男・翔馬は高校受験に失敗して以来、どことなく笠間とかみ合わない。六歳下の次男・翼は成績が冴えず、中学受験をするかどうかで揺れている。

時は平成だが、ワークライフバランスが叫ばれるのはもっと先の話。妻がワンオペで子育てするのも珍しくない。突然夫が家庭に戻ってきてもすぐに打ち解けられるわけもない。

父として息子に何をしてやれるか、どう導いていけばいいのか、答えが出ないうちに笠間の生はあっけなく途切れる。

やがて年月は流れ、日日スポーツ新聞社へ入社した長男・翔馬の視点に切り替わる。

翔馬は野球選手を目指していたが、日日スポーツへ入社した。父の勤め先だった東都スポーツは面接官の伊場に落とされてしまった。

日日で希望の記者職ではなく、奇しくも父と同じ即売になった翔馬。野球選手という夢をなくしても道を見失わなかった彼は秀でているが、どこか危うい。そう思うのは読み手の自分の視点が亡き笠間と重なっているからかもしれない。

私自身母を亡くしてから、どこかで母に見られているような気がしている。見守られているという意味もあるが、見られても恥ずかしくない生き方をしているか、という戒めの目が自身の中に芽生えたとも言える。

翔馬は、父を知る周囲の人から比較されることを疎ましく思うが、同じ職場を選んだ時点で避けられないことでもあるし、ある意味父を超えるため自分に課した試練を選んだようにも見える。

意外だったのは、東都スポーツ紙記者の由貴子と結婚し、娘を授かった翔馬が、妻のためにある決断をするところだ。仕事に忙殺され、妻に家と子どもを任せっきりだった父が選べなかった道。翔馬が自身の家庭を持ち、妻の将来を考えた末、最良だと考えた道。それは翔馬が亡き父と張り合うのではなく、向き合おうとしたことの証だと思う。どこかで自分を見ている父に恥ずかしくない息子でありたいという想いがそこにはあった。一方、次男の翼は翔馬とはいろんな面で対照的だ。そもそも夢らしいものはなく、記者になるなど考えてもいなかった。父の元部下で東都スポーツの即売部長の千藤彩音（せんどうあやね）のつてでバイトとして働かせてもらっている。将来の展望もなく、野心もあまり感じられない翼。父からすれば翔馬以上に心配な存在。

翔馬は父と比較されるのに対し、翼は父のおかげで救われている。東都スポーツにバイトの身分で入り、中途採用までこぎつけたのは彼の力だけではなく、周囲の人がいたからだ。

見守られていることを自覚し、少しずつ社会人として自立していく翼の成長にはグッと込み上げるものがある。翼の仕事上での成長は、人間としての成長に繋がっているからだ。

生前の父と息子たちは、心開いて話し合えるほど対等ではなかった。しかし同じ職種を選んだことで、次第に仕事を通じてわかりあっていく。

本書のタイトルは、スポーツ紙の変遷、そして親から子へと語り手は代わりながら、およそ三十年続いた「平成」という時代を映し出すものだ。

人が輝ける場所、時代はそれぞれ違っている。浴びる光が明るければ明るいほど、影は濃い。

その象徴と言えるのが、笠間父子が記者として追った野球選手たちだ。

活躍できる時期は永遠ではない。若いうちにピークを迎えることも多く、ベテランとなってもチームに貢献し、年棒にふさわしい成績を残さなければあっけなく首を斬られる。記者という職業も、朝刊の記事を抜く抜かれるの日々から、ネットでいかに早くニュースを流せるかという一分一秒を争うようになった。光の差し方が変われば、人間もそれに合わせなければならない。

平成は長く続いた昭和の影が残っている。

時代の名が変わったとしても、時代の本当の継ぎ目は誰にも見えない。振り返った時に初めて「あ、ここがターニングポイントだった」と気付くのだろう。

それと同じく光の中にいたはずの人がいつのまにか影となり、影から抜け出せないと思っていたのに、気付けば光の元にいることもある。

父・笠間哲治は志半ばでこの世から退き、残された息子たちは自分たちが輝ける場所を探し、もがいた。その間、亡き父は二人の影となって行く末を見つめていたように思う。

笠間兄弟を遮る壁のような存在だった伊場にしても、同期の父から見れば常に光の中にあったが、ラストでは一線を退き、笠間兄弟の影となって彼らを守っていたことがわかる。

時代には光と影がある。そのどちらにも人はいるし、どちらにも意味がある。いつも人は影から光の下にいる誰かを見守り、応援する。

まぶしい光と静かな闇を感じながら、本書を閉じた。

本書は、二〇一八年一〇月、講談社より刊行されました。

|著者| 本城雅人　1965年神奈川県生まれ。明治学院大学卒業。産経新聞社入社後、産経新聞浦和総局を経て、その後サンケイスポーツで記者として活躍。退職後、2009年、『ノーバディノウズ』が第16回松本清張賞候補となり、デビュー。同作で第１回サムライジャパン野球文学賞を受賞。'16年、『トリダシ』が第18回大藪春彦賞候補、第37回吉川英治文学新人賞候補となる。'17年、『ミッドナイト・ジャーナル』で第38回吉川英治文学新人賞を受賞する。その他の作品に、『スカウト・デイズ』『紙の城』『傍流の記者』『オールドタイムズ』『あかり野牧場』『終わりの歌が聴こえる』など。

時代

本城雅人

講談社文庫

定価はカバーに
表示してあります

2021年３月12日第１刷発行

発行者――渡瀬昌彦
発行所――株式会社　講談社
東京都文京区音羽2-12-21　〒112-8001
電話　出版（03）5395-3510
　　　販売（03）5395-5817
　　　業務（03）5395-3615

Printed in Japan

デザイン―菊地信義
本文データ制作―講談社デジタル製作
印刷―――豊国印刷株式会社
製本―――株式会社国宝社

ISBN978-4-06-521911-9

講談社文庫刊行の辞

二十一世紀の到来を目睫に望みながら、われわれはいま、人類史上かつて例を見ない巨大な転換期をむかえようとしている。

世界も、日本も、激動の予兆に対する期待とおののきを内に蔵して、未知の時代に歩み入ろうとしている。このときにあたり、創業の人野間清治の「ナショナル・エデュケイター」への志を現代に甦らせようと意図して、われわれはここに古今の文芸作品はいうまでもなく、ひろく人文・社会・自然の諸科学から東西の名著を網羅する、新しい綜合文庫の発刊を決意した。

激動の転換期はまた断絶の時代である。われわれは戦後二十五年間の出版文化のありかたへの深い反省をこめて、この断絶の時代にあえて人間的な持続を求めようとする。いたずらに浮薄な商業主義のあだ花を追い求めることなく、長期にわたって良書に生命をあたえようとつとめるところにしか、今後の出版文化の真の繁栄はあり得ないと信じるからである。

同時にわれわれはこの綜合文庫の刊行を通じて、人文・社会・自然の諸科学が、結局人間の学にほかならないことを立証しようと願っている。かつて知識とは、「汝自身を知る」ことにつきていた。現代社会の瑣末な情報の氾濫のなかから、力強い知識の源泉を掘り起し、技術文明のただなかに、生きた人間の姿を復活させること。それこそわれわれの切なる希求である。

われわれは権威に盲従せず、俗流に媚びることなく、渾然一体となって日本の「草の根」をかたちづくる若く新しい世代の人々に、心をこめてこの新しい綜合文庫をおくり届けたい。それは知識の泉であるとともに感受性のふるさとであり、もっとも有機的に組織され、社会に開かれた万人のための大学をめざしている。大方の支援と協力を衷心より切望してやまない。

一九七一年七月

野間省一

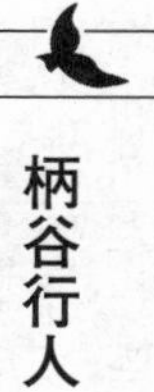

柄谷行人

柄谷行人対話篇Ⅰ　1970－83

デビュー以来、様々な領域で対話を繰り返し、思考を深化させた柄谷行人の対談集。第一弾は、吉本隆明、中村雄二郎、安岡章太郎、寺山修司、丸山圭三郎、森敦、中沢新一。

978-4-06-522856-2
かB18

柄谷行人・浅田　彰

柄谷行人浅田彰全対話

二〇世紀末、日本を代表する知性が思想、歴史、政治、経済、共同体、表現などの諸問題を自在に論じた記録——現代のさらなる混迷を予見した、奇跡の対話六篇。

978-4-06-517527-9
かB17

講談社文庫 目録

堀川惠子　永山則夫〈封印された鑑定記録〉
堀川惠子　教誨師
堀川惠子　戦禍に生きた演劇人たち〈演出家・八田元夫と「桜隊」の悲劇〉
堀川惠子／小笠原信之　チンチン電車と女学生〈1945年8月6日・ヒロシマ〉
誉田哲也　Qros（キュロス）の女
松本清張　草の陰刻
松本清張　黄色い風土
松本清張　黒い樹海
松本清張　連環
松本清張　花氷
松本清張　ガラスの城
松本清張　殺人行おくのほそ道（上）（下）
松本清張　塗られた本
松本清張　熱い絹（上）（下）
松本清張　邪馬台国　清張通史①
松本清張　空白の世紀　清張通史②
松本清張　カミと青銅の迷路　清張通史③
松本清張　天皇と豪族　清張通史④
松本清張　壬申の乱　清張通史⑤
松本清張　古代の終焉　清張通史⑥
松本清張　新装版　増上寺刃傷
松本清張　新装版　紅刷り江戸噂
松本清張　大奥婦女記〈レジェンド歴史時代小説〉
松本清張他　日本史七つの謎
松谷みよ子　ちいさいモモちゃん
松谷みよ子　モモちゃんとアカネちゃん
松谷みよ子　アカネちゃんの涙の海
眉村　卓　ねらわれた学園
眉村　卓　なぞの転校生
麻耶雄嵩　翼ある闇〈メルカトル鮎最後の事件〉
麻耶雄嵩　痾（あ）
麻耶雄嵩　メルカトルかく語りき
麻耶雄嵩　神様ゲーム
町田　康　耳そぎ饅頭
町田　康　権現の踊り子
町田　康　浄土
町田　康　猫にかまけて
町田　康　猫のあしあと
町田　康　猫とあほんだら
町田　康　猫のよびごえ
町田　康　真実真正日記
町田　康　宿屋めぐり
町田　康　人間小唄
町田　康　スピンク日記
町田　康　スピンク合財帖
町田　康　スピンクの壺
町田　康　スピンクの笑顔
町田　康　ホサナ
舞城王太郎　煙か土か食い物〈Smoke, Soil or Sacrifices〉
舞城王太郎　世界は密室でできている。〈THE WORLD IS MADE OUT OF CLOSED ROOMS〉
舞城王太郎　好き好き大好き超愛してる。
舞城王太郎　イキルキス
舞城王太郎　短篇五芒星
真山　仁　虚像の砦
真山　仁　新装版　ハゲタカ（上）（下）
真山　仁　新装版　ハゲタカII（上）（下）
真山　仁　レッドゾーン（上）（下）

講談社文庫　目録

真山　仁　グリード〈ハゲタカⅣ〉(上)(下)
真山　仁　ハーディ〈ハゲタカ2・5〉(上)(下)
真山　仁　スパイラル〈ハゲタカ4・5〉
真山　仁　シンドローム〈ハゲタカ5〉(上)(下)
真山　仁　そして、星の輝く夜がくる
真梨幸子　孤虫症
真梨幸子　深く深く、砂に埋めて
真梨幸子　女ともだち
真梨幸子　えんじ色心中
真梨幸子　カンタベリー・テイルズ
真梨幸子　イヤミス短篇集
真梨幸子　人生相談。
真梨幸子　私が失敗した理由は
松本裕士　兄弟〈追憶のhide〉
円居　挽　丸太町ルヴォワール
円居　挽　烏丸ルヴォワール
円居　挽　今出川ルヴォワール
円居　挽　河原町ルヴォワール
円居　挽　原作 福本伸行　カイジ ファイナルゲーム 小説版

松岡圭祐　探偵の探偵
松岡圭祐　探偵の探偵Ⅱ
松岡圭祐　探偵の探偵Ⅲ
松岡圭祐　探偵の探偵Ⅳ
松岡圭祐　水鏡推理
松岡圭祐　水鏡推理Ⅱ〈インパクトファクター〉
松岡圭祐　水鏡推理Ⅲ〈パレイドリア・フェイス〉
松岡圭祐　水鏡推理Ⅳ〈アノマリー〉
松岡圭祐　水鏡推理Ⅴ〈ニュークリアフュージョン〉
松岡圭祐　水鏡推理Ⅵ〈クロノスタシス〉
松岡圭祐　探偵の鑑定Ⅰ
松岡圭祐　探偵の鑑定Ⅱ
松岡圭祐　万能鑑定士Qの最終巻〈ムンクの〈叫び〉〉
松岡圭祐　黄砂の籠城(上)(下)
松岡圭祐　シャーロック・ホームズ対伊藤博文
松岡圭祐　八月十五日に吹く風
松岡圭祐　生きている理由
松岡圭祐　黄砂の進撃
松岡圭祐　瑕疵借り

松原　始　カラスの教科書
益田ミリ　五年前の忘れ物
益田ミリ　お茶の時間
マキタスポーツ　一億総ツッコミ時代〈決定版〉
丸山ゴンザレス　ダークツーリスト〈世界の混沌を歩く〉
松田賢弥　したたか　総理大臣・菅義偉の野望と人生
三島由紀夫　TBSヴィンテージクラシックス 編　告白　三島由紀夫未公開インタビュー
三浦綾子　ひつじが丘
三浦綾子　岩に立つ
三浦綾子　青い棘
三浦綾子　イエス・キリストの生涯
三浦綾子　愛すること信ずること
三浦明博　滅びのモノクローム
三浦明博　五郎丸の生涯
宮尾登美子　新装版 天璋院篤姫(上)(下)
宮尾登美子　新装版 一絃の琴
宮尾登美子　東福門院和子の涙(上)(下)〈レジェンド歴史時代小説〉
皆川博子　クロコダイル路地
宮本　輝　骸骨ビルの庭(上)(下)

2020年12月15日現在